KB096427

Charlotte Brontë

Villette

빌레뜨

———————————

2

Charlotte
Brontë

빌레뜨

2

Villette

창비세계문학 82

샬럿 브론테

조애리 옮김

창비

차례

일러두기

1. 이 책은 Charlotte Brontë, *Villette*(Harper&Row 1972)를 번역 저본으로 삼고, Oxford University Press(2000)판을 참조했다.
2. 본문 중의 각주는 옮긴이의 것이나.
3. 원문에 프랑스어로 표기된 부분은 각주에 '(프)'라고 표시하고 그대로 옮겼다.
4. 각주의 성경 인용은 개역개정판을 따랐다.
5. 본문 중의 고딕체는 원서에서 이탤릭체로 강조한 부분이다.
6. 외국어는 되도록 현지 발음에 가깝게 표기하되, 우리말 표기가 굳어진 것은 관용을 따랐다.

23장
와스디[1]

내가 슬픔에 차 곰곰이 생각에 잠겼다고 했던가? 아니었다. 어떤 새로운 힘이 내 인생에 작용하기 시작했고, 어떤 공간에서는 슬픔이 궁지에 몰리기도 했다. 숲에 가려져 있는 텅 빈 깊은 골짜기를 상상해보라. 그 골짜기는 흐릿하게 안개에 싸여 있다. 그곳의 풀은 축축하고 잡초들은 누렇고 눅눅하다. 폭풍우 때문인지 도끼질 때문인지 참나무 사이에 넓은 빈터가 생겨났다. 산들바람이 불어오고 햇볕이 내리쬔다. 춥고 슬픈 골짜기는 빛이 담긴 깊은 컵이 된다. 한여름 아름다운 하늘에서는 푸른 영광과 황금빛이 쏟아져내려온다. 지금까지 굶주렸던 빈터로서는 처음 보는 영광과 빛이다.

내겐 새로운 신조가 생겼다. 바로 행복에 대한 믿음이었다.

---

1 에스더서 1장. 바사의 왕 아하수에로(크세르크세스 1세)의 아내로 미모가 탁월했지만 잔치 때 그 아름다움을 손님들에게 보이라는 왕명을 거절하여 폐위되었다.

다락에서의 모험이 있고 삼주가 지난 후, 나는 위층 서랍의 작은 상자 속에 처음 받은 편지와 더불어 그와 비슷한 편지를 네통 더 간직하게 되었다. 그 편지들 또한 똑같이 확고한 필체로 쓰였고 똑같이 깨끗한 봉인이 찍혀 있고 똑같이 내게 꼭 필요한 위안으로 가득차 있었다. 당시 내게는 그 위안이 정말 필요한 것 같았다. 몇년 후에 그 편지들을 읽어보았는데 역시 매우 다정했다. 즐거운 사람이 쓴 만큼 즐거운 편지들이었고, 마지막 두 편지는 "가슴 벅찰 정도는 아니지만 약간은 감동을 받았다"며 반은 농담이고 반은 다정한 서너줄로 끝맺고 있었다. 친애하는 독자여, 시간은 이 편지들조차 순한 음료수로 만들어버렸다. 그토록 영광스러운 샘에서 갓 떠온 불로주를 처음 마셨을 때, 그것은 신성한 포도주, 즉 헤베[2]가 채워주고 신들이 받아마실 것 같은 신선주로 보였건만.

몇페이지 전에 이 편지에 대해 말한 것을 기억하고 있는 독자는 내가 어떻게 답장을 썼는지, 메마르고 인색한 '이성'의 제어를 받으며 썼는지, 아니면 '감정'의 충동에 따라 내키는 대로 마음껏 썼는지 묻고 싶을 것이다.

솔직히 말하자면 나는 이 문제에 대해 타협을 했다. 두 주인을 섬긴 것이다. 나는 림몬[3]의 예배당에서 절을 하고, 다른 신전에 가서 또 기도를 올렸다. 그 편지들에 대해 두가지 답장을 쓴 것이다. 하나는 나 자신을 위로하기 위해서, 또하나는 그레이엄이 읽으라고 쓴 것이었다.

우선 '감정'과 나는 '이성'을 문밖으로 쫓아낸 후 빗장을 걸고 자

----

2 그리스신화에 나오는 청춘의 여신으로, 신들의 연회에서 술을 따라주는 일을 한다.
3 열왕기하 5장에 나오는, 시리아 왕이 믿는 신.

물쇠를 채웠다. 그리고 종이를 펴고 앉아 열심히 펜에 잉크를 묻혀 아주 즐겁게 우리의 진심을 쏟아냈다. 답장을 다 썼을 때에는, 깊은 배려에 찬 호감과 깊고 뜨거운 감사의 말이 편지지 두장을 가득 메웠다(이 괄호 속에서 단언하건대, '연심'이 아닐까 하는 모든 의심을 극히 경멸하고 부인하겠다. 처음부터 그리고 교유하는 내내 그런 착각이 치명적으로 어리석은 짓이라는 확신이 드는 경우, 여자들은 그런 '연심'을 품지 않는다. '사랑'이라는 거친 물결 위로 떠오르는 '희망'의 별을 본 적이 없거나 꿈꾼 적도 없으면서 사랑을 시작하는 사람은 없다). 나와 '감정'은 편지에 깊은 존경심과 끝없는 관심으로 찬 호감을 표현하려고 했다. 다시 말해 상대방의 고통을 모조리 내가 대신 감당해주고 싶다는 애정, 언제나 몹시 염려가 되는 상대방을 폭풍과 번개로부터 막아주려는 마음을 표현했다. 바로 그 순간, 마음의 문이 흔들리더니 빗장과 자물쇠가 열리고 앙심에 찬 '이성'이 힘차게 뛰어들어와, 그 종이들을 모두 낚아채서 읽은 다음 비웃고 지우고 찢어버렸다. 그리고 '이성'은 다시 한페이지밖에 안되는 간결하고 짧은 편지를 써서 접어 봉한 뒤 주소를 써서 부쳤다. '이성'이 옳았다.

나는 편지만 먹고 살지는 않았다. 방문과 보살핌을 받기도 했다. 일주일에 한번씩은 라 떼라스로 나들이를 갔고 늘 귀여움을 받았다. 브레턴 선생은 자신이 왜 내게 그다지 친절한지를 늘 밝혔다. "수녀를 물리치기 위해서요." 그가 말했다. "그녀의 먹잇감을 놓고 수녀와 다투기로 했소. 난 그 수녀가 싫거든." 그가 선언했다. "얼굴을 가린 흰 베일과 그 차가운 잿빛 눈이 아주 싫소. 그 밉살스러운 모습에 대해 자세히 듣자마자 너무 역겨워져서 적대감을 품을 수밖에 없었소. 나와 그녀 중 누가 더 영리한지 시험해보기로 결심했소. 내가 있을 때 그녀가 다시 나타났으면 좋겠는데." 그러나 수녀는 한번도 다시 나타나지 않았다. 간단히 말해 그는 나를 환자로 생각하고 과학적으로 관찰하는 동시에, 자신의 전문적인 기술을 발휘해 친절하고 주의 깊게 치료하는 것으로 타고난 자비심을 만족시키고 있었던 것이다.

어느날, 그러니까 12월 1일 저녁 나는 홀에서 혼자 걷고 있었다. 여섯시라 교실 문은 닫혀 있었지만 학생들은 그 안에서 저녁 여가시간의 특권을 맘껏 누리며 가히 작은 혼돈을 연출하고 있었다. 홀은 아주 어두워 난로 주변과 아래에서 빛나는 붉은 불빛만 보였다. 커다란 유리문과 긴 창문에는 성에가 끼어 있었다. 수정처럼 반짝이는 별들이 새하얀 겨울의 베일 위에서 여기저기 반짝이고 있었다. 달은 안 떴지만 수놓인 창백한 베일 위에 흩어져 있는 별빛으로 미루어 맑은 밤임을 알 수 있었다. 감히 어둠속에 혼자 이렇게 있을 수 있다는 것은 내 신경이 다시 튼튼해지고 있다는 증거였다. 수녀 유령이 생각나기는 했지만 두렵지 않았다. 내 뒤에는 칠흑 같은 어둠을 뚫고 층계참에서 층계참으로, 귀신이 나오는 다락까지 계단이 이어져 있었다. 갑자기 숨소리와 부스럭대는 소리가 들렸다. 계단 어둠속에서 더 어두운 그림자가 보였다. 가슴이 조이는 듯했고 두근거렸다. 어떤 형체가 움직이며 내려오고 있었다. 그 형체는 교실 문에서 잠시 멈추더니 내 앞을 스쳐지나갔다. 동시에 멀리서 현관 초인종 소리가 들렸다. 이 세상의 소리를 들으니 살아 있다는 느낌이 되살아났다. 그 형체는, 내가 보았던 여윈 유령이라기에는 너무 둥글고 키가 작았다. 순찰을 돌고 있는 베끄 부인이었다.

"마드무아젤 루시!" 로진이 손에 램프를 들고 복도에서 뛰어들어오면서 소리쳤다. "응접실에 찾아온 사람이 있어요."[4]

베끄 부인은 나를 보았고, 나는 부인을 보았으며, 로진은 우리 둘 다를 보았다. 그러나 우리는 서로 알은척하지 않았다. 나는 바로 응접실로 갔다. 고백건대 날 기다리고 있으리라고 예상했던 사람이 그곳에 있었다. 브레턴 선생이었다. 그런데 그는 야회복 차림이었다.

"마차가 문밖에서 기다리고 있소." 그가 말했다. "당신을 극장에 데려가라고 어머니께서 보내신 거요. 원래는 어머니께서 가시려고 했는데 손님이 오시는 바람에 그럴 수 없게 됐소. 곧바로 '나 대신 루시를 데리고 가렴' 하고 말씀하셨다오. 가겠소?"

"지금 당장요? 옷도 안 갈아입었는데요." 나는 절망에 차 내 칙칙한 메리노 모직 옷을 보며 소리쳤다.

"삼십분쯤 여유가 있으니 옷을 갈아입으시오. 미리 알려줬어야 했는데, 나도 다섯시가 지난 다음에야 가기로 결정했소. 그제야 유명한 여배우가 나온다는 걸 알게 되어서 말이오."

그가 여배우의 이름을 대자 몸이 떨렸다. 당시 전 유럽을 전율시키는 이름이었다. 지금이야 잠잠해졌지만 한때는 온 사방에 그 이름이 울려퍼졌다. 그 여배우는 수년 전에 영원히 잠들었고, 그녀 위로 밤과 망각이 내려앉은 지도 꽤 되었다. 하지만 당시는 그녀의 전성기로, 그녀가 시리우스성처럼 가장 높은 곳에서 뜨겁게 빛나던 때였다.

"네, 가겠어요. 십분이면 준비할 수 있어요." 나는 다짐하고는 날다시피 사라졌다. 그 순간 아마 독자 여러분이라면 멈칫했을 테지

----

4 (프) On est là pour vous au salon.

만 나는 망설이지 않았다. 그러니까, 브레턴 부인 없이 그레이엄하고만 가서는 안된다고는 생각도 못한 것이었다. 나는 그런 생각을 할 수도 없었고, 더욱이 그것을 그레이엄에게 표현할 수도 없었을 것이다. 그랬다면 나는 틀림없이 광폭한 자기비하에 휩싸였을 것이고, 마음속에 꺼지지 않는 수치심의 불길이 타올라 내 혈관 속의 생명을 순식간에 삼켜버렸을 것이다. 더욱이 나와 자신의 아들을 잘 아는 대모는 우리의 나들이에 대해 걱정스럽게 지켜봐야 할 것이라기보다는 누이가 오빠의 보호를 받으며 외출하는 것으로 생각했다.

화려한 옷을 차려입을 계제가 아니었다. 크레이프 천으로 지은 회갈색 옷이면 충분할 것이었다. 나는 마흔벌도 넘는 옷이 걸려 있는 기숙사의 큰 참나무 옷장에서 그 옷을 찾아보았다. 그러나 여러 차례 옷을 정리하고 장소를 바꾸어 걸어놓은데다 새로 정리한 사람이 비좁은 옷장에서 몇벌을 솎아내 다락에 옮겨놓은 후였다. 크레이프 천으로 된 옷도 다락으로 올라가 있었다. 그 옷을 가져와야만 했다. 나는 열쇠를 가지고 아무 생각도 겁도 없이 2층으로 올라갔다. 문을 열고 다락 안으로 들어갔다. 독자가 믿어줄지 어쩔지 모르겠지만, 내가 갑자기 들어갔을 때 캄캄해야만 할 다락은 그렇지 않았다. 한 지점에 별과 비슷하지만 그보다 더 넓게 퍼지는 장엄한 빛이 있었다. 너무나 환히 빛나고 있어서 깊숙한 벽감과 그 위에 드리워진 빛바랜 주홍색 커튼의 일부가 보일 정도였다. 그러더니 순식간에 빛은 소리없이 내 눈앞에서 사라졌다. 그리고 커튼과 벽감도 보이지 않았다. 빛이 있던 구석까지도 깜깜해졌다. 나는 감히 무슨 일인지 알아볼 용기가 나지 않았다. 시간도 없었고, 그럴 마음도 나지 않았다. 다행히 문 근처 벽에 걸려 있던 내 옷을 낚아챈 후 뛰쳐나와 허겁지겁 문을 잠근 후 쏜살같이 기숙사로 내려갔다.

그러나 너무 떨려서 제대로 옷을 입을 수가 없었다. 손이 너무 떨려서 머리를 매만지거나 단추를 채울 수가 없어서, 로진을 불러 돈을 주면서 좀 도와달라고 했다. 로진은 돈을 좋아했다. 그래서 최선을 다해 미용사 못지않게 머리를 매만지고 땋았으며, 레이스 옷깃을 한치도 빈틈없이 바로잡고 목 부분에 있는 리본도 깔끔하게 매주었다. 간단히 말해서 그녀는 하려고만 들면 솜씨 좋은 필리스⁵라도 될 수 있다는 듯이 자신의 일을 해냈다. 그녀는 장갑과 손수건을 내게 건네고는 양초를 들고 아래층으로 내려가는 길을 밝혀주었다. 결국 내가 숄을 깜박 잊어버리는 바람에 그녀가 가지러 뛰어올라갔다. 그녀를 기다리며 나는 존 선생과 함께 복도에 서 있었다.

"루시, 어찌된 일이오?" 그가 나를 주의 깊게 내려다보면서 물었다. "그전처럼 흥분한 기색이군요. 어! 다시 유령이오?"

그러나 나는 그렇지 않다고 딱 잡아뗐다. 두번씩이나 헛것을 보았다고 의심을 받기가 싫었다. 그는 내 말을 믿지 않았다.

"수녀가 나타난 것이 틀림없군." 그가 말했다. "그녀 모습이 당신 눈앞에 스치면 눈빛과 표정이 이상해지니 말이오."

"수녀가 나타난 건 아니에요." 나는 계속 부인했다. 아닌 게 아니라, 유령이 나타난 건 아니었다.

"얼굴에 이전의 증상이 나타났소." 그가 단언했다. "스코틀랜드 사람들이 '질린' 표정이라고 하는 특이한 창백함 말이오."

그가 너무나 완강하게 주장해서 나는 실제로 본 것을 말해버리

---

5 밀턴의 시 「쾌활한 사람」(L'Allegro)에 나오는 손재주 좋은 인물.

는 게 낫겠다고 생각했다. 물론 그는 같은 원인의 결과라고 주장했다. 모두 시각적 환각이고 신경성 병이라는 것이었다. 나는 그의 말을 전혀 믿지 않았지만 반대할 엄두가 나지 않았다. 의사들은 독단적인데다 메마른 물질주의적인 견해를 요지부동으로 고집하기 때문이다.

로진이 숄을 가져왔고, 나는 그것을 두르고 마차에 올라탔다.

* * *

극장은 사람들로 가득차 있었다. 궁전과 호텔에 사는 왕족과 귀족 들이 모조리 와서 층층을 메우고 조용히 앉아 있었다. 나는 무대 바로 앞에 앉게 되어 특혜를 받은 것만 같았다. 그 배우의 힘에 대해서는 소문이 자자했다. 나 역시 소문을 듣고 그녀에 대해 특별히 기대를 갖게 되었고 몹시 보고 싶었다. 그녀가 명성에 걸맞은 사람인지 궁금했다. 이상한 호기심, 엄숙한 경건함과 흥미를 느낀 나는 꼼짝도 않은 채 기다렸다. 그녀는 내가 여태껏 본 적이 없는 성격을 지닌 인물로, 연구감이었다. 그녀는 거대하고 새로운 행성이었다. 그런데 어떤 모습일까? 나는 그 행성이 뜨기를 기다렸다.

그 12월 밤 아홉시, 나는 그녀가 지평선 위로 솟아오르는 모습을 보았다. 그녀는 아직까진 창백한 위엄과 힘으로 빛날 수 있었지만 그 별은 이미 최후의 심판에 다가서 있었다. 가까이에서 보자 그 별은 텅 비어 있고 반쯤은 타버린 혼돈 상태였다. 반은 용암이고 반은 빛인, 이미 소멸했거나 소멸해가고 있는 천체였다.

나는 이 여배우가 "못생겼다"는 말을 들은 적이 있어서 험악하고 성질 나빠 보이는 깡마른 여자, 몸집이 크고 모나고 안색이 안 좋은 여자를 기대했으나, 내가 본 것은 와스디 왕비의 그림자였다. 한때는 아름다웠으나 지금은 황혼처럼 창백하고 불타고 있는 양초 같은 지친 왕비였다.

잠시 동안, 아니 오랫동안, 그녀가 이 수많은 관중 앞에서 우아하고 힘차게 움직이는 아주 독특한 여자이지만 그저 한 사람의 여자일 뿐이라는 생각이 들었다. 하지만 곧 내가 잘못 보았다는 것을 깨달았다. 보라! 그녀에겐 남자도 여자도 아닌 것이 있었다. 그녀의 두 눈에는 악마가 들어앉아 있었다. 이 악마적인 힘들이 비극을 이끌어갈 힘을 주고 그녀의 연약한 힘을 지속시켜주고 있었다. 그녀 자신은 약한 인간에 지나지 않았다. 그런데 연극이 절정을 향해 가고 갈등이 깊어지자 그 악마적인 힘이 이루 형언할 수 없이 사납게 지옥의 열정으로 그녀를 뒤흔드는 것이었다! 그 힘은 그녀의 오만하고 반듯한 이마에 '지옥'이라고 썼다. 그녀의 목소리를 고통에 차게 하고, 왕비다운 얼굴을 일그러뜨려 악마의 가면으로 만들었다. 우뚝 서 있는 그녀는 '증오'와 '살인'과 '광란' 그 자체였다.

그것은 놀라운 광경이고 굉장한 폭로였다.

그것은 저속하고 끔찍하고 부도덕한 광경이었다.

일곱 악마에 의해 갈가리 찢긴 와스디의 모습은 원형경기장 모랫바닥에서 칼에 찔려 피를 흘리며 죽는 검투사나 소에 들이받혀 내장이 비어져나온 말의 모습보다 더 보기가 괴로웠다. 오히려 그런 장면들은 와스디의 모습에 비하면 사람들의 입맛에는 순한 양념일 것이었다. 악마들은 소리를 지르며 자신들이 점령한 육체를 찢어발기면서도 물러나기를 거부하고 있었다.

고통이 무대 위의 왕비를 강타했다. 그녀는 관객 앞에서 고통에 굴복하지도, 인내하지도, 적당히 분노하지도 않았다. 그녀는 투쟁하며, 완강하게 저항하며 서 있었다. 그녀는 옷을 입지 않고 규칙적으로 주름 잡아 늘어뜨린 옅은 색의 긴 천을 두르고 있었는데, 그 모습이 고대 조각상과도 같았다. 주위와 바닥과 무대배경이 짙은 빨간색이라, 그 색과 대조를 이룬 그녀의 모습은 석고상처럼, 은으로 빚은 입상처럼 두드러져 보였다. '죽음'처럼 보였다고 하는 것이 더 맞을 수도 있겠다.

클레오파트라를 그린 예술가는 어디에 있는가? 그를 데려와 이렇게 다른 장면을 보게 해야 한다. 그가 숭배하는 억센 힘과 근육과 풍부한 혈액과 풍만한 살집을 여기서 찾아보라고 해야 한다. 물질주의자들을 모두 가까이 불러 보게 해야 한다.

나는 그녀가 슬픔에 대해 분노하지 않았다고 말했다. 아니다. 그렇게 약한 표현은 거짓말이나 다름없다. 그녀에게는 상처를 입히는 슬픔이 즉각 하나의 물체가 된다. 그녀는 슬픔을 공격 대상으로, 끈질기게 짓밟고 갈기갈기 찢어버릴 물체로 여긴다. 그녀 자신의 실체가 거의 사라진 상태에서 이런 추상적인 개념들을 붙잡고 싸운다. 재난 앞에서 그녀는 한마리 암호랑이가 되어 증오와 역겨움에 차 슬픔을 찢고 펄럭여 보인다. 그녀는 고통받는다고 해서 선해지지 않고, 눈물을 흘린다고 해서 지혜라는 열매를 거두지도 않는다. 그녀는 병과 죽음 자체에 대해서도 반항적인 눈길을 보낸다. 그녀는 사악하다고 할 수도 있지만 강하기도 하다. 그녀의 힘은 '아름다움'을 정복하고 '우아함'을 극복해 이 두 포로를 제 편에 묶어두었다. 이 둘은 더할 나위 없이 어여쁘고, 어여쁜 만큼 온순하다. 극단적인 광기 속에서도 그녀의 열정적인 동작 하나하나에는 왕비다운 당당함과 위엄이 서려 있다. 그녀의 머리칼은 전쟁터에서도 마치 연회장에서처럼 흩날리고, 천사의 머리카락처럼 후광 아래 빛난다. 타락하고 반란을 일으켰다는 죄로 유배된 그녀는 자신이 반란을 일으켰던 천국을 기억한다. 그녀의 추방 후, 하늘의 빛은 그 경계선을 꿰뚫고 멀리서 쓸쓸한 모습을 드러낸다.

이제 클레오파트라든 다른 어떤 여자든, 그녀 앞에 장애물로 갖다놓아보라. 그리고 술탄 살라딘⁶의 언월도가 쿠션을 내리자르듯이 그녀가 그 포동포동한 덩어리를 동강내는 것을 보라. 루벤스⁷를 죽음에서 깨워 묘지에서 나오게 한 다음, 그가 그린 살진 여자들을 그녀 앞으로 데려오게 하라. 그녀의 힘은, 한번 휘둘러 바다를 갈랐다 합치고 다시 밀려온 바닷물로 수많은 사람들을 삼키게 한 모세의 지팡이에 서려 있는 그 마법 같은 힘과 예언자적 능력과도 같다.

사람들은 와스디가 선하지 않다고들 했다. 나 역시 그녀가 선해 보이지 않는다고 말한 바 있다. 그녀는 정령이기는 하지만 도벳⁸에서 온 정령이었다. 자, 그렇지만 지옥에서 불경스러운 힘이 그렇게 많이 올라온다면, 언젠가 천국에서도 그만큼 신성한 정수가 내려오지 않겠는가?

그레이엄은 이런 존재에 대해 어떻게 생각했을까?

한동안 나는 그가 어떤 행동을 하는지 관찰하고 무슨 생각을 하는지 궁금해하는 것도 잊고 있었다. 천재 여배우가 강한 자력으로 끌어당기고 있어 내 마음은 평상시의 궤도에서 벗어나 있었다. 해

---

6 12세기 이집트 아이유브 왕조의 시조.
7 Peter Paul Rubens(1577~1640). 바로끄 회화의 대가. 색채가 화려하고 풍부하며 관능적인 표현에 뛰어났다.
8 예루살렘 근처의 계곡으로, 고통스러운 지옥을 상징한다.

바라기가 태양이 있는 남쪽을 향하던 머리를 돌려 질주하는 강한 혜성의 붉은 빛을 보고 있는 셈이었다. 눈이 따갑고 온몸에서 열이 났다. 전에도 연극을 본 적이 있었지만 이런 경험은 난생처음이었다. '희망'을 놀라게 하고 '욕망'을 잠재우고 '충동'과 빛바랜 '관념'를 뛰어넘는 이런 연기는 본 적이 없었다. 그녀의 연기는 무슨 일인가 일어날 것처럼 상상력을 자극한 후 아무 일도 일어나지 않아 신경만 곤두세우게 하는 그런 유가 아니라, 물이 불어 깊어진 겨울 강이 천둥 같은 소리를 내며 흐르다가 가파르고 단단한 곳에서 폭포가 되어 떨어지면서 나뭇잎을 휩쓸고 가는 것처럼 영혼을 휩쓰는 힘을 드러내는 연기였다.

언제나 조숙한 판단을 내리는 팬쇼 양은 브레턴 선생이 진지하고 열정적인 사람이지만 너무 엄숙하고 쉽게 감동받는다고 단언했었다. 그때까지 나는 그런 식으로 그를 본 적이 없었다. 그에게 그런 결함이 있다고 생각할 수가 없었다. 그는 사색에 잠기거나 감상에 젖는 사람이 아니었다. 찰랑거리는 강물처럼 감수성이 예민하긴 했지만, 거의 물과도 같이 쉽게 흔들리지 않는 사람이기도 했다. 미풍이나 태양은 그를 움직일 수 있지만, 강철은 그에게 자국을 남길 수 없었고 불꽃은 그에게 낙인을 찍을 수 없었다.

존 선생은 현명하게 생각할 줄 아는 사람이었지만, 사색보다는 행동을 하는 사람이었다. 그는 느낄 줄 알고 또 나름대로 생생하게 느끼는 사람이었지만, 열정적이지는 않았다. 그의 눈과 입술은 밝고 부드럽고 달콤한 힘에 대해선 똑같이 밝고 부드럽고 달콤하게 환영했으며, 환영하는 그 모습은 장밋빛과 은빛 그리고 진줏빛과 자줏빛으로 물든 여름날 구름처럼 아름다웠다. 하지만 그는 폭풍을 닮은 것, 즉 사납고 강렬하며 위험하고 갑작스럽고 불타는 듯한 것에 대해서는 전혀 공감하거나 교감하지 못했다. 얼마쯤 시간이 흘러 다시 그를 관찰하고 싶은 마음이 생겨 고개를 돌려 보니, 사악한 최고 권력자 와스디를 바라보는 그의 눈에는 경이나 숭배나 당혹감이 아닌 강렬한 호기심만이 담겨 있었다. 그의 이런 모습을 보니 재미있기도 하고 그에 대해 깨닫게 되는 바도 있었다. 그는 그녀의 고뇌를 보고도 전혀 괴로워하지 않았고, 비명보다 더 견디기 힘든 그녀의 광폭한 신음에도 별 감흥을 느끼지 않았다. 그녀의 격한 분노에 약간은 혐오감을 느끼긴 했지만 공포에 질리는 정도는 아니었다. 냉정한 영국 젊은이 같으니! 그의 조국 영국의 창백한 벼랑이 해협의 물결을 바라보는 모습도 그날밤 피티아의 신탁[9]을 바라보는 존 선생만큼 차분하지는 않을 것이다.

그의 얼굴을 바라보면서 그가 정확히 어떤 의견인지 몹시 알고 싶어져 마침내 나는 묻고 말았다. 내 목소리를 듣자 그는 꿈에서 깨어난 듯 정신을 차렸다. 나름대로 자기 생각에 골똘히 빠져 있던 것이다. "와스디를 어떻게 생각하세요?" 나는 알고 싶었다.

"흐…… 음……" 처음에는 거의 알아들을 수 없었지만 그의 뜻을 충분히 나타내주는 대답이었다. 그러고는 기이한 미소가 그의 입가에 떠올랐다, 몹시도 비판적이고 냉담한 미소! 그는 와스디와 같은 성격에 대해서는 전혀 공감하지 않는 모양이었다. 몇마디 짧막한 말로 그는 여배우에 대한 의견과 감정을 이야기했다. 그는 그녀를 예술가가 아니라 여자로 판단했다. 그것은 낙인을 찍는 판단이었다.

그날밤 이미 내 인생이라는 책에는 하얀 가위표가 아닌 새빨간

---

9 피티아는 그리스신화에서 아폴론의 신탁을 받는 무녀이다. 여기서 '피티아의 신탁'은 분노에 찬 와스디의 절규를 비유한 말이다.

가위표가 쳐졌다. 그러나 완전히 끝난 건 아니었다. 지워지지 않을 글씨로 써넣을 이야기들이 여전히 있었다.

자정이 다가옴에 따라 점점 극이 고조되면서 죽음의 장면이 가까워졌다. 관객 모두가 숨을 죽였고, 그레이엄조차 아랫입술을 지그시 깨물고 이마를 찌푸렸으며 충격을 받아 조용히 앉아 있었다. 극장 전체가 조용해지고 모든 눈길이 한 점으로 집중되고 모든 귀가 한곳으로 기울여졌다. 의자에 쓰러져 승리에 가까워진 가증스러운 최후의 정복자인 적과 마지막 싸움을 하며 떨고 있는 하얀 형체 외에는 아무것도 보이지 않았고, 여전히 반항적이며 도전적으로 씩씩대는 그녀의 신음과 헐떡이는 소리 외에는 아무 소리도 들리지 않았다. 불굴의 의지는 쓰러져가는 육체를 뒤흔들어 운명과 죽음에 맞서 싸우게 했다. 땅 한뼘 내주지 않고, 마지막 한방울의 피까지 다 흘리고, 신체의 모든 기능을 강탈당하는 것에 최후까지 저항하는 것처럼 보였다. 죽음이 모든 기능과 전존재에게 "됐어, 그만해!"라고 외치는 그 순간까지, 아니, 거의 그 순간을 넘어서까지 의지는 보고, 듣고, 숨쉬고 살려고 했다.

바로 그때 불길한 예감을 주는 소요가 무대 뒤에서 일어났다. 사람들이 뛰어다니면서 뭐라고 말하는 소리가 들렸다. 이게 무슨 소리지? 극장의 관객들이 모조리 술렁댔다. 불꽃이 보이고, 연기 냄새가 났다.

"불이야!" 하는 소리가 가장 높은 관람석에서 들려왔다. "불이야!" 하는 고함소리가 반복되고 다시 메아리쳤다. 그리고 글로 표현할 수 없을 정도로 빠르게 공포가 밀려왔고, 사람들이 달려나가고 서로 밀쳐댔다. 그것은 맹목적이고 이기적이며 잔인한 혼란이었다.

그러면 존 선생은 어떻게 행동했을까? 독자여, 용감하고 잘생긴, 침착하고도 자상한 표정을 짓고 있던 그의 얼굴이 지금도 눈앞에 선하다.

"루시, 얌전히 있을 거죠." 그는 자기 집 난롯가에서 안전하고 평온하게 내 곁에 앉아 있을 때와 똑같이 침착하고 선량하며, 차분하고 흔들림 없는 눈으로 나를 내려다보았다. 이런 엄명이라면 나는 흔들리는 바위 아래서라도 가만히 앉아 있었을 것이다. 실제로 그런 상황에서 가만히 앉아 있는 것이 내 본능이기도 했다. 그리고 움직여서 그에게 폐를 끼치거나 그가 뜻대로 못하게 하거나 그가 신경쓰게 하는 일은 목숨을 걸고라도 하지 않을 것이었다. 우리는 1층의 1등석에 앉아 있었는데 잠시 동안 사람들이 끔찍하고 무자비하게 밀려와 짓눌렀다.

"여자들이 몹시 겁을 먹고 있소!" 그가 말했다. "남자들이라도 겁을 먹지 않으면 질서가 유지될 텐데. 안타까운 장면이군. 지금 짐승 같은 이기적인 사람들이 쉰명은 되어 보이는구려. 내 근처에 있으면 한놈도 남김없이 때려눕힐 텐데. 여자 중 몇은 남자들보다 용감해 보이는군. 저기에도 그런 사람이 한명 있소…… 아, 이런!"

그레이엄이 말하는 동안 우리 앞에서 신사에게 조용히 침착하게 매달려 있던 아가씨가 덩치 큰 잔인한 난입자 때문에 갑자기 보호자의 팔에서 떨어져나가 군중의 발 아래로 쓰러졌다. 그녀가 사라지는 데는 이초도 안 걸렸다. 그레이엄이 앞으로 달려나갔다. 백발이 성성하기는 하지만 힘센 그 신사가 그와 힘을 합쳐 밀려오는 사람들을 막아냈다. 그녀의 머리와 긴 머리카락이 그의 어깨 위로 늘어졌다. 그녀는 의식이 없는 듯했다.

"제게 맡기십시오, 저는 의사입니다." 존 선생이 말했다.

"동행하신 숙녀분이 없다면 그러십시오." 돌아온 대답이었다. "그애를 꼭 붙잡고 계시오. 내가 헤쳐나가보겠소. 그애한테 신선한 공기를 마시게 해야 하오."

"동행한 숙녀가 있긴 하지만," 그레이엄이 말했다. "방해가 되거나 짐이 되진 않을 겁니다."

그가 눈짓으로 나를 불렀다. 우리는 떨어져 있었다. 그러나 나는 그와 같이 있겠다는 결의에 차, 도저히 끼어들거나 뛰어넘지 못할 경우 아래로 기어가면서까지 인의 장벽을 통과했다.

"날 꼭 붙잡고 놓치지 마시오." 그가 말했고 나는 그 말을 따랐다.

우리의 개척자는 힘세고 요령 있는 사람이었다. 그는 빽빽이 늘어선 사람들을 V자 모양으로 벌렸다. 끈기 있게 노력한 결과 마침내 그는 단단하고 뜨겁고 숨막히는 피와 살로 된 돌더미를 뚫고 차갑고 신선한 밤공기 속으로 우리를 인도했다.

거리에 나서자 그는 브레턴 선생을 돌아보더니 곧 "영국인이시군요!"라고 했다.

"그렇습니다. 선생님도 영국인이십니까?" 브레턴 선생이 대답했다.

"그렇소. 잠시만 기다리시오. 내 곧 마차를 찾아오겠소."

"아빠, 전 다치지 않았어요." 앳된 목소리로 그 숙녀가 말했다. "내가 아빠와 같이 있는 건가요?"

"당신은 친구와 같이 있어요. 아버지는 근처에 계십니다."

"아빠께 어깨 말고는 다친 곳이 없다고 말해주세요. 아, 어깨야! 바로 여길 밟고 갔어요."

"어쩌면 탈골일 수도 있겠군!" 존 선생이 중얼거렸다. "더 다친 데가 없으면 좋겠는데. 루시, 잠깐만 날 도와줘요."

그가 자세와 옷을 매만져 환자를 편안하게 해주는 동안 나는 그를 도왔다. 그녀는 신음소리를 참으면서 그의 팔에 조용히 안긴 채 누워 있었다.

"아주 가볍군요." 그레이엄이 말했다. "어린아이처럼 가벼워요!" 그리고 내 귀에 대고 물었다. "어린아이인가요, 루시? 몇살이나 됐는지 알겠어요?"

"전 어린아이가 아니에요. 어엿한 열일곱살이라고요." 환자가 새침하지만 위엄 있는 말투로 대답했다. 그러고 나서 곧이어 "아빠 오시라고 해주세요. 불안해요" 하고 말했다.

그녀의 아버지가 마차를 몰고 와서 그레이엄의 부담을 덜어주었다. 그러나 그녀를 아버지에게 건네는 과정에서 그녀의 아픈 곳을 건드렸고, 그러자 그녀는 다시 신음소리를 냈다.

"우리 아가!" 아버지가 다정하게 말한 후 그레이엄에게로 돌아섰다. "의사라고 하셨죠?"

"저는 라 떼라스에 사는 의사 브레턴입니다."

"좋습니다. 제 마차에 타시겠습니까?"

"제 마차도 여기 있으니까 찾아서 함께 가겠습니다."

"그렇다면 뒤따라와주십시오." 그리고 그는 주소를 말했다. "끄레시가의 끄레시 호텔입니다."

우리는 마차를 따라갔다. 나와 그레이엄은 빠른 속도로 움직이는 마차 안에 조용히 앉아 있었다. 모험을 하는 기분이었다.

마차를 찾는 데 약간 시간이 걸렸기 때문에 우리는 처음 만난 이 사람들보다 약 십분 늦게 호텔에 도착했다. 그곳은 외국식으로 호텔이라고 부르는 곳이었지만, 여관이 아니라 일종의 집합주택이었다. 아주 크고 높은 건물에 거대한 아치형의 대문이 있고 둥근 천장으로 덮인 길을 따라가니 중정이 나왔다.

우리는 마차에서 내려 멋지고 널따란 공용 계단을 올라가 3층 2호실에 멈추었다. 2층은 이름은 모르겠지만 어떤 "러시아 왕자"의 거처라고 그레이엄이 가르쳐주었다. 3층 현관의 초인종을 누르자 우리는 아주 근사한 객실로 안내되었다. 객실에 들어서자 제복을 입은 하인이 우리가 온 것을 알렸다. 영국식 난로에 불꽃이 타오르고 있었고 벽에는 외국산 거울들이 빛나고 있었다. 난로 주변에 몇 명이 모여 있었다. 푹신한 안락의자에 몸을 기댄 채 앉아 있는 자그마한 여자 주위에서 두어 명의 여자들이 바삐 움직이고 있었으며, 머리카락이 진회색인 신사가 걱정스럽게 내려다보고 있었다.

"해리엇은 어디 있지? 해리엇이 왔으면 좋겠는데" 하는 소녀의 목소리가 희미하게 들렸다.

"허스트 부인은 어디 있지?" 신사가 우리를 맞아들인 남자 하인에게 조바심을 내며 다소 딱딱하게 말했다.

"죄송하지만 시내에는 없습니다. 아가씨께서 내일까지 휴가를 주셨습니다."

"맞아, 내가 그랬어, 내가 그랬어. 언니를 보러 갔어요. 제가 가도 좋다고 했어요. 이제야 기억이 나요." 아가씨가 끼어들었다. "하지만 유감이에요. 마농과 루이종은 내 말을 한마디도 알아듣지 못해서 고의는 아니겠지만 나를 아프게 하거든요."

존 선생과 신사는 이제 인사를 나누고 있었다. 그들이 얘기하는 동안 나는 안락의자로 다가가 힘없이 의자에 기대어 있는 소녀가 원하는 게 있나 알아보고 그대로 해주었다.

그레이엄이 다가왔을 때 나는 여전히 그녀 주변을 정돈해주느라 바빴다. 내과뿐 아니라 외과 치료에도 능한 그는 진찰을 해보더니 현재로서는 자신의 처치만으로도 충분하다고 했다. 그는 그녀를 방으로 옮기라고 한 다음 나에게 속삭였다.

"루시, 저 여자들과 함께 가시오. 저 여자들은 둔해 보여요. 적어도 당신이라면 그녀가 덜 아프도록 어떻게 움직여야 하는지 지시를 내릴 수 있을 거요. 저 아가씨는 아주 조심스럽게 다루어야 하오."

그녀의 방은 연푸른색 천이 드리워져 있어 어두웠고 모슬린 커튼과 휘장 때문에 뿌옇게 보였다. 침대는 쌓인 눈이나 안개처럼 얼룩 한점 없이 부드럽고 얇고 가벼워 보였다. 나는 함께 들어간 여자들을 옆으로 비켜서게 한 다음, 악의는 없지만 서투른 그들의 도움 없이 나 혼자서 아가씨의 옷을 벗겨주었다. 침착한 상태가 아니라 옷을 벗기면서 세세한 부분 하나하나를 떼어 똑똑히 볼 수는 없었지만, 전체적으로 세련되고 섬세하고 완벽한 교양을 갖춘 숙녀라는 인상이었다. 나중에 생각해보니 그녀의 옷차림은 지네브라 팬쇼 양의 옷과 분위기와는 확연히 대조를 이루는 것이었다.

그 아가씨는 자그맣고 연약하지만 모범적인 숙녀였다. 아주 부드럽게 반짝이고 정성스럽게 손질되어 있는, 가늘지만 숱이 풍성한 머리카락을 뒤로 빗어 넘겨주자, 앳되고 창백하고 연약하지만 기품 있는 얼굴이 드러났다. 이마는 깨끗하고 반듯했고, 뚜렷하면서도 부드러운 눈썹은 관자놀이 부분에 이르러서는 희미한 흔적만이 남았다. 눈은 자연의 값진 선물이었다. 아름답고 동그라면서 커다랗고 깊어서 그것만 못한 다른 이목구비를 지배하는 듯했다. 다른 때 다른 상황에서 보았다면 아주 풍부한 의미가 담긴 눈이었겠지만, 지금은 활기가 없고 고통에 차 있었다. 피부는 완벽하게 하얬다. 목과 팔의 가는 핏줄은 꽃잎 위의 선처럼 보였다. 이 연약한 외양 위에 자부심이라는 얼음이 얇게 덮혀 있었고, 입술 양끝은 살짝 올라가 있었다. 원래 타고난 입매거나 자기도 모르게 그런 표정을 지은 듯했다. 처음 본 그녀의 모습이 건강하고 당당했다면 의아했을 것이다. 이 작은 아가씨가 인생과 자신의 처지에 대해 비뚤어진 견해를 지녔다는 증거로 여겼을 것이다.

의사의 손길이 닿았을 때 그녀가 하는 행동을 보고 처음에는 웃음이 나왔다. 철없지 않고 오히려 전체적으로 아주 참을성 있고 침착한 태도였지만, 한두번 갑자기 날카로운 비명을 지르며 아프니까 좀 살살 치료해달라고 한 것이었다. 그녀의 커다란 눈이 호기심에 찬 예쁜 어린아이의 눈처럼 엄숙하게 그의 얼굴을 바라보는 모습이 보였다. 그레이엄이 그런 눈길을 눈치챘는지는 모르겠다. 하지만 보았더라도 마주 바라보아 그녀의 시선을 막거나 그녀를 불편하게 하지는 않았을 것이다. 그는 힘닿는 한 그녀를 덜 아프게 하려고 극도로 조심스럽고 부드럽게 치료했다. 치료가 끝나자 그녀는 그의 수고에 걸맞은 감사의 말을 했다.

"감사합니다, 선생님. 안녕히 가세요." 그녀는 진심으로 고마워하며 말했다. 이 말을 할 때 그녀는 다시 진지하게 그를 똑바로 쳐다보았는데, 독특하게 엄숙하고 강렬한 눈빛이었다.

상처는 그다지 위험하지 않은 것 같았다. 위험하지 않다는 말을 듣자 그녀의 아버지는 친구에게 지어 보이듯 환한 미소를 지었다. 아주 반갑고 흡족한 소식인 듯했다. 그는 도움을 받았으나 아직은 잘 모르는 사람을 대하는 영국인답게 열렬하게 감사를 표하면서, 내일도 왕진을 와달라고 부탁했다.

"아빠." 휘장이 쳐진 침대에서 목소리가 들렸다. "숙녀분께도 감사하다고 전해주세요. 거기에 계시지요?"

나는 웃으면서 커튼을 젖히고 그녀를 바라보았다. 이제 그녀는 비교적 편안하게 누워 있었다. 창백하지만 예쁘고 섬세한 얼굴이었다. 첫눈에는 거만하게 보이지만 자주 보면 부드러워 보일 인상이었다.

"아가씨, 정말 감사합니다." 그녀의 아버지가 말했다. "제 딸을 아주 친절히 보살펴주신 것 같군요. 허스트 부인에게 누가 일을 대신 했는지 비밀로 해둬야겠는데요. 그녀가 알면 부끄러워하고 질투할 것 같아서 말입니다."

이렇게 아주 화기애애한 분위기 속에서 우리는 작별인사를 나누었다. 그들은 친절하게도 다과라도 들고 가라고 했으나 밤이 깊었기 때문에 우리는 거절하고 끄레시 호텔을 나섰다.

돌아가는 길에 다시 극장을 지나쳤다. 어둠과 고요뿐이었다. 소리를 지르며 달려가던 군중은 모두 사라지고 없었다. 화재가 진화되었을 뿐 아니라 램프도 모두 꺼져 있었다. 화재는 잊혀 있었다. 다음 날 조간신문에 난 기사에 의하면, 화재는 느슨하게 걸려 있던 휘장에 불똥이 떨어져서 발생했지만 곧 진화되었다고 했다.

24장
바숑삐에르 씨

외진 학교나 담장으로 차단된 보호구역에 사는 사람들, 즉 외딴 곳에 사는 사람들은 어느날 갑자기 더 자유로운 세계에 사는 사람들의 기억에서 사라지고 그 상태는 오랫동안 지속되기 쉽다. 평소보다 더 자주 연락을 하다가 아마도 알 수 없는 이유로 잊혀져버리는 것이다. 흥분할 만한 사소한 사건들이 계속 일어나는 바람에 연락이 단절되는 것이 아니라 자연스럽게 더 자주 연락을 하다가, 조용한 휴지기, 말없는 침묵, 긴 망각이라는 공백이 시작된다. 이 망각은 언제나 끝없이 이어진다. 완벽하고 설명도 없는 망각이다. 자주 오던 편지는 끊기고, 정기적이던 방문은 중단되고, 나를 기억하고 있다는 표시인 책이나 편지나 다른 징표들은 더이상 오지 않는다.

이런 망각에는 분명한 이유가 있다, 은둔자만 그것을 모를 뿐. 그 자신은 방 안에 가만히 있지만 그와 연락을 하던 바깥세상 사람들은 인생이라는 소용돌이에 휘말려 있다. 그에게는 이 공허한 공백기가 너무나 천천히 지나가서 시계가 멈춘 것처럼 보일 것이다. 날개 잘린 시간[1]이 이정표마다 쉬면서 지친 걸음을 옮기는 듯할 것이다. 하지만 그의 바깥세상 친구들에게는 그 공백기가 사건들로 가득차 있고 숨차게 지나갈 것이다.

은둔자, 만일 현명한 은둔자라면, 내면의 겨울인 그 몇주 동안 떠오르는 생각을 억누르고 감정에는 자물쇠를 채울 것이다. 자신의 운명이 가끔씩은 산쥐의 운명을 닮게 되어 있음을 알고 마음이 편안해질 것이다. 그리고 자그마한 공처럼 움츠린 후, 삶이라는 벽으로 둘러싸인 구멍 속으로 순순히 기어들어가 눈보라가 불어들어와 그 안에서 겨울 내내 꽁꽁 얼어버려도 그러려니 할 것이다.

"정말 그래야 옳아. 그렇게 되어 있으니까 그래야만 해"라고 은둔자가 말해도 내버려두자. 그러면 어느날 눈으로 된 그의 무덤이 녹아서 벌어지고, 부드러운 봄기운이 다시 만연해지고, 그에게 햇살이 비치고 남풍이 불어올 것이다. 산울타리에 싹이 트고 새들이 지저귀고 시내가 녹아 노래를 부르면, 그는 그 다정한 부름을 듣고 소생할 것이다. 아마 그럴 수도 있고, 그러지 않을 수도 있다. 그의 가슴에 긴 서리가 영영 녹지 않고, 봄이 오면 까마귀나 까치가 그 벽 너머에서 그의 뼈를 주울지도 모른다. 그런 경우조차 모두 괜찮을 것이다. 처음부터 그는 자신이 유한한 존재이며, 언젠가는 세상 모든 사람들이 가는 길로 "앞서거니 뒤서거니" 사라져야 한다는 사실을 알고 있었을 테니까.

극장에서의 그 파란만장한 저녁 이후의 칠주는 내게 일곱장의

---

1 "날개 잘린, 기어가는 시간들". P. B. 셸리의 4막짜리 서정극인 『사슬에서 풀린 프로메테우스』(*Prometheus Unbound*) 1막 1장.

빈 종이처럼 공허한 시간이었다. 그 일곱장의 종이에는 아무 말도 쓰여 있지 않았다. 단 한번의 방문도, 어떤 우정의 징표도 없었다.

그 칠주의 중간쯤에는 라 떼라스의 친구들에게 무슨 일이 생겼나 했다. 고독한 사람에게는 공백의 중간쯤이 늘 혼란스럽다. 오랫동안 기다리고 긴장한 탓에 신경이 약해진다. 여태껏 물리쳤던 의심이 쌓여 한덩어리로 뭉쳐져 앙심의 냄새를 풍기며 그를 향해 기세 좋게 되돌아온다. 밤 역시 불친절한 시간이 되어 그는 쉬이 잠을 이루지 못한다. 이상한 놀라움과 갈등으로 잠자리는 어수선하다. 친구들의 뇌리에서 완전히 잊혔을 거라는 병적인 두려움이 재앙의 공포를 동반한 무시무시한 악몽과 한편이 되어 그를 공격한다. 불쌍한 사람 같으니! 그는 버티려고 최선을 다하지만 불쌍하게도 창백하게 여위어갈 뿐이다.

그 긴 칠주가 끝나갈 무렵 나는 지난 육주 동안 강력히 거부했던 사실, 이런 공백은 불가피하다는 사실을 인정하게 되었다. 이 공백이 어쩔 수 없는 상황의 결과이고 운명의 명령이고 내 삶의 일부이며, 무엇보다도 왜 이런 일이 생겼는지 물어서도 안되고, 고통스러운 결과에 대해서 일절 불평해서는 안된다는 것을 받아들인 것이었다. 물론 괴로워한 것에 대해 나 자신을 비난하지는 않았다. 바보같이 지나친 자책감에 빠지지 않고 좀더 진실에 가까운 공정한 감각을 갖게 된 데 대해 신께 감사했다. 그리고 상대방의 침묵에 대해서는, 이성적으로도 그들을 비난할 일이 없다는 것을 잘 알고 있었을 뿐 아니라 감정적으로도 그 사실을 인정했다. 그러나 그것은 거칠고 힘든 길이었으며, 나는 더 좋은 시절이 오기를 꿈꾸었다.

존재를 유지하고 채우기 위해 나는 다양한 방편을 실험했다. 정교한 레이스 뜨기를 시작했고, 독일어를 아주 열심히 공부했으며, 도서관에 있는 가장 무미건조하고 두꺼운 책들을 가져다 규칙적으로 읽었다. 내가 아는 한도 내에서는 정통적인 온갖 방법을 다 써보았다. 그런데 무엇인가 잘못되었을까? 그런 것 같았다. 그 결과는 굶주림을 면하기 위해 쇠줄을 갉아먹고 마른 목을 축이기 위해서 소금물을 마시는 것과 같을 뿐이었다.

가장 고통스러운 시간은 우편물이 오는 시간이었다. 불행히도 나는 그 시간을 너무나 잘 알고 있었고, 자신을 속이고 그 시간을 모르는 척하려고 열심히 노력했으나 소용이 없었다. 익히 아는 종소리가 들리기 전의 가슴이 찢어질 듯한 기대와 종이 울린 후 세상이 무너져버리는 절망이 매일 반복되는 게 두려웠다.

동물을 우리에 가두어놓고 항상 아사 직전으로 조금씩만 먹이면 내가 편지를 기다리듯이 먹이를 기다릴 것이다. 오! 오랫동안 차분한 척하며 버티느라 인내심이 지쳐 떨어져나갔다. 더이상 차분한 척하지 않고 사실대로 말하자면, 나는 지난 칠주 동안 심한 두려움과 고통에, 내면의 이상한 시련에, 희망을 상실한 비참함에, 견딜 수 없이 엄습하는 절망에 시달렸다. 특히 절망은 너무나 가까이 다가와서 그것의 숨결이 바로 내 몸을 뚫고 지나가는 것 같았다. 절망은 폐부를 뚫고 들어와 심장에서 잠시 멈추었다가 이루 말할 수 없는 압력을 가해야 몸 밖으로 나가는 유독한 공기나 한숨처럼 느껴졌다. 편지, 내 사랑하는 편지는 전혀 올 기미가 없었다. 내 인생에서 달콤하게 기대할 것이라고는 그 편지밖에 없었다.

그 같은 극도의 결핍감 속에서 나는 상자 안에 든 작은 꾸러미에 몇번이고 의지했다. 그 다섯통의 편지에. 이 다섯개의 별이 떠 있던 그 몇달 동안 하늘은 얼마나 찬란했던가! 언제나 밤이면 그 별들을 찾아갔다. 차마 저녁마다 부엌에 있는 양초를 달라고 할 용기가 나지 않아서, 양초와 불붙일 성냥을 사서 저녁 공부시간에 몰래 기숙사 방으로 올라가 바르메시드[2]의 빵부스러기를 먹었다. 그 빵부스러기는 전혀 영양분이 없었다. 나는 그것을 갈망하며 그림자처럼 야위어갔다. 그러나 아픈 곳은 없었다.

어느날 저녁 다소 늦은 시간에 기숙사에서 편지를 읽으면서 더 이상은 읽을 수 없다고 느꼈다. 끊임없이 정독하는 바람에 그 편지들은 생기와 의미를 모두 잃어갔다. 황금이 내 눈앞에서 시든 나뭇잎이 되어갔다. 내가 환상이 깨진 것을 슬퍼하고 있는데, 그때 갑자기 경쾌한 잔걸음으로 층계를 올라오는 사람이 있었다. 지네브라 팬쇼 양의 발소리였다. 그녀는 그날 오후 시내에서 저녁을 먹었는데, 이제야 돌아와 옷장에 숄 등속을 넣으려는 참이었다.

그랬다. 밝은 비단옷을 입은 그녀가 들어왔다. 숄은 어깨에서 흘러내렸고 축축한 밤공기에 반은 풀어진 곱슬머리는 목덜미에 아무렇게나 치렁치렁 늘어뜨려져 있었다. 내가 보물을 다시 상자에 넣고 자물쇠를 채우기가 무섭게 어느새 그녀가 옆에 와 있었다. 기분이 썩 좋아 보이지는 않았다.

"멍청한 저녁에다 멍청한 사람들이야." 그녀가 말을 시작했다.

"누구? 숄몽들레 부인 댁? 그 집안이 늘 매력적이라고 여기는 줄 알았는데."

"숄몽들레 부인 댁에 다녀온 게 아니야."

"정말! 그러면 새 친구를 사귀었어?"

"바송삐에르 아저씨께서 오셨어."

---

2 『아라비안나이트』에 나오는 페르시아 귀족. 거지에게 가상의 식사를 대접한다.

"바숑삐에르 아저씨! 반갑지 않니? 그 아저씨를 제일 좋아하는 줄 알았는데."

"네가 잘못 생각했어. 아저씨는 밉살스러운 사람이야. 난 그 사람이 싫어."

"외국인이라서 그런 거야? 아니면 싫어해야 할 다른 이유가 있는 거야?"

"외국인이 아니야. 틀림없는 영국인이야. 그리고 삼사년 전까지만 해도 영국 이름을 가지고 있었어. 어머니가 드 바숑삐에르라는 성을 지닌 외국인이었는데, 외가 쪽 사람 몇이 죽으면서 아저씨에게 영지와 작위와 이름을 남겨주었어. 지금은 아주 대단한 인물이야."

"그래서 싫어하는 거야?"

"그 사람에 대해 엄마가 뭐라고 했는 줄 알아? 그 사람은 내 삼촌이 아니라 이모부야. 엄마도 그를 싫어하셔. 그가 구박해서 지네브라 이모께서 돌아가신 거래. 그 사람은 생긴 것도 곰 같아. 아주 기분 나쁜 저녁이었어!" 그녀는 계속했다. "다시는 그 커다란 호텔에 안 갈 거야. 혼자 방에 걸어들어갔는데 쉰살쯤 된 덩치 큰 사람이 앞으로 오더니 나랑 몇분 얘기를 나누다가 갑자기 등을 돌려 밖으로 나가는 광경을 상상해봐. 별꼴이야! 양심의 가책을 느껴서 그런 게 뻔하지 뭐. 왜냐하면 집에선 모두들 내가 지네브라 이모를 빼닮았다고들 하거든. 엄마는 너무 닮아서 우습다고 공공연히 말하기까지 했으니까."

"방문객이 너밖에 없었니?"

"나밖에 없었냐고? 그랬어. 그리고 내 사촌 계집애, 버르장머리 없고 제멋대로인 애가 있었지."

"바숑삐에르 씨께 딸이 있었어?"

"그래, 그래. 귀찮게 자꾸 물어보지 마. 아, 제발! 난 너무 피곤해."

그녀는 하품을 했다. 그리고 무례하게 내 침대에 몸을 던지고는 "몇주 전에 극장에서 소동이 났을 때 그 계집애가 짓눌려서 거의 젤리가 될 뻔했대" 하고 말했다.

"아! 정말? 그러면 그들이 혹시 끄레시가에 있는 큰 호텔에 살고 있어?"

"바로 그래.[3] 근데 네가 그걸 어떻게 알아?"

"거기에 간 적이 있어."

"오, 간 적이 있다고? 정말이야! 요즘에는 별별 데를 다 가는군. 브레턴 부인이 데려갔구나? 그분이랑 아스클레피오스[4]가 바송삐에르 아저씨 댁에 드나드니까. 사고가 났을 때 '내 아들 존'이 그 아가씨를 돌보아주었던 것 같아. 사고라고? 흥? 그런 척한 거겠지! 잘난 것도 없는 게 잘난 척하다가 짓눌리지도 않았으면서 그런 척한 거겠지. 그리고 이젠 아주 친한 사이가 되었던걸. '지나간 시절' 어쩌고 하는 소리가 들리더라고. 모조리 얼마나 멍청한지!"

"모조리라니! 방문객이 너밖에 없었다고 했잖아."

"내가 그랬나? 노부인과 그 아들 이야기를 깜빡했네."

"오늘 저녁에 바송삐에르 씨 댁에 브레턴 선생과 브레턴 부인이 오셨어?"

"그래, 그랬다니까! 틀림없이 있었지. 그 계집애가 여주인 역할을 하는데 얼마나 잘난 척하던지!"

퉁퉁 부어서 축 처져 있던 팬쇼 양이 맥이 빠진 이유가 드러나기 시작하고 있었다. 자신을 향하던 찬사가 줄고 경의와 관심이 다른

---

3 (프) Justement.

4 그리스신화에 나오는 치유의 신으로, 여기서는 의사를 뜻한다.

곳으로 향하거나 완전히 없어졌기 때문이었다. 그래서 그녀의 아양은 먹히지 않았고, 허영심은 굴욕을 겪어야 했다. 그녀는 누워서 씩씩댔다.

"바숑삐에르 양은 좀 괜찮아졌니?" 내가 물었다.

"물론 너나 나만큼 건강하지. 하지만 고 조그만 게 얼마나 가식적인지, 의사의 주의를 끌기 위해 일부러 아픈 척하는 거야. 그 노마님이 그녀를 긴 의자 위에 눕히고 '내 아들 존'이 흥분하면 안된다고 하는 꼴을 보고 있자니. 푸우! 아주 역겨워서 혼났어."

"만일 관심의 대상이 바뀌어 네가 바숑삐에르 양이었으면 전혀 역겹지 않았을걸."

"정말이야! 난 '내 아들 존'이 싫어!"

"'내 아들 존'이라니! 누굴 그렇게 부르는 거야? 브레턴 선생의 어머니께서는 절대로 그렇게 부르지 않아."

"그러면 그렇게 불러야 돼. 그는 아둔한 촌뜨기 존이니까."

"너 사실을 왜곡하는구나. 이제 내 인내심이 바닥나려고 하니 당장 내 침대에서 일어나 이 방에서 나가줬으면 좋겠어."

"화를 내고 야단이야! 얼굴이 개양귀비색이야. 왜 그 대단한 존에 대해서라면[5] 그렇게 발끈하는 건데? '존 앤더슨, 나의 조, 존!'[6] 아, 그 저명한 이름이여!"

나는 격분해 떨다가, 이런 빈약한 날개를 한 나방 같은 시시한 상대와 싸울 수도 없고 계속 화를 내봤자 나만 바보가 될 것 같아서, 그녀가 나가려 하지 않았으므로 양초를 끄고 책상을 잠근 후

---

5 (프) à l'endroit du gros Jean.

6 로버트 번스의 시 제목으로, 종교개혁운동 시기에 불린 반가톨릭 성향의 노래를 모티프로 했다. 앞서 언급한 '내 아들 존'도 이 노래에서 따온 것이다.

내가 나와버렸다. 원래 싱거운 맥주 같은 그녀이기는 했지만, 이제는 견딜 수 없이 시어져버렸다.

그다음 날은 목요일로, 반半휴일이었다. 아침식사를 끝내고, 나는 1반 교실로 물러났다. 두려운 시간, 우편물이 오는 시간이 다가왔다. 유령이 보이는 사람이 유령을 기다리듯이 나는 편지를 기다리며 앉아 있었다. 그 어느 때보다 편지가 올 가능성이 없는 것 같았다. 그러나 아무리 애를 써도 여전히 편지가 올지도 모른다는 생각을 떨칠 수가 없었다. 그 순간이 시시각각 다가오자 비정상적인 불안과 공포가 엄습했다. 겨울 동풍이 부는 날이었다. 건강한 사람들은 무엇인지 알지도 이해하지도 못하겠지만, 얼마 전부터 나는 변덕스러운 바람과 음울한 교제를 하고 있었다. 북풍과 동풍은 모든 고통을 더욱 통렬하게, 모든 슬픔을 더욱 깊게 하는 끔찍한 영향력이 있다. 남풍은 마음을 가라앉혀주고, 서풍은 때때로 기분을 북돋워주기도 한다. 하지만 남풍과 서풍이 천둥구름을 몰고 오는 날이면 그 무게와 온기에 눌려 진이 빠져버린다.

매섭게 춥고 컴컴하던 1월의 그날, 보닛도 쓰지 않고 교실을 나와 기다란 정원 아래까지 달려내려가 헐벗은 관목 사이를 서성거렸던 기억이 난다. 종소리가 들리지 않는 곳에서 나는 우편배달부가 종을 울리길 허망하게 바랐다. 강박관념이라는 이빨에 계속 갉아먹혀 닳아버린 신경은 더이상 종소리로 인한 전율을 견딜 수 없었다. 나는 내가 없어진 걸 아무도 눈치채지 못할 때까지 가능한 오랫동안 서성댔다. 고문과도 같은 종소리가 두려워서 앞치마로 머리를 감싸고 귀를 틀어막았다. 그 종소리 다음에는 멍한 침묵과 황량한 진공이 이어질 게 분명했다. 마침내 용기를 내서 1반 교실에 들어갔다. 아직 아홉시도 안돼서 학생들은 아무도 교실에 들어와 있지 않았다. 제일 처음 눈에 띈 것은 내 검은 책상 위에 있는 하얗고 납작한 물건이었다. 내가 종소리를 안 듣는 사이에 우편물이 도착한 것이었다. 로진이 내 방에 들어와서 천사처럼 왔다 갔다는 빛나는 징표를 남긴 것이었다. 책상 위에서 빛나는 것은 정말이지 편지, 진짜 편지였다. 3야드 떨어진 곳에서도 그 편지를 알아보았고, 이 세상에 내게 편지를 쓸 사람은 한 사람밖에 없었기 때문에 누가 보낸 편지인지 쉽게 알 수 있었다. 그가 아직도 날 기억하고 있었던 것이다. 깊은 감사로 가슴이 두근거리면서 마음 구석구석 얼마나 새로운 활기가 퍼졌던가!

가까이 다가가 몸을 숙이고 편지를 보며, 틀림없이 익숙한 필체를 보리라는 희망에 떨고 있었는데 순간적으로 낯설어 보이는 서명이 눈에 들어왔다. 박력 있는 남자 글씨가 아니라 가냘픈 여자의 글씨였다. 운명이 내게 너무 가혹하다는 생각이 들어 "이건 너무 잔인해!"라고 소리내어 말하고 말았다.

하지만 나는 그 고통 역시 극복했다. 아무리 고통스러워도 인생은 여전히 인생이니까. 우리를 즐겁게 하던 광경이 모두 사라지고 우리에게 위안을 주던 소리가 전혀 들리지 않아도 눈과 귀의 효용은 그대로 남는다.

나는 편지를 뜯었다. 그때쯤에는 그것이 아주 친숙한 필체인 것을 알아보았다. "라 떼라스"에서 온 것이었고 그 내용은 다음과 같았다.

사랑하는 루시, 지난 한두달 동안 네가 어떻게 지냈는지 안부 편지를 해야겠다는 생각이 났다. 그동안 설명하기 힘든 일이 있었으리라고는 생각지 않는다. 라 떼라스의 우리만큼이나 바쁘고 행복하게 지냈겠지. 그레이엄은 매일 환자가 늘고 있다. 찾는 환자도 늘고 왕진도 많아져서 나는 그애가 곧 거만해질 것이라고 말하곤 한다. 훌륭하고 올바른 엄마답게 그애를 겸손하게 만들려고 최선을 다하는 거지. 너도 알다시피 나는 그애에게 전혀 칭찬을 하지 않잖니. 그렇지만 루시, 그애는 좋은 아이란다. 그애를 보노라면 마음이 즐거워진단다. 하루 종일 여기저기 뛰어다니고, 쉰가지 다른 성격을 가진 사람들을 상대하는 시련을 겪고, 백여가지 변덕과 싸우고, 때로는 잔인한 고통을 목격하는데도(아마 가끔씩은 네가 환자들에게 그런 고통을 안겨주겠지, 나는 그애한테 얘기한단다), 밤이면 여전히 아주 상냥하고 기분 좋은 모습으로 집에 있는 내게로 돌아온단다. 그래서 정말이지 내 정신은 정반대로 살고 있는 것 같단다. 이 1월 저녁, 다른 사람에게는 밤이 다가올 때 내게는 아침 해가 떠오르니 말이다.

여전히 그 아이는 누군가가 정돈해주고 고쳐주고 억눌러줘야 할 필요가 있어 내가 그 역할을 한단다. 하지만 그 아이는 너무나 유연해서 완전히 궁지로 몰아넣을 수가 없구나. 마침내 그 녀석이 나 때문에 시무룩해졌구나 생각할라치면 어느새 내게 농담으로 보복한단다. 그런데 그애와 그애가 하는 짓궂은 장난을 모두 아는 네게 이런 이야기를 늘어놓다니 내가 어리석은 늙은이구나.

나의 형편을 말하자면, 브레턴가의 대리인이었던 이가 날 찾아온 후로는 사업 문제에 몰두하고 있단다. 그레이엄이 아버지가 남긴 유산 중 일부라도 되찾기를 간절히 바라고 있거든. 그레이엄은 내가 이 문제에 안달하는 것을 놀리는구나. 자기가 버는 논만으로도 우리가 얼마나 잘살고 있는지 보라면서, 늙은 귀부인께서 가지고 싶은데 갖지 못하신 게 뭐냐는 거야. 하늘색 터번 얘길 하는 거지. 그러면서 내가 다이아몬드 장신구를 걸치고, 제복 입은 하인들을 거느리고, 호텔을 소유하고, 빌레뜨의 영국인들 사이에서 유행을 주도할 야심을 품고 있다고 비난한단다.

하늘색 터번 이야기가 나왔으니 하는 말인데, 그날밤 네가 함께 있으면 좋았을 걸 그랬다. 그애는 무척 피곤한 상태로 돌아와서는, 내가 차를 우려주니 늘 그러듯이 주제넘게 내 의자에 털썩 주저앉았단다. 개가 곯아떨어지는 바람에 난 너무 기뻤단다(날더러 존다며 놀리는 걸 알잖니. 나야 낮에는 눈을 붙이는 법이 없는데 말이야). 자고 있는 동안, 개가 아주 잘생겼다는 생각이 들었어, 루시. 이렇게 아들 자랑을 하는 것도 푼수짓이기는 하지만, 어쩌겠니? 그만한 애가 어디 있겠니. 어디를 봐도 빌레뜨에 개만 한 애는 없는걸. 어쨌든, 난 그애에게 장난을 치기로 했단다. 그래서 그 하늘색 터번을 가져다가, 아주 살살 이마에 두르는 데 성공했단다. 정말이지 아주 잘 어울렸어. 피부색이 너무 하얀 것만 빼면 동양인처럼 보였단다. 하지만 이젠 누구도 그애를 빨간 머리라고 놀릴 수 없단다. 그애의 머리카락은 진짜 밤색, 윤기 나는 진한 밤색이 되었으니까. 내 커다란 캐시미어 숄을 걸쳐놓자, 알제리의 장관이나 터키의 군사령관이나 장관 중 하나로 상상해도 좋을 모습이 되었단다. 너도 봤다면 좋았을 것을.

아주 재미있었단다. 하지만 혼자여서 재미가 반으로 줄었지. 네가 있으면 좋았을 텐데.

얼마 후 나의 왕께서 일어나셨지. 벽난로 위의 거울을 보고 곧 자신이 궁지에 몰린 것을 눈치챘지. 상상하고 있겠지만, 그래서 나는 지금 복수의 협박과 두려움 속에서 지내고 있단다.

이제 요점을 말하마. 포세뜨가에서는 목요일이 반휴일인 걸로 안다. 그러니 오후 다섯시까지 준비하고 있어라. 그 시간에 널 라 떼라스로 데려올 마차를 보내마. 꼭 와야 한다. 옛 친구를 만날 수 있을 거야.

잘 지내렴, 현명하고 사랑스럽고 착실한 내 대녀야. 진심으로 널 생각하며.

루이자 브레턴

아, 이런 편지야말로 사람을 바로잡아주는구나! 편지를 읽은 후에도 여전히 슬프기는 했지만 좀더 차분해졌다. 기분이 좋아진 것은 아니지만 마음이 놓였다. 적어도 내 친구들은 건강하고 행복했다. 그레이엄에게는 아무런 사고도 일어나지 않았고, 그의 어머니도 건강했다. 아주 오랫동안 내 꿈속과 머릿속을 맴돌던 재앙은 일어나지 않은 것이었다. 나에 대한 그들의 감정도 예전과 다름이 없었다. 하지만 브레턴 부인의 칠주가 어땠는지 알게 되어 나의 칠주와 비교하니 얼마나 이상하던지! 예외적인 위치 때문에 겪는 고통을 무모하게 공표하지 않고 침묵을 지키는 것은 또 얼마나 현명한 일인지! 세상 사람들은 음식을 못 먹어 죽어가는 건 잘 이해하면서도 고독에 감금되어서 미치는 건 이해하지 못한다. 그들은 오랫동안 매장되어 있던 사람을 미치광이나 백치로 본다! 이런 사람의 감각이 어떻게 무뎌지는지, 즉 처음에는 흥분했던 신경이 이름조차 없는 고뇌를 겪고 마비되어버리는지 하는 문제는 세상 사람들에게는 너무 복잡해서 조사할 수도 없고 너무 추상적이어서 이해할 수도 없다. 그런 것에 대해 말을 하라고! 유럽 시장의 한복판에 서서 우울증에 걸린 느부갓네살왕이 당황해하는 주술사들에게 말할 때의 언어와 분위기로 그 음울한 진실을 말하는 것과도 같을 것이다.[7] 그런 주제를 수수께끼로 여기지 않고 그런 분위기에 공감하는 사

---

7 다니엘서 4장. 느부갓네살왕이 바빌론의 주술사들을 불러 꿈 해몽을 시켰으나 아무도 제대로 꿈의 의미를 맞히지 못했다.

람들을 만나기란 오랫동안 어려울 것이며, 그런 사람의 수 또한 얼마 안될 것이다. 육체적인 불편함만이 동정의 대상이 될 자격이 있고 그 나머지는 거짓으로 여겨질 기간 또한 길 것이다. 세상이 지금보다 젊고 강건할 때조차도 정신적인 시련은 여전히 불가사의한 수수께끼였다. 이스라엘을 통틀어도 사울은 한 사람밖에 없었고 그를 이해하고 달래주는 다윗도 분명히 한 사람이었다.[8]

* * *

오전에는 살을 에는 고요한 냉기가 감돌더니 오후에는 러시아의 황야에서 매서운 바람이 불어왔다. 한대기후가 아래를 향해 한숨을 쉬자 온대지방은 순식간에 얼어붙었다. 눈을 머금어 두껍고 어둡고 무거운 하늘이 북쪽에서 밀려오더니 예상대로 유럽 전역을 뒤덮었다. 오후가 되자 눈이 내리기 시작했다. 엄청나게 광폭한 하얀 눈보라가 일어서 마차가 안 오면 어떡하나 걱정이 될 정도였다. 그러나 대모님을 믿어야지! 한번 초대한 이상 그녀는 반드시 손님을 맞아들이는 분이었다. 여섯시경에 나는 이미 마차에서 내려 라떼라스의 정면 계단을 올라가 현관에 들어서고 있었다.

뛰다시피 복도를 지나 2층의 거실로 올라가자 브레턴 부인이 있었다. 그녀 안에는 여름이 있었다. 두배나 더 추웠더라도 그녀의 친절한 키스와 다정한 악수 앞에서는 온몸이 따뜻해졌을 것이다. 휑한 벽과 시커먼 긴 의자와 책상과 난로가 있는 방에 오랫동안 익숙해진 내게는 이 파란 거실마저도 으리으리해 보였다. 크리스마스

---

8 사무엘상 16:23. "하느님께서 부리시는 악령이 사울에게 이를 때에 다윗이 수금을 들고 와서 손으로 탄즉 사울이 상쾌하여 낫고 악령이 그에게서 떠나더라."

분위기를 내며 타오르는 난로의 불꽃에서도 어리둥절할 정도로 선명한 진홍빛 광채가 났다.

대모는 잠시 동안 내 손을 잡고 이야기하면서 마지막으로 보았을 때에 비해 여위었다고 야단이었다. 그러고는 눈보라에 머리가 헝클어졌다며 위층으로 가 머리를 빗고 숄을 벗고 오라고 했다.

내가 머물렀던 초록빛의 작은 방으로 돌아가보니 난롯불이 지펴져 있고, 촛불도 켜져 있었다. 커다란 양초가 대형 거울 양쪽에 세워져 있었다. 그런데 촛불 사이에, 그리고 거울 앞에 무언가가 있는 것이 아닌가. 공기의 요정같이 자그맣고 가볍고 하얀 겨울 요정이 옷을 차려입고 서 있었다.

잠시 잠깐 그레이엄과 그가 말했던 환각이 떠올랐다. 나는 믿을 수 없다는 눈으로 이 새로운 환상을 자세히 살펴보았다. 그 요정은 은은히 빛나는 주홍색 물방울무늬가 있는 흰옷을 입고 있었다. 허리띠는 붉은색이었고, 머리에는 나뭇잎 같지만 반짝이는 무언가를 쓰고 있었다. 상록수처럼 잎이 반들반들한 작은 화관이었다. 환상이든 아니든 두려울 게 없는 모습이었으므로 나는 앞으로 걸어갔다.

요정은 내게로 몸을 돌리고 속눈썹이 긴 커다란 눈동자를 빛내며 침입자를 바라보았다. 길고 짙은 속눈썹이 곡선을 그리고 있어 눈동자가 부드러워 보였다.

"아, 오셨군요!" 그녀는 부드러운 목소리로 조용히 속삭이고는, 가만히 웃으면서 날 바라보았다.

그제야 나는 그녀를 알아보았다. 그처럼 섬세하고 연약한 이목구비를 갖춘 얼굴은 단 한번밖에 본 적이 없으므로 당연히 알아보았다.

"바송삐에르 양이군요." 내가 말했다.

"아니에요." 그것이 대답이었다. "당신에게는 바송삐에르 양이 아니에요." 그러면 누구냐고 묻지 않고 나는 그녀 스스로 말해주기를 기다렸다.

"변하셨지만 여전히 당신이군요." 그녀가 가까이 다가오면서 말했다. "전 아주 생생하게 기억해요. 당신의 표정과 머리색과 얼굴 모양까지……"

내가 난롯가로 가자 그녀는 맞은편에 서서 나를 바라보았다. 바라보는 그녀의 얼굴에 생각과 감정이 점점 더 선명하게 드러나더니, 마침내 눈물이 글썽거렸다.

"옛날을 생각하니 눈물이 나오려고 해요." 그녀가 말했다. "하지만 유감스럽거나 감상적이어서 그런 건 아니에요. 반대로 아주 기쁘고 반가워서 그래요."

무슨 말인가 싶었지만 당황스러워서 무슨 말을 해야 할지 몰랐다. 마침내 나는 더듬거리며 말했다. "몇주 전 다치시던 날 밤에 처음 본 것 같은데요. 그전에는 만난 적이 없는 것 같은데……"

그녀는 웃음을 지었다. "날 당신 무릎에 앉히고, 번쩍 들어 안아주고, 같은 베개를 베고 잔 것을 잊었단 말씀이세요? 내가 심술쟁이처럼 울며 당신 침대로 찾아가서 당신이 침대 속으로 들여보내준 그날밤이 기억나지 않으세요? 무척 괴로워하던 나를 달래주고 보호해준 일이 전혀 기억나지 않나요? 브레턴으로 돌아가 홈 씨를 떠올려보세요."

마침내 나는 알게 되었다. "그러면 당신이 꼬마 폴리?"

"폴리나 메리 홈 드 바송삐에르예요."

시간은 얼마나 큰 변화를 가져오는지! 꼬마 폴리의 창백하고 오밀조밀한 이목구비, 균형 잡힌 몸매, 다양한 표정에는 앞으로 관심을 끌 만한 우아한 매력의 가능성이 있긴 했다. 하지만 이제 폴리나 메리는 미인이 되어 있었다. 통통한 얼굴과 건강한 혈색에 풍만한 몸매를 갖춘 눈에 번쩍 띄는 미인이거나 금발인 사촌 지네브라처럼 통통하고 분홍빛 뺨에 아맛빛 머리카락의 미인은 아니었다. 그러나 이 열일곱살 아가씨는 세련되고 부드러운 매력을 풍기는 미인으로 성장했다. 그녀의 매력은 하얗고 투명한 안색이나 예쁘장한 이목구비나 완벽한 몸매에 있는 것이 아니었다. 그녀의 진정한 매력은 영혼에서 뿜어져나오는 차분한 광채였다. 그것은 비싼 재료로 만들었지만 불투명한 꽃병이 아니라, 꺼지지 않고 타오르는 정결한 램프였다. 그 램프는 활활 타오르는 순결한 불꽃을 꺼지지 않도록 보호하되, 흠모의 대상이 될 수 없도록 감추지 않았다. 나는 그녀의 매력을 과장하려는 것이 아니다. 내 눈에 그녀는 정말이지 생기 있고 고혹적으로 보였다. 비록 모든 것이 자그맣긴 하지만 이 하얀 제비꽃이 두드러져 보이는 것은 그 향기 때문이었다. 바로 그 향기 때문에 세상에서 가장 큰 동백꽃이나 활짝 핀 달리아보다도 훨씬 나았다.

"아! 그러면 브레턴에서의 옛 시절을 기억한단 말이죠?"

"아마 당신보다 훨씬 더 잘 기억할걸요." 그녀가 말했다. "하나하나 똑똑히 기억하고 있어요. 그 시절뿐 아니라 그 하루하루와 그 하루하루의 시간까지도요."

"틀림없이 잊은 것도 있을 텐데요?"

"거의 없을 거예요."

"그때 당신은 예민한 어린아이였어요. 십년 전 당신 마음에 새겨졌던 기쁨과 슬픔, 애정과 이별은 아마 오래전에 잊히지 않았을까요?"

"당신은 내가 어렸을 때 누구를 좋아하고 얼마나 좋아했는지 잊었다고 생각하세요?"

"생생함은 사라졌을 거예요. 그 절실함과 강렬함 말이에요. 깊게 새겨진 감정은 희미해져 사라지지 않았을까요?"

"난 그 시절을 또렷이 기억하고 있는걸요."

과연 그렇게 보였다. 그녀의 눈은 과거를 기억하는 사람의 눈이었다. 어린 시절이 꿈처럼 사라지지 않고 젊은 시절이 햇빛처럼 사라지지 않는 사람의 눈이었다. 그녀는 삶을 방만하게 맥락 없이 받아들여 어떤 시기는 그냥 넘겨버리고 다른 시기로 넘어가는 사람이 아니었다. 그녀는 삶을 소중히 간직할 뿐 아니라 거기에 더 보태는 사람이었다. 종종 처음부터 돌아보기도 하고, 세월이 흐르면서 일관성 있고 조화롭게 성장하는 사람이었다. 하지만 내게 몰려오는 모든 추억들이 그녀의 눈앞에도 생생하게 나타난다는 사실을 여전히 인정할 수가 없었다. 그녀가 좋아하던 것들, 사랑하는 친구와 함께 하던 놀이와 경쟁, 어린 마음에서 우러난 진정한 인내와 헌신, 그녀의 두려움과 섬세한 침묵과 작은 시련, 마지막 이별의 애타는 슬픔…… 나는 이런 것들을 회상하면서 믿을 수 없다는 듯이 고개를 저었다. 그녀는 계속 주장을 굽히지 않았다. "열일곱의 소녀 속에는 아직도 일곱살의 어린아이가 살고 있어요." 그녀가 말했다.

"당신은 브레턴 부인을 지나칠 정도로 좋아했죠." 그녀를 시험해볼 양으로 내가 말했다. 그녀는 즉시 그 말을 바로잡았다.

"지나칠 정도는 아니었어요." 그녀가 말했다. "그녀를 좋아했고, 경우에 어긋나지 않게 존경했어요. 지금도 마찬가지고요. 그분은 거의 변하지 않은 것 같아요."

"그다지 변하지 않으셨죠." 나는 동의했다.

우리 사이에 잠시 침묵이 흘렀다. 방 안을 둘러보면서 그녀가 말했다.

"여기 있는 물건 중 몇개는 브레턴에 있던 거네요. 저 바늘겨레와 거울이 기억나요."

자신의 기억력에 대한 그녀의 평가는 확실히 옳았다. 적어도 지금까지는 그랬다.

"그러면 브레턴 부인을 알아보았겠네요?" 내가 계속 물었다.

"완벽하게 기억하고 있었어요. 이목구비와 올리브빛 얼굴과 검은 머리카락과 키와 걸음걸이와 목소리까지 모두 다 기억하고 있었어요."

"그렇다면 브레턴 선생도," 내가 계속 말했다. "당연히 알아봤어야죠. 그와 처음 얘기하는 것을 내가 봤을 땐 전혀 알아보지 못하는 것 같던데요."

"처음 만난 날 밤에는 헷갈렸어요." 그녀가 대답했다.

"그러면 어떻게 브레턴 선생과 당신 아버지가 서로 알아보게 되었죠?"

"서로 명함을 교환했는데 그레이엄 브레턴과 홈 드 바송삐에르라는 이름을 보고 서로 질문을 하고 설명이 오갔어요. 그다음 날이었죠. 하지만 나는 그 전에도 눈치를 챘어요."

"어떻게 눈치챘죠?"

"사람들이 진실을 느끼는 데 그렇게 시간이 걸리다니 정말 이상하죠! 보는 것 말고, 느끼는 것 말이에요! 브레턴 선생님이 날 몇차례 방문하고 가까이 앉아 얘기했을 때, 나는 그의 눈빛과 입매와

턱 모양과 고개를 드는 모습을 관찰했어요. 누가 가까이 다가오면 관찰하게 되는 모든 것들 말이에요. 그런데 어떻게 그레이엄 브레턴을 떠올리지 않을 수 있었겠어요? 그레이엄은 그보다 더 날씬했고, 그렇게 키가 크지 않았고, 얼굴은 더 매끄러웠고, 머리카락은 더 길고 더 밝은색이었고 지금처럼 목소리가 굵지 않고 여자아이 같았지만, 그래도 내가 꼬마 폴리이고 당신이 루시 스노우인 것처럼 그는 그레이엄이었어요."

나도 똑같은 생각을 했기 때문에 어떻게 그녀가 나와 같은 생각인지 의아할 정도였다. 정신적 쌍둥이를 만나는 일은 아주 드물어서 그런 우연이 일어나면 기적처럼 여겨진다.

"당신과 그레이엄은 소꿉동무였지요."

"당신도 그걸 기억하세요?" 이번에는 그녀가 물었다.

"물론 그도 기억할 거예요." 내가 말했다.

"그에게는 묻지 않았어요. 그가 기억한다면 정말 놀라운 일이고요. 그는 여전히 쾌활하고 무신경하죠?"

"전에도 그런 성격이었던가요? 그렇게 생각했어요? 그를 그렇게 기억하고 있어요?"

"그렇게밖에 기억할 수 없어요. 때로는 학구적이고 때로는 쾌활했죠. 하지만 책을 읽느라 바쁘건 노는 데 빠졌건, 그가 생각하는 것은 주로 책이나 놀이 자체였지 누구하고 책을 읽고 누구하고 노느냐에 대해선 별로 신경을 쓰지 않았어요."

"하지만 당신을 특별히 좋아했어요."

"날 특별히 좋아했다고요? 오, 아니에요! 그에게는 다른 친구들이 있었어요. 학교 친구들 말이에요. 일요일을 빼면 그에게 난 별로 중요한 존재가 아니었어요. 그래요. 일요일에는 친절했죠. 함께 손을 잡고 쎄인트 메리 교회에 가서 그가 내 기도서를 놓을 장소를 찾아주던 일이 생각나요. 일요일 저녁이 되면 그는 정말 선량하고 차분했어요! 자부심 강하고 활발한 그 소년이 그렇게 따뜻해지다니. 내가 읽다가 틀려도 잘 참아주었고, 정말 내게 큰 의지가 되었어요. 일요일 저녁에는 외출하는 법이 없었으니까요. 그가 초대를 받아 우리를 버리면 어떡하나 늘 걱정했어요. 하지만 그런 일은 결코 없었고, 그리고 싶어하는 것 같지도 않았어요. 물론 이젠 그런 걸 바랄 순 없겠죠. 지금은 일요일이 브레턴 선생님이 외출하는 날이겠죠……?"

"애들아 내려오렴!" 아래층에서 브레턴 부인이 불렀다. 폴리나는 여전히 더 있고 싶어하는 눈치였으나 나는 내려가고 싶었다. 우리는 함께 내려갔다.

25장
백작의 딸

나의 대모는 천성적으로 명랑한 사람이라 우리를 늘 즐겁게 해주었지만, 그날 저녁 겨울밤의 사나운 울부짖음을 뚫고 도착을 알리는 소리가 날 때까지 라 떼라스에 진정한 즐거움은 없었다. 아늑한 난롯가에 앉아 있으면서도 얼마나 자주 여자와 소녀 들의 마음과 상상은 주위의 안락함을 떠나 어두운 밤거리를 헤매고 매몰찬 날씨와 눈보라와 다투며, 아버지와 아들과 남편이 집으로 돌아오는 소리를 듣고 그 모습을 보기 위해 외롭게 문이나 문설주에 기대어 기다려야 하는지!

마침내 아버지와 아들이 성에 도착했다. 그날밤 브레턴의 동행자는 바송삐에르 백작이었다. 우리 셋 중 누가 먼저 말발굽 소리를 들었는지는 모르겠다. 하지만 날씨가 너무 매섭고 사나워서, 말을 탄 두 사람이 들어섰을 때 우리 모두 홀로 뛰어내려가 마중한 것은 당연했다. 그러나 그들은 우리에게 멀찌감치 떨어져 있으라고 경고했다. 둘 다 흰 눈이 덮인 산 같았다. 브레턴 부인은 그 두 사람에게 즉시 부엌으로 가라고 지시했다. 지금 뒤집어쓰고 있는 옛 크리스마스[1] 복장을 몇번이고 털어낼 때까지는 무슨 일이 있어도 카펫이 깔린 층계를 밟아서는 안된다는 것이었다. 하지만 우리는 그들을 따라 부엌으로 갈 수밖에 없었다. 부엌은 그림에나 나옴직한 쾌적하고 널따랗고 낡은 네덜란드식이었다. 작고 하얀 백작의 딸은 그녀와 똑같이 흰색이 된 아버지의 주위를 빙빙 돌면서 손뼉을 치고 춤을 추며 소리쳤다.

"아빠, 아빠, 아빠는 어마어마하게 큰 북극곰 같아요."

곰이 몸을 흔들자 작은 요정은 눈세례를 피해 멀리 도망쳤다. 하지만 그녀는 웃으며 돌아와 아버지가 북극곰 변장을 벗는 것을 열심히 도왔다. 마침내 두꺼운 외투를 벗어던진 백작은 외투로 눈사태를 만들어 덮치겠다고 딸을 위협했다.

"그러면 이리 와보세요." 그녀는 기꺼이 덮치라는 듯이 몸을 숙이며 말했고, 눈 외투가 그녀의 머리 위로 장난스럽게 다가오자 작은 알프스영양처럼 팔짝 뛰어 잡히지 않을 곳으로 도망갔다.

그녀의 동작에는 부드러운 유연함, 즉 아기 고양이 같은 보드라운 우아함이 있었다. 그녀의 웃음소리는 은이나 수정으로 만든 종소리보다 더 맑았다. 그녀가 아버지의 차가운 손을 잡고 비비고 입을 맞추기 위해 발끝으로 서자 그녀 주위에 사랑 가득한 기쁨의 후광이 빛나는 것 같았다. 엄숙한 백작님께서는 가장 소중한 보물을 보듯 그녀를 내려다보았다.

"브레턴 부인," 그가 말했다. "이 딸, 이 아기를 어떻게 하죠? 이

---

[1] 그레고리력 이전에 쓰인 율리우스력의 성탄절(1월 6일)을 가리킨다.

애는 몸도 지혜도 자라지 않으니 말입니다.[2] 십년 전과 다름없이 어린애죠?"

"장성한 제 아들보다 더 어린아이 같기야 하겠어요?" 브레턴 부인이 말했다. 그녀는 아들에게 옷을 갈아입으라고 하고 아들은 갈아입지 않겠다고 하며 다투고 있었다. 그는 네덜란드식 찬장 옆에 서서 웃으며 계속 어머니를 피했다.

"자, 어머니," 그가 말했다. "이제 타협을 하죠. 몸뿐 아니라 마음도 따뜻해지게 와세일주[3]를 들죠. 그리고 여기 난롯가에서 예전의 영국을 위해 건배하는 겁니다."

백작이 난롯가에 서 있고 폴리나 메리가 홀처럼 넓은 부엌을 이리저리 돌아다니며 즐겁게 춤을 추는 동안 브레턴 부인은 하녀 마사에게 와세일주에 향신료를 넣고 끓이라고 지시했다. 잠시 후 부인은 그 술을 브레턴 집안에 대대로 내려온 병에다 부은 뒤, 김이 나는 술을 작은 은제 잔에 따라 대접했다. 나는 그 잔이 그레이엄의 세례식 때 쓴 잔인 것을 알아차렸다.

"지나간 시절을 위하여!" 백작이 컵을 높이 쳐들면서 말했다. 그러고는 브레턴 부인을 보면서 「지나간 시절」을 읊었다.

> 뜨거운 태양 아래 노 저어 왔다네
> 아침 해가 뜰 때부터 저녁때까지,
> 하지만 우리 사이에는 일렁이는 바다가 으르렁대네

---

2 누가복음 2:52. "예수는 지혜와 키가 자라가며 하나님과 사람에게 더욱 사랑스러워 가시더라."
3 크리스마스이브나 주님공현축일 전날에 마시는 축제의 술. 포도주나 맥주에 각종 향신료를 넣고 끓인다.

지나간 시절을 노래하세.

그리고 분명히 그대는 그대 잔을 들고,
그리고 분명히 나는 내 잔을 들리니
그래도 우리는 친절이 넘치는 잔을 맛보리
지나간 시절을 위하여.

"스코틀랜드 말이군요! 스코틀랜드 말!" 폴리나가 소리쳤다. "아빠, 스코틀랜드 말을 하고 계시네요. 아빠는 스코틀랜드인이기도 해요. 우리는 홈이라는 성도 있고 드 바송삐에르라는 성도 있으니 스코틀랜드인이며 동시에 프랑스인이기도 한 거죠."

"그렇다면 하일랜드의 요정이여, 그대가 추는 춤도 스코틀랜드 춤인가요?" 그녀의 아버지가 물었다. "브레턴 부인, 곧 댁의 부엌 한가운데 요정의 고리[4]가 돋아나 점점 자랄 겁니다. 얘가 진짜 요정인지는 말씀드리지 않겠습니다. 그저 작고 신기한 아이지요."

"루시에게 저와 함께 춤을 추라고 말해줘요, 아빠. 저기 루시 스노우가 있잖아요."

홈 씨(그에게는 거만한 바송삐에르 백작의 분위기 못지않게 여전히 소박한 홈 씨의 분위기가 느껴졌다)가 내게 손을 내밀면서 친절하게 말을 걸었다. "난 루시 양을 잘 기억해요. 내 기억력이야 믿을 게 못되지만 딸아이가 자주 이름을 얘기한데다 하도 여러가지 긴 이야기를 듣다보니 마치 오랜 친구처럼 여겨지는군요."

폴리나를 제외하고는 모든 사람이 와세일주를 들었다. 그녀에게

---

4 요정이 왔다 갈 때 남긴다고 하는 흔적으로, 풀밭 등지에 동그랗게 자란 버섯들을 보고 그렇게 생각했다.

술잔을 권하는 게 신성모독이라도 되는 것처럼 아무도 그녀가 추는 요정의 춤을 방해하지 않았다. 그러나 그녀는 자신이 빠지는 것도, 인간의 특권을 뺏기는 것도 원치 않았다.

"저도 맛볼래요." 그녀가 그레이엄에게 말했다. 그가 술잔을 그녀의 손이 닿지 않는 찬장에 놓아두던 참이었다.

브레턴 부인과 홈 씨는 그때 한참 얘기 중이었다. 존 선생은 요정의 춤을 보고 있지 않은 게 아니었다. 쭉 지켜보고 있었고 또 마음에 들어했다. 우아함을 사랑하는 그의 눈길에 분명하게 고마움을 표하는 그녀의 부드럽고 아름다운 동작은 말할 것도 없고, 자신의 어머니 집에서 그녀가 편안해한다는 사실 자체에 그는 매료되었다. 덕분에 그 역시 편안해졌다. 다시 그에게는 그녀가 어린아이처럼, 자신의 소꿉동무처럼 보였다. 나는 그가 그녀에게 어떤 식으로 말을 걸지 궁금했다. 아직 그가 그녀에게 말하는 것은 보지 못한 터였다. 하지만 첫마디만 듣고도 그가 그날 저녁 폴리나의 어린아이 같은 경쾌함에서 다시 그 옛날의 '꼬마 폴리'를 떠올렸음을 금방 알 수 있었다.

"아가씨께선 이 맥주잔을 원하시나요?"

"그렇게 말한 것 같은데요. 그런 뜻을 내비쳤잖아요."

"어떤 이유를 대도 그건 허락할 수가 없습니다. 미안하지만 그럴 수 없군요."

"왜죠? 이제 전 아주 건강하고, 그걸 마셔도 다시 목뼈가 부러지거나 어깨가 탈골될 일도 없는데요. 그건 포도주인가요?"

"아닙니다. 하지만 이슬도 아니죠."

"전 이슬을 원하지도, 좋아하지도 않아요. 그런데 그게 뭔데요?"

"맥주, 그것도 독한 '올드 옥토버'죠. 아마 제가 태어나던 해에

양조된 맥주일 겁니다."

"분명히 진기한 술이겠죠. 맛은 좋은가요?"

"아주 좋죠."

그는 선반에서 잔을 내려서 강력한 영약을 한모금 마신 후 장난기 어린 눈에 아주 만족스러운 표정을 짓고, 엄숙하게 선반 위에 다시 놓았다.

"저도 조금 마시고 싶어요." 폴리나가 쳐다보면서 말했다. "'올드 옥토버'를 맛본 적이 없거든요. 달콤한가요?"

"아주 달콤하지요." 그레이엄이 대답했다.

그녀는 금지된 맛있는 것을 갈구하는 어린아이 같은 바로 그런 표정으로 올려다보았다. 마침내 '의사'는 마음이 약해져서 술잔을 내리고는 자기 손으로 그녀에게 맛을 보여주는 즐거움에 탐닉했다. 늘 즐거운 감정을 풍부하게 드러내는 그의 눈이 웃음을 머금으며 빛나고 있었다. 이 일에 아주 만족스러워한다는 것을 단언하는 눈빛이었다. 그는 잔에 갖다댄 장밋빛 입술에 술이 한방울씩만 떨어지도록 잔의 위치를 조정해가며 그 즐거움을 연장시켰다.

"조금만 더, 조금만 더요." 그녀는 그가 좀더 관대하게 잔을 기울이도록 집게손가락을 성마르게 그의 손에 갖다댔다. "달콤하고 매콤한 냄새가 나는데, 너무 꼿꼿하게 들고 계셔서 제대로 맛을 볼 수가 없어요. 너무 인색하세요."

그는 그녀의 뜻에 따랐지만 엄숙하게 속삭였다. "어머니나 루시에게는 말하지 마세요. 마시지 말라고 할 테니까."

"이젠 됐어요." 꽤 마시고 나자 그녀는 어조와 태도가 변했다. 마치 마법에서 깨어나게 하는 묘약을 마신 듯했다. "이건 달지 않네요. 쓰고 화끈해서 숨을 제대로 쉴 수가 없어요. 그 '올드 옥토버'란 건 금지되어 있을 때만 그럴싸한 술이네요. 고마워요. 이젠 그만 마실래요."

그리고 그녀는 무심히, 그러나 춤추듯 우아하게 고개를 살짝 숙여 인사를 하고 미끄러지듯 물러나 다시 아버지에게 갔다.

그녀의 말은 사실인 듯했다. 열일곱살의 소녀 속에는 일곱살 난 아이가 있었다.

그레이엄은 당황스럽고 무슨 영문인지 몰라 그녀의 뒷모습을 바라보았다. 그날 저녁 남은 시간 동안 그의 눈길이 자주 그녀에게 머물렀지만 그녀는 그를 못 본 척하는 것 같았다.

차를 마시러 거실로 올라갈 때 그녀는 아버지와 팔짱을 꼈다. 그녀에게 자연스럽게 어울리는 곳은 아버지의 옆자리 같았다. 그녀는 아버지만을 쳐다보고 아버지의 이야기만 들었다. 거기 모인 얼마 안되는 사람들 중 그녀의 아버지와 브레턴 부인이 주로 이야기를 했고, 폴리나가 가장 열심히 들었다. 그녀는 그들의 이야기 하나하나에 주의를 기울이며 이런저런 특징이나 사건을 다시 이야기해 달라고 졸랐다.

"그때 어디에 계셨죠. 아빠? 그리고 무슨 말씀을 하셨죠? 그때 무슨 일이 일어났는지 브레턴 부인께 이야기해주세요." 이런 식으로 그녀는 아버지의 이야기를 끌어냈다.

그녀는 더이상 기쁨에 들떠 있지 않았다. 밤이 되자 아이 같은 불꽃은 사라지고 그녀는 부드럽고 신중하고 얌전해졌다. 교양 있게 밤 인사를 하는 그녀의 모습은 보기 좋았고, 그레이엄을 대하는 그녀의 태도에는 위엄이 배어 있었다. 살며시 웃음을 지으며 고개 숙여 인사하는 모습이 백작의 딸다웠고, 그런 그녀에게 그레이엄도 엄숙한 표정으로 답례할 수밖에 없었다. 나는 그레이엄이 춤추는 요정과 우아한 아가씨를 어떻게 동일인물로 봐야 할지 몰라하는 모습을 보았다.

다음 날 우리 모두가 찬물로 세수를 한 후 덜덜 떨며 말끔해져 식탁에 둘러앉았을 때, 브레턴 부인은 피치 못할 사정이 있으면 몰라도 그날은 아무도 집 밖으로 나가서는 안된다고 선언했다.

아닌 게 아니라, 외출이 거의 불가능해 보였다. 쌓인 눈으로 유리창의 아랫부분은 뿌옇고, 밖을 내다보니 하늘과 대기는 잔뜩 찌푸려 있고 바람과 눈발이 분노에 차 다투고 있었다. 눈은 내리지 않았지만 돌풍이 불어오면 이미 지상에 내려 쌓인 눈들이 사방으로 날리면서 여러가지 환상적인 형태를 만들어냈다.

백작의 딸이 브레턴 부인의 말에 동의했다.

"아빠는 나가시면 안돼요." 그녀는 아버지의 안락의자 곁에 자신의 의자를 가져다놓으면서 말했다. "제가 돌봐드릴게요. 시내에 나가시진 않을 거죠, 아빠?"

"갈 수도 있고 안 갈 수도 있지." 그의 대답이었다. "너와 브레턴 부인이 내게 아주 잘해준다면, 친절하게 대해주고 관심을 기울여준다면, 그리고 아주 상냥하게 이야기 상대가 되어주고 극진히 대접을 해준다면, 아침식사 후에 한시간쯤 이 살을 에는 듯한 바람이 잠잠해지는지 보마. 하지만 넌 아침도 안 주잖니. 아무것도 안 주고 나를 굶기고 있잖니."

"어서요! 브레턴 부인, 커피 좀 따라주세요." 폴리나가 사정했다. "전 그동안 바송삐에르 백작님께 다른 걸 좀 챙겨드릴게요. 백작님이 되신 후로 엄청 신경을 써드려야 한다니까요."

그녀는 식탁에서 일어나 롤빵을 챙겼다.

"아빠, 여기 아빠가 드실 '삐스똘레'예요." 그녀가 말했다. "마멀레이드는 여기 있고요. 우리가 브레턴에서 먹었던 것과 같은 종류예요. 꼭 스코틀랜드에서 만든 것처럼 맛있다고 하셨잖아요.”

“그리고 작은 아가씨가 내 아들에게 주겠다고 사정하던 것이기도 하지. 기억나니?” 브레턴 부인이 끼어들었다. “바싹 다가와 내 소매를 붙잡고 ‘부인, 그레이엄에게 맛있는 것, 마멀레이드나 꿀이나 잼을 좀 주세요’라고 속삭이던 일 잊었니?”

“엄마, 그러진 않았어요.” 존 선생이 얼굴이 붉어져서 웃으면서 끼어들었다. “분명히 그러지 않았을 거예요. 제가 그런 걸 좋아했을 리가 있나요.”

“폴리나, 그가 좋아했니, 싫어했니?”

“좋아했어요.” 폴리나가 단호하게 대답했다.

“존, 부끄러워할 건 없네.” 홈 씨가 격려하며 말했다. “나는 달콤한 음식을 좋아했고 아직까지도 좋아하는걸. 그리고 폴리가 친구가 먹고 싶어하는 음식을 신경쓴 것은 예의 바른 행동인 거지. 예의를 가르친 건 나고, 지금도 명심하라고 가르치고 있다네. 폴리, 내게 그 혀 요리 한쪽만 주렴.”

“여기 있어요, 아빠. 하지만 아빠가 제 말을 듣고 오늘은 라 떼라스에 그냥 계신다는 조건으로 이렇게 열심히 시중을 들어드리는 거예요.”

“브레턴 부인,” 백작이 말했다. “제 딸을 어디로 보냈으면 하는데요. 학교에 보내면 좋겠어요. 좋은 학교를 좀 아시나요?”

“루시가 있는 베끄 부인의 학교가 좋을 것 같은데요.”

“스노우 양이 학교에 다니나요?”

“전 교사예요.” 나는 이렇게 말할 기회가 생긴 게 다행스러웠다. 얼마간 어울리지 않는 자리에 있는 것 같은 느낌이 들던 참이었다.

브레턴 부인과 그 아들은 내 처지를 알고 있었다. 그러나 백작과 딸은 몰랐고, 나의 사회적 지위를 알면 여태껏 다정하던 태도가 약간 바뀔지도 모를 일이었다. 당시에는 선뜻 대답했으나 뜻하지도 예기치도 않던 생각들이 몰려오는 바람에 나는 말끝이 흐려지고 무의식중에 한숨이 새어나왔다. 홈 씨는 잠시 아침식사 접시에서 눈길을 떼지 않은 채 아무 말도 하지 않았다. 어쩌면 내 말을 듣지 못했을 수도 있고, 그런 고백을 들었을 때는 아무 말도 하지 않는 것이 예의라고 생각했을 수도 있다. 속담에 의하면 스코틀랜드인들은 자부심이 강하다고 하는데, 외모가 소박하고 습관과 취향이 소탈하기는 하지만 홈 씨도 스코틀랜드인 특유의 기질을 가지고 있다는 점을 나는 쭉 암시해왔다. 그는 가짜 자부심을 지닌 사람일까? 아니면 진정한 위엄을 갖춘 사람일까? 넓은 의미에서는 그 질문에 대해 답을 하지 않은 채 내버려두겠다. 나와 개인적으로 연관된 한도 내에서 내가 할 수 있는 대답은 그가 그 당시에, 그리고 항상 진정한 신사였다는 점이다.

그는 타고난 사색가이자 감상적인 사람이었다. 그의 감정과 사색에는 감미로운 우울이 드리워져 있었다. 아니, 감미로운 것 이상이었다. 고통과 상실을 맞닥뜨리면 그 감미로운 우울은 침울함으로 변했다. 그는 루시 스노우에 대해서 잘 모르고, 안다고 하는 것도 정확하게 이해하지 못했다. 실제로 그는 종종 내 성격을 오해해서 날 웃음 짓게 했다. 하지만 내 인생 여정이 언덕의 그늘진 면에 있다는 건 알았다. 그는 주어진 길을 정직하게 똑바로 간다는 점에서 나를 높이 평가했고, 가능했다면 날 도와주었겠지만 그럴 기회가 없었으므로 내 일이 잘되길 기원해주었다. 나를 바라볼 때 그의 눈빛은 친절했고 말을 걸 때 그의 목소리는 인자했다.

"그 일은," 그가 말했다. "아주 힘든 직업이지요. 그 일에서 성공할 수 있도록 건강하고 굳세기를 바랍니다."

그의 아름다운 어린 딸은 그 사실을 아버지만큼 침착하게 받아들이지 못했다. 그녀는 놀라서, 아니 거의 당황해서 눈을 크게 뜨고 나를 쳐다보았다.

"교사라고요?" 그녀가 큰 소리로 말했다. 그러고 나서는 그 받아들이기 쉽지 않은 생각을 곱씹느라 잠시 침묵하다가 다시 입을 열었다. "그러고 보니 당신이 무슨 일을 하는지도 몰랐고, 또 물을 생각도 못했네요. 하지만 내게 당신은 늘 루시 스노우였어요."

"그러면 지금은 뭔데요?" 나는 이렇게 물을 수밖에 없었다.

"물론 당신이죠. 그런데 정말 여기 빌레뜨에서 아이들을 가르치고 있어요?"

"네, 그래요."

"그러면 그 일을 좋아하세요?"

"늘 좋은 건 아니에요."

"그러면 왜 그 일을 계속하세요?"

아버지가 그녀를 바라보았다. 나는 그가 딸을 저지할까봐 걱정됐지만 그는 이렇게만 말했다. "계속해라, 폴리. 그 교리문답 같은 질문을 계속해서 네가 똑똑한 체하는 사람인 것을 증명하렴. 스노우 양이 얼굴을 붉히고 당황했다면 내가 네 입을 다물게 하고 우리 둘이 면목이 없어져 이 식탁에서 물러나야 했겠지만, 루시 양이 그냥 웃고만 있으니 더 밀어붙이고 여러가지 유도신문을 더 해보렴. 자, 스노우 양, 당신은 왜 그 일을 계속하시오?"

"아쉽게도 주로 돈을 벌기 위해서죠."

"그러면 순수한 자선 행위가 아니란 말인가요? 폴리와 난 당신의 특이한 직업을 설명하는 가장 쉬운 방법으로 그렇게 가정하고 있었는데요."

"아니에요, 아니에요, 백작님. 쉴 수 있는 거처를 얻기 위해서예요. 일을 할 수 있는 동안은 다른 사람에게 짐이 되지 않는다고 생각하면 마음이 편해지기 때문이기도 하고요."

"아빠, 무슨 말씀을 하시든지 전 루시 양이 불쌍해요."

"그 동정심을 높이 쳐들렴, 바송삐에르 양. 허락을 받지 않고 울타리 밖으로 나온 거위 새끼를 쳐들듯이, 두 손에 쳐들고 있다가 원래 있던 따뜻한 마음의 둥지로 돌려보내렴. 그리고 이 속삭임을 들어보거라. 만일 나의 폴리가 이 불확실한 세상을 경험하게 된다면, 루시 양처럼 행동하길 바란다. 스스로 일해서 친척들에게 짐이 되지 않았으면 좋겠구나."

"네, 아빠." 그녀가 생각에 잠겨 순순히 대답했다. "하지만 불쌍한 루시 양! 나는 루시 양이 부유한 숙녀이고 부자 친구들이 있다고 생각했어요."

"아무것도 모르는 꼬마처럼 생각했구나. 난 그렇게 생각하지 않았다. 자주는 아니지만, 루시 양의 태도와 모습을 곰곰이 뜯어보고 그녀가 다른 사람을 보호할 사람이지 보호를 받을 사람은 아니란 걸, 그리고 나서서 일할 사람이지 섬김을 받을 사람이 아니란 걸 알았단다. 루시 양이 충분히 나이가 들어 이런 운명 덕분에 아주 이로운 경험을 하게 된 것을 깨닫게 되면, 그때는 신께 감사할 거다. 그런데 그 학교에서," 그의 심각한 어조가 명랑하게 바뀌었다. "베끄 부인의 학교에서 폴리에게 입학을 허가하리라고 생각하오, 루시 양?"

나는 베끄 부인에게 물어보기만 하면 입학 허가 여부를 곧 알 수 있을 것이며, 그녀가 영국 학생을 좋아한다고 말해주었다. "만약에," 내가 덧붙였다. "오늘 오후라도 바송삐에르 양을 마차에 태워데려가면 문지기인 로진이 초인종 소리를 듣고 즉시 문을 열어줄거예요. 베끄 부인은 틀림없이 가장 좋은 장갑을 끼고 응접실에서선생님과 따님을 맞이할 거예요."

"그렇다면," 홈 씨가 대답했다. "지체할 필요가 없겠소. 허스트부인이 아가씨의 '소지품'이라고 부르는 물건들은 나중에 보낼 거요. 밤이 되기 전에 폴리는 글자교본을 들여다볼 수 있겠군. 루시양도 가끔씩 딸아이를 보살펴줄 것으로 믿소. 그리고 가끔씩은 딸아이가 어떻게 지내는지 알려주시오. 바송삐에르 양도 이런 절차에 동의했으면 하는데?"

백작의 딸은 헛기침을 하면서 망설였다. "전," 그녀가 말했다. "전 공부는 다 마쳤다고 생각했는데요."

"그런 생각이야말로 우리가 잘못 생각하고 있었다는 걸 증명해주는구나. 나는 너와 생각이 아주 다르단다. 오늘 아침 인생에 대한네 심오한 지식을 들은 사람들 대부분이 그렇겠지만 말이다. 아, 우리 작은 딸, 넌 아직도 배울 게 많단다. 그동안 아빠가 가르친 것보다 더 많이 배워야 해! 자, 베끄 부인에게 물어보는 것 말곤 방법이없구나. 이제 날씨가 잠잠해지는 것 같고 식사도 끝냈으니……"

"하지만 아빠!"

"뭐냐?"

"한가지 장애물이 있는데요."

"무슨 장애물이 있다는 거지?"

"엄청난 거예요, 아빠! 결코 극복할 수 없는 장애물이에요. 그건커다란 외투를 걸친, 머리에 눈이 잔뜩 쌓인 아빠만큼이나 큰 문제라고요."

"그러면 그 눈처럼 녹을 수도 있겠구나?"

"아니에요! 그것은 너무너무 단단한 살로 되어 있어요. 그 문제란 바로 아빠거든요. 루시 양, 베끄 부인에게 날 입학시키겠다는 아빠의 어떤 말에도 귀를 기울이지 말라고 경고해주세요. 왜냐하면 결국에는 아빠도 함께 받아야 할 테니까요. 아빠가 자꾸 절 놀리시니까, 저도 아빠 이야기를 하나만 해드릴게요. 브레턴 부인과 여러분도 모두 들어보세요! 오년 전쯤 제가 열두살 때 아빠께선 당신이 절 응석받이로 키워서 제가 세상을 살아가기에 모자란 아이로 자라고 있다는 생각을 하셨어요. 저로서는 이해할 수가 없는 생각이었죠. 하지만 어떻게 해도 아빠의 마음을 돌릴 수 없었고, 어쨌든 전 학교로 가야 했어요. 울며 사정했지만 바송삐에르 씨는 아주 냉담하고 확고하며 완고하셨어요. 그래서 전 학교에 갔지요. 그 결과 어떻게 되었는지 아세요? 세상에, 아빠께서 학교에 오시는 거예요. 이틀에 한번씩 절 보러요. 에그르두 부인이 불평했지만 아무 소용이 없었지요. 그래서 마침내 어떤 의미에서는 아빠와 저 둘 다 쫓겨났답니다. 이 사소한 특징에 대해 루시가 베끄 부인께 잘 말씀해줘요. 베끄 부인도 아셔야 하니까요."

브레턴 부인은 홈 씨에게 이런 말에 어떻게 대답하겠느냐고 물었다. 아무런 항변이 없었으므로 그가 패배하고 폴리나가 승리한 셈이었다.

그런데 그녀에게는 장난기와 순진함 외에도 다른 면모가 있었다. 아침식사 후에 브레턴 부인이 사업상 문제에 대해 의논할 일이 있어선지 부인과 백작은 물러나고 잠시 동안 백작의 딸과 그레이엄과 나만 있게 되었다. 비슷한 또래끼리만 있게 되자 그녀는 어린

아이 티를 벗고 곧 작은 숙녀가 되었다. 그녀의 얼굴 자체가 변하는 것 같았다. 이목구비의 반짝거림, 아버지와 대화를 할 때는 보조개가 패고 둥글둥글하니 꾸밈없던 표정이 좀더 사색적인 모습을 띠었고 얼굴선이 좀더 분명해지고 표정은 덜 **풍부해졌다.**

물론 나만이 아니라 그레이엄도 그 변화를 눈치챘을 것이다. 그는 잠시 동안 창가에 서서 눈을 바라보았다. 그러고는 곧 난롯가로 다가와 대화를 시작했으나 평소와는 달리 편안한 기색이 아니었다. 그는 적절한 대홧거리를 찾아내지 못하는 듯했다. 머뭇거리며 까다롭게 이야깃거리를 찾았지만 적절한 화제를 끌어내지 못했다. 결국 그는 막연히 빌레뜨에 대해 이야기했다. 그곳의 주민과 유명한 관광지와 건물 들에 관한 이야기였다. 바송삐에르 양은 아주 여자답게 대답했다. 지적으로 대답하는 그녀의 태도에는 예전의 개성이 엿보였다. 신중하고 위엄 있다기보다는 활기차고 민첩한 어조와 시선, 몸짓이 여전히 어린 폴리를 연상시키는 면이 군데군데 남아 있었다. 하지만 여전히 섬세하고 안정된 세련됨과 차분하고 정중한 우아함이 이런 독특함을 꾸며주고 유지해주고 있었다. 그레이엄이 민감한 사람이어서 가능한 일이지, 다른 사람 같으면 이런 독특함들을 포착해내고 잘 활용해 더 친밀한 관계로 이끌어가지 못했을 것이다.

그러나 브레턴 선생은 차분하고 진지하게 이야기하는 한편 여전히 그녀를 관찰하고 있었다. 그는 그녀의 사소한 충동이나 자연스러운 실수조차 그냥 넘어가지 않았다. 그녀 특유의 동작이나, 말을 망설이고 더듬는 것 하나 놓치지 않았다. 그녀는 빨리 말할 때는 여전히 혀짤배기소리를 냈으나, 그런 실수를 할 때마다 여전히 얼굴을 붉히고 의식적으로 공들여서 그 말을 좀더 분명히 다시 발음했다. 그런 모습 또한 실수하는 것만큼이나 재미있었다.

그녀가 그럴 때마다 브레턴 선생은 웃음을 지었다. 얘기를 나누다보니 차츰 두 사람 다 점잔 빼던 태도가 조금씩 풀어지기 시작했다. 이야기가 길어졌다면 곧 다정한 대화가 되었을 것이다. 어느새 폴리나는 뺨에 보조개가 패고 만면에 웃음을 띠고 있었다. 한번은 폴리나가 더듬고도 고치는 것을 잊었고, 존 선생 역시 어떤 식이었는지는 모르겠지만 태도가 달랐다. 더 명랑해진 것은 아니었지만, 놀리는 기색이나 경박함이 전혀 없었다. 하지만 상황을 점점 더 즐기는 듯했고, 좀더 자연스럽고 부드러운 어조로 편안하게 말했다. 십년 전 두 사람 사이에는 이야깃거리가 넘쳤다. 그사이에 십년이 흘렀지만 두 사람의 경험이 좁아지거나 지식이 줄어든 것은 아니었다. 더욱이 세상에는 서로에게 영향을 미쳐 이야기를 하면 할수록 이야깃거리가 점점 더 많아지는 사람들도 있다. 그런 사람들은 교제할수록 친밀해지고, 점점 더 친밀해져서 하나가 된다.

하지만 그레이엄은 나가야만 했다. 그는 직업상 환자의 요청을 거절하거나 연기할 수 없었다. 그는 방에서 나갔지만 집을 떠나기 전에 다시 돌아왔다. 서류인지 책상 안에 있는 명함인지를 가지러 온 척했지만, 실은 다시 한번 폴리나를 보고 자신의 추억 속 모습과 같은지 확인하러 온 게 분명했다. 자신이 그녀를 편파적으로 파악해서 분별없이 착각한 건 아니라는 것을 확인하고 싶어서였던 것이다. 아니었다! 그는 자신이 받은 인상이 옳았다는 것을 알아냈다. 실로 오히려 돌아와 잃은 것보다 얻은 것이 많았다. 떠날 때 그는 이별의 아쉬움이 담긴, 수줍지만 아주 부드러운 표정, 즉 자신을 감싸주던 고사리 수풀에서 나온 새끼 사슴이나 초원을 떠나는 양처럼 아름답고 무구한 표정을 짓고 떠났다.

둘만 남게 되자 나와 폴리나 사이에는 잠시 침묵이 흘렀다. 우리는 바느질감을 꺼내서 말없이 부지런히 손을 놀렸다. 예전의 참피나무 반짇고리는 이제 보석 모자이크가 박힌 상자로 바뀌었고 금으로 된 바느질 도구가 갖추어져 있었다. 전에는 바늘도 제대로 만지지 못하고 떨던 손가락은 여전히 작았지만 능숙하고 재빨리 움직였다. 그러나 예전과 똑같이 이마를 찌푸리고, 새침하게 얌전을 떨고, 재빨리 몸을 돌리거나 움직였다. 어느 순간 흐트러진 머리카락을 매만지는가 하면, 그다음 순간에는 실밥이 붙어 있기라도 한 것처럼 비단 치마에서 있지도 않은 먼지를 털어냈다.

그날 아침 나는 침묵을 지키고 싶은 기분이었다. 엄혹한 겨울날의 분노에 경외심이 일어 조용히 있고 싶었다. 무정한 1월의 하얀 열정은 아직 끝나지 않았다. 폭풍은 목이 쉬도록 으르렁댔으나 아직도 지칠 기미를 보이지 않았다. 이 거실에 지네브라 팬쇼와 함께 있었다면 생각에 잠겨 바람소리를 듣도록 나를 가만히 내버려두지 않았을 것이다. 이제 막 사라진 사람이 화젯거리가 되었을 것이다. 그 한가지 주제에 대해 그녀가 얼마나 다양한 변주를 했을까! 질문과 추측을 계속 퍼부어대서 나를 얼마나 괴롭혔을 것이며, 원하지도 않는, 아니 피하고 싶은 평가들과 비밀 이야기를 해대 얼마나 나를 우울하고 심란하게 했을까!

폴리나 메리는 검고 동그란 눈을 한두번 들어 말없이 나를 뚫어져라 바라보다가 무슨 말인가를 하려는 듯 입을 반쯤 열었으나 아무 말도 하고 싶지 않은 내 의사를 존중해 가만히 바라보기만 했다.

'이런 상태가 오래는 안 갈 거야.' 나는 혼자서 생각했다. 여자나 소녀에게서 자제력이나 금욕은 흔히 찾아볼 수 있는 게 아니었다. 내가 아는 여자들은 일상적인 잡다한 비밀이나 종종 느끼는 시시

껄렁한 감정에 대해 이야기할 기회만 있으면 수다를 떨었다.

백작의 딸은 예외일 수도 있을 듯했다. 그녀는 싫증이 날 때까지 바느질을 했고, 그러고 나서는 책을 들었다.

우연히 그녀가 책을 찾은 곳은 브레턴 선생의 서가였다. 그 책은 예전 브레턴에서부터 있던 것으로, 그림이 곁들여진 자연사 책이었다. 나는 종종 그녀가 그의 무릎에 그 책을 놓고 옆에 서서 그가 가르쳐주는 대로 읽는 모습을 본 적이 있었다. 다 읽고 나면 그녀는 그에게 그 그림들에 대해 모두 이야기해달라고 졸랐다. 나는 그녀를 유심히 바라보았다. 이제야말로 그녀가 자랑하던 기억력을 실험해볼 수 있는 기회였다. 그 책에 대해서도 그녀의 기억이 아직 정확할까?

정확했냐고? 그녀의 기억력은 완벽했다. 책장을 넘기자 그녀의 얼굴이 점점 더 밝아졌다. 그런 표정의 기미만 해도 과거를 기억한다는 완벽한 증거였다. 그러고 나서 그녀는 속표지로 돌아가 어린 남학생의 글씨로 쓴 이름을 보았다. 그 글씨를 오랫동안 들여다보더니 보는 것만으로는 만족스럽지 않은지 손가락 끝으로 그 글씨를 어루만졌다. 그녀는 무심결에 웃음을 띠었는데, 그렇게 웃으니 만지는 그 동작이 애무처럼 보였다. 폴리나는 '과거'를 사랑하는 것이었다. 그러나 이 사소한 장면에서 특별한 점은 그녀가 아무 말도 하지 않았다는 것이었다. 그녀는 자신의 감정을 말로 쏟아내지 않고도 느낄 수 있는 사람이었다.

그녀는 서가에 한 시간가량 머물러 있으면서 책을 한권 한권 꺼내 추억을 되살리고 있었다. 이 일이 끝나자 그녀는 등받이 없는 낮은 의자에 앉았고, 손으로 뺨을 감싼 채 생각에 잠겨 여전히 아무 말도 하지 않았다.

아래층에서 현관문이 열리고 찬바람이 몰려들어오는 소리와 함께 홀에서 아버지와 브레턴 부인이 말하는 소리가 들리자, 마침내 그녀는 깜짝 놀라서 벌떡 일어나더니 순식간에 아래층으로 내려갔다.

"아빠! 아빠, 외출하시는 거예요?"

"귀여운 아가야, 시내에 나가봐야겠다."

"하지만 너무, 너무 춥잖아요."

그러자 바송삐에르 씨가 어떻게 악천후에 대비하고 있으며 어떻게 마차를 타고 아늑하게 갈 것인지에 대해 말하는 소리가 들렸다. 간단히 말해 자신이 힘들까봐 걱정할 필요는 없다는 말이었다.

"하지만 아빠, 오늘 저녁에는 아주 어둡기 전에 돌아오겠다고 약속하실 수 있죠? 아빠와 브레턴 선생님 두분 다 마차를 타시는 거죠? 말을 타기에는 나쁜 날씨예요."

"자, 의사 선생을 보면 어떤 숙녀께서 그의 소중한 건강을 생각해서 내 호위를 받으며 집으로 일찍 들어오라고 했다고 전하마."

"그래요. '어떤 숙녀'가 그랬다고 하셔야 해요. 그래야 그 숙녀가 어머니일 거라고 생각하고 순순히 따를 테니까요. 그리고 아빠, 아빠가 오시는지 반드시 지켜보고 또 귀를 기울이고 있을 테니 빨리 오세요."

현관문이 닫히고 마차가 부드럽게 눈 속으로 굴러갔다. 그리고 백작의 딸은 수심에 차 돌아왔다.

저녁이 다가오자 그녀는 정말로 귀를 기울이며 밖을 내다보았다. 그러나 몸가짐은 무척 조용했다. 그녀는 거실에서 조용히 걸어다니다가 가끔 사뿐사뿐한 발걸음을 멈추고 귀를 기울여 밤의 소리를 듣기도 했다. 마침내 바람소리가 가라앉았으므로, 오히려 밤의 고요함을 들었다고 해야 할 것이다. 눈사태가 지나가자 창백하고 헐벗은 하늘이 드러났다. 잎이 진 가로수 가지 사이로 하늘이 훤히 보였고 새해의 달이 내뿜는 극광이 보였다. 달은 새하얀 공 모양으로, 마치 얼음세계처럼 보였다. 마차는 그다지 늦지 않은 시간에 돌아왔다.

그날 저녁 폴리나는 환영의 춤을 추지 않았다. 방에 들어서는 아버지에게 달려가 그를 차지하기 전까지 그녀는 약간은 엄숙한 태도였다. 그러나 곧 그를 독차지하고 자기가 골라놓은 의자로 끌고 가 그렇게 착하게 집에 일찍 돌아와준 데 대해 상냥하게 칭찬을 퍼부었다. 그 모습을 보고 있자니, 그가 의자에 앉아 쉬는 것이 마치 그녀의 작은 손에 달려 있는 것만 같았다. 그 힘센 남자는 이런 지배에, 즉 강력한 사랑의 힘에 순순히 따르며 기쁨을 느끼는 듯했다.

그레이엄은 백작이 돌아온 후에도 한동안 나타나지 않았다. 그의 발소리가 들리자 폴리나는 몸을 반쯤 돌렸다. 그들은 단지 한두 마디를 나누었고, 잠시 악수를 했지만 슬쩍 손을 쥐는 정도였다. 폴리나는 아버지 곁에 머물렀고 그레이엄은 반대편 의자에 털썩 주저앉았다.

브레턴 부인과 홈 씨가 서로 할 이야기가 많은 게 정말 다행이었다. 그들은 옛일을 회상하면서 지치지도 않고 얘기했는데, 그러지 않았다면 거기 모인 우리 모두가 아무 말 없이 앉아 있을 뻔했다.

차를 마신 후 폴리나는 램프 아래서 바늘과 작은 황금빛 골무만 빠르게 움직일 뿐 아무 말도 하지 않았다. 부드럽기 그지없고 기다란 속눈썹을 움직이기가 싫은 듯 눈을 치켜뜨지도 않았다. 그레이엄 또한 하루 일과를 마친 후 피곤했던 게 틀림없었다. 그는 자신보다 경험이 풍부한 연장자들의 이야기를 충실히 듣고 있을 뿐 거의 아무 말도 하지 않았다. 그리고 미끄러지듯 움직이는 폴리나의 황금빛 골무가 마치 빛을 내며 날아다니는 나방이나 불쑥 나타난 작고 노란 뱀의 황금색 머리라도 되는 듯이 눈으로 그것을 좇고 있었다.

26장
편지를 묻다

그날부터 내 생활은 다채로워졌다. 베끄 부인이 기꺼이 동의해주어서 나는 자주 외출을 하게 됐다. 그녀는 내가 제대로 된 사람들을 사귄다고 인정해주었다. 그 훌륭한 여교장은 처음부터 날 존중해주었는데, 라 떼라스와 대단한 호텔에서 나를 자주 초대하자 나에 대한 그 존중이 특별한 인정으로 변한 것이었다.

이런 점에서도 그녀는 지나치는 법이 없었다. 세속적인 일에서 그녀는 절대로 약한 모습을 보이지 않았다. 그녀는 이익을 가장 맹렬하게 추구하는 가운데서도 사리분별을 따졌으며, 이익을 가장 세게 거머쥐면서도 신중하고 냉정했다. 그녀는 학교 관계자들이 품위 없고 저급한 인간들과 사귀지 않고 교양 있고 품격 있는 친구들과 자주 접촉했으면 좋겠다는 이야기를 솜씨 좋게 늘어놓음으로써 기회주의자에다 아첨꾼이라는 경멸을 피해갔다. 하지만 나와 내 친구들을 직접적으로 칭찬하는 법은 없었다. 단 한번, 커피잔을 옆에 놓고 손에는 신문을 들고 햇빛을 받으며 아주 편안하게 정원에 앉아 있는 그녀에게 다가가, 오늘 저녁 외출을 허락해달라고 하자 이렇게 자애롭게 대답한 적이 있을 뿐이다.

"좋아요, 좋아요, 내 좋은 친구. 진심으로 그리고 기꺼이 허락해드리죠. 선생님은 늘 열심히 그리고 지혜롭게 업무를 잘 수행했으니 얼마든지 즐거운 시간을 보낼 권리가 있죠. 그리고 선생님이 사귀는 사람들에 대해서는 아주 흡족하게 생각하고 있어요. 현명하고 품위 있고 훌륭한 선택이에요."[1]

그러고는 입을 다물고 다시 신문을 읽기 시작했다.

그즈음에 삼중으로 숨겨서 보관해오던 다섯 통의 편지가 잠시 내 서랍장에서 사라져버린 일에 대해 독자께선 너무 심각하게 생각지 말길 바란다. 처음 그 사실을 알았을 때는 나도 당연히 멍해져서 어쩔 줄 몰랐다. 그러나 잠시 후 나는 평정을 회복했다.

"참자!" 나는 자신에게 속삭였다. "아무 말도 말고 조용히 기다리자. 돌아올 거야."

그리고 편지들은 돌아왔다. 잠시 베끄 부인의 방으로 나들이를 다녀온 것이었다. 그다음 날 나는 검사를 받은 후 제자리로 돌아온 편지들에 아무 이상이 없음을 확인했다.

나는 그녀가 내 편지에 대해 어떻게 생각했을지 궁금했다. 그녀는 존 브레턴 선생의 편지 쓰는 솜씨에 대해 어떤 평가를 내렸을까? 가식 없이 매끄럽고 발랄한 문체로 쓴 기운찬 생각과 대체로

---

1 (프) Oui, oui, ma bonne amie: je vous donne la permission de cœur et de gré. Votre travail dans ma maison a toujours été admirable, rempli de zèle et de discrétion: vous avez bien le droit de vous amuser. Sortez donc tant que vous voudrez. Quant à votre choix de connaissances, j'en suis contente; c'est sage, digne, louable.

건전하고 종종 독창적이기도 한 의견 들은 그녀의 눈에 어떻게 보였을까? 내게 그다지도 큰 기쁨을 주었던, 다정하고 반쯤은 익살스러운 태도를 어떻게 받아들였을까? 몇마디 친절한 말들에 대해선 어떻게 생각했을까? 신드바드가 갔던 계곡의 다이아몬드처럼 두껍게 쌓여 있지 않고 현실 속 지층에 있는 다이아몬드처럼 드문드문 박혀 있는 친절한 말 몇마디 말이다. 오, 베끄 부인! 이런 것들이 당신께는 어떻게 보였나요?

베끄 부인은 그 다섯통의 편지에 호감을 가진 것 같았다. 내게서 편지를 빌려간(그렇게 정중한 작은 여인에 대해서는 정중한 단어를 써줘야 한다) 후 어느날, 생각에 잠겨 차분하게 나를 뜯어보고 있는 그녀의 눈길을 포착했다. 약간 혼란스러워하지만 악의는 없는 눈길이었다. 수업과 수업 사이의 짧은 휴식시간에 학생들이 약 십오분의 휴식을 즐기러 운동장으로 나간 사이 일어난 일이었다. 그녀와 나 단둘이 1반 교실에 남아 있었다. 눈길이 마주치자 그녀의 마음속에 있던 말의 일부가 입술 사이로 새어나왔다.

"영국인들에겐 굉장히 놀라운 면이 있다니까."[2] 그녀가 말했다.

"어떤 면에서요, 부인?"

그녀는 "어떤 면"이라는 말을 영어로 되풀이하더니 작게 웃음을 터뜨렸다.

"'어떤 면'이라고 물었는데, 글쎄, 잘 모르겠지만 영국인들은 우정이나 사랑, 그 모든 것에 대해 나름의 견해가 있는 것 같아요. 하지만 적어도 그 견해를 감시할 필요는 없을 것 같군요."[3] 일어나 다

----

2 (프) Il y a quelquechose de bien remarquable dans le caractère Anglais.

3 (프) Je ne saurais vous dire 'how;' mais, enfin, les Anglais ont des idées à eux, en amitié, en amour, en tout. Mais au moins il n'est pas besoin de les surveiller.

부진 망아지 같은 모습으로 나가면서 그녀가 덧붙인 말이었다.

"그러니 내가 바라는 것은," 나는 혼자 중얼거렸다. "앞으로는 제발 내 편지를 가만히 내버려둬달라는 거예요."

아아! 이제는 그녀가 읽은 그런 편지가 더이상 오지 않으리라는 사실이 다시 떠오르자 무언가가 눈 속으로 밀려들어와 눈앞이 흐려지고, 교실과 정원과 겨울의 빛나는 태양이 보이지 않았다. 이미 나는 마지막 편지를 읽어버린 것이었다. 나는 근사한 강의 강둑에 머물렀고, 그럴 때면 강물이 튀어 내 입술에 활기가 돌게도 해주었는데, 이제 그 강은 다른 방향으로 흘러가고 있었다. 그 풍부한 물줄기는 내 작은 오두막과 황량하게 메마른 모래벌판을 남겨둔 채 저 멀리 흘러가고 있었다. 그 변화는 올바르고 지당하고 자연스러워 한마디 항의도 할 수 없는 것이었다. 하지만 나는 나의 라인강을, 나일강을 사랑했다. 나의 갠지스강을 거의 숭배하다시피 했다. 그리고 그 위대한 강들이 다른 곳으로 흘러가 신기루처럼 사라진 게 슬펐다. 나는 금욕적이기는 했지만 금욕주의자는 아니었다. 눈물이 흘러내려 손과 책상을 적셨다. 나는 잠깐 엉엉 울었다.

그러나 곧 자신을 타일렀다. "지금 애도하고 있는 이 '희망'은 고통받았고, 또 나를 몹시 고통스럽게 했어. 사라질 시간이 될 때까지 죽지 않았지. 그렇게 미적대며 내게 고통을 주었으니 이 '희망'의 죽음을 환영해야만 해."

나는 '희망'의 죽음을 환영하려고 애썼다. 하지만 사실은 긴 고통으로 인해 인내가 습관이 되어버린 상태였다. 마침내 나는 죽은 '희망'의 눈을 아주 침착하게 감기고 얼굴을 덮어준 뒤 사지를 가지런히 매만져주었다.

그러나 그 편지들을 보이지 않는 곳에 치워두어야만 했다. 그런 상실을 체험한 사람들은 황급히 기념물들을 모아 멀찌감치 치우고 자물쇠로 채워놓기 마련이다. 회한이 날카롭게 되살아나 매순간 가슴을 찌른다면 견딜 수 없을 것이었다.

어느 한가한 휴일 오후(그 목요일), 마침내 처분하려고 보물을 둔 곳에 갔을 때 나는 다시 누군가가 편지를 만진 것을 알고서 이번에는 몹시 불쾌해졌다. 사실 편지 뭉치는 그대로 있었지만, 편지를 묶은 리본이 풀렸다가 다시 묶여 있었다. 그리고 누군가가 내 서랍을 열어보았다는 다른 표시들도 있었다.

이건 좀 너무한다 싶었다. 베끄 부인은 신중한 사람으로, 이 세상 누구보다 머리가 좋고 판단이 명확할 뿐 아니라 사리분별이 뛰어났다. 그녀가 내 상자 속의 내용물을 아는 것은 유쾌한 일은 아니지만 견딜 만했다. 몰래 남의 뒤를 캐긴 했지만, 그녀는 사물을 올바르게 판단했고, 왜곡하지 않고 이해했다. 그러나 이렇게 얻은 정보를 감히 다른 사람들에게 알리고, 내게는 더없이 신성한 편지들을 자신의 친구와 함께 읽고 즐거워했을지도 모른다는 생각이 들자 나는 몹시 충격을 받았다. 그러나 이제 그럴 가능성은 높아 보였고, 그녀가 비밀을 털어놓은 상대가 누군지도 짐작이 갔다. 어제 저녁 그녀의 친척인 뽈 에마뉘엘 선생이 그녀와 함께 있었다. 그녀는 다른 사람에게는 꺼내지 않을 문제들을 그와 상의하곤 했다. 바로 오늘 아침 그는 와스디를 연기한 여배우에게서 빌려온 듯한 눈초리로 날 바라보았는데, 그 순간에는 성난 눈동자에 번뜩이는 푸른빛을 이해하지 못했지만 이제야 그 의미를 알 수 있었다. 믿건대, 그는 나에 대해서는 공정한 관점으로 보지도 않았고, 나를 너그럽고 솔직하게 판단하지도 않았다. 그가 늘 가혹하고 의심이 많은 사람이라는 것은 알고 있었다. 이 편지들은 우정의 편지였지만, 그의 손에 한번 들어갔다 왔고 다시 한번 들어갈지도 모른다는 생각이 들자 나는 영혼까지 뒤흔들렸다.

이런 일을 방지하기 위해 어떻게 해야 하나? 이 이상한 집의 어느 구석에 숨겨두어야 안전하고 비밀이 보장될까? 어디에 두어야 열쇠와 자물쇠가 제 역할을 할 수 있단 말인가?

다락방에? 아니, 다락방은 싫었다. 더욱이 거기에 있는 상자와 서랍 들은 곰팡이가 슬어서 잠기지도 않았다. 또 쥐들이 썩은 나무를 갉아먹고 그 사이로 드나들었으며, 새끼 쥐들은 흩어진 서랍 속의 물건들 사이에 둥지를 틀었다. 내가 사랑하는 편지들(겉봉에 "이가봇"[4]이라고 쓰여 있지만 아직도 가장 사랑하는)에 좀이 슬고 습기 때문에 글씨가 지워질 것이 분명했다. 아니, 다락은 안돼. 그러면 어디에 숨겨야 하지?

이 문제를 골똘히 생각하면서 나는 기숙사 창가에 앉아 있었다. 맑고 추운 오후였다. 이미 지고 있는 겨울 해가 '금지된 오솔길'의 관목 위에서 창백하게 빛나고 있었다. 거대한 배나무 고목, 수녀 유령의 전설이 서린 배나무가 헐벗은 채 드리아드[5]처럼 뼈대를 길게 드러내고서, 회색빛의 여윈 모습으로 서 있었다. 고독한 사람에게 종종 떠오르는 기상천외한 생각이 한가지 떠올랐다. 나는 보닛을 쓰고 외투를 입고 털목도리를 두르고는 시내로 나갔다.

우울한 기분에 잠길 때면 본능적으로 늘 찾곤 하던 고색창연하고 어둠침침한 이 도시의 역사적인 구역으로 발길을 돌려 이 거리

---

4 "비록 그 영광의 날은 지나갔지만"이라는 뜻이다. 사무엘상 4:21. "영광이 이스라엘에서 떠났다 하고 아이 이름을 이가봇이라 하였으니 하나님의 궤가 빼앗겼고 그의 시아버지와 남편이 죽었기 때문이며."

5 그리스신화에 나오는 나무의 정령.

저 거리를 계속 헤매다가 마침내 반쯤 버려진 광장을 건너 고물상에 이르렀다. 고물로 가득찬 오래된 가게였다.

내가 원하는 것은 납땜을 할 수 있는 철제상자나 마개를 닫아 밀봉할 수 있는 두꺼운 유리병이었다. 나는 잡동사니들 중에서 그런 유리병을 발견하고는 그걸 샀다.

그러고는 편지들을 조그맣게 말아 기름 먹인 비단으로 싼 다음 노끈으로 묶어서 병 안에 넣고 늙은 유대인 고물상인에게 마개를 닫고 공기가 새지 않도록 밀봉해달라고 했다. 내 지시를 따르면서도 그는 서리처럼 하얀 속눈썹 아래로 의심스럽다는 듯 힐끔힐끔 나를 보았다. 뭔가 사악한 일이 진행되고 있다고 생각하는 게 틀림없었다. 이 모든 일을 지켜보면서 내 마음속에는 쓸쓸한 느낌이, 기쁨이 아닌 슬프고 외로운 만족감이 스며들었다. 예전에 고해성사를 하러 갔을 때와 비슷한 충동과 기분이 나를 움직였다. 나는 발걸음을 빨리해서 막 어두워질 무렵 저녁식사 시간에 맞추어 학교로 돌아왔다.

일곱시에 달이 떴다. 일곱시 반이 되자 학생과 선생 들은 공부가 한창이었고, 베끄 부인은 어머니와 자식들과 함께 식당에 있었고, 통학생들은 모두 집으로 돌아갔고, 로진도 복도를 떠나 사방이 고요해졌다. 나는 숄을 걸치고 밀봉된 병을 들고 몰래 1반 교실을 거쳐 밖으로 빠져나가 정자를 지나 '금지된 오솔길'로 갔다.

배나무 므두셀라는 오솔길 끝, 내가 늘 앉던 자리 근처에 있었다. 그 회색빛 나무는 야트막한 덤불 위로 우뚝 솟아 있었다. 므두셀라는 고목이지만 여전히 단단했다. 주위의 무성한 담쟁이와 덩굴에 약간 가려져 있었지만 뿌리 근처에 커다란 구멍이 뚫려 있다는 걸 나는 알고 있었다. 거기에 내 보물을 감출 생각이었다. 그러나 보물만 감출 생각은 아니고 슬픔도 함께 묻을 작정이었다. 얼마 전 날 울린 슬픔에 수의를 입혀 매장할 생각이었다.

나는 담쟁이를 치우고 그 구멍을 찾아냈다. 병을 넣을 수 있을 만큼 컸다. 구멍 깊숙이 병을 넣었다. 정원 끝에 있는 연장창고에는 최근에 건물을 고치러 온 석공들이 남기고 간 건축자재들이 있었다. 거기서 석판과 회반죽을 가져와 구멍을 석판으로 덮고 회반죽을 발라 봉한 후 전체를 검은 흙으로 덮고 마지막으로 다시 담쟁이를 제자리에 두었다. 일을 끝낸 뒤 나는 나무에 기대섰다. 그러고는 마치 새로 뗏장을 입힌 무덤가에서 머뭇거리는 문상객처럼 머무적거렸다.

밤공기는 매우 고요했지만 특유의 안개가 끼어 흐렸고, 달빛은 안개로 인해 빛나는 아지랑이로 변했다. 이 공기 속에 혹은 이 안개 속에, 내게 이상한 방식으로 작용하는 전기와 같은 어떤 힘이 있었다. 일년 전 북극광이 빙빙 돌며 하늘에서 내려오던, 영국에서의 그날밤과 같은 느낌이 들었다. 그때 나는 깊은 밤 외로운 들녘에 홀로 서서, 깃발을 든 군대가 모이고 빽빽이 들어선 창들이 떨리며, 전령 천사들이 북극성 아래서부터 천상 아치의 높다란 검은 이맛돌까지 재빨리 올라가는 모습을 지켜보았다. 나는 행복하지 않았고 오히려 그 반대였지만, 다시 기운이 나 씩씩해졌다.

만일 인생이 전쟁이라면 나는 혼자 그 전쟁을 치러야 할 운명인 것처럼 보였다. 겨울을 지낸 숙소, 식량과 사료가 다 떨어지고 없는 막사를 이제 어떻게 부수고 떠날까 곰곰이 생각했다. 아마 그런 변화를 위해서는 운명과 다시 한번 전면전을 벌여야 할 것이다. 나는 결전을 벌일 각오는 있었다. 신은 너무 가난해서 잃을 것이 없는 나를 승자로 점지하실지도 몰랐다. 하지만 어떤 방법이 있을까? 어떤 계획을 세워야 할까?

여전히 이 질문에 대해 생각하고 있는데 여태껏 어둡던 달이 조금 더 밝게 빛나는 것 같았다. 내 앞의 달빛이 하얗게 빛나면서 그림자 하나가 한결 뚜렷해지며 분명히 나타났다. 이 어두운 오솔길에 갑작스레 왜 흑백의 뚜렷한 대비가 나타나는지 알아보기 위해 나는 눈을 가늘게 떴다. 그 그림자는 내 눈앞에서 더 하얗게 밝아지고 검게 어두워지더니 갑자기 어떤 모양으로 변했다. 내가 서 있는 곳에서 약 3야드쯤 떨어진 곳에 검은 옷에 눈처럼 새하얀 베일을 쓴 키 큰 여인이 서 있었다.

오분이 지났다. 나는 도망치지도 비명을 지르지도 않았다. 그녀는 아직도 거기에 있었다. 내가 말했다.

"누구세요? 그리고 왜 내게 오는 거예요?"

그녀는 말없이 서 있었다. 그녀는 얼굴도, 이목구비도 없었다. 이마 아래는 흰 옷감으로 가려져 있었다. 하지만 눈이 보였고, 그 두 눈은 나를 바라보고 있었다.

나는 용기가 나지는 않았지만 약간 필사적인 심정이 되었다. 종종 필사적인 심정은 용기 대신 나서서 용기가 할 일을 하기도 한다. 나는 한발 앞으로 나아가 그녀를 만져볼 요량으로 팔을 뻗었다. 그녀가 뒤로 물러서는 것 같았다. 나는 더 가까이 다가갔다. 그러자 그녀는 여전히 아무 말도 하지 않고 재빨리 뒤로 물러났다. 관목 덤불과 잎이 무성한 상록수와 월계수와 빽빽이 선 주목이 그녀와 나 사이를 막았다. 더 자세히 보기 위해 나는 장애물들을 지나 앞으로 갔으나 아무것도 보이지 않았다. 기다렸다. 나는 말했다. "만일 인간에게 전할 말이 있으면 돌아와 전하세요." 아무 말도 들리지 않았고, 아무것도 다시 나타나지 않았다.

이번에는 의지가 되는 존 선생이 없었다. "그 수녀 유령을 또 봤어요"라고 속삭일 상대가 없었다.

* * *

폴리나 메리는 나를 끄레시가로 자주 불렀다. 브레턴에서의 옛 시절에도 그녀는 나를 좋아한다고 한 적이 없었으나 무의식적으로 나를 필요로 했다. 내가 내 방으로 물러나면 그녀는 재빨리 쫓아와 문을 열고 방 안을 들여다보면서 약간은 위압적인 어조로 "내려와요. 왜 혼자 여기에 앉아 있어요. 응접실로 오세요"라고 종종 말을 걸었다.

지금도 그녀는 그런 감정으로 내게 다그쳤다.

"포세뜨가에서 나와서 우리와 함께 살아요. 베끄 부인보다 아빠가 월급을 훨씬 더 많이 줄 거예요."

홈 씨는 내가 딸의 말상대가 되면 훌륭한 보수, 즉 현재 내 월급의 세배를 주마 했지만 나는 거절했다. 지금보다 더 가난하고 더 돈이 없고 앞으로 더 어렵게 살 형편이더라도 거절했을 것이란 생각이 든다. 그런 직업은 내게 어울리지 않았다. 선생이 될 수 있고 또 개인 지도를 할 수도 있지만, 가정교사가 되거나 말상대가 되는 것은 내게 어울리지 않았다. 어떤 훌륭한 집안의 가정교사가 되느니 차라리 하녀가 되어 질긴 장갑을 사서 끼고 침실과 층계를 쓸고 난로와 자물쇠를 청소하는 편을 택했을 것이다. 그 편이 더 마음 편하고 독립적이었다. 말상대가 되느니 차라리 셔츠를 만들다 굶어 죽는 쪽을 택했을 것이다.

나는 어떤 빛나는 숙녀의 그림자, 바송삐에르 양의 그림자가 아니었다. 내가 침울한 성격이고 가끔 우울해하긴 했지만, 우울해하거나 눈에 띄지 않게 있는 것은 나 자신이 원해서였다. 이제는 익숙해진 1반 학생들에 둘러싸인 채 내 책상에 혼자 있든, 기숙사 침대에 혼자 앉아 있든, 이젠 다들 내 자리라고 하는 오솔길에 혼자 있든, 다 내가 원해서였다. 나는 그때그때 전환되고 나를 맞추는 사람이 못됐다. 보석을 돋보이게 하는 금속 박편이나 미인의 시녀나 기독교 왕국의 훌륭한 인물의 시종이 될 자질이 없었다. 베끄 부인과 나는 서로 동화되지 않았지만 서로를 잘 이해했다. 나는 부인의 말상대도 그녀의 아이들의 가정교사도 아니었다. 그녀는 나를 자유롭게 내버려두었으며 아무것에도, 그녀 자신이나 그녀의 이해관계에조차 매어두지 않았다. 한번은 가까운 친척이 아파서 그녀가 이주일쯤 학교를 비운 적이 있었다. 자신이 없는 동안 학교 일이 잘못되었을까봐 노심초사하며 돌아와보니 여느 때처럼 일이 잘 진행되고 있고 눈에 띄는 태만의 증거가 없자, 그녀는 선생들 모두에게 성실하게 일해줘서 고맙다고 선물을 돌렸다. 하지만 밤 열두시에 내 침대로 와서 내게는 선물을 마련하지 않았다고 말했다. "쌩삐에르 양에게야 충실하게 근무해준 데 대해 물질적인 보상을 해야겠지만, 당신에게 그런 보상을 하면 우리 사이에 오해가 생기고 아마 소원해질지도 몰라요. 하지만 당신을 기쁘게 하기 위해 내가 할 수 있는 일이 한가지 있죠. 하고 싶은 대로 할 수 있도록 혼자 내버려두는 거죠. 앞으론 그렇게 할게요."[6]

그녀는 약속을 지켰다. 그 순간부터 여태껏 강요하던 모든 미미한 구속을 조용히 없애버린 것이다. 그래서 나는 자발적으로 기꺼

6 (프) C'est ce que je ferai.

이 그녀의 규칙들을 존중했다. 즉, 내게 맡겨진 학생들에게 기꺼이 두배의 시간과 노력을 바치는 일에 만족했다.

메리 드 바송삐에르 양과 함께 살고 싶지는 않았지만 방문은 기꺼이 했다. 방문이 거듭되자, 가끔씩 어울리고 싶더라도 얼마 후면 내가 그녀를 방문할 필요가 없어질지도 모른다는 생각이 들었다. 바송삐에르 씨는 전혀 그렇게 추측하지 못했고, 그런 일이 일어날 가능성도 전혀 없다고 여기는 것 같았다. 마침내 일이 벌어지면 반대하게 될 수 있는데도, 그는 어린아이처럼 그 일의 돌발적인 시작의 징조나 가능성을 전혀 눈치채지 못하고 있었다. 나는 그가 그 일을 찬성할지 반대할지 종종 생각해보곤 했다. 뭐라 말하기 어려웠다. 그는 과학적인 흥밋거리에 빠져 있었는데, 좋아하는 일에 관해서는 열심이고 날카롭고 다소 공격적이기까지 했으나 일상사에 대해서는 아무런 의심 없이 그냥 믿어버렸다. 내가 알아낼 수 있는 모든 정보로 미루어 짐작건대 그는 자신의 "딸아이"를 아직도 어린아이일 뿐이라고 여기는 듯했고, 아마 다른 사람들이 그녀를 다른 각도에서 볼지 모른다는 것은 생각조차 하지 않는 것 같았다. 그는 "폴리"가 자라나서 여자가 되면 해야 할 일에 대해서 이야기하곤 했다. 그러면 "폴리"는 그의 의자 곁에 서서, 때로는 웃으면서 작은 손으로 공손하게 그의 머리를 감싸고 회색 머리카락에 입을 맞췄고, 때로는 입을 비쭉이며 곱슬머리를 흔들었다. 그러나 "아빠, 저는 이미 다 자랐어요" 같은 말은 하지 않았다.

그녀는 함께하는 사람에 따라 분위기가 바뀌었다. 아버지에게는 여전히 어린아이거나 아이같이 다정하고 명랑했으며 농담하길 좋아했다. 나에게는 진지했고 여성스러운 생각이나 감정을 드러냈다. 브레턴 부인과 함께 있을 때는 얌전했고, 그녀를 신뢰하기는 하

지만 솔직하게 마음을 터놓지는 않았다. 그레이엄과 함께 있을 때
는 원래 수줍어했는데 지금은 더욱더 수줍어했다. 가끔씩은 그에
게 냉담하려고 애쓰고 때로는 그를 피하기도 했다. 그의 발소리가
들리면 깜짝 놀랐고 그가 들어오면 말이 없어졌다. 그가 말을 걸면
더듬거리기 일쑤였고, 그가 떠날 때면 난처해하며 어쩔 줄 몰랐다.
그녀의 아버지조차 이런 태도를 눈치챌 정도였다.

"내 귀여운 폴리야," 한번은 그가 이렇게 말했다. "네가 너무 혼
자만 지냈나보구나. 이렇게 수줍어해서야 나중에 숙녀가 되어서도
사교계에 제대로 적응하겠니. 브레턴 선생을 전혀 모르는 사람 대
하듯 하는데 어떻게 된 일이니? 어릴 적에 그를 좋아하던 게 기억
나지 않니?"

"그런 편이었죠, 아빠." 그녀가 약간 무뚝뚝하면서도 부드러운 어
투로 짤막하게 대답했다.

"그런데 이제는 좋아하지 않는 거냐? 그가 어쨌다고 그러니?"

"아무 일도 없었어요. 네, 아직도 그를 조금은 좋아하지만 서로
서먹한 사이가 되어버렸어요."

"그러면 그런 감정은 털어버려라, 폴리야. 녹을 닦아내고 서먹한
걸 털어내면 되잖니. 그가 여기 있을 때는 겁내지 말고 말도 걸고
그래라!"

"그도 말을 많이 하지는 않던데요. 저를 겁내는 걸까요, 아빠?"

"오, 물론이지! 어떤 남자가 이렇게 조용한 작은 아가씨를 겁내
지 않겠니?"

"그러면 언제 그를 보거든 제가 가만히 있더라도 개의치 말라고
해주세요. 저는 원래 그런 사람이고, 그가 싫어서가 아니라고 말해
주세요."

82

"네가 원래 그런 사람이라고, 작은 수다쟁이가? 원래 그렇기는 커녕, 변덕을 부려서 그러는 게지."

"좋아요, 제가 노력할게요, 아빠."

그리고 다음 날 그녀는 품위 있는 태도로 약속을 지키려고 애썼는데 그 모습이 아주 귀여웠다. 그녀는 존 선생과 다정하게 이런저런 이야기를 하려고 애썼다. 이처럼 관심을 받자 손님의 얼굴은 즐거움으로 빛났다. 그는 그녀를 아주 조심스럽게 대했고, 몹시 부드러운 어조로 그녀의 말에 대답했다. 마치 너무 크게 숨을 쉬면 공중에 매달린 행복이라는 거미줄이 망가질까봐 두려워하는 사람 같았다. 그녀는 몹시 수줍어했지만 우정을 진척시키려는 진지한 태도에 분명히 아주 섬세하고 요정 같은 매력이 있었다는 건 부인할 수가 없다.

의사가 가고 나자 그녀는 아버지의 의자 쪽으로 다가갔다.

"약속을 지켰죠, 아빠? 제 행동이 좋아졌죠?"

"우리 폴리는 여왕같이 행동하더구나. 이런 식으로 계속 좋아지면 나는 네가 아주 자랑스러울 것 같구나. 앞으로도 손님들을 그렇게 점점 더 차분하고 훌륭한 태도로 맞이하게 되겠지. 루시 양과 나도 무색한 꼴이 되지 않기 위해서는 최선을 다해 우아한 태도를 갈고 닦아야겠는걸. 하지만 폴리야, 아직도 약간 떨면서 가끔 말을 더듬더구나. 여섯살 때처럼 혀짤배기소리까지 하던걸."

"아니에요, 아빠." 그녀가 발끈하며 말을 막았다. "그럴 리가 없어요."

"루시 양에게 동의를 구해야겠구나. 브레턴 선생이 부아레땅 궁전을 본 적이 있느냐고 물었을 때 폴리가 '네, 며번이나 봐떠요'라고 하지 않았소?"

"아빠, 절 비웃으시다니, 심술궂어요![7] 저도 A에서 Z까지 아빠만큼 똑똑하게 발음할 수 있어요. 그런데 궁금한 게 하나 있어요. 제가 브레턴 선생님에게 특별히 공손하기를 바라는 건 그를 좋아하시기 때문인가요?"

"물론이지. 오래된 친구이니까. 그리고 어머니에게 좋은 아들이고 마음씨도 좋고 의사로서도 탁월하잖니. 그래, 아주 괜찮은 칼런트[8]야."

"칼런트라고요! 역시 스코틀랜드인이세요! 아빠, 아빠의 억양은 에든버러식인가요 아니면 애버딘식인가요?"

"귀여운 아가야, 둘 다란다. 게다가 물론 글래스고식이기도 하지. 이런 억양 덕분에 프랑스어를 잘하는 거란다. 스코틀랜드 말을 잘하는 사람은 그 프랑스어도 능숙하게 하거든."

"그 프랑스어요? 그것도 스코틀랜드식이잖아요, 아빠. 고치지 못하시네요. 그러니 아빠도 학교에 가서 배우셔야겠어요."

"자, 폴리야, 스노우 양을 설득해 너와 나 둘 다 맡아달라고 해야겠다. 너는 차분하고 여성다워지는 법을, 나는 세련된 표준 프랑스어를 배워야겠구나."

바송삐에르 씨가 '스노우 양'을 바라보는 시각을 통해 나는 내적으로 깨달은 바가 많았다. 보는 사람의 눈에 따라 때때로 얼마나 상반된 특징들이 우리에게 부여되는가! 베끄 부인은 나를 박식하고 우울한 여자로, 팬쇼 양은 신랄하고 빈정대기 좋아하고 냉소적인 사람으로, 홈 씨는 모범적인 선생에다 차분하고 신중한 성격, 즉 다소 관습적이고 엄격하고 편협하며 까다롭기는 하지만 여전히 가

----

7 (프) méchant!

8 callant. '소년' 또는 '청년'을 뜻하는 스코틀랜드 방언.

정교사다운 정확성을 지닌 산 표본으로 평가했다. 반면에 다른 사람, 즉 뽈 에마뉘엘 같은 사람은, 알다시피 기회가 있을 때마다 내가 성격이 불같고 무모하며, 모험심이 강하고 고분고분하지 않고 대담하다고 암시했다. 나는 그 모든 것에 웃음을 지었다. 누군가 나를 아는 사람이 있다면, 그 사람은 꼬마 폴리나 메리였다.

그녀와 사귀는 일이 마음에 들고 기분이 좋긴 하지만 급여를 받는 조건으로는 말상대가 되지 않겠다고 하자, 폴리나는 규칙적으로 계속 만날 수 있도록 같이 공부를 하면 어떻겠냐고 나를 설득했다. 자기나 나나 독일어가 능숙하지 못하니 함께 독일어 공부를 하자고 제안한 것이다. 우리는 끄레시가에 여선생을 모셔다 함께 수업을 받기로 했다. 이렇게 정해지자 우리는 매주 몇시간은 함께 있게 되었다. 바송삐에르 씨는 아주 흡족해하는 것 같았다. 그는 '미네르바 엄숙 부인'[9]이 자신의 아름답고 귀여운 딸에게 여가시간의 일부를 할애해주는 데 대찬성이었다.

내 심판관을 자임한 또 한 사람, 즉 포세뜨가의 교수는 은밀한 방법으로 염탐하여 내가 더이상 가만있지 않고 일정한 요일의 일정한 시간에 외출한다는 것을 알아내고는 날 감시했다. 사람들은 에마뉘엘 씨가 예수회 신자들 사이에서 자랐다고들 했다. 그가 조금만 더 솜씨 좋게 위장한 책략을 썼다면 나는 이 소문을 쉽게 믿었을 것이다. 하지만 나는 그 말을 믿지 않았다. 그처럼 꾸밈없고 솔직하고 엉성한 음모가는 없었다. 그는 자신의 책략을 분석하곤 했다. 즉 정교하게 음모를 고안하고는 그 기술을 설명하고 자랑하는 데 탐닉했다. 어느날 아침 그가 내게 걸어와서 엄숙하게 속삭

---

9 미네르바는 로마신화에 나오는 지혜의 여신. 루시가 자신을 희화한 것이다.

였는데, 그런 그의 모습에 화가 더 나는지, 웃음이 더 나는지 알 수가 없었다. "당신을 쭉 지켜보고 있었소. 나는 적어도 친구의 의무를 다하기 위해 당신이 멋대로 행동하는 걸 가만히 내버려두지 않겠소. 지금 당신이 하는 행동들은 아주 불안하오. 그런 행동들을 어떻게 해석해야 할지 모르겠소. 자기 학교 선생에게 이렇게 말도 안 되는 들뜬 행동을 하도록 허락한 내 사촌 베끄 부인 역시 비난받아 마땅하오. 교육 같은 진지한 일을 맡은 사람이 백작이나 백작의 딸, 그리고 호텔이나 성 따위랑 무슨 상관이란 말이오? 내가 보기에 당신은 '바람이 잔뜩 든'[10] 것 같소. 일주일에 엿새는 외출을 하는 것 같던데."

나는 말했다. "선생님께서 과장하시는 거예요. 최근 들어 제가 약간 기분전환을 하고 있는 건 사실이지만 필요할 때만 그러는 거예요. 그리고 결코 특권을 남용한 적도 없어요."

"필요하다고! 어떻게 그런 게 필요하단 말이오? 전에도 잘살지 않았소? 기분전환이 필요하다! 나는 가톨릭의 '성자들'[11]을 보고 그들의 생애를 연구하길 권하겠소. 그들은 어떤 기분전환도 필요로 하지 않았소."

그가 말할 때 내 얼굴에 어떤 표정이 스쳤는지는 알 길이 없지만, 내 표정을 보고 그는 화를 냈다. 내가 무모하고 세속적이고 쾌락주의적이며, 야심만만하고 허식과 허영에 찬 삶을 갈구한다고 비난했다. '헌신'이나 '반성'을[12] 전혀 모르는 성격에, 은총과 신앙과 희생과 겸허한 정신이라곤 없다고 했다. 나는 그런 비난에 대답

---

10 (프) en l'air.

11 (프) religieuses.

12 (프) 각각 dévouement, recueillement.

해봐야 소용없는 짓이라는 생각이 들어 잠자코 내 앞에 쌓여 있는 영어 연습문제를 첨삭했다.

"당신에게선 기독교도다운 면을 볼 수 없소. 다른 청교도들과 마찬가지로 당신 역시 이교도의 자만심과 아집에 빠져 있소."

나는 그에게서 살짝 몸을 돌리고, 더욱더 깊숙이 침묵의 날개 아래로 숨었다.

그는 이 사이로 애매한 소리를 내며 투덜댔으나 그 소리가 '욕설'[13]인지는 분명치 않았다. 그런 말을 하기에 그는 너무 종교적인 사람이긴 했지만, 분명히 빌어먹을[14]이란 단어가 들리긴 했다. 두시간 후에 끄레시가로 가서 독어 수업을 받을 준비를 갖추고 복도를 지나가다 그를 스쳤을 때에도, 슬프게도 그가 엄청난 악담과 함께 그 단어를 되풀이했다는 말을 해야겠다. 어떤 면에서는 뽈 선생만큼 훌륭한 작은 사람도 없었지만, 다른 한편으로는 그보다 심술궂은 작은 독재자도 없었다.

* * *

독일어 선생인 안나 브라운은 마흔다섯살가량 된 인정 많고 훌륭한 여자로, 아침식사와 간식으로 늘 쇠고기와 맥주를 먹기 때문에 엘리자베스 여왕 시절에 살았으면 더 좋았을 뻔한 여인이었다. 또 그녀는 독일인답게 직설적이고 솔직한 성격이어서 소위 우리 영국인의 신중함이라는 것을 아주 갑갑하게 여기는 듯했다. 우리는 그녀에게 매우 다정하게 군다고 생각했지만 그녀의 어깨를 탁

---

13 (프) juron.
14 (프) sacré. '빌어먹을'이라는 뜻 외에 '신성한' '종교적인'이라는 뜻도 있다.

치지 않았으며 뺨에 키스를 할 때도 크게 쪽 소리를 내지 않고 조용히 했다. 우리의 이런 표현에 그녀는 답답해하고 우울해했다. 하지만 전반적으로 우리는 사이가 좋았다. 사실 우리의 독일어 공부는 진척이 느렸는데도 그녀는 우리의 발전에 놀라는 것 같았다. 좀처럼 스스로 사고하거나 공부를 하려 들지 않는 외국인 여학생들, 즉 어려운 문제를 가지고 씨름하거나 사고와 응용으로 풀어보겠다는 생각조차 전혀 없는 학생들을 가르치는 데 익숙해 있어서였다. 그녀가 보기에는 우리가 한쌍의 쌀쌀맞은 신동, 냉담하고 자신만만하고 불가사의한 신동이었다.

백작의 딸은 다소 거만하고 까다로운 면이 있었다. 그리고 타고난 섬세함과 아름다움으로 인해 이런 감정을 가질 자격이 있기도 했다. 그러나 내게 그런 특성이 있다고 생각한 것은 완전히 잘못 본 것이었다. 폴리나가 틈만 있으면 생략하곤 하던 아침인사를 나는 한번도 빠뜨린 적이 없었으며, 그녀처럼 조용한 경멸이라는 갑옷으로 자신을 방어한 적도 없었다. 반면에 폴리나는 늘 빛나는 갑옷을 깨끗하고 멋지게 차려입고, 거친 독일식 기습공격이 들어오면 즉시 그 번쩍이는 강철로 대응하곤 했다.

솔직한 안나 브라운 선생은 나와 폴리나의 차이를 어느정도 감지해서, 폴리나를 예쁘장한 운디네[15] 같은 존재로 여기며 반은 두려워하면서도 반은 숭배했고, 인간적이고 좀더 편안한 분위기를 풍기는 내게서 휴식을 찾았다.

우리가 읽고 번역하기를 좋아했던 책은 실러의 서정시집이었다. 폴리나는 곧 그 시들을 아름답게 낭독하는 법을 배웠고, 선생은 흐

---

15 16세기 스위스 화학자 파라셀수스가 말들어낸 표현으로, 물의 요정을 가리킨다.

못한 웃음을 띤 채 듣다가 그녀가 읽는 소리가 음악 같다고 말하곤 했다. 또 폴리나는 그 시들을 아주 쉽고 유창하면서도 시적인 열정에 찬 언어로 번역하기도 했는데, 그럴 때면 그녀의 뺨은 발그레해졌고 입술은 떨리며 웃음을 머금었고 아름다운 눈은 빛나거나 옅어지곤 했다. 그녀는 가장 훌륭한 시들을 외워서 단둘이 있을 때면 종종 암송하곤 했다. 그녀가 좋아했던 시 중 하나는 「소녀의 탄식」이었다. 그녀는 음성에 스며 있는 애조 띤 가락을 알아내고 그 단어들을 되풀이하여 읊기를 좋아했지만, 그 시의 의미에 대해서는 비판하곤 했다. 어느날 저녁 우리가 난롯가에 모여 앉아 있을 때 그녀가 그 시를 나지막이 암송했다.

성모 마리아여 당신의 자식을 거두소서,
저는 지상의 행복을 누렸습니다,
저는 살며 사랑했습니다!

"살며 사랑했습니다라니!" 그녀가 외쳤다. "그것이 지상의 행복의 절정이고 인생의 목적일까요, 사랑한다는 것이? 나는 그렇게 생각하지 않아요. 그것은 인간이 겪는 최악의 불행이고 순전히 시간 낭비이며 쓸데없는 고통일 수도 있어요. 만일 실러가 사랑을 받는다고 했다면 그 말이 더 진실에 가까울 거예요. 사랑받는다면 문제가 다르잖아요, 루시?"

"그럴지도 모르죠. 하지만 왜 그런 생각을 하는 건데요? 사랑이 당신에게 무슨 의미가 있어요? 당신이 사랑에 대해 아는 게 있긴 해요?"

반은 흥분으로, 반은 부끄러움으로 그녀의 얼굴이 빨개졌다.

"루시," 그녀가 말했다. "그런 말 마세요. 아빠가 나를 아기로 여기시는 건 괜찮아요. 오히려 그렇게 보시는 게 더 낫죠. 하지만 당신은 내가 곧 열아홉살이 된다는 것을 알고 있잖아요. 그 사실을 인정해줘요."

"당신이 스물아홉살이라 해도 상관없어요. 토론이나 대화로 미리 어떤 감정에 대해 예측할 순 없잖아요. 사랑에 대해선 이야기하지 말기로 해요."

"아하, 그래요!" 그녀가 황급히 열을 올리며 말했다. "당신이 날 통제하고 억누르고 싶어하는지도 모르지만, 나는 이미 사랑에 대해 이야기한 적이 있어요. 사랑에 관한 이야기를 듣기도 했고요. 최근에는 너무 많이 들었죠. 기분이 나쁘고 또 상처가 되는 이야기를요. 당신도 그런 사랑 이야기는 좋아하지 않을 거예요."

그러고는 예쁘고 버릇없는 아가씨는 초조해져서 의기양양하게 웃었다. 그녀가 도대체 무슨 말을 하는지 알 수 없었지만 나는 묻지 않았다. 난감했다. 하지만 일시적으로 토라져서 심술이 났을 뿐 다시 순진무구해진 그녀의 표정을 보고 마침내 질문을 했다.

"누가 그런 이야기를 해서 기분 나쁘게 하고 상처를 준 거죠? 당신 주변의 누가 감히 그러지요?"

"루시," 그녀가 누그러진 말투로 대답했다. "때로는 날 비참하게 만드는 사람이 그랬어요. 그녀가 내게 가까이 오지 않았으면 좋겠어요. 난 그녀와 친해지고 싶지 않아요."

"하지만 폴리나, 누가 그래요? 무슨 말인지 난 모르겠어요."

"바로 사촌인 지네브라예요. 그녀는 숄몽들레 부인 댁에 외출해도 좋다는 허락을 받을 때마다 이곳에 들러 내가 혼자 있으면 자신을 숭배하는 남자들에 대해 말해요. 사랑에 대한 이야기죠! 당신도 그녀가 사랑에 대해 말하는 걸 들었어야 하는데."

"아, 난 이미 들었어요." 나는 아주 태연하게 말했다. "그리고 당신이 그 이야기를 들은 것 자체는 그다지 나쁠 것이 없어요. 속상해할 필요도 없어요. 괜찮아요. 당신이 지네브라에게서 정신적으로 영향을 받을 리가 없어요. 그녀의 지성과 감정쯤은 무시할 수 있잖아요."

"그녀는 내게 아주 큰 영향을 끼쳤어요. 그녀에게는 날 불행하게 하고 내 판단을 흔드는 재주가 있어요. 내 감정을 상하게 하고, 또 내게 소중한 사람들에게 상처를 입혀요."

"폴리나, 그녀가 무슨 말을 했는데요? 말해봐요. 그 상처를 치유할 방법이 있을지도 몰라요."

"그녀는 내가 오랫동안 가장 존경해온 사람들을 깎아내렸어요. 브레턴 부인과…… 그레이엄에 대해서도 나쁜 말을 했어요."

"아니, 말도 안돼요. 그녀가 자신의 감정에…… 사랑에 대해 얘기하면서 그분들 이야기를 했단 말이에요? 그녀가 그랬다고요?"

"루시, 나는 그녀가 무례한 사람이며, 거짓말을 했다고 믿어요. 우리 둘 다 브레턴 선생님을 알잖아요. 조심성이 없고 거만한지는 몰라도, 그가 비열하게 굴거나 비굴한 적이 있었나요? 그녀는 매일 자신의 발밑에 꿇어앉아 빌고 그림자처럼 쫓아다니는 그에 대해 이야기해요. 그녀가 아무리 모욕을 주며 물리쳐도 사랑을 구걸하는 그에 대해서 말이에요. 루시, 그게 사실인가요? 사실인 점이 조금이라도 있나요?"

"한때 그가 그녀를 미인이라고 생각했던 것은 사실일 거예요. 하지만, 아직도 그가 자기에게 구혼하고 있다고 하던가요?"

"언제라도 자기가 원하면 그와 결혼할 수 있다고 했어요. 그가 자신의 승낙만을 기다리고 있대요."

"그래서 당신이 그렇게 그레이엄을 멀리했군요. 아버지가 눈치 채실 정도로 말이에요."

"그런 이야기를 들으니 그의 인격을 믿을 수가 없었어요. 하지만 지네브라의 이야기가 늘 사실 같진 않아요. 그녀가 과장한다고 믿어요. 어쩌면 꾸며낸 것일 수도 있고요. 하지만 어디까지가 사실인지 알고 싶어요."

"팬쇼 양에게 증거를 대보라고 하면 어때요? 그녀가 자랑하는 그런 힘을 과시할 기회를 줘보는 거죠."

"그쯤은 당장 내일이라도 할 수 있어요. 아빠께서 신사들 몇분을 내일 저녁식사에 초대하셨거든요. 모두 학자들이세요. 한가지 이상의 학문에 능통한 사람을 학자라고 한다는데, 아빠는 그레이엄도 학자라는 생각을 하시게 되어 초대했어요. 그런 사람들 사이에 끼어 나 혼자 식탁에 앉아 있자면 괴로울 거예요. 빠리의 학자들인 A 씨부터 Z 씨까지와 자연스럽게 대화할 자신이 없어요. 요새 아빠께서 칭찬하신 태도를 유지할 자신이 없어요. 날 위해 당신과 브레턴 부인이 와주셔야 하는데, 한마디만 하면 지네브라도 올 거예요."

"그래요, 내가 초대한다는 말을 전하죠. 그녀의 진실성을 입증할 기회를 주도록 하죠."

27장
끄레시 호텔

그다음 날은 우리가, 적어도 내가 기대했던 것보다는 훨씬 활기차고 바쁜 날이었다. 그날은 라바스꾸르의 어린 왕자들 중 한명의 생일이었는데, 아마도 첫째인 댕동노 공작의 생일이었던 것 같다. 그의 생일을 기념해 모든 학교, 특히 명문 '아떼네' 고등학교는 그날을 공휴일로 정했다. 이 학교의 학생들은 공공건물 앞에 모여 왕자에게 축사를 하게 되어 있었다. 그 건물은 해마다 입학시험이 치러지고 시상식이 열리는 곳이기도 했다. 학생들이 준비한 행사가 끝난 후에는 교수 중 한명이 연설 내지 '강연'[1]이라 부를 만한 것을 할 예정이었다.

바송삐에르 씨의 친구들, 즉 학자들 중 몇명이 아떼네 관계자여서 이 예식에 참석할 예정이었다. 빌레뜨의 존경받는 시민들과 시

---
1 (프) discours.

장 르 슈발리에 스따스 씨와 아떼네에 다니는 학생들의 부모 및 친지들 역시 참석할 예정이었다. 바송삐에르 씨는 친구들과 함께 그 예식에 가기로 약속했으며, 그의 아름다운 딸 역시 함께 갈 예정이었다. 그녀는 지네브라와 내게 일찍 자기 집으로 와서 함께 가자고 짧막한 편지를 보냈다.

팬쇼 양과 함께 포세뜨가의 기숙사에서 옷을 차려입고 있는데 그녀(팬쇼 양)가 갑자기 웃음을 터뜨렸다.

"이번에는 무슨 일이야?" 그녀가 옷을 갈아입다 말고 나를 쳐다보고 있어서 내가 물었다.

"이상한 생각이 들어서 그래." 그녀는 평소와 같이 솔직하면서도 무례한 태도로 거리낌 없이 대답했다. "너와 내가 같은 수준이 되어서 같은 장소를 방문하고 같은 사람들과 어울리다니 말이야."

"글쎄." 나는 말했다. "얼마 전까지 네가 주로 어울리던 사람들을 난 별로 존경하지 않았는걸. 숄몽들레 부인이니 하는 분들은 나와 전혀 어울리지 않으니까."

"넌 도대체 누구니, 스노우 양?" 그녀가 꾸밈없이 노골적으로 호기심을 드러내면서 물어보는 바람에 이번에는 내가 웃어버렸다.

"넌 스스로를 유모 겸 가정교사라고 했잖니. 처음 여기에 왔을 때는 정말로 이 집 아이들을 돌보았고, 작은 조르제뜨를 하녀처럼 팔에 안고 다녔잖아. 가정교사라도 그런 천한 일을 할 사람은 거의 없을 거야. 그런데 이제는 베끄 부인도 빠리 출신인 쌩삐에르 양보다 너를 더 정중하게 대하고, 너는 건방진 계집애인 내 사촌의 절친한 친구가 되기까지 했으니 말이야!"

"멋진데!" 나는 그녀가 나를 신비화하는 것이 무척 재미있어서 맞장구를 쳐줬다. "그래, 내가 정말로 누굴까? 신분을 위장한 인물일까? 그런데 내가 그런 사람처럼 보이지 않으니 아쉽네."

"이런 일들에 대해 네가 으쓱해하지 않는 게 이상해." 그녀는 말을 계속했다. "이런 일을 아무렇지도 않게 받아들인단 말이지. 내가 한때 생각했던 것처럼 정말 시시한 사람인데도 그러는 것이라면 틀림없이 뻔뻔해서일 거야."

"한때 시시한 사람으로 생각했다고!" 나는 그녀의 말을 되풀이했다. 얼굴이 약간 달아올랐지만 화는 내지 않기로 했다. 여학생이 시시한 사람이니 대단한 사람이니 하는 단어들을 마구 사용한다 해도 그게 뭐 대수로운 일인가? 그러므로 나는 단지 점잖게 처신했을 뿐이라고만 대답했다. 그리고 물었다. "내가 점잖게 처신하는 걸 보고 어리둥절해야 할 이유가 도대체 뭐가 있어?"

"몇 가지 일들에는 놀랄 수밖에 없다고." 그녀가 우겨댔다.

"네가 상상해낸 일을 가지고 놀라는 거겠지. 준비는 다 됐니?"

"그래, 네 팔짱을 끼고 갈게."

"그러지 말고 나란히 걸어가면 더 좋겠는데."

그녀는 팔짱을 낄 때면 언제나 내게 몸을 바짝 기댔다. 하지만 난 신사나 그녀의 연인이 아니었기 때문에 그런 자세가 싫었다.

"또 그러네!" 그녀가 소리를 질렀다. "네 팔짱을 끼겠다고 한 건 네 옷과 차림이 마음에 든다는 뜻이야. 칭찬의 뜻으로 그런 거라고."

"그랬어? 나와 함께 길거리에 나선 것이 다른 사람들의 눈에 띄어도 창피하지 않다는 뜻이었구나? 숄몽들레 부인이 창가에서 애완견을 어루만지다가, 아니면 아말 대령이 발코니에서 이를 쑤시다가 우리를 보아도 얼굴이 빨개지지 않겠다는 뜻이야?"

"그래." 그녀는 직설적인 태도로 대답했다. 그런 태도야말로 그녀의 가장 훌륭한 장점으로, 거짓말을 할 때조차도 솔직하고 숨김이 없다는 느낌을 주었다. 그 태도는 간단히 말해서 소금, 즉 그녀의 인격을 보존해주는 저장용 양념으로, 그것이 없었다면 그녀의 인격은 유지되기 어려웠을 것이다.

나는 이 "그래"라는 말에 대한 평가를 표정으로 드러냈다. 말에 앞서 무심결에 아랫입술이 삐죽 나와버린 것이다. 물론 존경이나 진지함 같은 감정을 나타내 보이는 표정은 아니었다.

"항상 경멸하고 비웃는다니까!" 우리는 큰 광장을 건너 끄레시가로 가는 지름길인 쾌적한 공원에 들어섰다. 그녀가 계속 말했다. "이 세상 누구한테보다도 너한테 제일 지독한 대접을 받고 있어!"

"자업자득이지. 날 좀 가만히 내버려두고, 제발 조용히 해. 나도 널 가만히 내버려둘 테니까."

"네가 그렇게 특이하고 궁금증을 자아내는데 어떻게 그냥 가만 내버려둘 수 있어!"

"그 특이하고 궁금증을 자아낸다는 건 모두 네 머리에서 나온 변덕스러운 공상일 뿐 그 이상도 그 이하도 아니니까 제발 이제 더이상 그런 이야기는 하지 마."

"그럼 네가 대단한 사람이란 말이야? 그녀는 내가 뿌리치는데도 불구하고 팔짱을 끼면서 말했다. 그리고 다른 사람이 끼어들지 못하도록 내 옆구리가 불편할 정도로 팔을 밀착했다.

"그래," 내가 말했다. "난 출세가도를 달리는 사람이야. 한때는 노부인의 말상대였고 그다음에는 유모 겸 가정교사였고 이제는 학교 선생이지."

"말해. 네가 누구인지 **말해보란 말이야**! 그럼 다신 묻지 않을게." 그녀는 자신이 붙잡은 수수께끼 같은 인물에 대해 알아내고야 말겠다는 우스꽝스러운 고집을 계속 부리면서 재촉했다. 그리고 이제는 내 팔을 꼭 붙잡고 짓누르면서 간청하고 달래기까지 했다. 마침내 나는 공원에 멈춰 서서 웃음을 터뜨리고 말았다. 그녀는 공원을 통과하는 내내 이 화제에 대해 더없이 환상적인 변주를 해댔다. 그녀는 고집을 부리며 속으려고 함으로써, 아니 속지 않으려고 함으로써 신분이나 부의 뒷받침을 받지 않고 가문이나 인척을 내세우지 않고도 당당한 태도를 취할 수 있다는 것을 상상조차 못하는 자신의 무능을 입증했다. 나는 알아줄 만한 곳에서 나를 알아주기만 하면 충분히 정신적인 평정을 유지할 수 있었다. 그 나머지는 내게 별 영향을 미치지 못했다. 내 관심사와 사고 속에 신분이니 사회적인 지위니 박식함이니 하는 것들은 모두 같은 공간과 위치를 차지했다. 그것들은 나의 삼류 하숙생들이었고, 그것들에게 나는 작은 거실과 후미진 작은 침실만 내주었다. 식당과 큰 거실이 비어 있을 때조차도 그것들의 처지로 보아 작은 방이 더 잘 어울린다고 생각해 그 사실을 비밀로 했다. 세상 사람들의 잣대는 아주 다르다는 것을 곧 알게 되긴 했다. 그들의 견해도 나름대로 옳다고 믿는다. 그러나 내 견해 역시 아주 틀린 것은 아니리라.

지위가 낮다고 도덕적으로 타락하는 사람들도 있는데, 이런 사람들에게는 인맥이 없는 게 곧 자존심에 치명타가 된다. 그렇다면 이런 사람들의 타락을 막아주는 안전판 구실을 하는 지위나 인맥을 높이 사는 것도 일리가 있지 않을까? 자신의 조상이 신사가 아니고 평민이었으며, 부자가 아니고 가난했으며, 자본가가 아니고 노동자였다는 사실이 알려지게 될 경우 자기비하에 사로잡히는 사람이라면, 이런 치명적인 사실을 숨기려 들고 그런 사실이 폭로될까봐 떨며 놀라서 움츠러든다고 해서 그를 비난할 수 있을까? 오래

살면 살수록 경험은 더 넓어진다. 이웃의 행동을 덜 비판하고 세상 사람들의 지혜를 의심하는 경우도 줄어든다. 조신한 척하는 미덕이건 세속적인 점잖음이건, 작은 방어들이 쌓이는 것은 분명히 그런 방어가 필요해서이다.

끄레시 호텔에 도착해 보니 폴리나는 만반의 준비를 마치고 브레턴 부인과 함께 있었다. 우리는 브레턴 부인과 바송삐에르 씨의 호위를 받으며 사람들이 모여 있는 장소로 가 연단에서 적당히 떨어진 좋은 자리에 앉았다. 아떼네의 젊은 학생들이 우리 앞을 지나 행진해갔고, 시민들과 시장은 귀빈석에 앉아 있었으며 젊은 왕자와 그들의 개인교사 들은 연단이 잘 보이는 자리에 앉아 있었다. 건물 안은 귀족과 지체 높은 시민들로 가득 메워졌다.

나는 '강연'을 할 교수가 누구인지 궁금하지도 않고 관심도 없었다. 학자 중 하나가 연단에 나가서, 아떼네의 학생들을 향해 교조주의가 반, 왕자에게 바치는 아첨이 반인 형식적인 연설을 하려니 막연히 예측할 뿐이었다.

우리가 들어섰을 때는 연단이 비어 있었으나, 십분이 지나자 연단 위에 누군가가 나타났다. 갑자기 진홍빛 책상 위로 누군가의 머리와 가슴과 팔이 나타났다. 내가 익히 아는 사람의 머리였다. 머리칼의 색깔과 얼굴과 고갯짓과 표정은 나와 팬쇼 양 둘 다에게 익숙했다. 숱이 많은 검은 머리와 창백하고 넓은 이마와 푸른 불꽃이 번득이는 시선을 정확하게 기억하고 있을 뿐 아니라 그 특징 하나하나가 여러가지 별난 연상들과 얽혀 있어서, 갑자기 그의 모습을 보자 이런저런 상상으로 웃음이 터질 뻔했다. 그러다가 정말로 웃음이 터져나와 나는 얼굴이 화끈거렸다. 그러나 곧바로 고개를 숙여서, 손수건과 베일에게만 나의 즐거움을 들켰다.

뽈 선생을 보자 반가웠다. 교단에서 군림할 때와 똑같이 사납고 솔직하게, 침울하고 거리낌 없이, 퉁명스럽고 대담하게 거기 서 있는 그의 모습을 보자 어떤 감정보다도 반가움이 앞섰다. 그의 출현은 아주 놀라운 일이었다. 그가 아떼네의 문학 교수인 건 알고 있었지만 그를 보리라고는 전혀 짐작하지 못하고 있었다. 그가 연단에 서 있는 모습을 보자 최소한 형식적이거나 아첨투성이인 연설을 듣지는 않으리라는 확신이 들었다. 하지만 우리에게 할 말, 즉 우리 머리 위에 빠른 어조로 갑작스레 쏟아부을 말에 대해서는 나도 전혀 대비가 되어 있지 않았음을 고백해야겠다.

그는 포세뜨가의 세반 학생들에게 장광설을 늘어놓을 때와 똑같이 긴장감이라곤 없이, 똑같이 열을 내며 날카롭고 신경질적으로 왕자와 귀족과 치안판사와 시민 들에게 강연을 했다. 그는 고등학생들을 어린 학생으로 보지 않고 미래의 시민이자 장차 애국자가 될 사람들로 간주하고 연설했다. 그때까지 유럽의 미래가 지금과 같으리라고 예견한 사람이 없었으므로 내게 에마뉘엘 선생의 정신은 독창적으로 느껴졌다. 요즈음에야 흔히 정치적 신념과 애국심이 강렬하게 표현되지만, 그 당시 라바스꾸르의 기름진 평야에서 그런 정신이 태어나리라고야 누가 생각이나 했던가? 여기서 그의 견해를 자세히 밝힐 필요는 없지만, 그 작은 사람이 한 말이 열렬했을 뿐만 아니라 옳았다는 것만은 밝혀두겠다. 그의 연설은 열정적이면서도 엄격하고 이성적이었다. 그는 유토피아적인 이론들을 짓밟고 허황된 이론들을 경멸하며 거부했다. 하지만 독재자에 대해 이야기했을 때, 오, 그때 그의 눈에서는 가공할 빛이 뿜어져나왔다. 그리고 불의에 대해서 말할 때는 목소리에 불확실한 구석이 하나도 없었고, 황혼 녘 공원에서 울려퍼지는 군악대의 트럼

펫 소리가 연상되었다.

전반적으로 청중은 그의 순수한 열정에 호응할 만한 사람들은 아니었다. 하지만 조국과 유럽의 미래를 위해 고등학생들이 어떤 방향으로 어떻게 노력해야 하는가에 대해 유창하게 말하자 일부는 열광적으로 받아들였으며, 연설이 끝나자 우레 같은 박수가 오랫동안 계속됐다. 그는 사나운 성미를 지녔지만 학생들이 가장 좋아하는 교수였다.

우리 일행이 홀을 떠날 때 입구에 서 있던 그가 나를 알아보고 모자를 들었다. 그가 지나가다가 손을 내밀어 악수를 청하면서 "어떻게 생각하시오?"[2]라고 물었는데, 과연 그다운 질문이었다. 이런 질문을 던지다니, 이런 의기양양한 순간에도 그가 호기심과 불안감에 차 있다는 생각이 들었다. 내가 바람직한 자제력이라고 생각하는 것이 결여되어 생기는 이런 불안이야말로 그의 결점 중 하나였다. 그런 순간에는 내가 어떻게 생각하는가, 또는 다른 사람이 어떻게 생각하는가에 대해 신경을 쓰지도 묻지도 말았어야 했지만 그는 분명히 신경을 썼으며 너무나 소탈해서 그것을 감추지 못했고, 너무나 충동적이어서 욕망을 억누르지도 못했다. 하지만 어쩌랴! 그의 지나친 열심은 비난하더라도 나는 그의 순진함을 좋아했다. 나는 그를 칭찬하고 싶었다. 마음속에 칭찬의 말이 가득했으나, 내 입술로는 아무런 말도 나오지 않았다. 적절한 순간에 적절한 말을 하는 사람이 얼마나 되겠는가? 나는 우물쭈물 몇마디를 건넸다. 다행히도 다른 사람들이 다가와 축하의 말을 늘어놓는 바람에 내 빈약한 말은 그 장황한 말들에 감추어졌다.

---

2 (프) Qu'en dites-vous?

100

한 신사가 그를 바송삐에르 씨께 소개하자 아주 흡족해 있던 백작은 그에게 자신의 친구들(대부분 에마뉘엘 선생과 비슷한 사람들)과 함께 끄레시 호텔로 가 식사를 하자고 했다. 하지만 뽈 선생은 초대를 거절했다. 그는 부자가 접근해오면 늘 다소 뒤로 빼는 편이었다. 그에게는 질기고 강한 독립심이 있었다. 그의 성격을 알고 나면 눈에 거슬리기보다는 기분 좋아지는 특징이었다. 하지만 그는 친구인 프랑스인 학자 A 씨와 함께 저녁에 들르겠다고 약속했다.

그날 저녁에 지네브라와 폴리나는 각각 나름대로 아주 아름다웠다. 지네브라는 육체적인 매력으로 두드러져 보였다면 폴리나는 좀더 미묘하고 정신적인 매력, 즉 표정이 풍부한 빛나는 눈과 우아한 태도와 매력적이고 다양한 표정 때문에 두드러져 보였다. 지네브라가 입은 진홍빛 옷은 그녀의 금발 곱슬머리를 돋보이게 했으며 장밋빛 뺨과 잘 어울렸다. 폴리나의 옷은 나무랄 데 없이 단정했지만 최신 유행을 따랐고, 깨끗한 순백색이었다. 그녀의 섬세하고 생기 있는 안색, 활기차고 부드러운 표정, 상냥하고 깊은 눈과 숱이 많은 진갈색 머리카락과 썩 잘 어울리는 옷이었다. 폴리나의 머리카락은 쌕슨 혈통인 사촌의 머리카락보다 색깔이 진했고, 눈썹과 속눈썹과 동그란 눈과 반짝이는 커다란 눈동자 역시 더 짙었다. 자연의 손길이 팬쇼 양의 경우에는 아무렇게나 슬쩍 스쳐가며 이목구비를 만들었으나, 바송삐에르 양의 경우에는 고도의 섬세한 필치로 이런 세세한 특징을 완벽하게 다듬어놓은 것 같았다.

폴리나는 학자들 앞에서 주눅이 들기는 했지만 벙어리가 될 정도는 아니었다. 그녀는 수줍어하며 겸손하게 이야기했다. 술술 이어가지는 못했지만 무척 상냥하게 말했고, 훌륭한 통찰력을 발휘했다. 그녀의 아버지는 딸의 이야기를 들으려고 두어번 말을 멈추고 자부심에 찬 따뜻한 눈길을 보냈다. 그녀를 대화 속으로 끌어들인 사람은 아주 박식하지만 정중하고 예의 바른 프랑스인 학자 Z 씨였다. 나는 폴리나의 흠잡을 데 없는 프랑스어에 매료되었다. 구조가 정확하고 단어들도 적절했으며 억양도 정통 프랑스식이었다. 지네브라는 반생을 유럽 대륙에서 살았지만 그렇게 말하는 것은 어림도 없었다. 팬쇼 양은 말이 막히지는 않았지만 결코 정확하게 프랑스어를 구사하지 못했으며, 몇년이 더 지나도 마찬가지일 듯싶었다. 바송삐에르 씨는 이 점에 대해서도 만족했다. 그는 언어에 대해 아주 까다로운 편이었다.

아버지 말고 또 한 사람이 폴리나의 말을 듣고 관찰하고 있었다. 직업상 급한 일 때문에 저녁식사에 늦은 브레턴 선생이었다. 그는 식탁에 앉으면서 두 아가씨를 말없이 슬쩍 바라보았다. 그리고 두어번 조심스레 다시 보았다. 그가 도착하자 여태껏 축 처져 있던 팬쇼 양이 활기를 띠었다. 이제 그녀는 웃음을 띠며 자아도취에 빠져 적절치 않은 말, 아니 부끄러운 목적을 달성하기에나 적절한 수준 이하의 말을 마구 지껄였다. 이전에는 그녀의 경박하고 두서없는 수다가 그레이엄을 만족시켰을지도 몰랐다. 어쩌면 아직도 그를 즐겁게 하는지도 몰랐다. 그가 그녀의 모습에 눈부셔하고 그녀의 말을 즐겁게 들을지는 몰랐지만, 그만큼 그의 취향과 예민한 기분과 활발한 지성에 어울리거나 즐거움을 주지는 않을 것이란 생각이 들었다. 그것은 단지 나의 망상일 수도 있다. 하지만 그의 주의를 끌려고 그녀가 어쩔 줄 몰라하며 안달을 하는데도 그는 정중하게 꼭 필요한 정도의 관심만을 보이는 건 분명했다. 화가 난 것도 쌀쌀맞은 태도도 아니었다. 지네브라가 바로 옆에 앉아 있었으므로 저녁식사를 하는 동안 그는 거의 그녀하고만 얘기하다시피 했다. 그녀는 흡족한 것처럼 보였고 기분이 좋아져 거실로 갔다.

그러나 우리가 거실에 도착하자마자 그녀는 다시 따분해하며 축 처졌다. 그녀는 긴 의자에 주저앉고는 '강연'과 저녁식사 둘 다 모조리 멍청했다고 비난하면서, 사촌에게 아버지가 데려오는 '높으신 양반들'[3]의 따분한 이야기를 어떻게 듣고 있느냐고 했다. 하지만 신사들이 움직이는 소리가 들리자마자 험담을 그만두고 벌떡 일어나 피아노로 달려가 발랄하게 연주하기 시작했다. 제일 먼저 들어오는 사람 중 하나였던 브레턴 선생이 그녀 옆에 가서 섰다. 나는 그가 그 자리에 오래 있지는 않으리라고 생각했다. 난로 옆에 그의 마음을 더 끌 것 같은 자리가 있었기 때문이다. 과연 그는 그 자리를 슬쩍 바라보았다. 그가 바라보는 사이에 다른 사람들이 들어왔다. 폴리나의 우아함과 지성은 이 사색적인 프랑스인들을 매료했다. 그녀의 섬세한 아름다움과 부드럽고 정중한 태도와 미숙하나 진실한 타고난 재치는 프랑스인들의 취향에 썩 잘 맞았다. 그들은 그녀 주위에 모여들어 그녀가 낄 수 없는 과학에 대해서가 아니라 문학과 예술과 일상생활에 대해서 이야기했고, 그런 주제에 관해서는 그녀가 책도 읽고 사색에 잠긴 적도 있었다는 것이 곧 드러났다. 나는 대화에 귀를 기울이고 있었다. 그레이엄은 떨어져 있었지만 그 또한 확실히 귀를 기울이고 있었다. 그는 시력뿐 아니라 청력도 아주 좋았고 민첩하고 예리했다. 나는 그가 대화를 듣고 있다는 걸 알았다. 그녀의 한마디 한마디가 그의 마음에 쏙 들었고, 거의 고통스러울 정도로 그를 즐겁게 해준다는 것이 느껴졌다.

---

3 (프) gros-bonnets.

폴리나는 사람들이 생각하는 것보다, 그리고 그레이엄이 상상하는 것보다 더 강한 감정과 성격을 지니고 있었다. 그녀는 그것을 알고 싶어하지 않는 사람들에게 자신의 감정과 성격을 제대로 드러내지 않았다. 하지만 독자여, 진실을 말하자면, 어떤 뛰어난 미모도, 완벽한 우아함도, 확실한 세련됨도 그만큼 뛰어난 힘, 그만큼 완벽한 힘, 그만큼 확실한 힘 없이는 존재할 수 없다. 유약하고 나태한 사람에게서 매력을 찾으려고 하기보다는 차라리 뿌리 없고 시들시들한 나무에서 꽃과 열매가 열리기를 기대하는 편이 나을 것이다. 유약해도 잠시 동안은 꽃을 피우는 것처럼 보일 수도 있지만, 그 꽃은 폭풍을 견딜 수도 없고 맑은 햇살 속에서도 곧 시들어 버린다. 어떤 정령이 나타나 그 섬세한 처녀를 버티어주는 힘과 체력에 대해 속삭였으면 그레이엄은 깜짝 놀랐을 것이다. 하지만 어린 시절부터 그녀를 알고 있던 나는 그녀의 우아함이 현실이라는 토양에 얼마나 단단하고 훌륭하고 튼튼하게 뿌리내리고 있는지 알고 있었다. 아니, 그런 것으로 짐작하고 있었다.

브레턴 선생은 그녀의 이야기를 들으면서 마법의 원이 열리기를 기다리며 가끔 초조하게 방을 둘러보다가 우연히 나와 눈길이 마주쳤다. 나는 대모와 바송삐에르 씨에게서 그다지 멀리 떨어지지 않은 구석에 조용히 앉아 있었다. 그들은 여느 때처럼 영국인 홈 씨라면 "둘만의 대화"라고 하는 것, 하지만 바송삐에르 백작으로서는 "밀담"⁴이라고 했을 일에 열중하고 있었다. 그레이엄은 날 알아보고 웃음을 짓더니, 방을 가로질러 와 어떻게 지냈느냐고 묻고는 창백해 보인다며 말을 걸었다. 나는 나대로 존 선생이 세달

---

4 (프) tête-à-tête.

만에 말을 걸고도 시간이 그렇게 흐른 것을 의식하지 못하는구나 하는 생각이 들어 웃음이 나왔다. 그는 앉더니 아무 말도 하지 않았다. 그는 이야기하기보다 가만히 지켜보고 싶어했다. 이제 그의 맞은편에 지네브라와 폴리나가 앉아 있었으므로 그는 마음껏 그들을 바라볼 수 있었다. 그는 두 사람의 모습을 관찰하고 얼굴을 자세히 뜯어보았다.

거실에는 신사뿐 아니라 숙녀까지 몇명 더 새로 와 있었다. 저녁 식사 후 대화를 하러 온 이들이었다. 한마디 덧붙이자면 그 신사들 중에는 엄격하고 가무잡잡한 교수도 끼어 있었다. 그가 멀리 내실에서 어슬렁거리고 있을 때 나는 이미 그를 알아보았다. 참석한 신사 중에는 에마뉘엘 선생이 아는 사람이 많았지만 숙녀들은 나 말고는 대부분 모르는 사람이었다. 난롯가 쪽을 보다가 그는 나를 볼 수밖에 없었고, 자연히 다가오려고 움직였으나 브레턴 선생을 보고는 마음을 바꿔 뒤로 물러섰다. 그것이 전부였다면 싸움이 일어날 이유가 없었을 것이다. 그러나 그가 물러서는 데 만족하지 않고 눈썹을 찌푸리고 입을 내미는 바람에 너무나 흉측해 보여 나는 그 불쾌한 모습에서 시선을 돌릴 수밖에 없었다. 엄숙한 형뿐 아니라 동생 조제프 에마뉘엘까지 와 있었는데, 내가 눈을 돌린 바로 그 순간 피아노에서 물러나던 지네브라의 자리를 그가 이어받았다. 여학생의 딩동거리는 곡조 다음에 이어진 거장의 솜씨는 얼마나 멋지던지! 피아노는 얼마나 장엄하고 감사한 음조로 진정한 예술가의 손길을 받아들였던가!

"루시," 지네브라가 그의 앞을 미끄러지듯 지나쳐가자, 브레턴 선생이 힐끔 보고는 침묵을 깨고 빙그레 웃으며 말했다. "팬쇼 양은 확실히 미인이오."

물론 나는 동의했다.

"이 방 안에," 그가 계속했다. "그녀만큼 사랑스러운 여자가 또 있소?"

"그녀만 한 미인은 없는 것 같은데요."

"나도 같은 의견이오. 루시, 우리는 종종 의견과 취향, 아니 적어도 판단이 일치하는 것 같소."

"그런가요?" 내가 다소 미심쩍어하며 물었다.

"루시, 당신이 여자가 아니고 남자였다면, 어머니의 대녀가 아니고 대자였다면 우리는 분명히 좋은 친구가 되었을 거요. 우리는 늘 의견이 일치했을 거요."

그는 농담조로 말하고 있었다. 귀여워하는 것 같기도 하고 놀리는 것 같기도 한 기색이 그의 눈을 스쳤다. 아, 그레이엄! 당신이 루시 스노우를 어떻게 평가하는지 헤아리고 생각해보았던 고독한 순간이 한두 번이 아니었어요. 당신의 평가는 늘 공정하고 친절했나요? 루시의 본질이 똑같더라도 부와 지위라는 이점을 가지고 있었다면 당신의 태도나 평가가 지금과 같았을까요? 하지만 당신을 심하게 비난하기 위해서 이런 질문을 던지는 건 아니에요. 정말 아니에요. 당신이 나를 가끔 슬프게 하고 괴롭히기는 했지만, 그때도 금방 우울해지고 쉽게 심란해하는 내 성질 탓에 괴로웠던 거예요. 구름이 태양을 스쳐가기만 해도 침울해지는 성격이니까요. 아마 엄격하게 공정한 관점에서 보면 당신보다 제 잘못이 더 많겠죠.

그레이엄이 다른 여자들에게는 좀더 진지하고 열렬한 남사로서 관심을 기울이고 루시는 가볍게 농담이나 하는 상대, 즉 옛 시절의 친구로 여기는 것에 내 가슴은 찢어지는 것만 같았다. 그런 비이성적인 고통을 억누르기 위해 나는 차분하게 물었다.

"어떤 점에서 그렇게 우리의 의견이 비슷하지요?"

"둘 다 관찰력이 좋소. 내가 그런 능력을 지니고 있다고 믿지 않겠지만 나도 관찰력이 뛰어나다오."

"하지만 당신은 취향에 대해 말씀하셨잖아요. 같은 대상을 보더라도 아마 평가는 서로 다를 수 있을 텐데요?"

"그러면 시험을 해봅시다. 물론 당신은 팬쇼 양의 장점을 당연히 인정할 테지. 자, 그렇다면 이 방의 다른 사람들에 대해서는 어떻게 생각하오? 예를 들면 내 어머니나 저기 유명 인사들, A 씨와 Z 씨, 아니면 저 창백한 작은 아가씨 바송삐에르 양에 대해서는 어떻게 생각하오?"

"제가 당신 어머니를 어떻게 생각하는지는 아실 거예요. A 씨와 Z 씨에 대해서는 생각해본 적이 없고요."

"그러면 나머지 한 사람에 대해서는 어떻게 생각하오?"

"당신이 말했듯이 창백한 작은 아가씨라고 생각해요. 지금은 지나치게 흥분하고 피곤해서 창백한 게 틀림없지만요."

"그녀의 어린 시절 모습은 기억이 나지 않소?"

"나야말로 당신이 아직도 기억하고 계신지 궁금한데요?"

"그녀에 대해 잊고 있었소. 그러나 어떤 상황에서는, 내 기분이나 다른 사람의 기분에 따라, 기억에서 사라졌던 상황과 사람과 말과 표정까지도 되살아날 수 있다는 건 주목할 만한 일이오."

"그건 충분히 가능한 일이죠."

"하지만," 그가 계속했다. "그렇게 되살아난 기억은 불완전해서 확인이 필요하오. 꿈같이 희미하고 공상같이 비현실적인 분위기를 풍겨서 정말로 그런 일이 있었는지 확인하기 위해 다른 이의 증언이 필요하단 말이오. 십년 전에 홈 씨가 어린 딸을 데려와 어머니

곁에 머물게 했을 때 당신도 브레턴에 손님으로 와 있지 않았소? 우린 그 아이를 '꼬마 폴리'라고 불렀고 말이오."

"그녀가 오던 날 밤에도, 그녀가 떠나던 날 아침에도 나는 거기 있었죠."

"아이치고는 특별하지 않았소? 내가 그녀를 어떻게 대했는지 궁금하오. 그 시절에 내가 아이들을 좋아했소? 아주 제멋대로인 남학생이었을 내게 친절하고 정중한 구석이 있었소? 하지만 물론 당신도 내 모습이 기억나지 않겠죠?"

"라 떼라스에 걸려 있는 당신 초상화를 보셨잖아요. 외모는 그 그림과 같아요. 태도는 지금이나 예전이나 거의 다름이 없고요."

"하지만 루시, 그게 어떤 거요? 정말 호기심을 자극하는 것이 꼭 신탁 같구려. 지금의 나는 어떻소? 십 년 전 과거의 나는 어땠소?"

"좋아하는 사람에게는 정중하게 대하고, 아무에게도 불친절하게 굴거나 잔인하게 대하지 않았고 지금도 그렇죠."

"그 점은 당신이 잘못 보았소. 예를 들면 내가 당신에게는 거의 짐승처럼 굴었던 것 같소."

"짐승이라고요! 아니에요, 그레이엄. 짐승처럼 굴었으면 제가 가만히 있지 않았을 거예요."

"하지만 이것만은 내가 기억하오. 조용한 루시 스노우를 정중하게 대접하지 않았다는 것 말이오."

"그렇다고 잔인하지도 않았어요."

"아니, 내가 네로였어도 그림자처럼 거슬리지 않는 사람을 괴롭히지는 않았을 거요."

나는 웃음을 지으면서 얕은 신음소리를 삼켰다. 오! 제발 그가 날 혼자 내버려두고 더이상 내 이야기를 하지 말았으면 하고 얼마나 간절히 바랐던지. 나는 이런 별명이나 속성 들을 내게서 떼어내 "조용한 루시 스노우"니 "그림자처럼 거슬리지 않는 사람"이니 하는 말을 그에게 돌려주고 싶었다. 굴욕감을 느껴서가 아니라 극도로 피곤해서였다. 그것들은 납처럼 차갑고 무거웠다. 그런 무게로 나를 압도하게 내버려둘 순 없었다. 다행히도 그는 곧 다른 주제로 넘어갔다.

"나와 '꼬마 폴리'는 어떤 관계였소? 내 기억이 맞는다면, 적대적 관계는 아니었던 것 같은데……"

"너무 모호하게 얘기하시네요. '꼬마 폴리'의 기억도 그 정도일 거라고 생각하세요?"

"오! 지금은 '꼬마 폴리'에 대해 말하는 게 아니잖소. 제발 바송삐에르 양이라고 하시오. 물론 저렇게 우아한 여인은 브레턴에 대해 아무것도 기억하지 못할 거요. 루시, 그녀의 커다란 눈을 보시오. 저 눈이 기억의 책장에서 단 한 단어라도 읽을 수 있겠소? 내 지시에 따라 글자교본을 보던 바로 그 눈이 맞소? 내가 그녀에게 읽는 법을 좀 가르쳤다는 것도 기억하지 못할 거요."

"일요일 밤마다 성경을 읽어준 걸 말씀하시는 거예요?"

"지금 그녀의 옆모습은 차분하고 섬세하오. 예전엔 얼마나 불안하고 초조한 표정이었던지! 어린아이 시절 무언가를 좋아하는 것은 얼마나 부질없는 일인지! 당신은 믿을 수 있겠소? 저 숙녀가 날 좋아했다는 걸?"

"그녀가 어느정도는 당신을 좋아했다고 생각해요." 나는 완곡하게 말했다.

"그럼 당신은 기억나지 않는단 말이오? 나는 잊고 있었소. 하지만 이제는 기억이 나오. 그녀는 브레턴에서 누구보다 날 좋아했소."

"그렇게 생각하셨군요?"

"이제는 아주 생생하게 기억이 나오. 기억난 것을 그녀에게 다 이야기해줄 수 있으면 좋겠소, 아니면 차라리 누군가가, 예를 들면 당신이 그녀의 뒤로 가서 이 모든 것을 귀에 대고 속삭이고, 난 앉아서 그녀의 표정이 어떻게 변하는지 즐겁게 바라볼 수 있으면 좋겠소. 루시, 당신이라면 그럴 수 있을 것 같은데. 내가 두고두고 감사하겠소. 그렇게 해주겠소?"

"두고두고 감사하겠다고요?" 내가 말했다. "아뇨. 그럴 수는 없어요." 나도 모르게 손가락을 꼭 깍지낀 게 느껴졌다. 마음속으로 울화가 치밀어 반항적인 용기가 솟았다. 이런 문제에서는 존 선생의 뜻대로 해줄 마음이 전혀 없었다. 이제 나는 그가 내 성격과 본성을 완전히 오해하고 있음을 새삼 깨달았고 그 사실을 기꺼이 받아들였다. 그는 늘 내게 나의 것이 아닌 역할을 부여하려고 했다. 나의 본성은 그에게 반감을 느꼈다. 그는 내가 무엇을 느끼는지 전혀 짐작하지 못했다. 나는 틀림없이 온몸으로 말했지만, 그는 내 눈이나 얼굴이나 몸짓을 읽어내지 못했다. 그는 내게 보채듯이 몸을 기울이면서 부드럽게 말했다. "제발 내 말 좀 들어주시오, 루시."

그때 나는 그의 말을 들어주든지, 아니면 적어도 사랑의 드라마에 감초 같은 하녀 역은 기대하지 말라고 분명히 일깨워줄 수도 있었다. 그런데 그의 부드럽고 열렬한 속삭임에 이어서, "제발 내 말 좀 들어주시오, 루시" 하는 그의 애처로운 부탁과 겹쳐, 반대편에서 날카롭게 내지르는 소리가 났다.

"작은 고양이, 수줍은 척하는 바람둥이 여자 같으니!" 갑작스레 쉭쉭거리는 보아뱀 소리 같았다. "아주 슬프고 유순하고 몽상적인 척하지만, 당신은 결코 그런 사람이 아니야. 내가 당신에게 말하지 않았소, 야성적이라고! 영혼에는 불꽃이 타오르고 두 눈에서는 빛이 번쩍이고 있어!"[5]

"그래요. 내 영혼에는 불꽃이 타오르고 있어요, 그게 어때서요!"[6] 나도 똑같이 화를 내며 그 말을 그대로 받아 쏘아붙였다. 하지만 에마뉘엘 교수는 모욕을 퍼붓고 사라져버린 후였다.

이 상황에서 최악은 이미 말한 바대로 청력이 좋고 민첩한 브레턴 선생이 이 말들을 다 들었다는 점이었다. 그는 손수건으로 얼굴을 가리고 온몸을 들썩이며 웃었다.

"잘했소, 루시." 그가 큰 소리로 말했다. "최고요! 작은 고양이에 바람둥이라. 어머니께 말씀드려야겠소! 루시, 그게 정말로 사실이오, 조금이라도? 사실인 것 같은데. 당신 얼굴이 팬쇼 양의 옷 색깔만큼이나 빨개졌잖소. 정말, 이제 보니 연주회에서 당신에게 못되게 굴던 바로 그 사람이군. 지금도 내가 웃는 걸 보고 마음속으로 미친 듯이 날뛰고 있소. 오! 그를 놀려줘야지."

그러고 나서 그레이엄은 장난기가 동해 계속 웃고 농담을 하며 속삭였다. 마침내 나는 더이상 견디지 못하고 눈물을 글썽였다.

갑자기 그가 침착해졌다. 바송삐에르 양 근처에 틈이 생긴 것이었다. 그녀를 둘러싸고 있던 원이 막 흩어지려는 참이었다. 웃으면서도 내내 망을 보고 있던 그레이엄은 이런 움직임을 재빨리 포착했다. 그는 일어나 용기를 내서 방을 가로질러 가 그 기회를 적절하게 이용했다. 존 선생은 일생 동안 성공을 거두는 행운의 남자였

---

5 (프) Petite chatte, doucerette, coquette! Vous avez l'air bien triste, soumise, rêveuse, mais vous ne l'êtes pas; c'est moi qui vous le dis: Sauvage! la flamme à l'âme, l'éclair aux yeux!

6 (프) Oui; j'ai la flamme à l'âme, et je dois l'avoir!

다. 왜일까? 기회를 포착하는 눈과 적절한 시기에 행동을 개시하는 열의와 끝까지 밀고 나가는 담력을 지니고 있어서였다. 어떤 독재적인 열정도 그를 물러나게 하지 못했고, 어떤 열광이나 어떤 약점도 그의 길을 막지 못했다. 그 순간 그는 얼마나 멋져 보였던가! 그가 곁으로 다가오자 폴리나가 그를 바라보았고, 곧 그녀의 시선은 활기에 넘치면서 겸손한 그의 눈길과 하나가 되었다. 그녀에게 이야기할 때 그의 얼굴은 반은 열에 들뜨고 반은 홍조를 띠고 있었다. 그는 용감하면서도 수줍어하는 모습으로 그녀 앞에 서 있었다. 그는 차분하고 겸손하면서도 단호한 목적의식과 헌신적인 열정을 지니고 있었다. 나는 이 모든 것을 한눈에 알아차렸다. 하지만 더이상 관찰할 수가 없었다. 그러고 싶은 마음이 있더라도 시간이 없었다. 지네브라와 내가 포세뜨가로 돌아가야 할 시간이 이미 지나 있었다. 나는 일어서서 대모와 바송삐에르 씨에게 작별인사를 했다.

에마뉘엘 교수가 내가 존 선생의 친근한 농담을 썩 마땅찮아하는 걸 눈치챘는지, 아니면 변덕스럽고 쾌락을 즐기는 루시 양이 그날 저녁 내내 기뻐 날뛰지만은 않고 고통스럽기도 했다는 것을 감지했는지는 모르겠다. 하지만 내가 막 방을 떠나려 할 때 그가 다가와 포세뜨가까지 바래다줄 사람이 있는지 물었다. 이번에는 공손한, 아니 겸허하기까지 한 말투였는데, 아까 일을 후회하고 사과하려는 것 같았다. 하지만 말 한마디에 그의 정중함을 인정해줄 수도 없었고 회개의 빛을 보인다고 대충 다 잊어줄 수도 없었다. 여태까지는 그가 무뚝뚝하게 군다고 화낸 적도 없고, 거칠게 군다고 냉담하게 대한 적도 없었다. 하지만 오늘밤에 한 말은 도저히 용서할 수가 없었다. 슬쩍이라도 오늘밤 일을 몹시 불쾌하게 여기고 있다는 것은 분명히 밝혀야 했다. 그래서 나는 이렇게만 말했다.

"바래다줄 사람이 있어요."

지네브라와 나는 마차로 돌아갈 예정이었으므로 그 말은 사실이었다. 나는 교실에서 교단 앞을 지나갈 때 학생들이 늘 하는 식으로 가볍게 묵례를 하고 그를 지나쳤다.

숄을 찾아 복도로 돌아오자 에마뉘엘 선생이 마치 기다리고 있었다는 듯이 서 있었다. 그는 오늘밤 날씨가 좋다며 말을 걸었다.

"그래요?" 나는 속으로 쾌재를 부를 수밖에 없을 정도로 완벽하게 까다롭고 냉담한 어조와 태도로 말했다. 슬프거나 상처를 입었을 때는 침묵을 지키고 냉담해지자는 결심을 했지만 한번도 제대로 실행한 적이 없었다. 그래서 이 단 한번의 성공적인 시도가 거의 자랑스럽기까지 했다. 내 입에서 나온 "그래요?"는 다른 사람이 한 말 같았다. 자아도취와 자기만족에 빠진 많은 아가씨들이 산홋빛 입술을 오므린 채 잘난 척하며 짤막하고 쌀쌀맞게 그 말을 하는 것을 수백번은 들었다. 뽈 선생이 이런 대화를 더 길게 하지 않으리라는 걸 나는 잘 알고 있었다. 하지만 그는 퉁명하고 냉담한 이런 대꾸를 들어야 마땅했다. 그 역시 조용히 받아들인 것으로 미루어 그렇게 생각하는 듯했다. 그러고는 내 숄을 보더니 너무 얇아서 안되겠다고 했다. 나는 원하는 만큼 충분히 두껍다고 단호하게 대답한 후, 멀찌감치 물러나 그에게서 뚝 떨어진 곳에 가 섰다. 그러고 나서 층계 난간에 기대 숄을 두른 후 벽에 걸린 시커멓고 황량한 종교화만 뚫어지게 보았다.

지네브라가 오기까지는 한참이 걸렸다. 한참 능장을 부리는 것 같았다. 뽈 선생은 여전히 거기에 서 있었다. 나는 그가 화난 목소리로 말하려니 하고 기다렸다. 그가 가까이 다가왔다. '이제 또 한번 쉭쉭거리겠군!' 나는 생각했다. 너무 불손한 짓만 아니었다면 사지를 떨지 않기 위해 손가락으로 귀를 막았을 것이다. 하지만 세상일은 예상과 다른 법이다. 비둘기의 울음소리나 속삭임을 들으려다 맹수의 외침이나 고통에 찬 절규를 듣기도 하고, 귀가 먹먹해지는 비명이나 분노에 찬 협박을 예상했는데 우호적인 인사나 조그맣게 속삭이는 친절의 말을 듣기도 한다. 뽈 선생이 온화하게 말했다.

"친구는," 그가 말했다. "말 한마디를 가지고 싸우지는 않는 법이오. 당신 눈에 눈물이 글썽이고 지금까지도 뺨이 달아오른 게 나 때문인지 아니면 그 위대한 잘난 체쟁이 영국놈[7]"(그는 브레턴 선생을 그렇게 모욕적으로 불렀다.) "때문인지 말해주시오."

"전 선생님을 의식도 안하고 있어요. 그리고 선생님이 말씀하신 그런 감정을 일으킨 다른 누구도 의식하지 않고 있답니다." 내 대답이었다. 이 말을 할 때 나는 평상시의 내 모습을 억누르고 가식적으로 새침하고 쌀쌀맞게 말하는 데 다시 한번 성공했다.

"그런데 내가 뭐라고 했기에 그러시오?" 그가 계속했다. "말해주시오. 화가 나서 무슨 말을 했는지도 잊었소. 내가 뭐라고 했소?"

"잊어버리는 것이 최선인 말들이었죠!"

나는 여전히 아주 차분하고 냉담하게 말했다.

"그러면 내 말에 상처를 입은 거요? 못 들은 것으로 치시오. 그 말을 취소하겠소. 용서해주시오."

"선생님, 전 화나지 않았어요."

"그러면 화난 것보다 더 나쁜 일이로군. 속이 상한 거니까. 날 용

<hr>

7 (프) ce grand fat d'Anglais.

서하시오, 루시 양."

"에마뉘엘 선생님, 정말로 선생님을 용서해드릴게요."

"그런 이상한 어조로 말하지 말고 당신의 자연스러운 목소리로 '친구여, 나는 당신을 용서합니다'[8]라고 하시오."

그의 말에 내 얼굴에 미소가 떠올랐다. 그의 재치와 소박함과 열렬함 앞에서 누가 웃지 않을 수 있겠는가?

"좋소!" 그가 소리쳤다. "드디어 희망이 보이는군! 그렇게 말하시오, 친구여."[9]

"뽈 선생님, 용서해드리지요."[10]

"선생님이라고 하지 마시오. 다른 호칭으로 부르지 않으면 진심이라고 믿을 수가 없소. 다시 한번 '몽 아미'라고 하든지, 아니면 영어로 '마이 프렌드'라고 하시오."

프랑스어로 '내 친구'는 영어의 '내 친구'와 발음과 의미가 달랐다. 영어로 그 말은 프랑스어만큼 가족적인 애정이나 친밀한 애정의 느낌이 없다. 뽈 선생을 '내 친구'라고 프랑스어로 부를 수는 없었으나 영어로는 부를 수 있었고, 그것은 쉬운 일이었다. 하지만 그는 이 둘의 차이를 몰랐고 영어 표현에 흡족해했다. 그는 웃음을 지었다. 독자여, 그의 웃음을, 지금 그의 모습과 삼십분 전의 모습이 얼마나 다른지를 보았어야 한다. 그전에는 뽈 선생이 입가나 눈가에 기쁨이나 만족감이나 친절의 웃음을 띠는 것을 한번도 본 적이 없었다. 그가 나름대로 웃는다는 표정을 통해 비웃음, 냉소, 경멸, 열광적인 환희 등을 내보이는 건 수백번도 더 보았으나, 그와

---

8 (프) Mon ami, je vous pardonne.

9 (프) Bon! Voilà que le jour va poindre! Dites donc, mon ami.

10 (프) Monsieur Paul, je vous pardonne.

달리 부드럽고 따스한 감정을 드러낸 건 이번이 처음이었다. 그의 얼굴이 가면에서 인간의 얼굴로 바뀌었다. 깊은 주름은 사라지고 안색은 더 깨끗하고 신선해졌다. 스페인 사람의 피가 섞였음을 말해주는 남부 유럽인의 흙빛을 띤 거무스레한 피부색이 연해졌다. 여태껏 이런 일로 이렇게 얼굴이 변하는 사람은 본 적이 없었다. 그가 나를 마차까지 바래다주는데 바송삐에르 씨가 조카와 함께 왔다.

팬쇼 양은 기분을 잡친 상태였다. 그날 저녁은 대실패였다. 그녀는 기분이 엉망진창이 되어 우리가 자리에 앉고 마차 문이 닫히자마자 걷잡을 수 없이 성질을 부렸다. 브레턴 선생에 대한 비난은 앙심으로 차 있었다. 자신이 그를 사로잡을 수도 괴롭힐 수도 없다는 사실을 깨닫자, 그를 미워하는 것만이 의지가 되었다. 그녀가 이 증오감을 너무나 멋대로, 그리고 흉측스러울 정도로 말로 표현하는 바람에 잠시 동안 금욕적인 태도를 취하고 듣던 내 격분한 정의감은 마침내 갑자기 폭발하고 말았다. 나 역시 화를 낼 수 있는 사람이었고, 특히 상대가 지금 옆에 앉아 있는 아름답지만 결점투성이인 친구일 때는 더욱 그랬다. 그녀는 언제나 나를 최악의 상태로 몰고 갔다. 마차 안에서 쥐 죽은 듯한 고요가 흐르거나 차분한 토론이 진행되기란 애초에 불가능했으므로 빌레뜨의 단단한 포장도로를 달리느라 마차 바퀴가 엄청나게 덜커덕거리는 게 다행이었다. 나는 반은 진심으로 반은 겉치레로 지네브라를 진정시키려고 애썼다. 그녀는 끄레시가에서부터 맹렬하게 화를 내기 시작했는데, 포세뜨가에 도착하기 전에 차분하게 가라앉혀야 했다. 그러기 위해서는 그녀의 진정한 가치와 고상한 품격을 칭찬해주어야만 했고, 그것은 존 녹스가 메리 스튜어트 여왕에게 바친 찬사를 능가할 만큼 소박하고 충성심이 가득찬 것이어야 했다.[11] 이것이 지네브라에게 걸맞은, 그녀의 수준에 어울리는 교육이었다. 그날밤 그녀는 건전한 도덕교육을 받았으므로 한결 더 나아지고 안정된 기분과 정신으로 단잠을 잤으리라 확신한다.

---

11 존 녹스는 16세기 스코틀랜드의 종교개혁자로, 개혁과 교회를 설립하여 메리 스튜어트 여왕과 대립했다.

28장
회중시곗줄

뽈 에마뉘엘 선생은 수업시간에 방해를 받는 데 대해서는 이유 불문하고 벌컥 화를 냈다. 수업 중에 교실을 가로질러 가는 일은 선생이건 학생이건, 혼자건 여럿이건 목숨을 걸어야 하는 일이었다.

불가피하게 그렇게 해야 할 때는 베끄 부인조차 치맛자락을 들고 부서지는 파도를 두려워하는 배처럼, 무시무시한 교단 옆을 살살 걸어가 무사히 빠져나가곤 했다. 문지기인 로진은 삼십분마다 이 교실 저 교실 한가운데에서 학생을 데려와 예배실, 작은 강의실 또는 큰 강의실, 식당 또는 피아노실 등에서 음악수업을 받게 하는 무시무시한 임무를 맡고 있었다. 그녀는 두번째나 세번째로 이 일을 시도할 때면 안경을 통해 한쌍의 화살이 튀어나오는 듯한, 말로 표현할 수 없는 표정에 대경실색하여 종종 입이 얼어버리곤 했다.

어느날 아침 나는 홀에 앉아, 한 학생이 시작만 해놓고 마무리를 미루어놓은 수를 놓고 있었다. 손을 수틀 위에서 바삐 움직이면서도, 옆 교실에서 커졌다 작아졌다 하며 열변을 토하는 소리에 즐겁게 두 귀를 기울이고 있었다. 그 어조는 시시각각 커지면서 더 불안하고 불길한 쪽으로 변했다. 그 폭풍우가 이리로 몰려올 경우에 나는 유리문을 통해 쉽게 마당으로 빠져나갈 수 있었을 뿐 아니라, 점점 커지는 폭풍우와 나 사이에는 견고하고 훌륭한 칸막이벽도 있었다. 그래서 위기의 순간이 점점 다가오는 조짐을 보고도 놀라기보다는 재미있어했던 것도 같다. 불쌍한 로진은 안전하지 못했다. 그녀는 그 축복받은 오전에 이미 네차례나 위험한 길에 나선 터였다. 그리고 이제 불속에서 나뭇조각을 빼오는 일,[1] 즉 뿔 선생의 코앞에서 학생을 빼오는 위험한 임무를 다섯번째로 수행할 참이었다.

"하느님 맙소사, 하느님 맙소사!" 그녀가 부르짖었다. "이제 어떡하지? 분명히 선생님이 날 죽이실 거야. 지금 화가 나 있으시잖아요!"[2]

그녀는 필사적으로 용기를 내 문을 열었다.

"라 말 양, 피아노실로 가세요!"[3] 그녀가 소리를 질렀다. 그녀가 뒤로 물러서서 문을 채 다 닫기도 전에, 이런 목소리가 들렸다.

"지금 이 순간부터! 이 교실에 들어오는 것을 금한다. 저 문을 처음 여는 사람이나 교실을 지나가는 사람은 교수형에 처한다. 베끄

---

1 아모스서 4:11. "내가 너희 중의 성읍 무너뜨리기를 하나님인 내가 소돔과 고모라를 무너뜨림같이 하였으므로 너희가 불붙는 가운데서 빼낸 나뭇조각같이 되었으나 너희가 내게로 돌아오지 아니하였느니라."

2 (프) Mon Dieu! mon Dieu! Que vais-je devenir? Monsieur va me tuer, je suis sûre; car il est d'une colère!

3 (프) Mademoiselle La Malle au piano!

부인이라고 해도 예외는 아니다!"[4]

이 칙령을 공포한 지 채 십분도 안되어 로진이 프랑스식 실내화를 조심스럽게 끌면서 복도를 따라 걸어오는 소리가 들렸다.

"선생님," 그녀가 내게 말했다. "5프랑을 준다 해도 지금은 저 교실에 다시 들어가지 못하겠어요. 저 선생님의 안경은 정말 무서워요. 아떼네에서 전갈이 왔는데 그 말을 전할 용기가 안 난다고 베끄 부인께 여쭈었더니 선생님께 맡기라고 했어요."

"내게요? 안돼요, 정말 너무하네요! 그건 내가 할 일이 아니잖아요. 이봐요, 이봐요, 로진! 자기 일은 자기가 책임을 져야죠. 용기를 내서 다시 한번 해봐요!"

"제가요, 선생님? 전 못하겠어요! 오늘은 다섯번이나 그 선생님 앞을 지나갔는걸요. 베끄 부인이 근위병이라도 고용해서 이 일을 시키든가 해야겠어요. 아휴! 전 더이상 못해요![5]"

"이런! 겁쟁이 같으니. 전갈이란 게 뭐예요?"

"바로 뽈 선생님께서 가장 싫어하실 일이에요. 관료인지 장학사인지가 도착했으니 즉시 아떼네로 오시라는 긴급 소환이에요. 뽈 선생님께서 그 장학사인지를 만나야만 한대요. 하지만 뽈 선생님께서 해야 한다는 말을 얼마나 싫어하는지 아시잖아요."

그랬다. 나도 충분히 알고 있었다. 길들여지지 않는 그 작은 남자는 재갈을 물리거나 박차를 가하는 것을 증오했다. 의무나 긴급히 해야 할 일은 무슨 일이든 거부할 게 분명했다. 어쨌든 나는 그 일을 해주기로 했다. 물론 두렵지 않은 것은 아니었지만 그 두려움

---

4 (프) Dès ce moment! — la classe est défendue. La première qui ouvrira cette porte, ou passera par cette division, sera pendue — fût-ce Madame Beck elle-même!

5 (프) Ouf! Je n'en puis plus!

은 다른 감정들과 섞여 있었고, 그중엔 호기심도 있었다. 나는 문을 열고 교실로 들어가 약간 떨리는 손으로 가능한 한 재빨리 그리고 조용히 등 뒤로 문을 닫았다. 꾸물대거나 법석을 떨거나 문고리를 딸그락거리거나 문을 활짝 열어놓는 일 등은 종종 죄를 더 크게 만들어, 교실 침입이라는 애초의 범죄 자체보다 더 불행한 결과를 초래하기도 했다. 그리하여 나는 문간에 서 있었고, 그는 책상에 앉아 있었다. 그는 기분이 몹시 나빴으며 아마도 최악의 상태인 것 같았다. 그는 산수를 가르치던 중이었다. 그는 내키는 대로 아무 과목이나 가르쳤는데, 산수는 무미건조한 과목이라 그 과목을 가르칠 때면 항상 심기가 불편해서 모든 학생이 벌벌 떨었다. 그는 책상 위로 고개를 숙이고 앉아 있었다. 자신의 뜻과 법을 위배하고 교실로 들어오는 소리가 들리자 잠시 동안은 고개마저 들지 않았다. 긴 교실을 걸어갈 시간을 얻을 수 있어서 그나마 다행이었다. 나도 이상한 성격이라, 멀리서 협박을 당하는 것보다 가까이에서 울화통을 터뜨려주는 게 훨씬 나았다.

나는 그의 교단 바로 앞에 멈추었다. 물론 내가 곧바로 주목을 끌 만한 가치가 있는 사람은 아니었으므로, 그는 날 무시하고 계속 수업을 했다. 하지만 그러고 있을 수만은 없었다. 그는 나의 전갈을 듣고 답신을 해야 했다.

나는 교단 위에 있는 책상 위로 머리를 쳐들 수 있을 만큼 키가 크지 않았으므로 내 위치에서는 그의 모습이 보이지 않았다. 그래서 처음에는 단지 그의 얼굴을 더 잘 살펴보기 위해 용기를 내어 주위를 슬쩍 둘러보았다. 교실에 들어섰을 때 그의 얼굴을 보고 우습게도 문득 검정 줄무늬가 있는 누런 호랑이를 빼닮았다는 생각이 들었다. 그에게는 내가 안 보였지만 나는 앞으로 갔다 뒤로 물러섰다 하면서 두번이나 무사히 그의 옆모습을 보았다. 세번째로 어둠침침한 책상 너머로 그를 보려고 하는 찰나에 그도 날 보았다. 그의 눈동자, 아니 그의 '안경'⁶이 날 옴짝달싹 못하게 했다. 로진의 말이 맞았다. 안경 속의 둥그런 눈에서 뿜어져나오는 분노가 문제가 아니라, 안경 자체가 의미를 알 수 없는 불변의 공포를 불러일으켰다.

그제야 가까이 있는 것이 왜 좋은지 알게 되었다. 그 근시용 '안경'은 에마뉘엘 선생의 바로 코앞에 있는 범법자를 살피는 데는 별 소용이 없었다. 그런 이유로 그는 안경을 벗고 나와 좀더 대등한 조건에서 마주 보게 되었다.

다행히 나는 그가 별로 두렵지 않았다. 가까이 서니 전혀 무섭지가 않았다. 그는 조금 전에 선언한 대로 교수형에 처해야겠으니 밧줄과 교수대를 달라고 요청했고, 나는 바느질을 한번 할 분량의 수실을 아주 공손하게 내밀어 적어도 그가 화를 더 내는 것은 막을 수 있었다. 물론 학생들이 다 보는 앞에서 공공연히 이렇게 정중한 태도를 보인 것은 아니었다. 책상 모서리 옆으로 실을 건넨 다음 올가미를 만들어 그가 앉아 있는 의자의 등받이에 걸었을 뿐이다.

"내게 뭘 원하는 거죠?"⁷ 그가 이를 악물고 가슴과 목구멍 안에서만 으르렁대는 소리로 물었다. 무슨 일이 있어도 웃지 않겠다고 결심한 것 같았다. 나도 만만치 않게 대꾸했다.

"선생님, 불가능하고도 들어본 적도 없는 일을 원하는데요."⁸ 완곡하게 말하는 것보다 그 '찬물 세례'⁹를 단호하게 전하는 게 최선

---

6 (프) lunettes.

7 (프) Que me voulez-vous?

8 (프) Monsieur, je veux l'impossible, des choses inouïes.

이다 싶어서, 나는 나지막한 목소리로 다급하다는 점을 현란하게 과장하면서 아떼네에서 온 전갈을 전했다.

물론 그는 한마디도 들으려 하지 않았다. "난 안 갈 거요. 빌레뜨의 모든 관료들이 날 불러도 이 교실을 떠나지 않겠소. 왕과 내각과 의회에서 한꺼번에 호출을 명령해도 내 길에서 한치도 움직이지 않겠소."

하지만 내가 알기로 그는 가야만 했다. 그가 뭐라고 하든 이 호출에 즉시 순순히 응해야 했고, 또 그것이 그에게 득이 되는 일이었다. 그래서 나는 마치 그가 아직 아무 말도 하지 않은 것처럼 조용히 기다리며 서 있었다. 그는 또 무슨 볼일이 있느냐고 물었다.

"아떼네에서 심부름 오신 분께 전해드릴 선생님의 답신을 원하는데요."

그는 짜증을 내며 할 말이 없다는 뜻으로 손을 내저었다.

나는 용기를 내 창가의 어두운 구석에 있는 그의 모자를 향해 손을 뻗었다. 그는 이 대담한 행동을 지켜보았다. 이런 주제넘은 짓에 놀라기도 하고 유감스럽기도 한 눈빛이었다.

"아!" 그가 중얼거렸다. "루시 양이 내 모자에 손을 댈 정도라면, 루시 양이 그걸 쓰고 잠시 남자로 변장해서 나 대신 아떼네로 가는 게 좋겠소."

나는 아주 정중하게 그 모자를 책상에 놓았다. 모자의 술 장식이 마구 흔들리는 모습이, 마치 나를 향해 무시무시하게 고개를 끄덕이는 것 같았다.

"내가 양해의 편지를 쓰겠소. 그거면 충분할 거요!" 그가 여전히

---

9 douche.

피하려 들며 말했다.

나는 그것으로 충분하지 않다는 것을 알고 있었으므로, 얌전하게 그 모자를 그의 손 쪽으로 밀었다. 그러자 모자는 아무것도 안 씌운 매끄러운 탁자 위로 미끄러졌고, 앞에 있던 철테 '안경'까지 밀어내버렸다. 입에 담기도 끔찍한 일이지만 '안경'은 교단으로 떨어지고 말았다. 전에도 안경이 떨어진 것은 수십번 보았으나 부서진 적이 없었다. 이번에는 루시가 워낙 운이 없어서인지 도수가 높은 맑은 안경알 두짝이 모두 산산조각나서 형체를 알아볼 수 없게 되었다.

이제 정말이지 어째야 좋을지 알 수 없었다. 당혹스럽고 또 후회되었다. 나는 그 '안경'의 가치를 알고 있었다. 뽈 선생은 이상 시력이라서 도수가 맞는 안경알을 찾기가 어려웠는데, 그것은 도수가 잘 맞는 것이었다. 그가 이 안경을 보물이라고 부르는 걸 들은 적도 있었다. 부서져 아무런 가치가 없어진 유리 조각을 주워드는 내 손이 떨렸다. 내가 저지른 잘못 앞에서 온 신경이 곤두설 정도로 두려웠지만, 두려움보다는 미안함이 앞섰다. 몇초 동안 나는 감히 그의 얼굴을 바라보지도 못했다. 그가 먼저 말을 했다.

"이런! 안경을 빼앗긴 내 꼴이라니!¹⁰ 이제 루시 양이 교수대와 줄에 몸을 맡기겠다고 자백하겠는걸. 그런 운명에 대비해 떨고 있군그래. 아, 반역자! 반역자 같으니라고! 내 눈을 멀게 한 후 당신 손아귀에 넣고 마음대로 주무르기로 마음먹은 거로군!"

나는 얼굴을 들었다. 그는 화를 내며 침울하게 찌푸리고 있는 게 아니라 활짝 웃고 있었다. 얼마 전 끄레시 호텔에서처럼, 얼굴이 환

---

10 Là! me voilà veuf de mes lunettes!

해질 정도로 만면에 홍조를 띠고 있었다. 화를 내지도 속상해하지도 않았다. 큰 손해를 입고도 아주 관대했고, 정말 화를 낼 일인데도 성인처럼 인내심을 발휘했다. 큰 장애물처럼 여겨졌던 이 사건이, 그를 설득할 기회를 즉시 망쳐버린 이 사건이 정작 결정적인 도움이 된 것이었다. 아무런 해를 입히지 않았을 때는 그리도 다루기 힘들던 그가, 잘못을 깨닫고 참회하는 범법자로 선 내게는 곧 우아하고 유연한 사람이 되었다.

그는 여전히 나를 "기가 센 여자, 끔찍한 영국 여자, 작은 말썽꾸러기"[11]라고 놀리면서도, 그렇게 위험한 일에 용기를 보여준 사람의 뜻을 어찌 순순히 따르지 않겠느냐고 했다. 내가 꼭 "상대를 제압하기 위해 꽃병을 깨뜨린 위대한 황제"[12] 같다고도 했다. 마침내 그는 모자를 쓰고 친절한 용서와 격려가 담긴 악수를 건넨 후 내 손에서 부서진 '안경'을 받아들고서, 아주 기분 좋게 인사하고는 아떼네 고등학교로 사라졌다.

* * *

이런 화기애애한 장면 이후, 그날밤이 되기 전에 그와 다시 싸웠다는 이야기를 들으면 독자는 날 딱하게 여길 것이다. 하지만 일이 그렇게 됐고, 나도 어쩔 수가 없었다.

뽈 선생에게는 가끔 조용한 저녁 공부 시간에 불시에[13] 들어와서

---

11 (프) une forte femme — une Anglaise terrible — une petite casse-tout.
12 나뽈레옹이 오스트리아와 협상하던 중 자신의 조건을 받아들이지 않으면 오스트리아를 초토화하겠다는 뜻으로 도자기를 깼다.
13 (프) à l'improviste.

우리와 우리가 하는 일에 대해 이래라저래라 하는, 아주 훌륭하고 인정할 만한 습관이 있었다. 그는 책을 치우고 바느질 가방을 꺼내 놓으라고 한 후 졸린 학생이 마지못해 '경건한 낭독'을 하는 것을 중단시키고 두꺼운 책이나 소책자를 꺼냈다. 그러고는 비극을 장엄한 소리로 읽어 더 장엄하게 만들고, 열정적으로 연기하여 더 열정적으로 만들었다. 몇몇 희곡은 원래 어떤 가치를 지닌 것인지 알 수가 없었다. 왜냐하면 에마뉘엘 선생이 생명주로 술잔을 채우듯 타고난 열정과 활기로 연극이라는 술잔을 넘치도록 채웠기 때문이다. 그렇지 않을 때면, 그는 수도원 같은 우리의 어두운 세계를 밝은 세계에서 반사된 빛으로 잠깐씩 밝혀주었고, 당시에 유행하던 문학의 흐름을 일견할 수 있게 해주었으며, 아주 재미있는 이야기 몇 구절이나 빠리의 살롱에서 웃음을 자아낸 최신 문예란을 읽어 주기도 했다. 비극이든 멜로드라마든 단편이든 에세이든 간에 '소녀들'이 듣기에 적합하지 않다고 생각될 수 있는 구절이나 단어는 신경을 써서 가차 없이 삭제했다. 그냥 삭제하기만 했으면 무의미한 공백으로 남거나 힘이 빠졌을 법한 대목도 문단 전체를 즉흥적으로 개작해 매끈할 뿐 아니라 힘있게 만드는 것도 여러번 보았다. 쳐낸 것보다 그가 접목시킨 대화나 묘사가 훨씬 훌륭한 경우도 종종 있었다.

문제의 저녁에 우리는 피정 중인 수녀들처럼 조용히 앉아, 학생들은 공부를 하고 선생들은 바느질을 하고 있었다. 기억하기로 내 바느질감은 자그마한 장식품으로, 작업이 재미있기도 했지만 뚜렷한 목적을 가진 것이었다. 단지 시간을 때우는 심심풀이가 아니라 완성되면 누군가에게 선물로 줄 것이었다. 선물을 해야 할 때가 얼마 남지 않아서 나는 부지런히 손을 놀렸다.

우리 모두가 알고 있는 날카로운 벨소리가 울렸다. 그리고 모두의 귀에 익숙한 빠른 발소리가 들렸다. "선생님 오셨다!"[14] 하는 말이 모든 사람의 입에서 동시에 떨어지자마자 문이 양편으로 갈라졌고(그가 들어올 때는 늘 문이 갈라졌다. '열리다' 같은 느린 단어로는 그의 동작을 효과적으로 묘사할 수 없다), 어느새 그가 우리사이에 서 있었다.

그 방에는 긴 의자가 딸린 기다란 학습용 책상이 둘 있었다. 책상 가운데에는 램프가 달려 있었고, 그 램프를 두고 선생이 한명씩 마주앉고 학생들은 양옆으로 나란히 앉았다. 나이가 많고 공부에 열심인 학생은 램프 혹은 적도에 가까운 자리에 앉고, 어리거나 게으른 학생들은 북극이나 남극에 앉았다. 뽈 선생은 대개 선임 여교사인 젤리 쌩삐에르 선생에게 정중히 의자를 건네주고 그 선생이 비워준 자리에 앉아 게자리나 염소자리의 환한 빛을 이용했다. 그는 근시여서 환한 곳에 앉아야만 했다.

여느 때와 같이 젤리 양이 아랫니와 윗니가 다 보이게 찢어지도록 입을 벌리고 웃으면서 민첩하게 일어났다. 이상하게도 이쪽 귀에서 저쪽 귀로 지나가는 날카롭고 가는 선만 나타나고 얼굴 전체에 퍼지지 않는 웃음이었다. 뺨에 보조개가 패지도 눈이 빛나지도 않았다. 선생은 그녀를 보지 못했거나 변덕을 부리며 못 본 척할 작정인 듯했다. 여자들이 변덕스럽다고들 하지만 뽈 선생은 여자 못지않았다. 그럴 때 그는 못 본 척하거나 사소한 온갖 실수를 하는 것에 대해 '안경'(그는 그걸 하나 더 가지고 있었다) 핑계를 댔다. 그런데 무엇 때문이었는지 몰라도 그가 젤리 곁을 지나 책

---

14 (프) Voilà Monsieur!

상 이쪽 편으로 오더니, 내가 깜짝 놀라 비켜주기도 전에 "움직이지 마시오"[15]라고 속삭이고는 나와 팬쇼 양 사이에 자리를 잡는 것이었다. 팬쇼 양은 언제나 내 옆에 앉아 팔꿈치로 옆구리를 찌르곤 해서 "지네브라, 네가 여리고에 갔으면 좋겠구나"[16] 하고 말한 적이 한두번이 아니었다.

"움직이지 마시오"라니, 말이 쉽지, 어떻게 움직이지 않을 수 있겠는가? 그가 앉을 공간을 마련해주어야 했으므로 나는 움직여야 했고, 그러기 위해서는 학생들에게 움직이라고 말해야 했다. 지네브라가 겨울 저녁에 "몸을 따뜻하게 하기 위해" 내 옆에 찰싹 달라붙어 안절부절못하며 쿡쿡 쑤셔댈 때면 팔꿈치로 날 찌르지 못하도록 가끔씩 허리띠에 바늘을 꽂아두는 좋은 방법을 썼다. 하지만 그녀에게 하던 대로 에마뉘엘 선생을 대할 수는 없었으므로, 그의 책을 놓을 수 있도록 내 물건을 모조리 치운 후 그가 앉을 수 있도록 자리에서 일어났다. 하지만 1야드 이상이 안되는 거리였고, 이성적인 사람이었으면 점잖고 편안하게 앉을 수 있을 정도의 공간을 내주었다고 생각했을 것이다. 그러나 에마뉘엘 선생은 결코 이성적인 사람이 아니었다. 그는 바로 부싯돌이자 부싯깃이었다! 그는 책상을 쾅 치며 벌컥 화를 냈다.

"내 옆에 앉기 싫다 이거로군." 그가 으르렁댔다. "당신이 더 잘났다는 태도로 날 천대하고 있어." 그러고는 날 노려보았다. "좋소! 내가 이 문제를 해결하지!"[17] 그는 곧 일에 착수했다.

---

15 (프) Ne bougez pas.

16 멀리 가서 오지 말라는 뜻. 사무엘하 10:5. "사람들이 이 일을 다윗에게 알리니라 그 사람들이 크게 부끄러워하므로 왕이 그들을 맞으러 보내 이르기를 너희는 수염이 자라기까지 여리고에서 머물다가 돌아오라 하니라."

17 (프) Vous ne voulez pas de moi voisin. Vous vous donnez des airs caste; vous me

"여러분 모두 일어나시오!"[18] 그가 소리쳤다.

학생들이 일어났다. 그는 모두에게 열을 지어 옆 책상으로 가라고 했다. 그러고는 긴 의자의 맨 끝에 나를 앉히고, 내 바느질 바구니와 비단과 가위와 바느질 도구들을 하나도 빼지 않고 조심스럽게 챙겨 날라다준 후 자신은 맞은편 긴 의자의 반대편에 앉았다.

이렇게 앉자 아주 우스꽝스러운 광경이 되었지만 방 안의 누구도 감히 웃을 엄두를 내지 못했다. 낄낄거렸다가는 그 사람만 재수 없는 꼴을 당했을 것이다. 나는 아주 냉정하게 상황을 받아들였다. 나는 누구와도 말을 할 수 없게 고립된 채 거기에 앉아서 내 일에만 신경을 쓰고 아무 말도 하지 않았다. 하지만 전혀 불행하지 않았다.

"이 정도면 충분한 거리요?"[19] 뽈 선생이 물었다.

"선생님께서 이렇게 앉고 싶어하셨잖아요."[20] 내가 대꾸했다.

"그게 아니란 건 당신이 잘 알지 않소. 우리가 이렇게 뚝 떨어져 앉게 된 건 당신 탓이오. 내가 그러라고 한 게 아니오."[21]

그는 이렇게 단언하고는 책을 낭독하기 시작했다.

불행히도 그는 자신이 "윌리암스 샤끄스뻬르의 드라마"라고 부르는 것의 프랑스어판을 택하고는, 셰익스피어를 "멍청한 이교도 영국인들의 우상"[22]이라고까지 했다. 화가 나지 않았다면 셰익스피

---

traitez en paria. Soit! je vais arranger la chose!

18 (프) Levez vous toutes, Mesdemoiselles!

19 (프) Est-ce assez de distance?

20 (프) Monsieur en est l'arbitre.

21 (프) Vous savez bien que non. C'est vous qui avez créé ce vide immense: moi je n'y ai pas mis la main.

22 (프) de ces sots païens, les Anglais.

어에 대해 아주 다르게 말했을 것임은 말할 필요도 없었다.

물론 프랑스어 번역판은 아주 시시했다. 나는 분위기를 고조시키기 위해 생략하는 바람에 메말라버린 몇 구절에 대한 경멸을 굳이 감추려 애쓰지 않았다. 말을 해야 할 필요도 없었고 말하는 게 적절하지도 않았다. 그러나 말로 표현할 수 없는 의견은 흔히 **표정**으로 나타나는 법이다. 뽈 선생의 안경은 경계 태세를 늦추지 않고 있었으므로 그는 모든 이들의 얼굴에 스치는 표정 하나하나를 모두 살피고 있었다. 아마 내 표정도 놓치지 않았을 터였다. 그는 곧 마음대로 눈빛을 번쩍이기 위해 안경을 치웠고, 스스로 유배를 자처한 북극에서 열을 내고 있었다. 방 전체의 온도를 고려한다면, 차라리 빛이 수직으로 내리꽂히는 적도에 있는 편이 나을 것이었다.

희곡 낭독이 끝났고, 그가 분풀이를 할지 분노를 감춘 채 떠날지는 알 수 없었다. 평소에 그는 화를 억제하지 않았다. 그래도 그가 드러내놓고 비난할 수 있을 만큼 잘못된 일이 뭐가 있단 말인가? 나는 소리를 내지도 않았고, 내 눈과 귀 주위의 근육을 평소보다 약간 더 자유롭게 움직였을 뿐이었다. 그걸 가지고 비난하거나 벌을 줄 순 없었다.

빵과 미지근한 물로 희석한 우유가 함께 들어왔다. 교수에게 예의를 갖추기 위해 빵과 우유잔을 즉시 돌리지 않고 가만히 놓아두었다.

"숙녀 여러분, 간식을 드시죠." 뽈 선생이 말했다. 그는 자신의 '윌리암스 샤끄스삐르' 책 여백에 주석을 다느라 바쁜 것 같았다. 학생들은 음식을 받았고 나 또한 롤빵과 유리잔을 들었으나 어느 때보다 바느질에 관심이 쏠려서 그가 벌을 주려고 앉힌 자리에 그대로 앉아 빵을 먹고 음료를 마시면서 계속 일했다. 나는 이 모든 일을 아무렇지도 않은 듯이 차분하게 받아들였다. 그날은 평소와는 달리 아늑함과 평온함을 느꼈는데, 새롭고 기분 좋은 느낌이었다. 그렇게 안달을 하고 짜증을 내고 가시 돋친 말을 하는 뽈 선생 같은 사람과 함께 있으니, 열에 들뜬 불안정한 기운을 자석처럼 그가 모조리 빨아들이고 내게는 조화롭고 평온한 감정만 남은 것 같았다.

그가 일어섰다. '더이상 아무 말도 않고 그냥 가시려나?' 그랬다. 그는 문 쪽으로 몸을 돌렸다.

아니었다. 그가 다시 발길을 돌렸다. 아마 책상 위에 두고 간 필통을 가지러 온 것 같았다.

그는 필통을 들고 연필을 넣었다 뺐다 하더니, 연필심을 나무에 부딪쳐 분지르고 다시 깎아서 필통 속에 넣고 그러고는…… 재빨리 내 앞으로 다가왔다.

학생과 선생 들은 다른 책상에 모여 마음껏 얘기하고 있었다. 그들은 식사 때마다 늘 떠들었고, 그럴 때면 늘 빠르게 큰 소리로 말하곤 했다. 그때도 그들의 목소리는 그다지 작지 않았다.

뽈 선생이 내 뒤로 와 섰다. 그가 내게 뭘 하고 있냐고 물었고 나는 시곗줄을 만든다고 했다.

그가 물었다. "누구에게 줄 거요?" 내가 대답했다. "친구인 신사분께 선물할 거예요."

뽈 선생은 몸을 숙이고 내 귀에 대고, 소설에 나오는 것처럼, 문자 그대로 "쉭쉭거리며" 독설을 퍼부었다.

자기가 알고 있는 모든 여자 중에서 내가 가장 불쾌하며, 도저히 친구로 지낼 수 없는 사람이라는 것이었다. 그리고 내가 "고집불통"[23]인데다 놀랄 만큼 괴팍하다고 했다. 내가 어떻게 그런 태도를 취하는지, 뭐에 홀려서 그러는지 모르겠다고 그는 말했다. 자기가 얼마나 화해를 하려고 노력하고 우호적으로 대하려고 하는데……
그런데도 자! 내가 조화를 불화로, 선의를 적대감으로 바꾼다는 것
이었다. 뽈 선생 자신은 내가 잘되길 바랐으며, 자신이 아는 한 어
떤 해를 끼친 적도 없었다. 내게 적대감을 품은 적도 없고 적어도
중립적인 친구 정도로 대접받을 권리는 있는 것 같다고 했다. 하지
만 내가 그를 어떻게 대하는가! 날카롭게 발끈하고, 격렬하게 반항
하며, 부당하게 격분하지 않는가!

　이 대목에서 나는 눈을 동그랗게 뜨고 깜짝 놀라 끼어들 수밖에
없었다.

　"발끈한다고요? 반항한다고요? 격분한다고요? 전 모르겠는데
요……"

　"당장 조용히 하시오!²⁴ 보시오! 내가 그랬잖소, 화약처럼 폭발하
잖소!²⁵" 그는 유감이라고, 아주 유감이라고 했다. 나의 불운한 괴팍
함 때문에 가슴이 아프다고 했다. 이런 "지나친 화"와 이런 "열에
들뜬 흥분"이²⁶ 내게 해로울까봐 걱정이 된다고 했다(생각해줘서
고맙긴 하지만 지나친 표현이었다). 그리고 내게 좋은 자질이 전혀
없지는 않다는 것을 영혼 깊이 믿고 있는데 안타깝다고 했다. 내가
좀더 이성을 따르고, 좀더 침착하고, 좀더 진지하면서도 좀 덜 "들
뜨고", "교태"를²⁷ 좀 덜 부리고, 좀 덜 과시하고, 외양에 가치를 좀
덜 두고, "인형 같은 안색"에 "잘생긴 코"를²⁸ 가진, 키가 훌쩍 큰 거

---

23 (프) caractère intraitable.

24 (프) Chut! à l'instant!

25 (프) vive comme la poudre!

26 (프) 각각 emportement, chaleur.

27 (프) 각각 en l'air, coquette.

28 (프) 각각 des couleurs de poupée, un nez plus ou moins bien fait.

만한 유명 인사들의 주의를 끌려는 그런 어리석은 일만 삼가면 아주 쓸모 있고, 어쩌면 모범적인 인물이 될지도 모른다고 했다. 하지만 사실은…… 그 작은 남자는 여기까지 말하다가 목이 메었다.

그를 쳐다보거나 손을 내밀거나 뭐라고 말해서 진정시키고 싶었으나 움직였다간 웃어버리거나 울어버릴 것만 같았다. 이 모든 일이 아주 이상하게도 감동적이기도 하고 우스꽝스럽기도 했다.

그가 말을 거의 마쳤다고 생각했는데 그게 아니었다. 그는 편안한 자세로 계속 말하기 위해서 자리에 앉았다.

"이런 괴로운 이야기를 해 당신의 화를 돋우었지만 다 당신을 위해서요. 옷차림이 변한 데 대해서도 한마디 하겠소. 처음 당신을 보았을 때는, 가끔씩 지나가는 눈으로 보았을 때는, 당신 옷차림이 썩 마음에 들었소. 진중하고 엄격해 보일 정도여서 아주 기대가 컸소. 그런데, 최근에 무슨 바람이 불어서인지 보닛 챙에 꽃을 달고 '수놓은 깃'[29]을 달고, 한번은 주홍색 드레스까지 입고 나타나기도 했소. 짐작 가는 바는 있지만 지금은 공공연히 말하지 않겠소."

내가 다시 끼어들었다. 이번에 내 목소리에는 분노와 동시에 공포가 섞여 있었다.

"주홍색이라고요? 그건 주홍색이 아니었어요! 분홍색, 그것도 연한 분홍색이었는데요. 게다가 그 위에 검은 레이스를 걸쳐서 화려해 보이지도 않았어요."

"분홍이든 주홍이든 노랑이든 진홍이든 연두색이든 하늘색이든 모두 그게 그거요. 모두 허영에 찬 현란한 색들이오. 그리고 당신이 말한 그 레이스는 '싸구려 장식물에 지나지 않는 것'[30]이긴 매일반

---

29 (프) des cols brodés.
30 (프) colifichet de plus.

이오." 그는 나의 타락에 대해 한숨을 쉬면서 "유감이지만 이 주제에 대해 하나하나 따지며 이야기하진 못하겠소. 그 잡동사니들의 이름도 정확히 모르니 약간 말실수를 할 수도 있고, 그러면 당신이 나를 내놓고 비웃을 게 틀림없으니 말이오. 불행히도 돌발적이고 열정적인 당신의 성질을 자극하는 일이 될 거요. 전반적인 이야기만 하겠소. 이 견지에서는 내가 옳다는 것을 알고 있소. 최근에 당신이 '최신 유행'[31] 옷을 입고 다니는데, 보기에 괴롭소."

나는 지금 입고 있는 흰 깃을 단 메리노 겨울옷에서 어떤 "최신 유행"을 찾아냈는지 전혀 짐작이 가지 않는다고 말했다. 효과를 노리고 너무 신경을 쓴 표시가 나는 옷이라는 것이 그의 대답이었다. 게다가 "목에 리본을 매고 있지 않소?"라는 것이었다.

"여자에게 리본을 맸다고 비난하는 것은, 선생님, 남자에게 이런 것을 지니면 절대로 안된다고 하는 것이나 마찬가지겠군요?" 나는 내가 만들고 있는 비단과 금줄로 된 화사한 시곗줄을 들어 보이며 말했다. 대답으로 그는 단지 신음소리만 냈다. 아마 나의 경망스러움 때문이었을 것이다.

그는 잠시 조용히 앉아서 내가 어느 때보다 열심히 시곗줄 만드는 모습을 지켜보다가 물었다.

"지금 한 말 때문에 내가 아주 싫어졌소?"

내가 뭐라고 대답했는지 또는 어떻게 화해를 하게 되었는지는 기억이 나지 않는다. 아무 말도 하지 않은 것 같은데, 어쨌든 우리는 서로 화해를 하고 작별인사까지 했다. 현관문까지 갔다가 그는 돌아보며 해명하기까지 했다. "그 주홍색 옷이 전혀 마음에 안 든

31 (프) des façons mondaines.

다고 한 것은 아니었소." ("분홍색이에요! 분홍색!" 내가 끼어들었다.) "그 옷이 오히려 멋져 보였다는 걸 부인할 생각은 없었소." (사실 에마뉘엘 선생은 누구보다도 밝은색을 좋아하는 사람이었다.) "단지 그 옷을 입을 때도 '두꺼운 모직'으로 된 '회색 옷'을 입을 때와 똑같은 기분으로 입으라고 충고하고 싶었던 거요."

"그러면 제 보닛 챙에 단 꽃은요, 선생님?" 내가 물었다. "그 꽃들은 아주 작은데요……"

"그러면 늘 작은 꽃을 다시오." 그가 말했다. "절대로 활짝 핀 꽃은 달지 마시오."

"그리고 이 리본은요, 선생님?"

"리본은 괜찮소!" 호의적인 대답이었다.

우리는 그것으로 문제를 매듭지었다.

＊ ＊ ＊

"꼴좋다, 루시 스노우!" 나는 스스로에게 소리쳤다. "'무례한 지식인'께서 사악하고 세속적인 허영심에 찬 네게 심한 꾸지람을 한 거야. 그가 아니었으면 누가 거기까지 생각했겠니? 너 스스로는 우울하고 엄숙한 편이라고 여기잖아! 팬쇼 양은 너를 제2의 디오게네스로 여기고, 바송삐에르 씨는 언젠가 여배우 와스디의 야성적인 재능에 대해 이야기를 하다가 '스노우 양이 불편해하는 것 같군' 하며 점잖게 말머리를 돌렸지. 존 브레턴 선생은 너를 '조용한 루시'라든가 '그림자처럼 거슬리지 않는 사람'이라고 한 적이 있고, '루시는 취향이나 태도가 너무 엄숙하고, 성격이나 습관이 밝지 못한 게 단점이오'라고 한 적도 있잖아. 너 자신이나 친구들이 너에 대해 가지는 인상은 다 그렇지. 그런데 세상에! 어떤 작은 남자가 이 모든 견해와 정반대로, 너를 너무 경박하고 발랄하다고, 너무 쉽게 폭발하고 변덕스럽다고, 너무 화려하고 다채롭다고 비난하기 시작한 거야. 그 가혹한 작은 남자, 그 가차 없는 검열관이 불쌍한 이런저런 허영의 죄와 재수없는 분홍색 천과 작은 꽃 장식과 작은 리본 조각과 너의 멍청한 레이스, 그 모두를 모아서 하나씩 설명하라고 요구하고 있는 거야. 너는 '인생'의 햇빛 아래 그림자로 취급받는 데 아주 익숙해져 있는데 말이야. 네게서 뿜어져나오는 빛에 눈이 부셔 짜증을 내며 손으로 눈을 가리는 사람이 있다니, 정말 신기한 일이야."

29장
뽈 선생의 생일

    그다음 날 아침 나는 동이 트기 한시간 전에 일어났다. 그리고 기숙사의 중앙 연단 옆의 바닥에 꿇어앉아 야간등이 마지막으로 뿜는 불빛을 이용해 시곗줄을 마무리했다.

    내가 가진 구슬과 비단 같은 재료가 바닥난 다음에야 시곗줄은 내가 원하는 만큼 길고 화려해졌다. 선물받을 사람의 까다로운 취향을 만족시키기 위해서는 외양이 그럴싸해야만 한다는 것을 염두에 두고 보색대비를 이루도록 두겹으로 짠 시곗줄이었다. 장식을 마무리짓기 위해서는 작은 금걸쇠가 필요했는데, 다행히도 하나밖에 없는 목걸이에 금걸쇠가 달려 있었다. 그것을 잘 떼어서 다시 시곗줄에 붙인 후 완성한 물건을 꼼꼼히 말아서 작은 상자에 넣었다. 화려한 점이 마음에 들어 산 그 상자는 밝은 주황색의 열대 조개껍데기로 만든 것으로, 반짝이는 푸른 돌로 둥글게 장식되어 있었다. 나는 가위로 상자 뚜껑 안에 조심스럽게 머리글자를 새겼다.

* * *

독자는 아마도 베끄 부인의 생일을 기억할 것이다. 그리고 해마다 그녀의 생일에 선물을 주문해서 선사한다는 사실 역시 잊지 않았을 것이다. 이렇게 생일 선물을 주는 행사는 베끄 부인에게만 부여되는 특별 행사였는데, 부인의 친척이자 조언자인 에마뉘엘 선생의 생일에도 약간 변형된 형태로 생일 선물 증정이 있었다. 다만 에마뉘엘 선생의 경우에는 미리 계획을 짜고 꾸미는 것이 아닌, 자발적으로 이루어지는 명예로운 행사였다. 이는 무엇보다도 문학 교수의 편견과 짜증과 불공정함에도 불구하고 학생들이 그를 존경한다는 또하나의 증거였다. 그에게 비싼 선물을 하는 사람은 없었다. 그는 그래서는 안된다는 것을 분명히 했을뿐더러 식기류나 보석은 둘 다 받으려 들지 않았다. 하지만 작은 선물은 받아들였다. 그는 비싼 선물에 감동할 사람이 아니었다. 다이아몬드 반지나 금 담뱃갑처럼 허세를 부린 선물을 주었다 하더라도 진심을 담아 바친 소박한 꽃이나 그림만 못하다고 생각할 사람이었다. 그는 그런 성격이었다. 자신의 세대에서는 현명하지 못한 사람으로 여겨졌지만, '빛의 자녀들'에 대해서는 자식과 같이 공감하는 인물이었다.[1]

뽈 선생의 생일은 3월의 첫날로, 그해에는 목요일이었다. 날씨는 맑았고, 미사에 참례해야 하는 날이기도 했다. 뽈 선생의 생일 외에도, 오후에 산책도 가고 쇼핑도 하고 친지의 집을 방문하기도 하

---

1 누가복음 16:8. "주인이 이 옳지 않은 청지기가 일을 지혜 있게 하였으므로 칭찬하였으니 이 세대의 아들들이 자기 시대에 있어서는 빛의 아들들보다 더 지혜로움이니라."

는 반휴일이었다. 이런 여러가지를 고려해 모두가 말끔한 옷을 멋지게 차려입었다. 깔끔한 깃이 유행이어서, 평상시에 입는 칙칙한 모직 교복 대신 좀더 가볍고 밝은 옷들을 입었다. 이 특별한 목요일에 젤리 쌩삐에르 양은 검소한 라바스꾸르인들이 지나치게 호화롭고 사치스럽다고 여기는 '비단 드레스'[2]까지 입었다. 그날 아침에 머리를 매만지기 위해 그녀가 미용사를 불렀다는 소문까지 돌았다. 어떤 학생들은 후각이 예민해서, 그녀가 손수건과 손에 새로 유행하는 향수를 뿌린 것을 알아차리기도 했다. 불쌍한 젤리! 이맘때가 되면 그녀는 외로움과 격무로 죽을 지경이며 휴식과 여가를 가지고 싶다고, 자신을 위해 일해줄 사람이 있으면 좋겠다고 떠들어 댔다. 빚을 갚아주고(그녀는 지독한 빚더미에 올라 있었다), 옷을 사주고, 그녀가 자유롭게 지낼 수 있도록, 그녀의 표현을 빌리자면 "좀 즐길"[3] 수 있도록 해줄 남편이 있으면 좋겠다는 말이었다. 그녀가 에마뉘엘 선생을 노리고 있다는 소문은 전부터 있었다. 확실히 에마뉘엘 선생도 그녀를 눈여겨보았다. 그는 몇분이고 계속 그녀를 지켜보며 앉아 있곤 했다. 학생들이 모두 조용히 작문을 하고 있는 동안 그가 교단 위의 왕좌에 앉아서 십오분가량 계속 그녀를 바라본 적도 있었다. 무섭게 노려보는 그의 눈빛을 늘 의식하면서 그녀는 당황스럽기도 하고 으쓱하기도 해 몸을 배배 꼬곤 했다. 그녀의 반응을 추적하는 에마뉘엘 선생의 눈길은 때로 섬뜩할 정도로 날카로웠다. 어떤 때 보면 그는 확실히 본능적인 통찰력이 있었다. 그는 마음속 가장 은밀한 곳에 숨어 있는 생각까지 꿰뚫어보고 화려한 베일 아래 감추어진 속살 같은, 공허한 정신을 감지해냈다.

2 (프) robe de soie.
3 (프) goûter un peu les plaisirs.

그랬다. 그는 다른 사람들은 짐작도 못할 모든 것, 왜곡된 정신 상태와 감추어지고 비뚤어진 성격, 선천적으로 뒤틀린 척추나 기형적인 사지, 그리고 후천적으로 생겨난 결함과 꼴불견을 가려냈다. 아무리 저주받은 재앙이라도 그것을 솔직하게 인정하면 뿔 선생은 동정하고 용서했다. 하지만 의심 가득한 그의 눈길 앞에서 거짓말로 부인했는데 그의 가차 없는 조사로 속이고 숨긴 것이 탄로나면, 오, 그는 잔인해질 수 있었다. 그리고 그럴 때의 그는 사악한 사람처럼 보였다. 그는 비참하게 움츠러든 위선자들의 장막을 의기양양하게 낚아채고, 어서 모든 것을 드러내라고 독촉했으며, 그들 모두의 위선적인 모습, 초라한 거짓말, 베일로 가리지 않고는 차마 볼 수 없는 수많은 무시무시한 '진실' 등을 벌거벗겨 당사자들에게 고스란히 보여주었다. 그는 자신이 내린 심판이 올바르다고 믿었으나, 나는 인간이 인간을 심판할 수 있는지 의심스러웠다. 그가 내린 이런 심판에 대해 내가 그 희생자들을 가여워하며 눈물을 흘리고, 그를 혹독하게 비난한 것도 한두번이 아니었다. 그는 비난받아 마땅했다. 하지만 그런 일이 옳고 필요하다는 그의 확고한 신념을 흔들기는 어려웠다.

아침식사가 끝나고 미사를 본 후 수업 종소리가 울리자 다들 교실로 갔다. 교실에서는 무척 아름다운 광경이 펼쳐졌다. 말끔한 차림의 학생과 교사 들이 질서정연하게 앉아 기다리고 있었는데, 손에는 저마다 축하 꽃다발을 하나씩 들고 있었다. 가장 신선하고 아름다운 봄꽃들이어서 교실 안은 꽃향기로 가득찼다. 꽃다발을 들고 있지 않은 건 나뿐이었다. 나는 꽃들이 자라는 모습을 보는 것은 좋지만 꺾은 꽃은 좋아하지 않는다. 그런 꽃들은 뿌리도 없이 곧 시들 텐데도 살아 있는 것처럼 보여 슬프다. 나는 사랑하는 사람들에게 결코 꽃을 선물하지도 않고 내가 소중히 여기는 사람들에게서 꽃을 선물받고 싶지도 않다. 쌩삐에르 양은 내가 손에 아무것도 들고 있지 않은 모습을 눈여겨보았다. 그녀는 그렇게 넋 나간 짓을 하리라곤 믿을 수 없다는 듯이 나를 아래위, 좌우로 샅샅이 훑어보았다. 분명히 내가 어느 구석엔가 상징적인 꽃다발이라도, 조그만 제비꽃 묶음이나 칭찬받을 만한 취향이나 기발한 재치를 드러내 보일 무언가를 숨겨놓았다고 생각하는 눈치였다. 그러나 상상력 없는 '영국인'에 대해 빠리 아가씨는 걱정할 필요가 없었다. 영국 여자는 문자 그대로 아무것도 없이, 잎도 꽃도 없이 헐벗은 겨울나무처럼 앉아 있었으니까. 이 사실이 분명해지자 젤리 양은 기분이 좋아져서 웃었다.

"루시 양, 아주 현명하게도 돈을 아끼시는군요." 그녀가 말했다. "온실 꽃을 사느라고 쓸데없이 2프랑이나 낭비한 내가 바보지!"

그리고 그녀는 자랑스럽게 휘황찬란한 꽃다발을 내보였다.

그런데 쉿! 발소리, 바로 그 발소리였다. 그 소리는 여느 때처럼 재빨리 다가왔지만 신경질이나 울화만은 아닌 다른 감정이 담겨 있었고, 그에 고무되어 우리는 우쭐해졌다. 그날 아침에는 교수의 '사뿐한 발소리'(낭만적으로 말하자면) 속에 우호적인 징조가 깃들어 있는 듯했고, 그건 사실이기도 했다.

그는 이미 환해진 2반 교실에 새로운 햇살을 더해주는 듯한 분위기를 풍기며 들어왔다. 나무들 사이로 장난을 치며 벽에 대고 깔깔 웃고 있던 아침 햇살은 뽈 선생이 아주 다정하게 인사를 하자 더욱더 반짝이는 것 같았다. 진정한 프랑스인답게(그는 프랑스인의 피도 라바스꾸르인의 피도 섞여 있지 않은데 내가 왜 이런 말을 하는지 모르겠다) 그는 '상황'과 경우에 어울리는 차림을 하고 있었다. 무시무시한 모략가 같은 분위기를 풍기는 후줄근하게 구겨진 진회색 외투가 아니라, 점잖은 코트와 실크 양복이 몸매를 멋지게 드러내고 있었다(사실 별로 대단한 몸매는 아니었다). 거만하고 무례해 보이는 그리스식 모자는 쓰지 않은 채였다. 머리에 아무것도 쓰지 않은 대신 장갑 낀 손에 기독교식 모자가 들려 있었다. 그 작은 남자는 아주 그럴싸해 보였다. 그의 푸른 눈은 분명히 다정하고 맑게 빛났고, 가무잡잡한 얼굴은 기분 좋게 상기되어 있었다. 미남은 아니지만 완벽하게 보기 좋은 모습이었다. 작은 편은 아니지만 볼품이 없는 코, 여윈 뺨, 각이 지고 울퉁불퉁한 이마, 장밋빛이 아닌 입술에도 불구하고 정말이지 별로 눈에 거슬리지 않았다. 그는 생긴 모습 그대로 괜찮아 보였고, 멍청하거나 시시한 사람은 결코 아니라는 느낌을 주었다.

그는 자신의 책상 쪽으로 가서 책상 위에 모자와 장갑을 내려놓았다. "안녕하시오, 친구들."⁴ 우리 중 몇몇에게 날카롭게 꾸짖고 야만적으로 고함 지르던 것을 다소 보상해주는 어조였으나, 명랑하고 선량한 친구의 어조는 아니고 지나치게 경건한 성직자의 억양은 더더욱 아닌 그 사람 특유의 목소리, 바로 마음 깊은 곳에서 우러난 말을 입으로 옮길 때 나오는 목소리였다. 정말이지 그는 가끔씩 바로 그렇게 마음에서 우러난 말을 했다. 비록 그 마음은 신경질적이긴 했지만 화석처럼 굳어 있지 않았고, 그 중심에는 다른 남자들은 도저히 따라오지 못하는 다정다감한 부분이 있었다. 그랬으므로 소박한 태도로 어린아이와 사귀고 여자나 소녀 들과도 친하게 지냈던 것이다. 그들에게 역정을 내기는 해도 분명 친화력

---

4 (프) Bon jour, mes amies.

을 지니고 있었고, 전반적으로 남자들보다는 여자들과 사이가 더 좋았다는 사실 또한 부인할 수 없다.

"우리 모두 선생님께 즐거운 날이 되길 빕니다. 생일을 축하드립니다." 젤리가 모인 사람들의 대표를 자임하며 말했다. 그리고 앞으로 나가서 그의 앞에 비싼 꽃다발을 놓으면서 가식적으로 몸을 비비 꼬았다. 그는 고개를 숙여 감사를 표했다.

선물을 바치는 줄이 이어졌다. 학생들은 유럽인들이 흔히 그러듯 미끄러지는 듯한 걸음걸이로 스쳐지나가며 선물을 놓았다. 한 명 한명 어찌나 솜씨 좋게 쌓았는지, 마지막 꽃다발은 꽃이 만발한 피라미드의 꼭대기가 되었다. 꽃이 만발한 피라미드는 아래위로, 그리고 옆으로 풍성해져서 마침내 뒤에 있는 주인공이 가려져 보이지 않을 정도였다. 증정식이 끝나자 모두 의자로 돌아가 쥐 죽은 듯 고요히 앉아 그의 연설을 기다렸다.

오분쯤 지났는데도 침묵이 끊기지 않았다. 십분이 지나도 아무 소리가 없었다.

사람들은 선생이 뭘 기다리는지 의아해하기 시작했다. 당연한 일이었다. 그는 모습도 보이지 않은 채 꼼짝 않고, 말 한마디 없이 꽃다발 더미 뒤에 가만히 서 있었으니까.

마침내 텅 빈 동굴에서 울려퍼지는 듯한 깊고 공허한 목소리가 들렸다.

"이게 다요?"[5]

젤리 양은 주위를 둘러보았다.

"모두 다 꽃다발을 드렸나요?" 그녀가 학생들에게 물었다.

---

5 (프) Est-ce là tout?

그랬다. 나이가 가장 많은 학생부터 가장 어린 학생까지, 가장 키가 큰 학생부터 가장 작은 학생까지 모두 꽃다발을 선사했다. 젤리 양은 그렇다는 표시를 했다.

"이게 다요?" 아까같이 깊지만 이제는 몇음 더 내려간 억양으로 그가 다시 물었다.

"선생님," 쌩삐에르 양이 일어나 이번에는 그녀 특유의 상냥한 웃음을 띠고 말했다. "한 사람만 빼놓고 이 교실에 있는 사람은 모두 꽃다발을 드렸다고 말씀드릴 수 있습니다. 루시 양에 대해서는 선생님께서 참작하셔야 할 것 같아요. 외국인이라 아마 우리 관습을 모르거나 그 의미를 이해하지 못하나봐요. 이런 축하 행사는 너무 하찮아서 축하할 필요가 없다고 보나봐요."

"명성대로군요!" 나는 이 사이로 중얼거렸다. "젤리 양, 시작만 했다 하면 훌륭한 연설을 하시는군요."

교단의 피라미드 뒤에서 손 하나가 나오더니 쌩삐에르 양에게 답했다. 아무 말도 하지 말라는 뜻인 것 같았다.

손짓에 이어 곧 그의 모습이 드러났다. 그는 교단 앞으로 나와서 맞은편 벽을 뒤덮은 거대한 '세계전도'⁶를 꼼짝도 않고 똑바로 쳐다보면서 세번째로, 이번에는 정말로 비극적인 어조로 물었다.

"이게 다요?"

그때라도 내가 똑바로 걸어나가 손에 꼭 쥐고 있던 작은 조개 상자를 건네주었더라면 모든 일이 순조롭게 해결되었을 것이다. 원래는 그럴 작정이었다. 그러나 선생의 성격 중 희극적인 일면을 보자 선뜻 내놓지 못했고, 이제는 쌩삐에르 양의 가식적인 참견에 화

---

6 (프) mappe-monde.

가 나서 계속 버티게 되었다. 독자는 루시 양이 완벽과는 거리가 멀다는 걸 알 테니, 괴팍한 루시가 빠리 아가씨의 비난에 대해 아무런 변명도 하지 않은 것에 별로 놀라지 않을 것이다. 더욱이 뽈 선생은 내 의무 불이행을 너무나 비극적이고 심각하게 받아들였으므로, 속을 태워 마땅했다. 그래서 나는 태연히 상자를 쥐고서 돌덩이처럼 꼼짝도 않고 앉아 있었다.

"좋아!" 마침내 뽈 선생 입에서 떨어진 말이었다. 이 말을 내뱉음과 동시에 대단한 발작을 일으킬 징후, 즉 분노와 조소와 결의가 이마에 스쳤고, 입술이 실쭉거렸고, 뺨이 주름졌다. 그는 뭐라고 더 말하려다가 참고 의례적인 '연설'을 했다.

그 '연설'의 내용이 무엇이었는지는 전혀 기억이 나지 않는다. 나는 듣지도 않았다. 그가 말을 삼키고 돌연 울분과 당혹감을 떨쳐버리는 일련의 과정을 보자, 몇번이나 "이게 다요?"라고 한 말이 더이상 우스꽝스럽게 느껴지지 않았다.

연설이 끝날 무렵에 이야기의 방향이 흥미롭게 바뀌었고, 나도 다시 주의를 기울이게 되었다.

그것은 우연히 발생한 작은 사건 때문이었다. 아마도 내가 골무를 떨어뜨려 주우려고 몸을 숙이다 책상 모서리에 정수리를 부딪쳤던 것 같다. 그 일(누군가가 울화통이 치민다면 그건 당연히 나였지만)로 자연히 약간의 소동이 일었다. 그러자 뽈 선생은 짜증을 내면서, 억지로 침착한 척하던 태도를 버리고, 결코 오랫동안 지킨 적이 없는 위엄과 자제력을 떨쳐버리고, 자신에게 가장 편안한 말투로 마구 퍼부어대기 시작했다.

연설 도중에 어떻게 영불해협을 건너 영국 땅에 상륙했는지는 모르겠지만, 내가 듣기 시작했을 때 그는 이미 영국에 대해 이야기하고 있었다.

그는 민첩하고 냉소적인 눈길로 교실 안을 둘러보았고, 내게는 혹평을 하거나 그럴 의도가 있다는 눈길을 보내면서 "영국인들"에 대해 분통을 터뜨렸다.

그 순간 뽈 선생이 한 것처럼 영국 여자를 평하는 말은 생전 처음이었다. 그는 영국 여자들의 정신, 도덕, 태도, 외모에 대해 그냥 넘어가는 것이 없었다. 특히 영국 여자들의 큰 키, 긴 목, 가느다란 팔, 단정치 못한 옷차림, 현학적인 교육, 불경한 회의주의(!), 참을 수 없을 정도로 강한 자존심과 가식적인 도덕성을 비난했던 것이 기억난다. 그런 것들에 대해 그는 악의를 품고 이를 갈았고, 용기만 있다면 더 이상한 말도 막 해댈 것처럼 보였다. 오! 그는 앙심에 차 있었고, 신랄하고 야만적이었으며, 따라서 자연히 밉살스럽고 추악했다.

'앙심에 찬, 못돼먹은 작은 남자 같으니라고!' 나는 생각했다. '당신이 감정 상하고 불쾌하다고 해서 내가 꿈쩍이나 할 줄 알아요? 어림도 없지. 저기 쌓여 있는 꽃들 중 가장 하찮은 꽃만큼이나 당신을 거들떠보지도 않을 거예요.'

하지만 슬프게도 나는 그런 결심을 실행하지 못했다. 얼마 동안은 영국과 영국인을 비난해도 나는 아무런 반응을 보이지 않았다. 십오분간이나 그런 비난을 꿋꿋하게 견디었다. 하지만 이 쉭쉭거리는 독사는 작정하고 물기로 했고, 마침내 그 말을 하고야 말았다. 영국 여자들을 비난하는 데 그치지 않고 영국의 위인들에게까지 손길을 뻗친 것이었다. 그는 대영제국의 문장紋章을 더럽히고 영국 국기를 진흙 속에 던졌다. 드디어 나는 독사에게 물리고 말았다. 그는 사악하게 입맛을 다시며, 당시 유럽인들이 지니고 있던 가장 지독하고 거짓된 역사의식을 끄집어냈다. 그것은 최악의 모욕적 언사였다. 젤리와 교실의 모든 학생들이 복수의 쾌감으로 다 함께 미소를 지었다. 이 라바스꾸르의 어릿광대들이 얼마나 은근히 영국을 증오하는지 알게 되자 기분이 이상해졌다. 마침내 나는 책상을 꽝 치고 일어나 이렇게 외쳤다.

"영국 만세, 영국 역사 만세, 영국 영웅 만세! 타도하자, 프랑스! 타도하자, 거짓말! 타도하자, 깡패들!"[7]

교실에 있던 사람들은 모두 깜짝 놀랐다. 그들은 내가 미쳤다고 생각했을 것이다. 뽈 선생은 손수건을 들어 접고는 얼굴을 가리고 악마처럼 웃었다. 작은 악마 같으니라고! 내가 화를 내고 말았으니 이제 자신이 이겼다고 생각한 것이었다. 그는 순식간에 기분이 좋아져서, 아주 온화한 목소리로 다시 꽃 이야기를 했다. 꽃의 달콤함과 향기와 순수함 등에 대해 상징적이고 시적으로 이야기하고는, 프랑스식으로 '소녀들'을 자기 앞에 있는 달콤한 꽃에 비유했으며, 쌩삐에르 양의 꽃다발이 특히 아름답다며 극찬을 했다. 마지막으로 그는 올봄 들어 처음으로 밝고 따뜻한 날 아침에, 교실에 모인 사람들 모두 교외로 데려가 아침식사를 대접하겠노라고 했다. "적어도 이 교실에 있는 사람들 중에서," 그는 이 말을 강조하며 덧붙였다. "내가 친구라고 꼽을 수 있는 사람들은 모두 참석해야 하오."

"그럼 저는 거기 없겠군요."[8] 내가 엉겁결에 외쳤다.

"그러시든지!" 그의 대답이었다. 그는 팔 한가득 꽃을 안고 쏜살

---

7 (프) Vive l'Angleterre, l'Histoire et les Héros! A bas la France, la Fiction et les Faquins!

8 (프) Donc je n'y serai pas.

같이 교실 밖으로 나갔고, 나는 바느질감과 골무와 가위와 홀대받은 작은 상자를 책상에 둔 채 위층으로 뛰어올라갔다. 그가 화나고 열이 받았는지는 모르겠지만 나는 분명히 그랬다는 것을 미리 고백하겠다.

하지만 이상하게 차츰 화가 누그러졌다. 침대 가장자리에 앉아 그의 표정과 태도와 말을 떠올리자 채 한시간도 안되어 그 모든 소동이 웃음거리처럼 느껴졌다. 그 상자를 주지 않은 게 후회되어 약간 마음이 아프기도 했다. 그를 즐겁게 해줄 생각이었는데 운명이 그것을 허락하려 들지 않은 것이었다.

오후가 되자, 교실 책상을 누가 손댈지도 모른다는 사실이 떠올랐다. 상자에 그의 정식 이름인 뽈 깔(또는 까를로스) 다비드 에마뉘엘의 머리글자인 P. C. D. E.가 새겨져 있기 때문에(이 외국인들은 늘 긴 세례명을 가지고 있는 게 분명했다), 그것을 안전한 곳에 두는 게 낫겠다 싶어 나는 교실로 내려갔다.

교실은 휴일의 안식에 취해 잠들어 있었다. 통학생들은 모두 집으로 돌아가고, 기숙생들은 산보 중이고, 교사들은 그 주의 사감만 빼고는 모두 시내에 쇼핑을 나갔거나 친지를 방문하러 간 상태였다. 교실은 모두 비어 있었고 큰 홀도 비어 있었다. 홀 한가운데에는 거대하고 웅장한 전구와 가지가 여럿 달린 샹들리에가 매달려 있었고, 그랜드피아노가 뚜껑이 닫힌 채 고요히 주중의 휴일을 즐기고 있었다. 나는 1반 교실 문이 열려 있는 것을 보고 약간 의아했다. 이 교실은 비울 때는 늘 잠가놓았고, 베끄 부인과 나만 복사한 열쇠를 가지고 드나들 수 있었기 때문이다. 교실에 다가가자 희미하게 인기척이 나서 더욱더 궁금해졌다. 발소리와 의자 움직이는 소리와 함께, 책상을 여는 소리 같은 것이 들렸다.

'베끄 부인이 사찰 중인가보군.' 잠시 생각한 후 내린 결론이었다. 열린 문틈으로 확인하기 위해 들여다보았다. 저런! 사찰 중인 베끄 부인의 숄과 깨끗한 모자가 아니라 코트와 짧게 깎은 검은 남자 머리가 보였다. 그 사람이 내 의자에 앉아서 올리브색 손으로 내 책상 뚜껑을 열고, 고개를 푹 수그린 채 내 서류들을 들여다보고 있었다. 등을 지고 있지만 누구인지 쉽게 알 수 있었다. 그는 이미 축하 행사 때 입은 옷은 벗어던지고 여기저기 잉크 얼룩이 묻은, 아끼는 외투를 다시 입고 있었다. 그 괴상한 모자가 마루에 놓여 있는 걸 보니 뒤지느라 바쁜 손에서 이제 막 떨어진 모양이었다.

나는 에마뉘엘 선생이 내 책상에 자주 손을 댄다는 걸 오래전부터 알고 있었다. 그의 손은 마치 내 손만큼이나 익숙하게 내 책상의 뚜껑을 여닫았고, 내용물을 뒤지고 정리해놓았다. 그건 의심의 여지 없는 사실이었고, 그 자신도 그 사실이 알려지길 원했다. 그는 올 때마다 틀림없이 알아챌 수 있는 표시를 남겼지만, 현장을 포착하기는 오늘이 처음이었다. 늘 지켜보았지만 그가 오는 날과 시간을 알지는 못했던 것이다.[9] 실수투성이 연습문제를 다음 날 아침 브라우니[10]가 꼼꼼하게 고쳐놓은 것을 발견하는 식이었다. 그의 변덕스러운 호의 덕분에 책을 빌려보는 혜택도 내게는 아주 반갑고 기분 좋은 일이었다. 누렇게 바랜 사전과 다 낡은 문법책 사이에 참신하고 흥미로운 신간이나 달콤하게 무르익은 고전이 마법처럼 끼어 있었다. 바느질감을 담은 바구니 밖으로 로맨스 소설이 웃으며 내다보고 있고, 그 밑에는 소책자나 잡지가 숨어 있었다. 전날 저녁 독서시간에 그가 낭독한 글을 뽑아낸 소책자와 잡지였다. 어디

---

9 마태복음 25:13. "그런즉 깨어 있으라 너희는 그날과 그때를 알지 못하느니라."
10 스코틀랜드 전설에 나오는 집안일을 해놓는 꼬마 요정.

서 이런 보물들이 흘러왔는지는 의심의 여지가 없었다. 다른 흔적들이 없더라도, 어쩔 수 없이 정체를 폭로하는 특징이 곳곳에 스며 있어 답을 알려주었다. 바로 씨가 냄새였다. 물론 내겐 아주 충격적인 일이어서, 처음에는 책상을 환기시키기 위해 살짝 부산을 떨며 창문을 열어젖히고, 까탈스럽게 엄지와 검지로 그 사악한 소책자를 쥐고 냄새를 제거하기 위해 미풍을 쐬기도 했다. 그러다가 그런 짓을 갑자기 포기하게 되었다. 어느날 내가 그러는 것을 본 선생이 무슨 뜻인지 알고는, 내 손에 든 것을 빼앗아 순식간에 활활 타는 난로에 집어던지려 했던 것이다. 마침 그것은 내가 정독하고 싶던 책이어서, 그때만은 내가 그보다 더 민첩하고 단호하게 행동해 그 전리품을 다시 손에 넣었다. 책을 구해낸 후 나는 두번 다시 그런 위험을 감수하지 않았다. 이런 소동이 일어났는데도 나는 그 친절하고 변덕스럽고 씨가를 좋아하는 요정을 현장에서 잡을 수가 없었다.

그러나 마침내 그를 잡게 된 것이었다. 거기에 그가, 바로 브라우니 요정이 있었다. 그리고 그의 입술에서는 그가 좋아해 마지않는, 남미에서 온 기호품의 연푸른색 연기가 피어오르고 있었다. 그는 내 책상에 대고 씨가를 피우고 있었다. 그렇게 하니 정체가 탄로나는 게 당연했다. 이 일 자체에 대해서는 화가 났지만 그를 놀래주게 된 건 기뻤다. 제 시간이 아닌 때 목장에서 바쁘게 버터를 만들고 있는 낯선 요정을 마침내 발견한 주부처럼 만감이 교차하며 기뻤다. 나는 앞으로 살금살금 걸어가 그의 뒤에 서서 조심스럽게 그의 어깨 위로 몸을 숙였다.

오늘 아침에 싸우고, 내가 생일 축하 인사를 잊어버린 것처럼 보여 감정이 상해 마음의 동요를 겪은 후인데도 기꺼이 모든 일을 잊고 용서하고서, 제목과 작가로 미루어보건대 틀림없이 재미있을 책을 두권이나 가져온 것을 보니 마음이 아팠다. 이제 그는 책상 위에 몸을 숙이고 앉아서 내용물을 들추어보고 있었다. 하지만 조심스럽고 온순한 손길이었으며, 책상을 어지럽혔지만 훼손하지는 않았다. 다시 마음이 아팠다. 내가 굽어보고 있는데도 모른 채 앉아 자신이 해줄 수 있는 선의를 베풀고 있는 그의 모습, 감히 말하건대 내게 적대감이 없는 모습을 보자 아침의 분노가 눈 녹듯 사라졌다. 나는 에마뉘엘 교수를 싫어하는 것이 아니었다.

그가 내 숨소리를 들었는지 갑자기 돌아섰다. 그는 신경이 예민한 사람이었으나 잘 놀라지도 안색이 변하지도 않았다. 그는 배짱이 좋았다.

"다른 선생들과 함께 시내에 나갔다고 생각했소." 그가 가까스로 침착하려고 무진 애쓰며 말했다. "하지만 그게 아니더라도 상관없소. 내가 들켰다고 신경이나 쓸 것 같소? 그렇지 않소. 나는 종종 당신 책상에 와본다오."

"선생님, 저도 알고 있었어요."

"가끔씩 책과 소책자를 봤을 거요. 하지만 이 냄새가 배어 있어서 안 읽었소?" 그가 씨가를 만지며 말했다.

"씨가 연기가 스민 건 사실이고, 냄새 때문에 더 좋을 건 없죠. 하지만 읽었어요."

"지겨워하면서 말이오?"

"그런 것도 있었죠."

"그중 좋았던 책도 있소? 읽을 만한 책도 있었소?"

"제가 그 책들을 읽는 걸 수없이 보셨을 텐데요. 그리고 선생님께서 마련해주신 책들을 무시할 만큼 제게 다른 오락거리가 있는 것도 아니잖아요."

"나는 호의를 베푸는 거요. 그리고 내가 호의를 베푼다는 걸 당신이 알고, 내 노력 덕분에 약간이라도 즐거움을 얻었다면, 우리가 친구가 되지 못할 이유가 없잖소?"

"운명론자라면 우리가 친구일 운명이 아니기 때문이라고 하겠죠."

"오늘 아침에," 그가 계속 말했다. "아주 기분 좋게 일어나서 행복한 기분으로 교실에 들어갔는데 당신이 내 하루를 망쳤소."

"아니에요, 선생님. 하루 중 기껏해야 한두시간 망친 거고 그것도 고의가 아니었어요."

"고의가 아니었다고! 아니오. 오늘은 내 생일이고, 모든 사람이 축하해주었는데 당신만 축하해주지 않았소. 3반의 어린아이들조차 내게 작은 제비꽃 다발을 주며 혀짤배기소리로 축하한다고 했소. 당신은 아무런 축하 인사도 하지 않았소. 꽃 한송이, 잎사귀 하나, 속삭임 한마디, 눈길 한번 주지 않았소. 이러고도 고의가 아니란 말이오?"

"제게 악의가 있던 건 아니에요."

"그럼 정말 우리 관습을 몰랐단 말이오? 그래서 준비를 못했고? 생일을 축하해야 한다는 것을 알기만 했다면 날 위해 기꺼이 몇상팀을 써서 꽃이라도 샀을 거란 말이오? 그렇다고 말하시오, 그러면 모든 것을 잊을 수 있을 테니. 마음의 상처도 달래질 거요."

"축하드려야 한다는 건 알고 있었어요. 그래서 준비를 했고요. 하지만 몇상팀을 주고 꽃을 사지는 않았어요."

"좋소. 정직한 건 옳은 일이오. 당신이 아부를 하고 거짓말을 했다면 증오했을 거요. 마음속은 냉정하면서 관심이 있는 척 웃고 겉으로는 다정한 척하는 것보다는 지금이라도 당장 '뽈 깔 에마뉘엘,

당신을 증오해요!'[11]라고 외치는 게 낫소. 당신이 가식적이고 냉정하다고 생각하지는 않소. 하지만 당신은 일생일대의 잘못을 저질렀소. 내 생각에 당신의 판단은 왜곡되어 있소. 감사해야 할 곳에서는 무관심하고, 스노우라는 당신의 이름처럼 차가워져야 할 데 가서는 아마 비이성적으로 헌신을 바칠 거라는 생각이 드오. 그렇다고 당신이 내게 열정을 품길 바란다고 생각지는 마시오. 루시 양, 하느님께서 당신을 지켜주시길![12] 왜 놀라는 거요? 내가 열정이란 말을 써서 그렇소? 좋소, 내 다시 말하리라. 그런 단어도 있고, 그런 것도 실제로 존재한다오. 물론 고맙게도 이 건물 안에는 없지만 말이오. 우리가, 존재하는 것을 이야기해서는 안될 정도로 어린애는 아니잖소. 난 말로만 할 뿐이오. 확실히 말하지만, 내 평생 그런 것과 거리가 멀었고 본 적도 거의 없소. 그것은 과거에 죽어 지금은 매장되어 있다오. 수년 전에 깊이 파묻고 흙으로 잘 덮어두었소. 미래에는 부활하겠지만. 내 영혼을 위로하기 위해 그러리라고 믿고 있소. 하지만 그때는 모습도 감정도 모두 변할 거요. 인간이 아니라 불멸의 존재가 되어, 지상을 위해서가 아니라 천상을 위해서 부활할 거요. 내가 루시 스노우 양, 당신에게 하고 싶은 말은 단지 뽈 에마뉘엘 교수에게 예의를 지켜주었으면 하는 것뿐이오."

그가 그런 감정을 느낀다는 데 반박할 수가 없어 나는 가만히 듣고만 있었다.

"내게 말해주시오." 그가 계속 말했다. "당신의 생일은 언제요? 아끼지 않고 몇상팀이라도 들여 작은 선물을 마련하겠소."

"선생님도 저처럼 하시려고요? 이건 몇상팀은 더 되고 저도 그

11 (프) Paul Carl Emanuel—je te déteste, mon garçon!
12 (프) Dieu vous en garde!

정도 돈은 아끼지 않았답니다."

나는 열려 있는 책상에서 작은 상자를 꺼내 그의 손에 쥐여주었다.

"오늘 아침에 무릎에 놓고 드릴 준비를 하고 있었어요." 나는 계속했다. "선생님이 좀더 참을성이 있고 쌩삐에르 양이 간섭만 안했다면, 아니, 제가 좀더 침착하고 현명했다면 그때 선물을 드렸을 거예요."

그는 상자를 바라보았다. 그 상자의 맑고 따뜻하고 엷은 색과 밝은 하늘색 테두리를 보고 기분이 좋아진 것을 알 수 있었다. 그에게 상자를 열어보라고 했다.

"내 이름의 머리글자들이군!" 그가 뚜껑의 글자들을 가리키며 말했다.

"누가 당신에게 내 이름이 깔 다비드라고 알려줬소?"

"작은 새가요, 선생님."

"그 새는 내게서 당신에게로 날아간 거요? 그러면 필요할 때는 그 새의 날개 밑에 전언을 매달아 전할 수도 있는 거요?"

그가 시곗줄을 꺼냈다. 값은 얼마 안됐지만, 비단으로 만들고 구슬을 꿰어 광택이 나고 반짝거렸다. 그는 시곗줄이 마음에 들어 어린아이처럼 스스럼없이 감탄했다.

"날 위해서 만든 거요?"

"네, 선생님을 위해서 만들었죠."

"어젯밤에 만들던 게 이거였소?"

"바로 이거예요."

"오늘 아침에 완성했소?"

"네, 그래요."

"날 주려고 시작했단 말이오?"

"그럼요."

"그리고 생일 선물로 주려고 했단 말이오?"

"그래요."

"쭉 그런 목적으로 짰단 말이오?"

나는 또다시 그렇다고 했다.

"그러면 이 중 어느 부분도 잘라낼 필요가 없단 말이오? 이 부분은 내 것이 아니야, 다른 사람에게 줄 목적으로 짠 거야,라며 잘라내지 않아도 된단 말이오?"

"전혀요. 그럴 필요도 없을뿐더러 옳지도 않아요."

"오직 나만을 위한 것이란 말이오?"

"온전히 선생님을 위한 거랍니다."

뽈 선생은 즉시 외투 단추를 풀더니 휘황찬란한 시곗줄을 가슴에 걸었다. 그는 가능한 한 줄이 많이 드러나게 하고 가려지는 부분이 적도록 애썼다. 그는 자신이 사랑하는 것에 대해서, 장식적이라고 생각하는 것에 대해서 숨길 생각이 없었다. 상자에 대해서는, 아주 훌륭한 사탕상자[13]가 되겠다고 했다. 그나저나, 그는 사탕을 좋아하는 편이었다. 그리고 자기가 좋아하는 것을 다른 사람들에게 나누어주기를 즐겼으므로, 책을 빌려주는 것 못지않게 '드라제'[14]도 아낌없이 주었다. 내 책상에 남겨져 있던 요정의 선물 중에는 종이에 싼 초콜릿 사탕도 여러개 있었다는 걸 말했어야 하는데 깜빡 잊었다. 이런 면을 보면 그의 취향은 남유럽인다웠고, 어린아이 같기도 했다. 그는 자주 브리오슈로 간단하게 점심식사를 했는데 가끔씩은 3반의 어린 소녀들과 나누어 먹기도 했다.

---

13 (프) bonbonnière.

14 아몬드나 호두 등에 당의를 입힌 것으로, 축하연 음식으로 쓰인다.

"그럼 이제 내게 선물한 거요."[15] 그는 다시 외투를 매만지며 말했고, 우리는 그 문제를 더이상 거론하지 않았다. 그는 자신이 가져온 책 두권을 살펴보고 펜나이프로 몇페이지를 자른 후(그는 책을 빌려주기 전에 보통 몇페이지를 잘라냈는데, 소설일 때는 특별히 신경을 썼다. 가끔씩은 너무 심하게 검열을 해 생략된 부분 때문에 이야기가 끊겨서 나는 약간 화가 났다), 일어나서 모자를 쥐고 정중하게 인사했다.

'이제 우리는 친구예요.' 나는 생각했다. '다음에 싸울 때까지는.'

우리는 아마 바로 그날 저녁에 싸울 수도 있었으나 멋지게도 이번만큼은 싸우지 않고 사이 좋게 지냈다.

모든 사람의 예상을 뒤엎고 뻘 선생은 저녁 공부 시간에 나타났다. 오전에 그를 오랫동안 보았기 때문에 오후에는 오지 않을 것으로 우리는 예상하고 있었다. 그런데 우리가 공부를 하려고 앉자마자 그가 나타났다. 인정하건대, 그를 보자 너무 반가워서 웃으면서 맞이할 수밖에 없었다. 그리고 지난번에 그다지도 큰 오해를 불러일으킨 바로 그 자리를 향해 그가 걸어왔을 때, 나는 그와 너무 뚝떨어져 앉지 않으려고 신경을 썼다. 그는 내가 자기를 피하는지 곁눈질로 열심히 살폈다. 의자가 약간 비좁아지긴 했지만 나는 피하지 않았고, 전처럼 뻘 선생을 피하고 싶은 마음도 들지 않았다. 그 외투와 모자에 익숙해져, 그런 옷들이 가까이 있어도 더이상 불편하거나 무섭지 않았다. 더이상 그의 곁에서 꼼짝 못한 채 "질식할 것처럼"[16](그의 표현을 따르자면) 앉아 있지도 않았다. 움직이고 싶으면 움직이고, 필요하면 기침도 했으며, 피곤할 때는 하품까지 했

---

15 (프) À présent c'est un fait accompli.

16 (프) asphyxidé.

다. 간단히 말해서 그가 봐주리라 믿고 무턱대고 내 마음대로 했다. 그날 저녁에는 그렇게 뻔뻔스럽게 행동하면서도 벌을 받지 않았다. 그날 그는 친절한데다 너그럽기까지 했다. 화난 눈길 한번 보내지 않고 성마른 말 한마디 하지 않았다. 그날 저녁이 다 가도록 그는 내게 한마디도 걸지 않았지만 호의를 가지고 있다는 것을 느낄 수 있었다. 침묵은 예전과는 다른 종류였으며 다른 의미를 내뿜고 있었다. 그날 뽈 선생이라는 말없는 존재는 어떤 말보다 더 즐거운 이야기를 하고 있었다. 식사가 들어오고 저녁을 먹느라 소란스러워지자 그는 나가면서 내게 잘 자고 좋은 꿈 꾸기 바란다는 말만 했다. 정말로 나는 잘 자고 좋은 꿈을 꾸었다.

30장
뿔 선생

하지만 독자여, 그날부터 뿔 선생의 성격이 변해, 그와 함께 지내기가 쉬워지고 더이상 그의 주위에 위험이나 불편함이 번득거리지 않았다는 식의 성급하고 친절한 결론을 내리거나, 섣부르게 너그러운 가정을 하진 말기 바란다.

천만에. 그는 천성적으로 말도 안되게 변덕스러운 작은 남자였다. 그는 종종 과로를 했는데, 그러면 신경이 더욱 날카로워졌다. 게다가 그는 검푸른 벨라도나[1]빛의 어두운 피가 흐르는 질투의 화신이었다. 내가 말하는 것은 마음속의 미묘한 질투심뿐 아니라, 그의 머리에 들어앉아 있는 더 엄격하고 편협한 감정까지 포함해서이다.

내가 푼 연습문제를 보고 자신이 원한 만큼 틀린 답이 많지 않을

---

1 가짓과의 식물로 독성이 강하며 잎이 진통제로 쓰인다.

때(그는 내가 실수하는 것을 좋아했다. 그에게 나의 실수들은 견과류 한옴큼만큼이나 달콤했다) 뽈 선생이 입술을 내밀거나 눈썹을 찌푸리는 모습을 보고 있노라면 나뽈레옹 보나빠르뜨를 닮았다는 생각이 들었다. 지금도 그렇게 생각한다.

그는 부끄러운 줄 모르고 아량을 잃는다는 점에서도 그 위대한 황제와 비슷했다. 뽈 선생은 스무명의 박식한 여자들과도 기꺼이 싸웠을 것이고, 사소한 언쟁과 다툼에 사교계의 주요 인사를 다 동원하고도 부끄러운 줄 모르는데다 위엄을 잃거나 깎는 것을 개의치 않을 사람이었다. 그를 화나게 하거나 그의 의견에 반대하거나 그보다 잘났다거나 그의 기분을 상하게 한다는 이유로 마담 스딸[2] 같은 여자들을 쉰명이라도 추방했을 사람이었다.

그가 빠나슈 부인이라는 사람과 싸운 일화가 기억난다. 그 부인은 역사를 가르치기 위해 베끄 부인이 고용한 임시교사였다. 그녀는 머리가 좋은 사람이었다. 즉 아는 것이 많았을 뿐 아니라 자신이 아는 것을 최대한 활용하는 기술도 있었으며, 무궁한 자신감과 언어 능력의 소유자였다. 외모 또한 결코 흠잡을 데가 없었다. 다른 사람 같으면 그녀를 "세련된 여자"라고 했겠지만, 변덕스러운 뽈 선생으로서는 그녀의 시끄럽게 과시하기 좋아하는 성격뿐 아니라 튼튼하고 풍만한 매력도 참을 수가 없었다. 그녀의 목소리가 홀에 울려퍼지면 그는 이상하게 동요하곤 했으며, 복도에서 아무렇게나 성큼성큼 걷는 그녀의 활달한 발소리만 들려도 읽던 책을 챙겨서 당장 나가버렸다.

어느날 그는 그녀가 수업을 진행하는 교실에 악의를 품고 불쑥

---

2 Germaine de Staël(1766~1817). 프랑스의 소설가이자 당대의 선구적 지식인으로, 자유사상을 탄압한 나뽈레옹과 대립했다.

들어가 순식간에 그녀의 수업 방식을 파악했다. 그것은 그가 선호하는 방식과 달랐다. 그는 정중하지 않은 것은 말할 것도 없고 무례한 태도로 자신이 잘못됐다고 생각하는 것을 지적했다. 그녀가 자신의 말에 귀기울이고 순순히 따를 것으로 기대했는지는 모르겠다. 그러나 그녀는 신랄하게 반대하면서 동시에 분명히 그의 부당한 간섭을 우회적으로 비난했다.

점잖게 물러서야 마땅했지만 뽈 선생은 도전장을 던졌고, 빠나슈 부인은 펜테실레이아[3]처럼 용감하게 즉시 응전했다. 그녀는 간섭하는 사람에게 삿대질을 하며 달려들었고 마구 말을 퍼부어댔다. 에마뉘엘 선생도 달변이었지만 빠나슈 부인은 수다스럽기까지 했다. 극단적인 감정 대립이 잇따랐다. 뽈 선생은 자존심이 상해 고함을 지르며 자기가 옳다고 주장하는 대등한 적수를 뒷전에서 비웃지 않고 정색을 하고 미워했다. 그는 격렬하게 분노했으며, 앙심에 차 무자비하게 계속 싸움을 걸었다. 결국 그는 그녀가 학교에서 쫓겨날 때까지 침대에서 편히 쉬는 것도, 식사로 적절히 건강을 유지하는 것도, 고요히 씨가 맛을 보는 것도 모조리 거부했다. 마침내 뽈 선생이 이기기는 했지만, 승리의 월계관이 우아하게 그의 이마에 드리워졌단 말은 못하겠다. 한번은 내가 용기를 내어 그런 생각을 내비치자 놀랍게도 그는 내 말이 옳을 수도 있다고 인정했다. 하지만 천박하고 자기도취적인 사람을 보면 남자든 여자든 참을 수 없는데, 빠나슈 부인이 바로 그런 사람의 표본이라 말로 표현할 수 없는 반감이 치밀어올라 참을 수가 없어서 싸움을 걸어 끝장을 보았다는 것이었다.

3 그리스신화에 나오는 여전사 부족 아마조네스의 여왕.

그로부터 세달 후, 패배한 적이 곤경에 빠지고 직업을 구하지 못해 고통을 받는다는 소식을 듣자, 선악에 똑같이 적극적인 그는 미움을 떨치고 그녀에게 선생 자리를 구해주기 위해 백방으로 애썼다. 그리고 그녀가 예전의 반목을 청산하고 그가 최근에 보여준 친절에 대해 감사하러 와서 전처럼 큰 소리로 약간 주제넘게 이야기하자, 그는 십분도 안되어 벌떡 일어나 그녀를 향해, 아니 그녀를 쳐다보지도 않고 꾸벅 인사를 하고 신경질을 내며 방에서 나가버렸다.

좀더 과감하게 비슷한 점을 찾자면, 에마뉘엘 선생은 권력을 탐하는 면이나 최고가 되려고 열을 낸다는 면에서 보나빠르뜨를 닮았다. 그는 늘 순종하기만 해선 안되는 사람이었다. 때로는 그에게 저항할 필요가 있었으며, 가만히 그의 눈을 들여다보면서 그의 요구사항이 비합리적이고 그의 절대적인 권위가 독재에 가깝다고 말하는 게 나을 때도 있었다.

그는 자신이 지배하는 영역 안에서 특별한 재능이 최초로 싹을 틔우면 이상하게 흥분하며 불안해하기까지 했다. 그는 눈살을 찌푸리고 뒷짐을 진 채 재능이 탄생하려고 애쓰는 것을 지켜보기만 했다. "기운이 있으면 어디 한번 나와봐라" 하는 듯했다. 하지만 전혀 도와주지는 않았다.

최초의 진통과 위험한 고비가 지나간 후 새 생명이 숨을 쉬고, 폐가 수축과 확장을 하고, 심장의 고동이 느껴지고 눈에 생기가 보일 때까지도 그는 재능을 키워주겠다고 나서지 않았다.

"진짜라는 것을 입증해 보여라, 그러면 내 너를 보살펴주마" 하는 것이 그의 언명이었다. 그런데다가 그것을 입증하기는 얼마나 어렵게 만들어놓았던가! 험난한 여행에 익숙지 않은 발이 딛고 갈

길은 얼마나 가시밭이고 자갈은 또 얼마나 뿌려져 있던가! 그는 자기가 통과해야 한다고 설정한 시련을 거치는 모습을 눈물 한방울 흘리지 않고 대담하게 바라보았다. 목적지에 다가감에 따라 피가 흘러 종종 발자국이 피로 얼룩지는데도 그는 그 고통스러운 순례를 엄격하게 감시하며 꿋꿋하게 따라왔다. 그리고 마침내 휴식을 허락한 다음에도 졸음에 겨워 감기려는 재능의 눈꺼풀을 잔인한 손가락으로 뒤집어보고, 눈동자를 꿰뚫고 머리와 가슴속까지 들여다보며 존재의 깊은 구석에 가장 교묘한 형태로 허영이나 자만심이나 허위가 숨어 있지는 않은지 살펴보았다. 마침내 그가 신참에게 수면을 허락해도 그건 잠시뿐이었다. 갑자기 신참을 깨워 새로운 시험을 했다. 피곤해서 휘청거리는데도 귀찮은 심부름을 보내고, 기질과 감각과 건강을 시험했으며, 가장 혹독한 시험도 모두 견디어낸 다음에야, 가장 부식력이 강한 질산을 사용해도 원석이 부식되지 않는 것을 확인한 후에야 비로소 그 재능이 진짜임을 받아들였다. 하지만 승인의 낙인을 깊이 찍으면서도 그는 여전히 알 수 없는 침묵으로 일관했다.

나는 이런 악마 같은 면들에 대해 모르지 않았다.

앞 장章이 끝나던 날까지만 해도 뽈 선생은 나의 선생이 아니었다. 그는 내게 뭔가를 가르치지 않았으나, 그 무렵 어느날 우연히 내가 어떤 과목(산수였던 것 같다)에 무지하고 그의 말마따나 자선학교 학생이라도 부끄러워할 실력밖에 안된다고 솔직히 말하며 나를 떠맡았다. 먼저 그는 시험을 쳐보고, 두말할 필요도 없이 형편없는 내 실력을 확인하고는 책을 몇권 주고 숙제를 몇가지 내주었다.

처음에 그는 아주 기뻐했다. 정말로 흥분을 감추지 못하면서, 내가 "본 에 빠 뜨로 페블"[4]하다고(즉 배울 자세가 되어 있고, 능력이 전혀 없는 것은 아니라고) 생각하지만 환경이 여의치 않아서 "아직 지적 발달이 비참하게 낮다"는 생각이 든다고 거들먹거리며 말했다.

정말이지 나는 어떤 일이건 시작할 때는 믿을 수 없을 정도로 아둔했다. 일상적인 일을 익히는 데도 평균적인 지능이 된다고 할 수도, 그것을 증명할 수도 없었다. 내가 넘기는 인생이라는 책의 모든 페이지의 첫 단락은 늘 어렵고 침울했다.

이런 단락이 계속되는 동안 뽈 선생은 아주 친절하고 선량했으며 대단히 참을성을 발휘했다. 그는 내가 나 자신의 무능력 때문에 심하게 고통받고 굴욕감에 몸 둘 바 몰라하는 것을 보고는 이루 말할 수 없이 친절하게 도와주었다. 내가 수치심에 눈앞이 뿌얘지자 뽈 선생의 눈가도 축축해졌고, 과중한 업무에 시달리면서도 휴식 시간의 절반가량을 나에게 할애했다.

그러나, 이상한 슬픔이여! 그 무겁고 암울한 새벽이 물러가고 마침내 동이 터오려고 하자, 내 능력이 자유로워지려고 용트림을 시작하고, 내가 활기를 얻어 성과를 거두려는 시간이 다가오자, 내 딴엔 그를 기쁘게 해준다고 숙제를 두배, 세배, 네배 해서 제출하자 그의 친절은 엄격함으로 변했다. 온화하던 눈빛은 불꽃이 튀기 시작했고, 그는 짜증을 내고 어깃장을 놓았으며, 고압적이 되어갔다. 내가 공부를 하면 할수록, 그리고 더 열심히 할수록 그의 불만은 점점 더 커지는 것 같았다. 당혹스럽고 놀라우리만치 심한 조롱을 퍼부어 듣기가 괴로웠으며, 곧이어 "지성의 오만"에 대한 심한 질

---

4 (프) bonne et pas trop faible

책이 쏟아졌다. 내가 여성에게 적합한 경계를 넘어 비여성적인 금단의 지식에 욕심을 냈다가는 어떤 운명에 처하게 될지 모른다고 은근히 위협도 했다. 슬프도다! 내겐 그런 욕심이 전혀 없었다. 내가 사랑하는 것을 위해서는 기쁜 마음으로 어떤 노력이라도 할 수 있지만, 추상적인 학문에 대한 갈망이나 발견에 대한 신성한 목마름은 아주 잠깐씩만 스쳐갈 뿐이었다.

하지만 뿔 선생이 비웃자 나는 좀더 완전하게 그런 지식들을 소유하고 싶어졌다. 그에게서 부당한 대우를 받자 야심이 생겨난 것이었다. 그 부당한 대우는 나를 강하게 자극했고, 내 열망에 날개를 달아주었다.

처음에 그의 의도를 완전히 알기 전에는 알 수 없는 냉소 때문에 괴로웠지만, 그가 냉소할수록 나의 피는 더워지고 맥박은 빨라졌다. 내 힘이 무엇이든, 여성적이든 남성적이든, 그것은 신께서 주신 것이니 부끄러워해서는 안된다는 생각이 들었다.

한동안 그 싸움은 아주 격렬했다. 그는 나를 이상하게 대했으며 나에 대한 애정을 잃은 듯했다. 처음에 내가 "페블"하게, 즉 무능하게 보였던 것은 자기를 속인 거라고 말했을 때는 정말 억울했다. 내가 거짓으로 무능한 척했다는 것이었다. 또 갑자기 내게로 몸을 획 돌리고는, 모방과 표절을 했다며 터무니없이 나를 비난하기도 했다. 내가 들도 보도 못한 책의 요점을 베꼈다고 단정적으로 말하는 것이었다. 내가 그런 책을 정독하려고 했다면 틀림없이 유두고처럼 깊은 잠에 빠져버렸을 텐데 말이다.[5]

---

5 사도행전 20:9. "유두고라 하는 청년이 창에 걸터앉아 있다가 깊이 졸더니 바울이 강론하기를 더 오래 하매 졸음을 이기지 못하여 삼층에서 떨어지거늘 일으켜 보니 죽었는지라."

한번은 예의 그런 비난을 늘어놓는 그에게 대들고 말았다. 그에게 저항한 것이었다. 내 책상에서 그의 책을 한아름 모아 앞치마에 가득 담아서 교단에 서 있는 그의 발치에 쏟았다.

"뽈 선생님, 이 책들을 도로 다 가져가세요." 나는 말했다. "그리고 저를 더이상 가르치지 마세요. 절 박식하게 만들어달라고 부탁한 적 없어요. 선생님 덕분에 배움은 고통이라는 것을 절감했네요."

그러고는 내 책상으로 돌아와 엎드렸고, 그후 이틀 동안 그에게 아무 말도 하지 않았다. 그는 나를 고통스럽게 하고 화나게 하고 있었다. 그동안 그의 애정은 너무나 달콤하고 소중했었다. 그것은 더할 나위 없는 새로운 즐거움을 주었더랬다. 하지만 이제 그 애정이 사라진 것처럼 보였으므로 그의 수업이 어떻게 되든 상관없었다. 하지만 그는 그 책들을 가져가지 않았다. 조심스럽게 원래 있던 책상으로 옮겨놓고는, 여느 때처럼 날 가르치러 왔다. 어쨌든 그는 다시 화해를 청했다. 어쩌면 너무 쉽게 화해했는지도 모른다. 더 버텨야 했으나 그가 친절하고 선량한 표정으로 다정하게 손을 내밀자 그에게 핍박받던 순간들이 내 뇌리에서 사라져버렸다. 그리고 화해는 늘 달콤한 것이니까!

어느날 아침 대모한테서, 전에 말한 공공건물에서 유명한 강연이 있을 예정이니 들으러 가자는 초대의 전갈이 왔다. 존 선생이 몸소 와서 로진에게 그 말을 전했고, 그녀는 서슴지 않고 에마뉘엘 선생을 뒤따라 1반 교실로 들어와서는 그가 있는데도 내 책상 앞에 꼿꼿하게 서서 앞치마 주머니에 손을 넣고 그 말을 그대로 건방지게 큰 소리로 전했다. 그녀는 다음과 같은 말로 마무리지었다.

"그분은 정말 미남이세요. 그 젊은 의사분 말이에요, 아가씨! 눈은 얼마나 아름답고, 그 눈길은! 아, 정말이지 가슴이 두근거렸어요!"[6]

그녀가 사라지자 뽈 선생은 "그 뻔뻔스러운 여자. 그 부끄러움도 모르는 것"[7]이 왜 제멋대로 나불대게 가만두었느냐며 내게 따졌다.

나는 그를 달래줄 만한 대답을 할 수가 없었다. 예의와 자제를 관장하는 두뇌 속 기관이 충분히 발달하지 않은 로진은 항상 그런 식으로 말했다. 더욱이 그녀가 젊은 의사에 관해 한 말은 모두 사실이었다. 정말로 그레이엄은 잘생겼고 아름다운 눈과 가슴을 두근거리게 하는 눈길을 지니고 있었다. 나는 사실이 그렇다고 입 밖으로 내어 말하고 말았다.

"그녀가 말한 건 다 사실이잖아요."[8]

"아! 그렇게 생각하시오?"[9]

"네, 그럼요."[10]

그날 수업은 끝났을 때 우리 모두가 기뻐할 정도였다. 수업을 마치자 학생들은 반은 떨리고 반은 흥분해서 뛰쳐나갔으며, 나도 나가려고 했다. 뽈 선생이 남으라고 명령을 내려 나는 멈추었다. 나는 신선한 공기를 마시고 싶다고 서글프게 중얼거렸다. 난로가 활활 타고 있어서 교실은 지나치게 더웠다. 조용히 하라는 가차 없는 목소리가 들렸다. 불도마뱀 같은 뽈 선생은 아무리 교실이 더워도 아무렇지 않은 듯했다. 내 책상과 난로 사이에 앉아 있어서 불에 바싹 구워질 것 같은 상황인데도 그는 태연히 내게 그리스어로 된

---

6 (프) Qu'il est vraiment beau, mademoiselle, ce jeune docteur! Quels yeux —quel regard! Tenez! J'en ai le cœur tout ému!

7 (프) cette fille effrontée, cette créature sans pudeur.

8 (프) Elle ne dit que la vérité.

9 (프) Ah! vous trouvez?

10 (프) Mais, sans doute.

구절을 인용했다!

그는 내가 그리스어와 라틴어를 둘 다 알고 있는 건 아닐까, 늘 진심으로 의심하고 있었다. 원숭이들도 말을 할 능력이 있는데 자기들에게 해가 될까봐 숨기고 있다는 이야기처럼, 그는 내가 풍부한 지식을 가지고 있으면서도 죄를 지어 교활하게 숨기고 있다고 생각했다. 그는 내가 '고전교육'의 특혜를 받은 게 틀림없다고 넌지시 비쳤다. 내가 히메투스산[11]의 꽃들을 보고 기뻐했으며, 기억 속에 감추어놓은 황금 보물창고 덕분에 열심히 공부하고 은밀하게 지혜를 키울 수 있다는 것이었다.

나의 비밀을 급습하기 위해, 즉 회유하고 협박해서 무심결에 자백하도록 하기 위해 그는 수많은 방법을 동원했다. 잔 다르끄의 간수들이 그녀에게 전투복을 입도록 유도한 다음 숨어서 그 결과를 지켜봤던 것처럼, 그는 내 앞에 그리스어와 라틴어로 된 책들을 갖다놓고 나를 감시했다. 내가 누군지도 모르는 작가나 어떤 책에서 나왔는지 모를 구절을 자꾸만 인용했다. 부드럽게 울려퍼지는 그 구절들을 술술 발음하면서(그의 입에서 흘러나오는 고전은 마치 음악과도 같았다. 그는 목소리가 좋았고 음조, 억양이 뛰어났으며 표현력은 비길 사람이 없었다) 그는 경계심을 품고, 꿰뚫을 듯이, 가끔은 악의를 품고 계속 나를 쏘아보았다. 언젠가 내가 엄청난 반응을 보이기를 기대하고 있는 것이 분명했다. 하지만 그런 일은 일어나지 않았다. 물론 나는 그 말들이 무슨 뜻인지 몰랐기 때문에 매료될 수도 화낼 수도 없었다.

그러고 나면 그는 당황해서, 화를 내다시피 하면서 자신의 생각

---

11 제우스상이 있었던 아테네 동남쪽의 산.

을 굽히지 않았다. 내 마음이 대리석과도 같고, 내 얼굴이 가면이라고 선언했다. 그는 이 단순한 진실을 받아들이고 나를 나로 인정할 수 없는 듯했다. 남자들은, 그리고 여자들도 마찬가지지만, 일종의 망상을 가지고 있으며, 쉽게 수중에 들어오지 않으면 스스로를 위해 더욱 과장하는 경향이 있다.

가끔씩은 정말이지 그의 의심이 사실로 판명나면 좋겠다는 생각도 들었다. 내가 지니고 있다고 의심받는 보물을 소유하기 위해서라면 그의 심복이 될 수도 있을 텐데, 하고 느낀 적도 종종 있었다. 성질을 부리며 말도 안되는 생각을 하는 그는 엄중한 벌을 받아야 마땅했다. 영광스럽게도 내가 그의 가장 큰 불안을 경이롭게 실현시켜줄 수만 있었다면 얼마나 좋았을까. 눈부신 지식을 그의 앞에 불쑥 내놓아 '안경' 속의 두 눈을 휘둥그레지게 할 수만 있었다면. 오! 왜 누구도 내가 어려서 배울 수 있었을 때 날 영리하게 만들어, 이럴 때 갑작스럽고 어마어마하고 무자비하게 내 유식함을 드러내 단 한번의 냉정하고 잔인하고 압도적인 승리로, 나를 비웃는 뽈 깔다비드 에마뉘엘의 코를 영영 납작하게 해주지 않았는지!

아아! 그런 일은 내 능력 밖이었다. 여느 때처럼 오늘도 그의 인용은 별 효과가 없었다. 그는 곧 다른 전략으로 옮아갔다.

그의 다음 주제는 "지적인 여성들"이었다. 이 문제에 대해 그는 일가견이 있었다. 그에 의하면 "지적인 여성"은 일종의 "기형"으로, 불운한 우연이며 창조에서 차지할 위상이나 효용성이 없고 이내로나 노동자로나 쓸모가 없는 물건이었다. 그는 아름다움을 여성의 최고 덕목이라고 여겼다. 사랑스럽고 온화하고 수동적이고 평범한 여성이야말로 남성다운 사고와 분별로 골치가 아플 때 쉴 수 있는 유일한 베개라고 마음 깊이 믿었다. 그리고 일에 대해서 말하자면, 남성의 정신만이 훌륭하고 실용적인 결과를 가져오는 일을 할 수 있다는 것이었다. 그렇지 않소?

이 "그렇지 않소?"는 내게서 반박이나 반대를 이끌어내기 위한 말이었다. 하지만 나는 "저하고는 상관도 없고 관심도 없는 문제네요"[12]라고만 말하고 곧바로 "가도 되나요, 선생님?" 하고 물었다. "점심식사 종이 울렸어요."

"왜 그러오? 배가 고픈 건 아니잖소?"

"사실 배가 고파요. 아침 일곱시에 식사한 다음 아무것도 먹은 게 없는데다 이 시간을 놓치면 다섯시까지 아무것도 먹을 수가 없잖아요."

"자, 이 시간을 놓치면 먹지 못하는 건 피차 마찬가지요. 그러니 내 식사를 나눠먹읍시다."

그러고는 간식으로 가져온 브리오슈를 둘로 쪼개서 반을 내게 주었다. 정말이지 그의 위협은 물어뜯는 것보다 더 끔찍했다. 하지만 아직 엄청난 공격이 남아 있었다. 그가 준 빵을 먹으면서, 내가 알고 있다고 비난당하는 것을 실제로 안다면 얼마나 좋을까 하는 은밀한 소망을 그에게 털어놓고야 말았다.

"정말로 자신이 무식하다고 느끼시오?" 그가 한결 부드러워진 어조로 물었다.

내가 무조건 온순하게 그렇다고 대답했으면 그는 손을 내밀었을 것이고 우리는 그 자리에서 친구가 되었을 것이다. 하지만 나는 이렇게 대답했다. "꼭 그렇지는 않아요. 선생님께서 제가 알고 있다고 생각하시는 지식은 없지만, 항상은 아니고 가끔 저만의 지식을

---

12 (프) Cela ne me regarde pas: je ne m'en soucie pas.

지니고 있다는 느낌은 들어요."

"무슨 뜻이오?" 그가 날카롭게 물었다.

즉시 대답할 수가 없어 나는 슬쩍 화제를 바꾸었다. 그는 이제 자신의 몫인 브리오슈 반쪽을 다 먹은 후였다. 그렇게 작은 조각으로는 사실 나도 배가 고픈데 그가 배부를 리 없었다. 게다가 멀리 휴게실에서 구운 사과 향기가 났다. 나는 감히 그에게 그 기분 좋은 냄새를 맡았는지 물었다. 그는 맡았다고 실토했다. 나는 정원 쪽으로 난 문으로 나가서 마당을 가로질러 달려가는 걸 허락해준다면 그에게 한접시 가져다주겠다고 했다. 고똥은 향신료를 살짝 넣고 설탕과 백포도주 한두잔을 넣어 과일을 아주 훌륭하게 졸이다시피 구울 줄 알기 때문에 아주 맛있을 것이라는 말도 덧붙였다. "가도 되나요?"

"작은 미식가 같으니!"[13] 그가 웃으며 말했다. "전에도 한번 당신에게 크림파이를 준 적이 있지. 그때 당신이 무척 좋아하던 모습을 잊지 못하겠소. 그리고 지금 내게 사과를 가져다주겠다는 것이 곧 당신도 먹겠다는 소리란 걸 잘 알고 있소. 자, 빨리 갔다 오시오."

그리고 마침내 그 말과 함께 그는 나를 풀어주었다. 나의 계획은 약속대로 얼른 사과를 가지고 돌아온 다음 접시를 문 앞에 놓고 나중에야 어떻게 되든 붙잡히지 않고 사라져버리는 것이었다.

그는 날카로운 직감으로 내 계획을 눈치챈 것 같았다. 그는 문지방에 서서 나를 맞이한 후 교실로 급히 몰아넣고는 순식간에 다시 자리에 앉혔다. 그리고 내 손에서 과일 접시를 받아들고는, 그 혼자

---

13 (프) Petite gourmande!

먹으라고 가져온 것을 둘로 나눈 뒤 나더러 절반을 먹으라고 명령했다. 나는 툴툴대며 하라는 대로 했다. 그는 마지못해 하는 내 태도에 짜증이 났는지 감추어둔 군대를 출동시켰다. 그때까지는 그의 말이 내게 아무 의미도 없는 소리와 분노로만 들렸는데, 이번 공격은 그렇지 않았다.

그는 전부터 내게 고통을 주던 비합리적인 제안을 또다시 들이밀었다. 즉 외국인이지만 다음 공개 시험에 참석해서 1반 학생들과 함께 첫 시험을 치르고, 문법책도 사전도 보지 않고 감독관이 제시하는 임의의 주제를 가지고 프랑스어 작문을 하라는 것이었다.

그런 시험의 결과가 어떻게 될지는 불 보듯 뻔했다. 원래 나는 즉흥적으로 뭔가를 해내는 능력이 없는데다 사람들이 보는 앞에서는 아무것도 못하는 성격이었다. 심지어 혼자 있을 때도 오후가 되면 정신활동이 둔해졌다. 존재의 한 증거이자 힘의 증거이기도 한 창의력을 얻는 것은 고요하고 신선한 아침이나 저녁의 외로운 평화 속에서나 가능했다. 창의력이야말로 가장 다루기 힘들고 가장 변덕스럽고 가장 울화통 터지게 하는 나의 주인들 중 하나였다(늘 제대로 내 앞에 나타나는 법이 없었다). 유리해 보이는 환경에서도 창의력이라는 신은 질문에 입을 다물었고, 호소를 해도 들으려 하지 않았으며, 찾으려 해도 발견되지 않았고, 아주 냉담하고 완강하고 딱딱하게 굳어 있었다. 창의력은 조각된 입술과 멍한 눈동자와 돌무덤 같은 가슴을 지닌 검은 바알[14]이었다. 또한 그 비이성적인

----

14 고대 셈족의 풍요의 신. 열왕기상 18:26. "그들이 받은 송아지를 가져다가 잡고 아침부터 낮까지 바알의 이름을 불러 이르되 바알이여 우리에게 응답하소서 하나 아무 소리도 없고 아무 응답하는 자도 없으므로 그들이 그 쌓은 제단 주위에서 뛰놀더라."

악마는 어떤 소리나 길게 떨리는 바람의 흐느낌이나 휙 지나가는
보이지 않는 전류에 갑자기 깨어나, 이상하게 살아 꿈틀거리고 동
요한 다곤[15]처럼 대좌에서 뛰어내려와 신자에게 제물을 요구하곤
했다. 또한 시도 때도 없이 희생자에게 피와 숨결을 요구하고, 상황
과 장소를 막론하고 간교하게 희망적인 예언을 하면서, 즉 알아들
을 수 없는 낯설고 희미한 소리로 신전을 채우면서 사제를 깨웠다.
불길한 바람 소리에 신탁의 절반은 묻힐 게 틀림없는데도, 필사적
으로 들으려는 사람에게 그 불쌍한 절반을 주는 것마저 아까워 덜
덜 떨었다. 말 한마디 한마디가 그 자신의 검은 혈관에서 나온 불
멸의 영액인 것처럼 마지못해 한방울씩 주었다. 이런 폭군을 묶어
두고 그 자리에서 작문을 시켜야 하는 것이었다. 베끄 부인의 감시
를 받으며, 교단에, 마띨드와 꼬랄리 사이에 앉아서 말이다. 라바스
꾸르의 부르주아 한명을 즐겁게 해주자고, 그에게 영감을 주자고
이런 일을 해야 하다니!

이 문제에 대해 나와 뽈 선생은 한두번 싸운 게 아니었다. 그때
마다 요구와 거절, 강요와 반발로 가득한 큰 싸움이 벌어졌다.

그날도 나는 호되게 비난을 받았다. 그는 "여성 전체의 고집"이
내게 집약되어 있고 내가 "악마적인 교만"[16]을 가진 사람이라고 했
다. 그러고는 시험에 떨어지는 것을 두려워하다니 정말 어이가 없
다고, 떨어지든 말든 그게 무슨 문제냐고, 내가 뭐라도 되기에 나보
다 훌륭한 사람들처럼 시험에 떨어지지 말아야 하냐고, 오히려 내

---

15 블레셋 사람들의 신. 사무엘상 5:4. "그 이튿날 아침에 그들이 일찍이 일어나 본
즉 다곤이 여호와의 궤 앞에서 또다시 엎드러져 얼굴이 땅에 닿았고 그 머리와
두 손목은 끊어져 문지방에 있고 다곤의 몸뚱이만 남았더라."
16 orgueil de diable.

게는 떨어지는 것이 이로울 것이라고 했다. 그는 내가 최악의 상황에 빠지기를 원했다(나는 그걸 알고 있었다). 잠시 숨을 쉬기 위해 그가 말을 멈추었다.

"이제 순순히 따르겠소?"

"이런 문제는 순순히 따를 수가 없어요. 법적으로도 제게 강요할 수 없는 문제잖아요. 사람들이 지켜보는 가운데 교단 위에 앉아 지시에 따라 작문을 하느니 벌금을 물거나 감옥에 가는 게 낫겠어요."

"좋은 뜻으로 시험 보라는 것이면 생각을 바꿔보겠소? 우정을 위해서라면 할 수 있겠소?"

"조금도, 아니 절대로 그럴 수 없어요. 하늘 아래 어떤 우정도 그런 양보를 강요할 권리는 없어요. 진정한 우정이라면 이렇게 절 괴롭히지 않을 거예요."

그리고 그는 (입을 비쭉대고 코를 벌름거리고 눈썹을 찌푸리는 멋진 재주로 비웃으면서) 내가 동의하도록 호소할 수 있는 방법은 한가지밖에 없지만 그 방법은 사용할 수 없다고 했다.

"어떤 영역에서 어떻게 설득하면 딸려올지 알고 있소.[17] 희생정신을 열심히 부추기고 열정적으로 노력하라고 권고하면 된단 말이오."

"빌레뜨의 백오십여명 학부모들 앞에서 스스로 멍청이가 되고 경고의 대상이 되면서 말이죠."

나는 더이상 참을 수가 없었다. 날 풀어달라고, 신선한 공기를 마시러 나가야겠다고, 너무 더워서 정신이 나갈 지경이라고 다시 한번 소리쳤다.

---

17 (프) je vous vois d'ici.

"조용히 하시오!" 그 가혹한 인간이 말했다. "그건 도망가기 위한 구실에 지나지 않소. 나는 바로 등 뒤에 난로가 있어도 덥지 않소. 내가 몸으로 난로를 완전히 가려주고 있는데 어떻게 답답하단 말이오?"

"저는 선생님의 체질을 이해할 수가 없네요. 불도마뱀의 역사에 대해서는 아는 바가 없거든요. 저는 피가 차가운 섬사람이라 그런지 오븐 속에 앉아 있는 건 안 맞아요. 샘에서 물 한잔 떠오는 것 정도는 괜찮겠죠. 달콤한 사과를 먹었더니 목이 말라서 그래요."

"물을 마시고 싶다면 내가 대신 가져다주겠소."

그는 물을 가지러 갔다. 물론 문을 닫기만 하고 갔으므로 나는 그 기회를 놓치지 않았다. 그가 반신반의하며 남겨놓고 간 제물은 그가 돌아오기 전에 도망쳐버렸다.

31장
드리아드

봄이 깊어가면서 갑자기 날씨가 따뜻해졌다. 기온의 변화 때문에, 아마 그런 사람이 많겠지만, 나는 일시적으로 체력이 떨어졌다. 가벼운 운동을 해도 쉬이 지쳐버렸고, 제대로 잠을 못 자서 낮이면 나른할 때가 많았다.

어느 일요일 오후, 0.5마일이나 떨어진 교회까지 걸어갔다가 지치고 피곤해져서 돌아왔다. 나는 고독한 성소인 1반 교실로 피신을 가서 기쁜 마음으로 자리에 앉아 책상 위에 엎드려 잠을 청했다.

잠시 동안 나는 정자에서 윙윙대는 벌떼의 자장가 소리를 들으며, 유리문과 연초록빛 잎사귀 사이로 베끄 부인과 그날 아침 미사 후에 식사에 초대받은 그녀의 친구들이 과수원 나무 아래 중앙 오솔길을 따라 즐겁게 산책하는 모습을 보았다. 과수원은 꽃들이 만개해 동틀 무렵의 설산雪山처럼 순결하고 따뜻한 색을 띠고 있었다.

이 손님들 중에 내 눈길을 끄는 한 사람이 있었다. 전에 베끄 부인 댁에 방문객으로 온 걸 본 적이 있는 아가씨로 미인이었다. 어렴풋이 그녀가 에마뉘엘 선생의 '대녀'[1]이며, 그녀의 어머니인지 아주머니인지 아니면 다른 여자 친척 중 하나가 예전부터 선생과 각별한 친구 사이라는 말을 들은 적이 있었다. 뽈 선생은 그날 휴일 모임에 끼어 있지 않았지만, 그 젊은 아가씨와 그가 함께 있는 모습은 전에 본 적이 있었다. 멀리서 관찰한 것으로 미루어, 그녀는 후견인의 귀여움을 받는 피후견인답게 그와 함께 있는 것을 편안해하고 즐거워하는 것 같았다. 그녀가 그에게 뛰어가 팔짱을 끼고 매달리는 것도 본 적이 있다. 한번은 그녀가 그런 행동을 하는 것을 보고 갑자기 묘한 감정이 들었다. 불쾌한 예감, 불길한 일이 일어나리라는 전조 비슷한 것이 느껴졌다. 하지만 그런 느낌을 분석하거나 깊이 생각진 않았다. 쏘뵈르 양이라는 그 아가씨를 지켜보고 꽃과 반짝이는 연한 에메랄드빛 나뭇잎 사이로 비치는 밝은 비단옷(그녀는 늘 비싼 옷을 입고 있었고 사람들은 그녀가 부자라고 했다)의 광채를 좇다보니 어지러워지고 눈이 감겼다. 나른함과 더위와 윙윙거리는 벌소리와 새소리, 이 모든 것 때문에 졸음이 몰려왔고 나는 마침내 잠이 들어버렸다.

어느새 두시간이 흘렀다. 깨어보니 이미 해는 높은 집들 뒤로 져버리고 정원과 방들은 어슴푸레해졌으며 벌들은 집으로 돌아갔고 꽃들은 잎을 닫고 있었다. 물론 손님들도 다 가버려 오솔길은 텅 비어 있었다.

잠이 깨자 한결 편안해졌다. 적어도 두시간 동안 그렇게 가만히 앉아 있었으니 으슬으슬할 만했는데도 그렇지 않았고, 딱딱한 책

---

1 (프) filleule.

상에 눌려 있던 뺨과 팔도 저리지 않았다. 그럴 만도 했던 것이, 나는 원래 기대고 잤던 나무판이 아니라 반듯하게 접힌 두꺼운 숄을 베고 있었고, 또 한장의 포근한 숄(둘 다 그런 물건들을 걸어두는 복도에서 가져온 것들이었다)을 덮고 있었다.

누가 이렇게 해준 걸까? 친구 중 누구지? 선생들 중 누구일까? 학생들 중 누구일까? 쌩삐에르 양 말고는 내게 적대적인 사람은 없었지만 그렇다고 날 이렇게 다정하게 보살펴줄 솜씨와 생각과 습관을 지닌 사람도 없었다. 그들 중 누가 그렇게 조용한 발걸음과 부드러운 손길을 지녔을까? 낮잠을 자는데 다가와 건드렸다면 소리를 듣거나 느꼈을 텐데.

지네브라 팬쇼에 대해 말하자면, 그 명랑한 아가씨는 전혀 부드럽지 않은데다, 아마 이런 일에 끼어들었다면 틀림없이 나를 의자에서 끌어내기나 했을 것이다. 나는 마침내 결론을 내렸다. "베끄 부인이 그랬을 거야. 들어왔다가 내가 잠든 것을 보고 감기에 걸릴지도 모른다고 생각했겠지. 나를 고용 목적에 아주 잘 맞는 유용한 기계라고 생각하니까. 그래서 쓸데없이 내가 아픈 걸 바라지 않을 거야. 자, 그러면 이제 산책이나 하러 가자. 저녁인데 별로 춥지 않고 선선하네."

그래서 나는 유리문을 열고 정자로 들어갔다.

나는 나만의 오솔길로 갔다. 어둡거나 해가 졌더라면 감히 거길 갈 생각도 못했을 것이다. 몇달 전에 그곳에서 본 환상(만일 그것이 정말로 환상이었다면)을 잊지 않았으니까. 하지만 성 요한 성당의 회색빛 첨탑 위에서 아직 햇살이 빛나고 있었다. 정원의 새들도 우거진 덤불이나 무성하게 자란 담쟁이 사이에 틀어놓은 둥지로 아직 돌아가지 않았다. 나는 유리병을 묻던 날 밤에 했던 바로 그 생각, 어떻게 하면 발전적인 삶을 살 수 있고 어떻게 하면 독립적인 지위를 향해 한걸음 더 나아갈 수 있을까 하는 생각에 잠겨 오솔길을 왔다갔다했다. 최근 들어서는 이런 생각을 깊이 하지 못했지만 완전히 잊은 적은 결코 없었다. 어떤 이의 눈길이 날 외면할 때면, 그리고 어떤 이의 안색이 불친절과 불공정함으로 어두워질 때면 나는 곧바로 그런 사색으로 빠져들었고, 그렇게 차츰 계획도 반쯤 세워놓게 되었다.

"생활비는," 나는 혼자 중얼거렸다. "빌레뜨처럼 돈이 안 드는 곳에서는 별로 많이 들진 않을 거야. 우리 영국에서보다 이곳 사람들이 외양에 훨씬 신경을 덜 쓰고 경쟁적으로 과시하지 않잖아. 이곳에선 절약하며 분수껏 사는 걸 조금도 부끄러워하지 않아. 잘만 고르면 집세도 얼마 들지 않을 거야. 1000프랑쯤 저축하면 큰 방 하나에 작은 방이 두셋 딸린 집을 빌려서 방 하나에는 의자 몇개와 책상과 흑판과 내 교단을 마련해두어야지. 교단 위에는 의자와 탁자를 놓고 지우개와 백묵도 갖춰야지. 처음에는 주간 학생만 받다가 계속 확장해나가면 될 거야. 종종 들어보면 베끄 부인도 시작은 그 정도였다고 하는데 지금은 어디까지 왔지? 이 건물과 정원이 모두 자기 돈으로 산 재산이라잖아. 노후에 대비해서 이미 상당한 재산을 모아둔데다 교장으로 있는 학교는 번창하고 있고 이걸 바탕으로 그녀의 자식들도 성공하겠지.

용기를 내, 루시 스노우! 지금 절약하며 참고 살면서 계속 노력하다보면 인생의 목표를 달성할 수 있을 거야. 목표가 너무 이기적이고 협소하고 따분하다는 생각은 감히 하지 마. 그것을 이룬 후에 더 높은 곳을 넘볼 자격이 있다는 것을 증명할 때까진, 독립을 위해 애쓰는 것으로 만족해야 해. 하지만 그후에도 내게 그 이상은 불가능할까? 내게 진정한 가정은 없는 걸까? 내게는 나 자신보다 소중히 여길 가정은 없는 걸까? 나 자신을 계발하기보다는 더없이 값진 가정을 위해 나 자신의 더 훌륭한 자질을 이끌어낼 수는 없을까? 이기주의라는 짐을 기꺼이 모두 내려놓고 다른 사람을 위해 일하며 사는 고결한 영예는 주어지지 않는 걸까? 루시 스노우, 네 인생의 궤적이 그렇게 순탄하지 않다는 걸 알아. 네게는 초승달만 떠도 충분해. 좋아. 그보다 나을 게 없는 환경에서 살아가는 사람도 많아. 수많은 남자와 그보다 더 많은 여자가 극기와 박탈감 속에서 인생을 보내고 있어. 내가 소수의 운좋은 사람 속에 끼어야 할 이유는 없지. 가장 열악한 운명에도 희망과 햇살이 섞여 있다는 것을, 현세가 전부가 아니며 시작도 끝도 아니라는 것을 난 믿어. 그렇게 믿고 무서워 떨고 있어.[2] 그렇게 믿고 흐느껴 울고 있어."

이렇게 이 주제는 끝이 났다. 가끔씩은 삶이라는 계좌를 마주하고 솔직하게 셈을 해보는 것이 좋다. 항목들을 계산하면서 자신을 속이고 불행 항목에 행복이라고 써넣는다면 그는 불쌍한 사기꾼이다. 고뇌를 고뇌라고 부르고, 절망을 절망이라고 부르라. 단호하게 힘주어 굵은 필치로 둘 다 써넣으라. 그러면 '운명'에게 진 빚을 갚기가 더 수월해질 것이다. 거짓으로 적어보라. '고통'이라고 써야 할 곳에 '특권'이라고 써보라. 그런다고 완강한 채권자가 사기를 눈감아주거나 당신이 내미는 가짜 동전을 받겠는가? 가장 강한 천사, 즉 가장 사악한 천사가 피를 요구하는데 물을 줘보라. 그가 순순히 받겠는가? 한방울의 붉은 피 대신 창백한 바다 전체를 주어도 받지 않을 것이다.

------

2 야고보서 2:19. "네가 하나님은 한분이신 줄을 믿느냐 잘하는도다 귀신들도 믿고 떠느니라."

나는 또다른 계좌를 정리하기 시작했다.

므두셀라, 정원의 그 거대한 족장 앞에 멈추어 서서, 툭 불거진 나무에 머리를 기대고 뿌리 곁에 있는 작은 무덤을 봉한 돌을 디디고 섰다. 그리고 거기 매장되어 있는 감정의 행로를 회상했다. 존 선생을, 그리고 그에 대한 나의 애정과 그의 훌륭함에 대한 나의 믿음과 그의 매력이 준 기쁨을 회상했다. 반은 대리석이고 반은 생명이며, 오직 한쪽에서만 진실이고 다른 쪽에서는 농담일 수도 있는 그 기묘하고 일방적인 우정은 어떻게 되었는가?

그 감정은 죽었는가? 모르겠다. 하지만 그것은 매장되어 있었다. 때때로 나는 그 무덤이 조용하지 않다는 생각이 들었고, 이상하게 들썩이는 땅과 관의 갈라진 틈으로 여전히 살아 있는 금발 머리카락이 빠져나오는 꿈을 꾸었다.

내가 너무 서둘러 묻었던가? 나는 자신에게 묻곤 했다. 그리고 우연히 잠깐씩 존 선생을 만나고 나면 잔인하게도 이런 의문이 내 가슴을 아프게 했다. 그는 여전히 친절한 표정을 지었고 아주 따스한 손길을 지니고 있었다. 여전히 기분 좋은 음성으로 내 이름을 불렀고, 그가 "루시" 하고 부를 때면 정말이지 내 이름이 아주 좋아졌다. 하지만 나는 이 온화함과 친절과 음악이 결코 나만의 것이 아님을 곧 알게 되었다. 그것은 그의 일부분이었다. 그의 성품에 스며 있는 꿀이고, 그의 부드러운 분위기가 풍기는 향기였다. 잘 익은 과일이 주위를 나는 벌에게 달콤함을 내주듯 그는 꿀을 주었고, 달콤한 나무가 향기를 뿌리듯이 주위에 향기를 퍼뜨린 것이었다. 그렇다고 복숭아가 자신을 먹는 벌과 새를 사랑하는가? 들장미가 공기를 사랑하는가?

"잘 자요, 존 선생님. 당신은 선하고 아름다우세요. 하지만 당신은 내 사람이 아니에요. 잘 자요, 그리고 신께서 당신을 지켜주시길!"

이렇게 나의 사색은 끝이 났다. "잘 자요"라는 말은 실제로 입 밖으로 새어나왔다. 그렇게 내 말소리가 들렸고, 잠시 후 아주 가까운 곳에서 어떤 메아리가 들렸다.

"잘 자요, 루시 양. 아니, 아직 해가 지지 않았으니 오히려 안녕하시냐고 해야겠군. 잠은 잘 잤소?"

나는 깜짝 놀랐다. 하지만 당황한 건 잠시였다. 잘 아는 사람의 낯익은 목소리였으니까.

"잘 자다니요, 선생님! 언제요? 어디서요?"

"언제 어디서냐고 묻는 게 당연하지. 낮을 밤으로 바꾸고는 책상을 침대로 삼은 것 같던데. 잠자리가 좀 딱딱하지 않았소?"

"제가 잠든 사이에 부드러워졌어요. 제 책상에 선물을 가져다주는 보이지 않는 요정이 절 기억해줬거든요. 제가 어떻게 잠들었는가는 중요하지 않더군요. 깨어나보니 베개를 베고 이불을 덮고 있었어요."

"숄을 덮어서 따뜻했소?"

"네, 아주 따뜻했어요. 고맙다는 말을 듣고 싶으신 거예요?"

"아니오. 자는 모습을 보니 창백해 보이던데 향수병이라도 걸린 거요?"

"향수병에 걸리려면 고향이 있어야죠. 제겐 고향이 없어요."

"그렇다면 보살펴주는 친구가 더더욱 있어야 하오. 루시 양, 당신에겐 친구가 꼭 필요하오. 당신의 결점 때문에라도 꼭 친구가 있어야 하오. 당신은 그만큼 통제와 규제가 필요하고 억눌러야 하는 사람이오."

이 '억누른다'는 생각은 뽈 선생의 머리를 떠난 적이 없었다. 내가 늘 복종을 했어도 그는 그런 생각을 떨치지 않았을 것이다. 어쨌든 그게 무슨 의미가 있는가? 나는 늘 그에게 귀를 기울였지만, 지나치게 순종하려고 애쓰지는 않았다. '억누를' 것을 하나도 남겨놓지 않으면 그가 할 일이 없지 않겠는가.

"당신은 감시와 감독이 필요하오." 그가 계속 말했다. "그리고 내가 그 사실을 알고 두가지 의무를 모두 이행하기 위해 최선을 다하는 것은 당신에게 다행스러운 일이오. 나는 당신을 비롯해 다른 사람 여럿을 생각보다 더 가까운 곳에서 더 자주, 아주 지속적으로, 아주 면밀하게 지켜보고 있소. 저기 불빛이 새어나오는 창이 보이시오?"

그는 고등학교 기숙사의 격자창 하나를 가리켰다.

"저 방이 내가 명목상으로는 연구를 위해, 실제로는 관찰을 위해 세든 방이오. 나는 저기 앉아서 몇시간이고 책을 읽지. 그게 나의 방식이고 취향이오. 내 책은 이 정원이요, 그 내용은 인간 본성이지. 여성의 본성 말이오. 나는 당신들 모두를 훤히 알고 있소. 아! 나는 당신들, 빠리 여자인 쌩삐에르 선생과 세상 물정에 밝은 여자[3]이자 내 사촌인 베끄 부인까지도 속속들이 알고 있다오."

"그건 옳지 않아요, 선생님."

"어떻다고?[4] 옳지 않다고 했소? 누구의 신조에 의해 그렇소? 깔뱅이나 루터의 도그마에 의하면 저주받을 짓이란 말이오? 내게 그게 무슨 의미가 있소? 나는 신교도가 아니오. 부자인 내 아버지(나는 가난이 뭔지 아오. 일년 동안 로마의 다락방에 살면서 비참하게 굶주린 적이 있소. 종종 하루에 한끼만 먹었고 때로는 그것마저도

---

3 (프) cette maîtresse-femme.

4 (프) Comment.

182

못 먹었다오. 하지만 태생은 부자였소)는 훌륭한 가톨릭 신자셨소. 그분은 내 선생으로 예수회 수사와 목사를 붙여줬소. 나는 아버지의 교훈을 간직하고 있소. 그리고, 오, 하느님! 그분 덕분에 대단한 발견을 했소."

"몰래 한 발견들은 비열하게 보이는데요."

"역시 신교도다운 생각이군! 나의 예수회식 체계가 어떻게 작동하는지 보시오. 쌩삐에르 양을 알지 않소?"

"부분적으로는요."

그는 웃었다. "'부분적으로'라. 정말 맞는 말이오. 그렇지만 나는 그녀를 속속들이 알고 있소. 그게 차이점이오. 그녀는 내 앞에서는 상냥하게 행동하고 발톱을 감추고 내게 친절하게 굴고 아부하고 아양을 떨지. 자, 내가 내 이성을 거스르면서 그 여자의 아부에 넘어간다고 칩시다. 예쁘지는 않지만 내가 처음 보았을 때 그녀는 젊었고, 아니, 어떻게 하면 젊어 보이는지를 알고 있었소. 프랑스 여자답게 옷을 맵시 있게 입는데다 시원시원하면서도 편안하고 사교적으로 능숙했기 때문에, 내가 당황해 어쩔 줄 몰라할 일은 없었소."

"선생님, 그건 중요하지 않았을 것 같은데요. 저는 선생님께서 당황하시는 모습을 본 적이 없으니까요."

"루시 양, 당신이 날 잘 몰라서 그렇소. 나는 이 학교의 어린 학생만큼 당황할 때가 있소. 내 성격에도 겸손하고 겸연쩍어하는 구석이 적지 않소."

"선생님, 전 그런 모습을 뵌 적이 없는데요."

"루시 양, 그런 적이 있었소. 당신도 봤을 거요."

"선생님께서 연단에 서서 대중을 상대로, 특히 귀족들과 왕을 앞에 두고서도 3반 교실에 있는 것처럼 편안하게 연설하시는 모습을 봤지요."

"루시 양, 나는 귀족이나 왕을 보고 겸손해지지 않소. 그리고 사람들 앞에 서는 일은 내 적성에 잘 맞는 일이오. 아주 좋아하는 일이기도 하오. 그 안에서 나는 자유롭게 숨쉴 수 있소. 하지만, 하지만, 지금 이 순간에도 겸손한 마음이 일고 있소. 하지만 겸손해져 엉망진창이 되는 게 싫은 거요. 루시 양, 내가 만일 결혼할 마음이 있는 사람이고(그런 건 아니니까 비웃을 필요는 없소) 숙녀에게 구혼할 필요가 생기면, 겸손한 사람이라는 게 증명될 거요."

이제 나는 그를 완전히 믿었다. 신뢰가 생기자, 가슴이 아플 정도로 진지한 존경심이 솟아났다.

"쌩삐에르 양에 대해 말하자면," 그는 냉정을 되찾았다. 그의 목소리가 약간 변한 것으로 알 수 있었다. "한때는 에마뉘엘 부인이 될 마음을 품고 있었소. 그리고 저기 불빛이 새어나오는 격자창이 아니었다면 내가 어떻게 되었을지 모르겠소. 아, 마법의 창문이여! 그대는 얼마나 많은 기적들을 발견했는가! 그렇소, 난 그녀의 양심과 허영과 경박함을 본 적이 있소. 단지 여기에서뿐이 아니고 다른 곳에서도 보았소. 그녀의 모든 책략으로부터 날 보호해줄 것들을 목격한 거요. 이제 나는 불쌍한 젤리에게서 안전하오."

"그리고 나의 학생들도 마찬가지요." 그는 곧 다시 말을 시작했다. "저렇게도 온순하고 부드러운 금발 소녀들의 다른 면모를 봤단 말이오. 가장 얌전해 보였던 학생들이 사내아이처럼 뛰어다니고, 새침데기처럼 보였던 학생들이 벽에서 포도송이를 잡아채고 나무를 흔들어 배를 따는 것을 보았소. 영어 선생이 왔을 때도 서로 얘기를 나누기 훨씬 전부터 그녀를 보았고, 그녀가 이 오솔길을 좋아하는 것을 곧 알아냈소. 그녀가 고독을 즐기는 취미가 있는 것을 눈여겨보았고 자세히 관찰했소. 우리가 서로 모르는 사이일 때 언젠가 내가 조용히 다가가 당신에게 하얀 제비꽃 한묶음을 준 것을 기억하오?"

"기억하고 있어요. 그 제비꽃을 말려 아직도 간직하고 있는걸요."

"그대가 얌전한 척하지 않고 담담하게 곧 그 꽃들을 받아줘서 기분이 좋았소. 난 당신이 내숭을 떨까봐 걱정했소. 눈빛이나 몸짓에 그런 기색이 엿보이면 나는 앙심을 품고 증오하게 되거든. 다시 그 얘기로 돌아가자면, 나만 당신을 지켜본 것이 아니오. 특히 저녁에는 또다른 수호천사가 소리없이 근처를 맴돈다오. 내 사촌 베끄 부인은 밤마다 저기 저 계단으로 몰래 내려와 당신이 보지 않을 때 미끄러지듯이 당신을 뒤쫓았소."

"하지만 선생님, 저 창문처럼 멀리 떨어진 곳에서 밤에 어떻게 이 정원이 보여요?"

"달빛이 비치면 망원경으로 볼 수 있소. 나는 망원경을 사용하오. 그리고 나는 마음대로 정원을 드나들 수 있소. 저쪽 끝 창고에는 마당으로 가는 문이 있는데 그 문은 고등학교로 통하오. 난 그 문의 열쇠를 가지고 있고, 그렇게 해서 마음대로 오갈 수 있었소. 오늘 오후에도 그 문을 통해 들어와 교실에서 잠든 당신 모습을 보게 되었소. 저녁에도 바로 그 문을 이용했소."

나는 참지 못하고 말하고 말았다. "선생님이 사악한 모사가라면 얼마나 끔찍한 일이겠어요!"

내가 이런 견해를 표명한다고 해서 그가 관심을 보이는 것 같진 않았다. 그는 담배에 불을 붙였다. 그가 나무에 기대고 서서 재미있다는 듯 태연한 표정으로, 차분해지면 짓는 그 표정으로 나를 바라보며 씨가를 피우는 동안, 나는 그에게 설교를 계속해도 좋겠다는 생각이 들었다. 그는 종종 몇시간씩 내게 설교를 하는데 나라고 내 마음을 털어놓지 못할 이유가 없었다. 그래서 그에게 그의 예수회 식 체계에 대한 내 생각을 이야기했다.

"예수회 덕분에 얻게 된 지식의 가격이 너무 비싼 것 아닌가요, 선생님. 이렇게 몰래 왔다갔다하시면 위엄이 떨어지세요."

"위엄이라고!" 그가 웃으면서 소리쳤다. "언제 내가 위엄 때문에 골머리를 앓는 것을 보았소? '위엄을 차리는' 사람은 바로 루시 양 당신이오. 나는 당신처럼 고고한 섬사람이 보는 앞에서, 당신이 위엄이라고 칭하고 싶어하는 것을 짓밟으며 즐거워한 적이 종종 있었소. 미친 듯이 화를 내면서 내 위엄을 갈기갈기 찢어 바람에 날려버렸소. 당신이 고고한 척하며 지켜보는 가운데 말이오. 그런 내 모습이 런던의 삼류 배우가 울부짖는 것과 아주 흡사하다고 생각했다는 건 알고 있소."

"선생님, 제가 드리고 싶은 말씀은, 저 창문에서 내다볼 때마다 선생님의 본성 중 가장 훌륭한 부분이 훼손된다는 거예요. 그렇게 인간의 마음을 연구하는 것은 이브의 사과로 은밀히 불경스러운 축제를 여시는 거예요. 선생님이 신교도면 좋을 텐데요."

나의 소망은 들은 척도 하지 않고 그는 계속 씨가를 피웠다. 그러더니 잠시 동안 웃음을 짓고 깊은 생각에 잠겨 침묵을 지키다가 갑작스럽게 물었다.

"난 다른 것도 봤소."

"다른 것이라니 뭐 말씀이세요?"

그는 입에서 씨가를 빼더니 꽁초를 관목 사이로 던져버렸다. 잠시 동안 어둠속에서 불똥이 빛났다.

"저걸 보시오. 저 불똥이 당신과 나를 지켜보는 눈동자 같지 않소?"

그는 산책로를 따라 돌아가더니 곧 되돌아와 말했다.

"루시 양, 불가사의한 일이 있어 밤새도록 답을 찾으려 했는데도 아직 답을 못 찾았소."

그 어조가 이상했다. 온몸에 소름이 오싹 끼쳤다. 그는 내가 떠는 모습을 보았다.

"두려우시오? 내 말 때문이오, 아니면 방금 전까지 깜박이던 시기심에 찬 그 붉은 눈동자 때문이오?"

"추워요. 날이 저물어 어두워지고 공기도 바뀌었어요. 이제 들어갈 시간이에요."

"아직 여덟시도 채 안됐소. 하지만 곧 들여보내주리다. 이 질문에 대답만 하시오."

하지만 그는 질문을 하기 전에 잠시 침묵했다. 정말로 정원에는 어둠이 스며들고 있었다. 구름과 함께 해거름이 다가왔고, 나무 사이로 빗방울이 후드득대기 시작했다. 그 역시 이것을 느꼈으면 했지만 그는 한동안 너무나 골똘히 생각에 잠겨 이런 변화를 알아차리지 못하는 것처럼 보였다.

"루시 양, 당신네 신교도들은 초자연적인 현상을 믿소?"

"다른 교파에서와 마찬가지로 그 문제에 대해서는 신교도들 사이에도 이론과 믿음의 차이가 있어요. 왜 그런 질문을 하세요, 선생님?"

"왜 그렇게 움츠러들면서 죽어가는 소리를 내는 거요? 당신도 미신을 믿소?"

"전 체질적으로 신경이 예민요. 그런 이야기 자체를 싫어해요. 더 싫어하게 된 이유는……"

"그걸 믿어서요?"

"아니에요. 하지만 그런 느낌을 경험한 적이 있어서요……"

"여기에 온 다음에 말이오?"

"네, 몇달 전 얘기예요."

"여기 이 집에서 말이오?"

"네."

"좋소!⁵ 그렇다니 반갑소. 당신이 내게 말하기 전에도 어느정도 는 알고 있었지. 우리가 공통점이 많다는 걸 의식하고 있었소. 당신 은 인내심이 강하고 난 다혈질이오. 당신은 조용하고 창백한데 나 는 거무스름한 피부에 불같은 성격이오. 당신은 엄격한 신교도고 난 예수회의 평신도요. 하지만 우리는 비슷하지. 우리 둘 사이에는 유사성이 있소. 루시 양, 거울을 볼 때 그게 보이시오? 당신 이마가 내 이마처럼 생겼고, 당신 눈매가 내 눈매처럼 생긴 걸 아시오? 당 신과 내 목소리의 억양이 비슷한 걸 아시오? 당신과 내 표정 중 비 슷한 구석이 많은 걸 아시오? 난 이 모든 것을 눈치챘고 당신과 나 의 별자리가 같다고 믿소. 그렇소. 당신은 나와 같은 별자리에서 태 어났소! 떨고 있구려! 인간이 달려들면 운명의 실타래는 잘 풀리지 않소. 매듭이 지고 엉기는데, 그걸 갑자기 끊으면 그물이 손상되오. 하지만 당신이 영국인답고 신중하게 '느낌'이라고 한 그것을 나도 경험했소."

"선생님, 말씀해주세요."

"지금 하려는 얘기가 바로 그거요. 이 집과 정원에 얽힌 전설을 알고 있소?"

---

5 (프) Bon!

"네, 알고 있어요. 물론이죠. 바로 여기 이 나무 발치에, 지금 우리가 딛고 서 있는 이 땅 아래 수백년 전 한 수녀가 생매장되었다는 전설 말씀이죠."

"그리고 예전에 그 수녀 유령이 여기를 드나들었다는 소문이 있소."

"선생님, 지금도 그 유령이 여기를 드나든다면 어떠시겠어요?"

"무언가가 여길 드나들고 있소. 밤이면 이 집에 자주 나타나는데, 낮에 보이는 어떤 것과도 다른 모습이오. 그 무언가를 틀림없이 두어번 보았소. 수녀복을 입고 있는 그 기이한 모습은 다른 어떤 사람보다 내게 더 많은 것을 말해주려는 듯했소. 그건 바로 수녀 유령이었소!"

"선생님, 저도 그 유령을 본 적이 있어요."

"그러리라고 예상했소. 그 수녀가 살아 있는 사람이든, 피가 마르고 살이 다 썩고 난 후 남은 무엇이든 간에, 아마 나 못지않게 당신에게도 볼일이 있나보오. 자, 난 그것의 정체를 알아내려 하오. 여태껏 어쩔 줄 몰랐지만 이제는 그 수수께끼를 추적해보려고 하오. 내 말뜻은……"

그러나 그는 하려던 이야기를 하지 않고 갑자기 고개를 들었다. 나도 동시에 같은 동작을 했다. 우리는 둘 다 한 지점을, 정자에 그늘을 드리우고 1반 교실의 지붕 위로 가지를 걸치고 있는 키 큰 나무를 보고 있었다. 그곳에서 마치 나뭇가지가 저절로 흔들리고 나뭇잎들이 무겁게 밀려와 큰 나무둥치에 부딪치는 것 같은, 알 수 없는 이상한 소리가 났다. 그랬다. 미풍조차 불지 않고 가벼운 관목들도 조용히 서 있는데 그 육중한 나무가 흔들리고 있었다. 잠시 동안 나뭇잎 사이로 나무가 부러지고 일렁이는 움직임이 계속되었다. 어두운 가운데서도 밤의 그림자나 나무의 그림자보다 더 단단한, 시커먼 무언가가 줄기에서 튀어나오는 것이 보였다. 마침내 부대끼는 소리가 멈추었다. 그런 노고 끝에 어떤 생명이 탄생했는가? 그런 산고를 겪고 어떤 드리아드가 태어났는가? 우리는 눈을 떼지 않고 지켜보았다. 갑자기 집 안에서 종소리가 들렸다. 기도 종소리였다. 그 순간 온통 흰색과 검은색으로 된 유령이 정자에서 나와 우리가 서 있는 오솔길로 다가왔다. 분노에 찬 것처럼 질주해와 아주 가까이에서 우리 얼굴을 스치고 잽싸게 지나간 것은 바로 그 수녀 유령이었다! 그녀를 그렇게 명확하게 본 것은 이번이 처음이었다. 그녀는 키가 컸고 몸짓이 사나웠다. 그녀가 사라지자 바람의 흐느낌 소리가 높아지고 차가운 비가 마구 퍼부었다. 온 밤이 그녀를 느끼는 듯했다.

32장
최초의 편지

이제 물을 때가 되었다. 폴리나 메리는 어디에 있는가? 그 어마어마한 끄레시 호텔에 오가던 일은 어떻게 되었는가? 잠시 그들이 부재중이었기 때문에 끄레시 호텔 왕래는 중단된 상태였다. 바송 삐에르 씨 부녀는 몇주 동안 빠리와 프랑스 지방을 여행했다. 나는 우연한 기회에 이들이 막 돌아온 것을 알게 되었다.

어느 따뜻한 오후에 나는 조용한 가로수길을 산책하고 있었다. 온화한 4월의 태양과 기분 좋은 생각들을 즐기며 천천히 이리저리 돌아다니고 있었는데, 말을 탄 사람들이 보리수가 고르게 늘어선 대로 한가운데서 마치 이제 막 만난 듯이 인사를 나누는 모습이 보였다. 한쪽 말에는 중년의 신사와 젊은 아가씨가, 다른 쪽에는 잘생긴 젊은이가 타고 있었다. 아가씨의 태도는 우아했고 의상과 장신구는 최고급이었으며, 전체적으로 여리고도 위엄 있는 모습이었다. 가만히 바라보니 아는 사람 같아서 나는 더 가까이 다가갔다.

그들 모두 아는 사람이었다. 홈 드 바송삐에르 백작과 그의 딸과 그레이엄 브레턴 선생이었다.

그레이엄의 얼굴은 얼마나 생기 넘쳤던가! 그 얼굴에 얼마나 진실하고 다정하면서도 수줍은 기쁨이 나타났던가! 지금 이것이야말로 존 선생을 끌어당기면서도 매어놓고, 복종시키면서도 흥분시키는 상태이며 환경이었다. 그가 숭배하는 진주는 순도가 높으면서도 그 자체로 큰 가치를 지닌 것이었지만, 그는 보석을 감상하면서 그 보석이 어떤 테두리에 둘러싸여 있는지 잊을 사람이 아니었다. 폴리나가 지금처럼 젊고 아름답고 우아하지만 보살펴주는 사람 없이 혼자 사는 수수한 차림의 노동자나 점원이나 더부살이 신세더라도 그는 그녀를 자그맣고 예쁜 처녀라고 생각하면서 그녀의 얼굴과 몸짓을 사랑스러운 눈길로 바라보았을 것이다. 그러나 지금처럼 그를 정복하기 위해서는, 지금처럼 안전하게 그를 지배하기 위해서는 그 이상이 필요했다. 즉 남자로서의 명예에 흠이 생기는 것이 아니라 득이 되는 것이어야 했다. 누구라도 그가 폴리나에게 압도되었다는 것을 알 수 있었다. 존 선생에게는 세속적인 구석이 있었다. 자기 자신이 만족하는 것만으론 충분치 않았고, 사회의 인정이 필요했다. 그가 이룬 것을 세상 사람들이 숭배해야 했고, 숭배를 받지 못할 때는 자신의 기준이 잘못되었거나 시시하다고 여겼다. 그는 세속적으로 눈에 띄는 모든 것, 즉 수준 높은 교양의 흔적, 세심하고 권위 있는 보호자의 신성한 보살핌, '유행'이 명하고 '재산'으로 구입하며 '취향'이 조정하는 자잘한 것들 모두를 자기 곁에 두고 싶어했다. 그의 영혼은 항복하기 전에 이런 조건들을 조목조목 따졌고, 여기 그 조건들은 최고도로 충족되었다. 그리고 이제 그는 열정과 긍지를 함께 느끼고 한편으로는 두려움에 떨면서 폴리나를 여왕으로 모시고 충성을 맹세했다. 한편 폴리나는, 자신의 힘을 의식해서가 아니라 마음에서 우러난 웃음을 눈 속에 포근히 담고 있었다.

그들은 헤어졌다. 존 선생은 빠르게 내 곁을 휙 지나갔다. 그는 거의 날다시피 달리며 양옆에 누가 있는지 보지도 않았다. 그는 아주 잘생겨 보였다. 혈기왕성하고 목적의식 또한 뚜렷해 보였다.

"아빠, 저기 루시가 있어요!" 폴리나가 다정한 목소리로 노래하듯이 소리쳤다. "루시, 사랑스러운 루시, 이리로 와요!"

나는 서둘러 그녀에게 갔다. 그녀는 베일을 걷고 내게 키스를 하기 위해 안장에서 몸을 구부렸다.

"내일 당신을 보러 가려고 했어요." 그녀가 말했다. "하지만 이렇게 됐으니 내일 당신이 저를 보러 오세요."

그녀는 시간을 정해주었고 나는 순순히 그러마고 약속했다.

다음 날 저녁 나는 그녀와 함께 시간을 보냈다. 나와 그녀는 그녀의 방 안에만 있었다. 그녀와 지네브라 팬쇼의 주장을 서로 비교해서 분명히 그녀의 주장이 옳았음이 증명된 그날 이후로 처음 만난 것이었다. 그녀는 그사이에 다녀온 여행에 대해 할 말이 많았다. 그렇게 머리를 맞대고 둘만 대화할 때면 그녀는 아주 빠른 말투로 생기발랄하게 말했고 묘사도 무척 생생했다. 그러나 말투는 꾸밈없고 목소리는 명확하고 부드러워서, 결코 너무 빠르다거나 수다스럽다는 느낌은 주지 않았다. 내가 여행 이야기를 재미없어했을 리는 없는데 그녀는 얼른 화제를 바꾸려고 이야기를 간단히 끝냈다. 하지만 왜 그렇게 간단명료하게 이야기를 끝냈는지는 금세 알 수가 없었다. 그녀는 아무 말도 하지 않았다. 그것은 불안한 침묵으로, 그녀는 약간 멍하게 앉아 있는 것 같았다. 이윽고 그녀가 내게 몸을 돌려 머뭇거리며 반쯤은 호소하는 목소리로 입을 열었다.

"루시……"

"자, 옆에 있어요."

"내 사촌 지네브라는 아직도 베끄 부인 학교에 다녀요?"

"아직 거기 다니죠. 그녀가 보고 싶어서 그러는군요."

"아니…… 그다지 보고 싶지는 않아요."

"저녁에 초대해 같이 있고 싶어요?"

"아니…… 아직도 그녀는 결혼 이야기를 하겠죠?"

"당신에게 소중한 사람과 결혼한다는 얘기는 안하던데요."

"하지만 물론 아직도 브레턴 선생님을 생각하겠죠? 그 점에 대해서 마음이 변했을 리가 없어요. 두달 전까지도 그렇게 확고부동했으니까."

"왜요, 알다시피 그건 전혀 문제가 안돼요. 그들이 어떤 관계였는지 당신도 봤잖아요."

"그날 저녁에 오해가 좀 있긴 했어요. 지네브라는 우울해 보이던가요?"

"그렇진 않아요. 다른 이야길 좀 할게요. 여행 도중 그레이엄에 관한 편지나 그레이엄한테서 온 편지를 받은 적이 있어요?"

"아빠께서 한두번 사업상 편지를 받았어요. 우리가 여행하는 동안 신경써야 할 문제를 그분이 대신 처리해주었거든요. 브레턴 선생님은 아빠를 존경하고 기꺼이 따르는 것처럼 보여요."

"그렇군요. 어제 가로수길에서 그를 만났죠? 그의 모습을 보고, 그의 건강에 대해선 친구들이 걱정할 필요가 없다는 걸 알았겠죠?"

"아빠도 루시처럼 생각하시는 것 같아요. 나는 웃을 수밖에 없었죠. 당신도 알다시피 아빠는 정말이지 눈썰미가 없으시잖아요. 눈앞에서 벌어지는 일보다 다른 일을 더 생각하실 때가 많아서죠. 하지만 브레턴 선생님이 말을 타고 멀어지니 '저 소년의 활기와 기백은 바라보기만 해도 정말 기분이 좋군'이라고 하셨어요. 아빠는 브레턴 선생님을 소년이라고 해요. 나를 꼬마로 생각하는 것과 마찬가지로 그를 소년이라고 생각하고 계시는 거지요. 내게 그 말을 하신 건 아니고 혼자 지나가듯 하신 말씀이에요. 루시······"

그녀는 다시 호소하는 어조로 말하면서 앉아 있던 의자에서 일어나 내 발밑에 있는 낮은 의자에 앉았다.

나는 그녀를 좋아했다. 이런 말은 이 책에서 내가 아는 사람에 대해 자주 쓰는 말은 아닌 만큼 독자는 다시 한번 참아주기를 바란다. 아주 친한 사이가 되어 면밀하게 관찰하니 폴리나의 섬세하고 지적이며 진지한 면이 드러났다. 그래서 나는 마음속 깊이 그녀에 대한 애정을 품게 되었다. 좀더 피상적인 숭배였다면 겉으로 드러났겠지만 나의 숭배는 조용한 것이었다.

"내게 묻고 싶은 게 뭐죠?" 내가 물었다. "용기를 내서 솔직히 말해봐요."

하지만 그녀의 눈을 보니 용기가 나지 않는 모양이었고, 내 눈과 마주치자 그녀는 눈길을 떨어뜨렸다. 그녀의 뺨에는 냉정한 기색이라곤 없었다. 일시적인 홍조가 아니라 내면에서 우러난 흥분으로 발그스레해지고 열이 나는 것이었다.

"루시, 당신이 브레턴 선생님을 어떻게 생각하는지 정말 알고 싶어요. 그분의 평판과 성품에 대해 정말 어떻게 생각하는지 제발 말해줘요."

"평판이 아주 좋고 또 그럴 만한 자격이 있죠."

"그럼 성격은요? 그분의 성격에 대해 말해주세요." 그녀가 재우

쳤다. "당신은 잘 알잖아요."

"아주 잘 알죠."

"그분이 집에 있을 땐 어떤지도 잘 알잖아요. 어머니와 함께 있는 모습도 보았잖아요. 아들로서 어떤 사람인지 이야기해줘요."

"좋은 아들이죠. 어머니의 위안이고 희망이며, 자랑이자 기쁨이죠."

그녀는 내 손을 붙잡고, 좋은 말이 나올 때마다 조금씩 쓰다듬었다.

"다른 면에서는 어떻게 좋은 사람이죠, 루시?"

"브레턴 선생은 온화하고 모든 사람을 인간적으로 대해주죠. 가장 미개한 야만인이나 가장 극악한 범죄자에게도 자선을 베풀 거예요."

"아빠의 친구 중 몇분이 그분에 대해 그렇게 말하는 것을 들은 적이 있어요. 많은 가난한 환자들이 이기적이고 매정한 의사 앞에서는 덜덜 떨지만 그를 보면 반가워한다고 했어요."

"맞아요. 나도 그런 장면을 보았어요. 한번은 그가 나를 병원에 데려간 적이 있거든요. 환자들이 그를 어떻게 대하는지 보았죠. 그 친구분들 말씀이 옳아요."

그녀가 잠시 눈을 들자 그녀의 눈은 감사의 빛으로 부드럽게 빛나고 있었다. 아직 할 말이 많은데도 시간과 장소 때문에 주저하는 것 같았다. 해가 져서 어두워지기 시작했다. 응접실 난로가 이미 노을빛으로 물들고 있었지만 그녀는 방이 더 어두워지고 시간이 더 가기를 바라고 있다는 생각이 들었다.

"여기 있으니 정말 조용하고 외딴곳에 있는 느낌이 드네요!" 그녀를 안심시키기 위해 내가 말했다.

"그래요? 그렇죠. 조용한 저녁이에요. 아래층으로 차를 마시러 갈 필요는 없을 거예요. 아빠는 밖에서 저녁을 드시거든요."

그녀는 여전히 내 손을 잡고서 무의식적으로 손가락을 만지다가 자신의 반지를 내 손가락에 끼우더니 아름다운 머리카락으로 내 손가락을 감쌌다. 그러고는 내 손바닥을 뜨거운 자신의 뺨에 갖다대더니 마침내 목을 가다듬어 종달새처럼 맑은 원래의 목소리가 되었다.

"내가 브레턴 선생님에 대해 이렇게 말을 많이 하고 질문도 많이 하며 관심을 보이는 게 이상하겠죠, 하지만……"

"이상하지 않고 아주 자연스러운 일이에요. 당신은 그를 좋아하잖아요."

"내가 좋아한다면," 그녀가 약간 빠르게 말했다. "그래서 내가 떠들어대는 걸까요? 당신은 날 사촌인 지네브라처럼 경박하다고 생각하나요?"

"조금이라도 당신이 지네브라와 비슷하다고 생각한다면 당신이 이야기하길 기다리며 여기 이렇게 앉아 있지도 않을 거예요. 일어나서 방 안을 걸어다니며 사정없이 잔소리를 퍼부으면서 당신이 하고 싶어하는 말을 내가 미리 다 해버리겠죠. 자, 그러니 계속 얘기해봐요."

"계속하려고 했어요." 그녀가 대꾸했다. "계속 말하는 것 말고 뭘 하겠어요?" 그녀는 날 쳐다보더니 브레턴의 꼬마 폴리처럼 토라져서 신경질적으로 말했다. "만일," 그녀가 힘주어 말했다. "내가 그를 좋아한다면, 죽을 정도로 좋아한다면, 그 사실만으로도 아무 말도 할 자격이 없는 거겠죠. 무덤처럼, 루시 스노우 당신처럼 아무 말도 말아야 하겠죠. 그리고 내가 자제력을 잃고 불안한 짝사랑을 하소연한다면 당신은 날 경멸하겠죠."

"애정의 승리를 떠들어대며 자랑하거나 슬픔을 하소연하며 수다를 떠는 여자나 소녀 들을 대부분 존경하지 않는 것은 사실이지만, 폴리나 당신이라면 열심히 듣고 싶으니까 말해보세요. 말을 해서 기쁘거나 위안이 된다면 내게 모두 이야기하세요. 더이상 묻지 않겠어요."

"당신은 날 좋아하죠, 루시?"

"그래요, 폴리나."

"난 당신을 사랑해요. 내가 꼬마 말썽꾸러기에다 고집쟁이였을 때도 당신과 함께 있으면 이상하게 기분이 좋았어요. 그때는 당신에게 심술이나 변덕을 부리는 게 재미있었죠. 하지만 이제는 당신이 마음에 들어서 믿고 이야기하고 싶어요. 그러니 들어보세요, 루시."

그리고 그녀는 팬쇼 양처럼 이기적으로 한껏 몸무게를 실어 피곤하게 하지 않고 부드럽게 내 팔에 기대었다.

"조금 전에 당신이, 여기 없는 동안 그레이엄한테서 소식을 들었냐고 물었고, 난 사업상 아빠께 편지가 두통 왔다고 말했죠. 하지만 그게 전부는 아니었어요."

"내게 숨긴 이야기가 있었어요?"

"빠뜨리고 얼버무렸던 거죠. 하지만 이제 진실을 말하겠어요. 어두워지니까 말이 잘 나오네요. 아빠는 내게 종종 편지함을 열고 편지를 가져오라고 심부름을 시키세요. 삼주 전 어느날 아침 바송삐에르 씨 앞으로 온 열두어통의 편지 중에 바송삐에르 양에게 온 편지가 한통 있는 것을 발견하고 얼마나 놀랐는지 몰라요. 다른 것들 사이에서 금세 발견했어요. 낯선 필체가 아니어서 금방 끌렸어요.

난 '아빠, 브레턴 선생님이 보낸 편지가 한통 더 있어요'라고 말하려다가 '양'이란 글씨를 보고 입을 다물었어요. 사실 남자에게 편지를 받아본 적이 한번도 없었거든요. 아빠께 보여드리고 먼저 뜯어서 읽어보시라고 해야 하나? 하지만 그럴 수가 없었어요, 루시, 아빠가 날 어떻게 생각하시는지 너무나 잘 알고 있거든요. 루시, 아빠는 내 나이를 잊고 계세요! 나를 아직도 학생으로 생각하세요. 다른 사람들이 내가 클 만큼 컸다고 생각하는 것도 모르시죠. 그래서 약간의 자책감과 아주 강렬하고 들뜬 감정이 묘하게 섞인 상태로, 글쎄 뭐라고 말로 표현해야 할지 모를 상태로, 아빠께 열두통의 편지, 그 많은 재산을 드리고, 내 편지, 내 소중한 양 한마리는 간직했어요.[1] 아침식사 시간 동안 그 편지는 내 무릎 위에서 수수께끼 같은 눈으로 날 올려다보고 있었죠. 나 자신이 이중적인 존재, 사랑하는 아빠에게는 아이지만 나 자신에게는 더이상 아이가 아닌 존재로 느껴졌어요. 아침식사 후에 2층으로 올라가 열쇠로 문을 잠가 안전한 상태에서 보물의 겉면을 확인하기 시작했어요. 얼마 동안 수신인을 들여다봤으니 봉인을 뜯어야 하는데 그럴 수가 없었어요. 이렇게 강력한 장소를 한번의 급습으로 함락할 수는 없었어요. 그 앞에 한동안 진을 치고 있어야 한다는 공격자들의 말이 맞더군요. 그레이엄의 필체는 그 자신과 비슷하고 봉인도 마찬가지였어요. 아주 깨끗하고 단정하고 부드러운 모양이었어요. 지저분하게 밀랍이 튄 자국이 전혀 없고 동그란 밀랍 한방울이 고르게 똑 떨어진 것이었어요. 선명한 봉인이었죠. 단정한 글씨는 거칠게 눈에 거슬리는 날카로운 선이 없고 깨끗하고 부드러워서, 읽으면 기분이

---

1 사무엘하 12장. 부자가 가난한 이가 가진 양 한마리를 빼앗는 일화.

좋아졌어요. 글씨는 그의 얼굴, 조각 같은 그의 이목구비와 똑같았지요. 그의 서명을 아세요?"

"본 적이 있어요. 계속 얘기해봐요."

"그 봉인이 너무 아름다워서 찢을 수가 없었어요. 그래서 가위로 동그랗게 잘라냈어요. 마침내 편지를 읽으려다가 의식적으로 다시 한번 물러났어요. 한모금 마시기에는 너무 일렀어요. 잔 속에서 반짝이는 물방울이 너무 아름다워서 나는 잠시 바라보기만 했지요. 그러자 곧 그날 아침에 기도를 하지 않은 게 생각났어요. 아빠가 평소보다 조금 일찍 식사를 하러 내려가시는 소리가 들려서, 기다리실까 걱정이 되어 기도는 나중에 해도 된다고 생각하면서 옷을 입자마자 서둘러 아빠께 갔었거든요. 어떤 사람들은 신을 먼저 섬기고 나서 인간을 섬겨야 한다고 하지만, 아빠를 위해서 하는 일이라면 하느님도 질투하시지 않으리라 생각해요. 내가 미신적인가봐요. 그때, 지금 이 문제는 부녀간의 애정과는 다른 것이라고 말하는 목소리가 들리는 듯했어요. 그렇게 읽고 싶은 편지를 읽기 전에 먼저 기도를 하라고 다그치며 잠깐 동안 나 자신을 부정하고 우선 큰 의무를 기억하라고 종용하는 목소리였어요. 내 기억으로는 어린 시절부터 항상 이런 충동이 있었어요. 난 편지를 내려놓고 기도를 하고, 끝으로 어떤 일이 일어나더라도 아빠를 슬프게 하거나 다른 사람에게 신경을 쓰느라고 아빠를 소홀히 하려는 유혹에 빠져들거나 그렇게 인도되지 않기를 간구한다고 덧붙였어요. 그런 일이 있을 수 있다는 생각만 해도 너무나 가슴이 아파서 눈물이 나왔어요. 하지만 루시, 그래도 때가 되면 아빠께 진실을 알리고 이성을 따르시도록 설득해야 한다고 느꼈어요.

전 편지를 읽었어요. 루시, 인생은 실망으로 가득차 있다고들 하죠. 하지만 난 실망하지 않았어요. 편지를 읽기 전에, 그리고 편지를 읽는 동안 내 가슴은 뛰는 것 이상이었어요. 가슴이 떨리고, 떨림 하나하나가 샘에 엎드려 물을 마시려는 목마른 짐승의 헐떡임 같았어요. 그리고 그 샘에는 물이 가득차 있고 물은 맑게 빛났어요! 그 샘은 저절로 솟아 흘러넘쳤어요. 그 물속에서 태양도 보았어요. 세번 걸러진, 황금빛을 띤 콸콸 솟아나는 그 물에는 모기도 이끼도 곤충도 티끌도 없었어요."

그녀가 계속 말했다. "인생은 고통으로 가득차 있다고들 하지요. 고통스러운 일을 하나 겪고 나면 또다른 고통이 닥치는 방랑자의 전기를 읽은 적이 있어요. '희망'이 그의 앞을 휙 지나가고는 너무나 오랫동안 가까이 날아오는 법도 없고 서성이는 법도 없어서 그는 한번도 희망을 잡을 기회조차 없었다고 해요. 눈물을 흘리며 씨를 뿌렸지만 기쁨으로 거두지 못하고 엉뚱하게 곡식이 병충해로 죽어버리거나 갑작스러운 돌풍으로 멀리 날아가버린 사람들의 이야기도 들었어요. 그리고 아아! 이런 이들 중 몇 사람은 창고가 텅 빈 채로 겨울을 맞이하여 일년 중 가장 춥고 어두운 때 굶어 죽는대요."

"당신이 지금 말한 그 사람들이 자신들의 잘못 때문에 그렇게 죽은 건가요?"

"항상 자신의 잘못 때문은 아니죠. 몇 사람은 선량하고 노력하는 사람들이었죠. 난 열심히 노력하지도 않고 뛰어나게 선량하지도 않지만 하느님께서 햇살과 적당한 수분과 안전한 보호 속에서 자라게 해주셨어요. 즉 사랑하는 아버지가 제게 안전한 거처를 마련해주시고 길러주시고 교육시켜주셨죠. 그리고 이제, 이제, 또 한 사람이 다가와요. 그레이엄이 날 사랑해요."

이야기가 절정에 다다르자 우리 두 사람은 잠시 멈칫했다.

"아버지도 알고 계세요?" 나는 나지막이 물어보았다.

"그레이엄은 아빠를 깊이 존경하지만 아직은 아빠께 감히 그 말씀을 못 드리겠다고 했어요. 우선 자신의 가치를 증명해야 한대요. 그리고 이 문제에 대해 위험을 무릅쓰고 아빠께 말씀드리기 전에 나와 내 감정에 대해 알아야겠다고 덧붙였어요."

"그래서 어떻게 답장했어요?"

"짤막하게 답장했지만 거절하지는 않았어요. 하지만 너무 친절한 답장이 될까봐 떨리기까지 했어요. 그레이엄은 취향이 아주 까다롭잖아요. 세번이나 편지를 고쳐 썼어요. 다시 쓸 때마다 문장을 차분하게 다듬었어요. 졸이고 졸여 마침내 아주 작은 과일이나 설탕으로 맛을 낸 얼음 조각처럼 되자 봉인을 해 부쳤어요."

"잘했어요, 폴리나! 당신은 훌륭한 직감을 지녔네요. 브레턴 선생을 잘 이해했어요."

"하지만 아빠 어떻게 하죠? 그 점에 관해서는 아직도 고통스러워요."

"지금은 가만히 두고 기다리세요. 아버지께서 모든 것을 아시고 인정하실 때까지 더이상 편지를 주고받지 않도록 해요."

"아빠께서 인정해주실까요?"

"시간이 지나면 알게 되겠죠. 기다리세요."

"브레턴 선생님은 짤막하고 차분한 답장에 깊은 고마움을 표하며 또 한통의 편지를 보냈어요. 하지만 당신의 충고를 듣기 전이었지만 미리 그 충고대로 했죠. 감정이 변함없더라도 아빠께서 모르는 상태에서 더이상 편지를 쓸 수는 없다고 했어요."

"아주 잘한 거예요. 브레턴 선생도 그렇게 느낄 거예요. 그런 처신을 보고 그는 지금보다 당신을 더 사랑하고 더 자랑스럽게 느낄 거예요. 지금보다 더 사랑하고 더 자랑스러워하는 게 가능한 일이라면 말이죠. 폴리나, 그렇게 순수하고 훌륭한 불꽃이 부드러운 서리에 둘러싸여 있는 당신의 성격은 값을 따질 수 없는 타고난 특혜예요."

"내가 그레이엄의 성격을 느낀다는 걸 알겠죠? 그에게는 아무리 섬세하게 대해도 지나치지 않다고 느껴요."

"당신이 그를 이해한다는 게 완벽하게 입증되었어요. 그리고 또 브레턴 선생이 어떤 성격이든, 설사 좀더 친근하게 대해주길 기대하는 사람이라 하더라도, 당신은 아버지께 진실하고 솔직하고 다정하게 대할 거예요."

"루시, 난 내가 늘 그렇게 행동하리라고 굳게 믿어요. 오, 아빠를 꿈에서 깨어나게 하고 내가 더이상 작은 소녀가 아니라고 말하려면 고통스러울 거예요!"

"서두를 필요 없어요, 폴리나. '시간'과 당신의 친절한 '운명'에 맡겨요. 나는 운명이 당신을 얼마나 친절하게 보살피는지 봐왔어요. 운명이 순조로운 환경을 만들어주고 적절한 시간을 정해주는 것에 대해선 염려하지 말아요. 그래요. 당신이 자신의 삶에 대해 곰곰이 생각해본 적이 있듯이 나도 당신의 삶에 대해 생각해본 적이 있어요. 당신이 언급한 것처럼 비교를 해보기도 했고요. 앞날은 알 수 없지만 지금까지는 순조로웠잖아요.

어린아이였을 때 난 당신을 걱정했어요. 어린 시절의 당신은 생명을 가진 어떤 것보다도 예민했으니까요. 냉대를 받거나 보살핌을 받지 못했다면 당신의 외면과 내면적인 자아가 오늘처럼 성숙해질 수 없었을 거예요. 고통이나 두려움이나 고생을 많이 겪었다

면 당신의 이목구비 선이 일그러져 반듯한 모습이 망가졌을 거고,
신경이 고통에 시달려 늘 짜증이나 냈겠지요. 그래서 건강과 명랑
함과 우아함과 부드러움도 사라졌을 거예요. 당신 자신만을 위해
서가 아니라 그레이엄을 위해서, 하느님께서 당신을 보호하고 가
꾸어주신 게 아닐까요. 그레이엄 또한 행운의 별자리를 타고났죠.
그의 성격 중 가장 훌륭한 부분을 충분히 계발하기 위해서는 당신
같은 동반자가 필요한데, 당신이 준비되어 있는 거예요. 당신 두 사
람은 맺어져야 해요. 라 떼라스에서 둘이 함께 있는 것을 본 첫날
그래야 한다는 걸 알았어요. 서로 사랑하는 당신과 그레이엄은 내
게 약속과 계획과 조화처럼 보여요. 밝고 젊은 당신들은 둘 다 폭
풍 같은 시대의 선구자가 되진 않을 거예요. 당신들은 평화롭고 행
복하게 살 운명을 타고났다는 생각이 들어요. 천사처럼 산다는 것
이 아니라, 인간들 중 극소수의 사람들처럼 행복하게 산다는 거죠.
그런 축복을 받은 사람들이 존재하죠. 그게 하느님의 뜻이에요. 그
건 에덴이 있었다는 확실한 흔적이고 증거죠. 어떤 사람들은 처음
부터 당신들과는 다른 길을 가요. 어떤 여행자들은 갑작스러운 돌
풍, 언제 바뀔지 모르는 사나운 날씨를 만나죠. 그렇게 거친 바람을
헤치고 앞으로 나아가다보면 늦어져 어느새 겨울밤이 다가오죠.
당신들의 운명이나 이런 운명 모두 신의 섭리예요. 그리고 이런 고
된 운명이 왜 공정한 것인지, 하느님의 끝없는 창조 어딘가에는 그
비밀이 숨겨져 있을 거고요. 하느님께선 자신의 보물들을 통해 앞
으로 베푸실 자비의 증거를 반드시 보여주시거든요.”

33장
뽈 선생이 약속을 지키다

　우리 모두는, 즉 기숙학생 스무명과 교사 네명은 5월 1일 아침 다섯시에 일어나 여섯시까지 옷을 입고 만반의 준비를 하고 에마 뉘엘 교수의 명령을 따라야 한다는 통지를 받았다. 그는 빌레뜨에서부터 앞장서 행진하겠다고 했다. 그가 우리 모두를 교외로 데려가 아침식사를 하겠다고 약속한 날이기 때문이었다. 아마 독자도 기억하겠지만, 사실 이 소풍을 처음 계획했을 때 나는 초대를 받지 않았다. 오히려 와서는 안된다는 말을 들었다. 하지만 내가 그 일을 은근히 상기시키면서 어떻게 해야 할지 모르겠다고 하자 그가 내 한쪽 귀를 잡아당기는 바람에 다시 시비를 걸 엄두가 나지 않았다.

　"선생이 알아서 함께 가는 게 신상에 이로울 거요."[1] 에마뉘엘 선생은 다른 쪽 귀도 잡아당기겠다고 위협하면서 엄격하게 말했다.

....
1 (프) Je vous conseille de vous faire prier.

하지만 나뽈레옹식의 칭찬은 한번으로 충분했으므로 나는 함께 가기로 결심했다.[2]

정원의 새들이 노래하고 날이 더울 것을 예상케 하는 가벼운 이슬이 내린 가운데 차분한 여름날의 동이 터왔다. 우리는 모두 더울 것이라고 말하면서도, 무거운 옷을 개켜 치워버리고 화창한 계절에 어울리는 옷을 입게 되어 기뻐했다. 모두가 깨끗한 날염 천으로 지은 새 옷을 입고 밀짚모자를 썼다. 오직 프랑스 재단사들만이 만들 수 있는 옷과 모자는 아주 소박하면서도 그들과 썩 잘 어울렸다. 아무도 빛바랜 비단옷을 입고 허세를 부리거나 중고로 산 최고급 옷을 걸치지 않았다.

여섯시에 즐겁게 종소리가 울리자 우리는 우르르 계단을 내려가 홀과 복도를 지나 현관으로 갔다. 거기에 야만인처럼 보이는 외투와 칙칙한 모자 대신 젊은 사람들처럼 벨트가 달린 재킷을 입고 밝은색 밀짚모자를 쓴 우리의 선생이 서 있었다. 그는 우리 모두에게 아주 다정하게 아침 인사를 했으며 우리도 대부분 그에게 감사의 미소로 답례했다. 우리는 정연하게 열을 지은 다음 곧 출발했다.

아직 거리는 조용했고 가로수길은 들판처럼 풋풋하고 평화로웠다. 길을 따라 걸으면서 우리는 모두 행복해했다. 우리의 대장은 원하기만 하면 남들을 행복하게 해줄 수 있는 비법을 알고 있었다. 마찬가지로 그 반대의 분위기에서는 공포에 떨게 할 수도 있었지만.

그는 앞장서거나 뒤에서 따라오지 않고 우리와 나란히 걸으면서 모든 사람에게 한마디씩 말을 건넸다. 특별히 좋아하는 사람들과는 길게 얘기를 나눴지만 싫어하는 사람들에게도 말을 걸었다.

---

2 나뽈레옹은 뺨을 두드리거나 귀를 잡아당기는 식으로 부하들에 대한 애정을 드러냈다고 한다.

나는 모종의 이유로 그의 주목을 받고 싶지 않았다. 나는 지네브라 팬쇼 양과 짝이었는데, 그 사랑스러운 천사의 그다지 가볍지 않은 팔이 내 팔을 짓누르고 있었다. (그녀는 계속 멋지게 내게 기대어 있었는데, 그녀의 사랑스러운 무게를 지고 가는 게 만만찮은 일이란 것은 독자에게 확실히 말할 수 있다. 그 더운 날 그 매력적인 아가씨가 제발 좀 기대지 말았으면 하고 바란 게 한두번이 아니었다.) 하지만 내가 말한 대로 그녀가 옆에 붙어 있었기 때문에, 나는 그 상황을 이용해 뽈 선생과 나 사이에 그녀가 있게끔 했다. 그가 오른쪽이나 왼쪽으로 오는 소리가 들리면 그에 맞춰 내 자리를 바꿨다. 이런 책략을 쓴 은밀한 이유는 내 새 옷이 분홍색이기 때문이었다. 분홍색 옷을 입고 그의 호위를 받으려니 마치 붉은 테두리 장식이 달린 숄을 두른 채 황소가 풀을 뜯고 있는 목장을 지나가는 것 같은 느낌이었다.

한동안 나는 가끔씩 위치를 옮기고 검은 비단 스카프의 모양을 조금씩 바꾸면서 목적을 이루었지만, 차츰 그는 오른쪽으로 가건 왼쪽으로 가건 자기 옆에 항상 팬쇼 양이 있다는 사실을 깨달았다. 그와 지네브라는 사이가 좋은 편이 아니었다. 그녀의 영국식 억양을 그는 썩 좋아하지 않았다. 둘은 서로 맞는 점이라고는 하나도 없어서 만나기만 하면 싸웠다. 그는 그녀를 가식적인 허영 덩어리라고 생각했고, 그녀는 그를 간섭이 심하고 말이 안 통하는 지긋지긋한 사람이라고 규정했다.

마침내 여섯번쯤 자리를 바꿨는데도 뜻대로 되지 않자, 그는 머리를 들이밀고 나를 쏘아보며 신경질적으로 물었다.

"어떻게 된 일이오? 날 가지고 노는 거요?"[3]

이 말을 내뱉자마자 그는 특유의 재빠름으로 왜 그러는지 이유를 알아챘다. 나는 스카프의 긴 술을 흔들어 넓은 부분으로 옷을 가리려 했지만 헛수고였다. "아하! 분홍색 옷을 입었구려!"[4] 이 말이 그의 입술에서 터져나왔고, 내게 그 소리는 목초지의 소가 갑자기 성을 내면서 내는 음매 소리처럼 들렸다.

"이건 면으로 만든 옷일 뿐이에요." 나는 황급하게 해명했다. "더 싸고 다른 색보다 빨기가 쉽거든요."

"그리고 루시 양은 빠리 여자 열명을 모아놓은 것만큼이나 옷차림에만 신경쓰는 사람이고 말이오." 그가 대답했다. "영국 여자치고 이만큼 신경쓰는 사람이 또 있을까. 모자와 장갑과 반장화는 또 어떻고!"[5] 이런 장신구는 동료들이 걸친 것과 똑같은 것들로, 조금도 더 멋지지 않고 오히려 더 소박한 것이었지만 선생이 이제 막 교과서를 들었으므로 설교가 이어질 생각을 하니 초조해졌다. 그런데 설교는 여름날 가끔씩 그냥 지나가버리는 폭풍의 위협처럼 온화하게 지나갔다. 한순간 그의 눈에서 악의 없는 웃음이 번쩍 스쳐갔을 따름이었다. 그가 말했다.

"기운을 내시오! 사실 나는 전혀 유감스럽지 않소. 사실 내가 준비한 작은 축제를 위해 그렇게 예쁘게 차려입고 와주어서 기분이 좋소."[6]

"선생님, 하지만 제 옷은 예쁘지 않아요. 단정한 정도인걸요."[7]

---

3 (프) Qu'est-ce que c'est? Vous me jouez des tours?

4 (프) c'est la robe rose!

5 (프) Et Mademoiselle Lucie est coquette comme dix Parisiennes. A-t-on jamais vu une Anglaise pareille? Regardez plutôt son chapeau, et ses gants, et ses brodequins!

6 (프) Courage!—à vrai dire je ne suis pas fâché, peut-être même suis-je content qu'on s'est fait si belle pour ma petite fête.

7 (프) Mais ma robe n'est pas belle, monsieur—elle n'est que propre.

"나는 단정한 것이 좋소."[8] 간단히 말해 그는 전혀 불만이 없었다. 이 운좋은 날 아침에 태양도 의기양양하게 빛날 참이었다. 구름이 어둡게 가리기도 전에 태양이 질주하는 그 구름을 삼켜버린 것이었다.

곧 우리는 시골에 도착했으며 소위 "숲과 작은 오솔길"에 들어섰다. 이 숲과 오솔길은 한달만 늦게 왔어도 먼지가 날리고 사람들이 북적거릴 곳이었지만 그날은 5월의 신록과 아침의 고요 속에서 아주 상쾌해 보였다.

우리는 라바스꾸르인의 취향대로 주위에 라임나무를 정연하게 심어놓은 어떤 샘에 도착했다. 여기서 멈추라는 소리가 들렸다. 이 샘 주위의 초록색 둔덕에 앉으라는 명령이었다. 뽈 선생은 우리들 가운데 자리를 잡고, 자기 주위에 모여 앉으라고 했다. 그를 두려워하기보다 좋아하는 어린 학생들이 주로 그와 가까이 앉았고, 그를 좋아하기보다 두려워하는 학생들은 약간 멀찌감치 떨어져 앉았다. 그가 무척 아끼는 학생들은 두려워하는 가운데 유쾌한 즐거움을 느끼며 가장 멀리 떨어져 앉았다.

그는 우리에게 이야기를 해주기 시작했다. 그는 아이들이 좋아하는 말투로도 박식한 사람들도 부러워할 만큼 멋지게 이야기를 풀어나갈 줄 알았다. 그의 이야기는 힘이 있으면서도 소박했고, 소박하면서도 힘이 있었다. 그 짧은 이야기는 아름다웠으며, 달콤한 감정과 다양한 색채의 묘사는 듣는 동안 내 마음속에 가라앉아 그후로 사라진 적이 없다. 그는 황혼의 풍경에 색채를 더했는데, 그것은 화가도 그려낸 적이 없는 그림으로 아직도 내 기억 속에 생생하

---

8 (프) J'aime la propreté.

게 남아 있다.

앞서 나는 내게 즉흥적인 능력이 전혀 없다고 말한 바 있다. 아마도 그래서인지, 완벽한 즉흥적 능력을 지닌 사람을 보면 더욱 놀라운 듯하다. 에마뉘엘 선생은 책을 쓸 사람은 아니었지만, 나는 그가 책에서도 좀체 찾아보기 힘든 정신적인 재산을 아낌없이 마구 쏟아내는 이야기를 들은 적이 여러번이었다. 그의 정신은 나의 도서관이나 다름없었고, 그 도서관이 개방될 때마다 나는 지고의 기쁨을 맛보았다. 지적으로 불완전한 만큼 내가 읽을 수 있는 책은 적었다. 장정된 책들은 거의 지루했고, 정독을 하다보면 지치고 눈앞이 침침해졌다. 하지만 그의 생각이 담긴 책들은 내 마음의 눈에 안약이 되었다. 그 내용을 듣다보면 내면의 시야가 명료해지고 뚜렷해졌다. 그는 하늘에서 불어오는 바람에 무모하게 그 지식의 금가루를 날려버렸는데, 그 자신보다 그를 더 사랑하는 사람이 있어 그것을 한움큼씩 집어 모아둘 수 있으면 얼마나 좋을까 하는 생각이 들곤 했다.

그는 이야기를 마치고 지네브라와 내가 떨어져 앉아 있는 자그마한 둔덕으로 다가왔다. 평소에 의견을 물을 때면 늘 그렇듯(그는 사람들이 스스로 의견을 개진할 때까지 말없이 기다리지 못했다) 그가 물었다.

"재미있었소?"

내성적인 나는 늘 그러듯이 간단히 대답했다.

"네."

"이야기가 괜찮았소?"

"아주 좋았어요."

"하지만 그 이야기를 글로 쓸 순 없소."

"왜 못하세요, 선생님?"

"그런 기계적인 일을 싫어하기 때문이오. 허리를 구부리고 앉아 가만히 있는 게 싫소. 하지만 나와 잘 맞는 서기가 있으면 기꺼이 받아쓰게 할 수는 있소. 루시 양, 내가 부탁하면 써줄 수 있겠소?"

"선생님께서 너무 빠른 속도로 말씀하실 것 같은데요. 제 펜이 못 따라가면 독촉하시다가 화를 내실 거예요."

"언젠가 한번 시험해보도록 합시다. 그런 상황에서 내가 어떤 괴물로 변하는지 보도록 하지. 하지만 지금은 받아쓰기가 문제가 아니고 다른 일로 날 좀 도와줘야겠소. 저기 농가가 보이시오?"

"나무로 둘러싸인 곳 말이에요? 네, 보여요."

"저기서 아침식사를 할 예정이오. 착한 농부 아낙네⁹가 큰 냄비에다 우유를 듬뿍 탄 까페오레를 만드는 동안, 내가 정해주는 다섯 사람과 함께 버터와 쉰개 정도의 롤빵을 식탁에 차려놓으면 좋겠소."

그는 사람들을 다시 일렬로 정돈시킨 후에 농가를 향해 똑바로 행진해가라고 했다. 농가는 우리 부대를 보자 순식간에 항복해버렸다.

깨끗한 칼과 접시와 신선한 버터가 준비되어 있었고, 교수가 정한 우리 여섯명은 그의 지시에 따라 일을 시작했다. 우리의 아침식사로 커다란 바구니에 담겨 빵집에서 농가로 배달되어온 롤빵을 식탁에 차렸다. 커피와 초콜릿 음료는 이미 따뜻하게 데워져 있었고, 여기에 크림과 신선한 달걀이 함께 나왔다. 그리고 늘 관대한 에마뉘엘 선생은 '햄'과 '잼'을 더 주문하려 했지만, 학생 몇명이

---

9 (프) fermière.

우리의 영향력을 과신해서인지 그건 무분별한 음식 낭비라며 감히 그에게 주장했다. 그는 말리는 우리를 "인색한 주부들"[10]이라며 놀렸지만, 우리는 그가 무슨 말을 하든 간에 우리 식으로 알뜰하게 식사를 했다.

농가의 부엌 화로 곁에 서서 그가 얼마나 유쾌한 표정으로 우리를 바라보았던가! 그는 다른 사람들이 행복해하는 모습을 보고 행복해하는 사람이었다. 그는 주위 사람들이 활기에 차 마음껏 먹고 즐기는 것을 좋아했다. 어디에 앉겠느냐고 묻자 그는 자신이 우리의 노예이고 우리가 독재자라는 것을 잘 알기 때문에 우리의 허락 없이 의자를 정할 엄두가 나지 않는다고 했다. 그래서 우리는 그에게 긴 식탁 맨 앞쪽에 있는 커다란 농부 의자에 앉으라고 정해주고 거기에 앉혔다.

그는 열정적이고 벌컥 화를 잘 내는 사람이기도 했지만, 지금처럼 인자하고 온순해지는 순간에는 그를 좋아할 수밖에 없었다. 최악의 경우에도 그는 그저 짜증을 내는 신경질적인 사람일 뿐, 근본적으로 나쁜 사람은 아니었다. 달래고 이해하고 위로해주면 그는 양처럼 온순해져 파리 한마리도 못 잡을 사람이었다. 아주 어리석고 괴팍하고 인정머리 없는 사람에게만 약간 위험한 정도였다.

그는 늘 신앙을 염두에 두는 사람이었으므로 식사를 시작하기 전에 우리 중 가장 어린 학생에게 짤막하게 기도를 시키고 자신도 여자 못지않게 정숙한 모습으로 십자가를 그었다. 그전에는 그가 기도하는 모습도, 그렇게 성호를 긋는 모습도 본 적이 없었다. 어린 아이 같은 믿음으로 아주 소박하게 성호를 긋는 그 모습을 바라보

---

10 (프) des ménagères avares.

자 기분이 좋아져 절로 웃음이 나왔다. 내가 웃는 것을 보고 그가 친절하게 손을 내밀며 말했다.

"손을 이리 주시오!"[11] 비록 형식은 다르지만 우리가 같은 마음으로 같은 신을 믿는다는 것을 알고 있소."

에마뉘엘 선생의 동료 교수들은 대부분 개화된 자유사상가거나 이단자나 무신론자 들이었다. 꼼꼼하게 조사해보면 그중 많은 사람들에게서 부도덕한 면이 드러날 것이다. 하지만 그는 중세의 기사처럼 나름대로 종교적이고 흠 잡을 데가 없는 사람이었다. 순진무구한 어린이나 아름다운 청년도 그의 곁에서는 안전했다. 그는 격렬한 열정과 예민한 감수성을 지녔지만, 그의 순수한 자존심과 꾸밈없는 신앙심은 그 사자들도 얌전히 웅크리고 있게 하는 매혹적인 마법과도 같았다.

아침식사는 즐거웠고 그 즐거움은 공허한 소음만은 아니었다. 즐거운 분위기는 뽈 선생에게서 시작되었고, 그는 그런 분위기를 이끌어가고 통제하고 고조했다. 그는 사교적이고 활기찬 성격을 억제하거나 감추려 하지 않고 마음껏 발휘했다. 여자와 아이 들에게만 둘러싸여 있었으므로 그가 좌절감을 느끼거나 화낼 일이 없었다. 그는 하고 싶은 대로 했지만 모두가 유쾌했다.

식사가 끝나자 우리는 초원에서 자유롭게 뛰놀았고, 몇몇은 남아서 농부 아낙이 상 치우는 것을 거들었다. 뽈 선생은 일을 거드는 나를 불러내 나무 그늘 아래 자기 옆자리에 앉으라고 했다. 그곳에서는 넓은 풀밭에서 뛰노는 아이들이 잘 보였다. 그는 자신이 씨가를 피우는 동안 나더러 책을 읽어달라고 했다. 그는 통나무 의

---

11 (프) Donnez-moi la main!

자에 앉고 나는 나무뿌리에 걸터앉았다. 내가 책(문고판으로 된 꼬르네유의 작품이었다. 나는 그 작품을 좋아하지 않았지만, 그는 좋아했을 뿐 아니라 그 작품에서 내가 감지하지 못하는 아름다움을 발견했다)을 읽는 동안 그는 차분하고도 다정한 태도로 귀를 기울였는데, 평소의 격렬한 성격 때문에 그런 태도가 더더욱 인상적이었다. 그의 푸른 눈은 깊은 행복에 취해 있었고 그의 넓은 이마는 부드럽게 빛났다. 나도 행복했다. 맑은 날씨 때문에 행복했고, 그가 곁에 있어서 더 행복했으며, 무엇보다도 그가 다정해서 행복했다.

얼마 후 그는 거기 앉아 있기보다 친구들에게 달려가고 싶으냐고 물었다. 나는 그렇지 않다고, 그와 함께 있는 데 만족한다고 했다. 그는 자기 같은 오빠와 함께 살면 늘 만족하겠느냐고 물었다. 나는 분명히 그럴 것이라고 했고 실제로도 그렇게 느꼈다. 다시 그는 자신이 빌레프를 떠나 먼 곳으로 가버리면 슬프겠느냐고 물었고, 나는 꼬르네유의 책을 떨어뜨리고 아무 말도 못했다.

"누이동생이여,"[12] 그가 말했다. "우리가 헤어진다면 그대는 얼마나 오랫동안 나를 기억하겠소?"

"선생님, 대답할 수가 없어요. 얼마나 지나야 제가 지상의 모든 것을 잊게 될지 모르니까요."

"만일 내가 이년…… 삼년…… 아니 오년간 해외에 갔다 돌아오면 그때 날 환영해주겠소?"

"선생님, 그동안 전 어떻게 살아가죠?"

"하지만 난 당신을 아주 엄격하고 가혹하게 대했잖소."[13]

눈물이 넘쳐흘러서 나는 책 속에 얼굴을 파묻어버렸다. 그에게

---

12 (프) Petite sœur.

13 (프) Pourtant j'ai été pour vous bien dur, bien exigeant.

왜 그런 말을 하냐고 묻자 그는 더이상 그러지 않겠다면서, 친절하기 그지없는 격려의 말로 다시 내 기분을 풀어주었다. 그런데도 그날 그 이후의 시간 동안 너무나 부드럽게 나를 대하는 그의 태도가 어쩐지 마음에 걸렸다. 너무나 다정해서 슬프기까지 했다. 차라리 평소처럼 벌컥 화를 내면서 변덕을 부리는 것이 나을 것 같았다.

예상대로 정오가 되자 마치 6월처럼 타오를 듯한 날씨였으므로 우리의 목자는 풀밭의 양들을 모아서 얌전히 학교로 몰고 갔다. 하지만 우리가 식사를 한 농가는 빌레뜨에서 멀리 떨어져 있었으므로 1리그나 걸어서 가야 했다. 특히 놀고 난 후라 학생들은 지쳐 있었고, 한낮의 먼지 나고 눈부신 자갈길을 걸어야 한다고 생각하자 대부분이 축 처져버렸다. 그런데 이런 사태에 대비해 뽈 선생이 세워둔 대책이 있었다. 농가의 울타리를 넘어서자마자 두대의 널찍한 마차가 우리를 기다리고 있었다. 교사와 학생 들을 태우고 가려고 일부러 대절한 것이었다. 요령껏 들어가 앉자 모두가 탈 수 있었다. 그리고 한시간 후 뽈 선생은 포세뜨가로 우리를 무사히 데려다주었다. 즐거운 하루였다. 흐리고 우울했던 한순간만 없었다면 완벽했을 것이다.

그날 저녁 다시 기분이 흐려졌다.

해가 질 무렵에 나는 에마뉘엘 선생이 베끄 부인과 함께 현관문으로 나오는 것을 보았다. 그들은 중앙 오솔길을 걸으면서 한시간가량 열심히 이야기를 나눴다. 그는 심각하고 불안해 보였고, 그녀는 놀라서 설득하고 타이르는 분위기였다.

나는 그들이 무엇을 의논하는지 궁금했다. 날이 어두워지자 베끄 부인은 뽈 선생이 아직 정원에서 머무적대는데도 집에 들어갔다. 나는 혼자 중얼거렸다.

"그는 오늘 아침 나를 '누이동생'이라고 불렀지. 만일 정말 그가 진짜 내 오빠라면 당장 가서 마음을 무겁게 하는 근심거리가 무엇인지 물어볼 텐데. 팔짱을 끼고 고개를 숙인 채 저 나무에 기대는 걸 봐. 맞아. 위로를 받고 싶어하는 거야. 베끄 부인은 위로하지 않고 비난만 했겠지. 이젠 어쩌지……?"

뽈 선생이 가만있더니 갑자기 몸을 움직여 빠른 걸음으로 정원을 내려갔다. 홀의 문은 아직 열려 있었다. 나는 그가 평소에 하듯이 오렌지나무에 물을 주려나보다 생각했다. 하지만 그는 마당에 들어서자 갑자기 몸을 획 돌려 정자와 1반 교실을 향해 걸어갔다. 1반 교실에 있던 나는 쭉 그를 지켜보고 있었지만 그가 올 때까지 기다릴 용기가 없었다. 그가 너무 갑자기 몸을 돌린데다 너무 빨리 걸어오는 것이 이상해 보였다. 내 마음속의 비겁함은 창백해지고 움츠러들더니 이성의 말을 들으려 하지 않았다. 그가 관목을 밟고 자갈길을 걸어오는 소리가 들리자 비겁함은 겁을 먹고 날아갔다.

나는 계속 도망쳐 마침 비어 있던 예배실 안에 안전하게 숨어들었다. 맥박이 쿵쿵 뛰고, 꼬집어 설명할 수 없는 불안 속에 나는 귀를 기울였다. 그가 교실마다 통과해 지나가면서 신경질적으로 문을 쾅 닫는 소리가 들렸다. 신성한 통제 속에서 '경건한 낭독'이 진행 중인 휴게실에 그가 침입해 이런 말을 하는 소리가 들렸다.

"루시 양은 어디 있소?"[14]

그리고 내가 용기를 내서 내려가 세상에서 가장 하고 싶은 일, 즉 그를 만나려고 하는 바로 그 순간, 쌩삐에르 양이 금속성 목소리로 애교를 떨며 가식적으로 대답하는 소리가 들렸다. "잠자리에

---

14 (프) Où est Mademoiselle Lucie?

들었는데요."[15] 그러자 그는 역력히 당황해하는 발소리를 내며 복도로 나왔다. 그러고는 그곳에서 베끄 부인에게 붙잡혀 잔소리를 듣고 대문까지 호위를 받은 뒤 마침내 쫓겨났다.

대문이 닫히자 갑자기 나는 나 자신의 이상한 행동을 깨닫고 충격을 받았다. 처음부터 그가 원한 것은 나였고, 그가 찾던 것도 나였고, 나 또한 그를 원하지 않았던가? 그런데 왜 피했지? 무엇에 홀려 그에게서 도망친 거지? 그는 뭔가 할 말이 있었고 그 말을 내게 하려고 했을 텐데. 내 귀는 그 말을 듣고 싶어 신경을 곤두세우고 있었다. 그런데도 그 말을 털어놓지 못하게 만든 건 바로 나였다. 그의 말을 들어주고 위로해줄 수 있으리라는 희망이 없을 때는 그의 말을 들어주고 위로해주고 싶은 마음이 간절했다. 그런데 완벽한 기회가 갑자기 다가오자, 그것이 나를 겨냥한 치명적인 화살이라도 되는 것처럼 도망쳐버린 것이었다.

자, 제정신이 아니었던 내 변덕은 그 대가를 치렀다. 숨막히는 당혹감을 참고 잠시만 침착할 수 있었다면 어떤 위안과 만족감을 얻었을 것이다. 하지만 이젠 그 대신 깊은 공허감, 음울한 의심, 황량한 불안만 남아 있었다.

나는 잠자리에 죄값을 가져가 밤새도록 얼마나 되는지 헤아렸다.

---

15 (프) Elle est au lit.

34장
멀레벌라

목요일 오후에 베끄 부인은 나를 불러, 바쁘지 않으면 시내에 있는 가게에 들러 자질구레한 심부름을 해달라고 했다.

특별히 할 일이 없으니 시키는 대로 하겠다고 하자 곧 그녀는 모직과 비단과 수실 등등 학생들이 필요로 하는 물건 목록을 주었다. 구름이 잔뜩 껴 비가 올 듯이 흐린 날씨여서 만약을 대비해 옷을 입고 대문의 빗장을 열고 나가려는 순간, 식당으로 부르는 부인의 목소리가 다시 들렸다.

"미안하지만, 루시 양!" 그녀는 갑자기 생각이 난 것처럼 서둘러 말했다. "심부름할 게 한가지 더 있는데 이제 막 생각이 났어요. 너무 귀찮지 않다면 한가지만 더 부탁할게요."

물론 나는 괜찮다고 되풀이하여 말했다. 그러자 베끄 부인은 작은 방으로 달려가 온실에서 재배한 과일이 가득 담긴 바구니를 가져왔다. 과일들은 불그스름하니 먹음직스러웠으며, 왁스칠을 한 것 같은 진초록색 잎과 이름 모를 열대식물의 연노란색 별 모양 잎에 둘러싸여 있었다.

"자, 무겁지도 않고 하인이 하는 자질구레한 집안일과는 다른 일이니 당신이 입은 깔끔한 옷을 망가뜨리지도 않을 거예요. 이 작은 바구니를 생일 축하 인사말과 함께 발라벤스 부인 댁에 좀 가져다주세요. 그녀는 구시가지인 마주가 3번지에 살고 있어요. 걷는 데 시간이 너무 많이 걸릴까봐 걱정이지만, 오후 내내 시간이 있으니 서두르지 마세요. 당신이 저녁식사 시간에 맞춰 돌아오지 못하면 당신 몫을 남겨놓으라고 얘기해둘게요. 아니면, 당신을 좋아하는 고똥이 당신을 위해 특별 요리를 하도록 할게요. 당신을 잊지는 않겠어요, 루시 양. 그러니 오! 제발! (그녀는 다시 한번 나를 불렀다) 꼭 발라벤스 부인을 직접 뵙고 이 바구니를 전해주세요. 격식을 따지는 분이라 실수가 없게 하려는 거예요. 잘 다녀와요! 이따봐요!¹"

마침내 나는 길을 나섰다. 모직과 비단을 구색 맞추어 고르는 일은 늘 번거로운 일이어서 가게에서 시간이 좀 걸렸지만 마침내 목록에 있는 것을 다 샀다. 슬리퍼를 만들기 위한 본초와 초인종 끈과 연장주머니를 고르고, 지갑에 쓸 장식 술과 헝겊을 정했다. 이제 모든 '성가신 일'²은 다 해결했으니 과일과 축하 인사 건만 처리하면 되었다.

음울한 구시가지인 바스빌 깊숙이까지 한참 걸어가는 것은 오히려 즐거운 일이었다. 도시 위의 저녁 하늘이 감청색 금속 덩어리처럼 가장자리부터 달구어져 서서히 타올라 새빨간 색으로 변했다

---

1 (프) Adieu! Au revoir!

2 (프) tripotage.

고 해서 산책하기가 싫어지지는 않았다.

바람이 거세게 불면 걱정이 된다. 폭풍이 불면 힘겹게 움직여야 해서다. 하지만 음울하게 쏟아지는 소나기나 펑펑 내리는 눈은 포기만을 요구한다. 사람이고 옷이고 포기하고 완전히 젖을 수밖에 없다. 그 대신, 눈이나 비는 우리 앞의 거대한 도시를 깨끗하게 청소해주고 넓은 큰길을 혼자서 걸을 수 있게 해준다. 동양의 마법에라도 걸린 것처럼 살아 있는 도시는 화석이 된다. 빌레뜨는 다드몰[3]이 되어버린다. 그러니 비가 오고 홍수가 나도 그만이다. 나는 우선 이 과일 바구니만 처치하면 되니까.

베끄 부인이 알려준 거리의 집에 도착했을 때 낯선 탑(성 요한 성당은 너무 떨어져 있어서 종소리가 들리지 않았다)의 낯선 종소리가 다섯시 사십오분을 알렸다. 그곳은 거리라기보다는 광장의 일부였다. 그 광장은 조용했고, 바닥을 포장한 넙적한 회색 판석 사이로 잡초가 자라고 있었다. 집들은 넓고 아주 낡아 보였다. 뒤꼍에 나무가 보이는 게 정원이 있는 것 같았다. 고색창연한 이 지역은 상점이라고는 하나도 없었다. 그곳은 한때 부자들이 살던 구역으로 위엄 있는 분위기를 풍기던 곳이었다. 성당의 반쯤 허물어진 검은 탑이 광장을 굽어보고 있었는데, 한때 번창했던 이 성당은 동방박사[4]의 성소로 유서가 깊었다. 하지만 부와 위용이 황금 날개를 펼쳐 날아가버리자 이 옛 둥지는 한동안 아마도 빈곤의 집이 되었거나, 겨우내 아무도 살지 않아 허물어져가는 냉기 찬 빈집으로 남게 되었을 것이다.

내가 그 황량한 '광장'을 지나가는 동안 보도에 깔린 5프랑짜리

---

3 솔로몬이 세운 도시. 여기서는 멸망한 고대 도시를 가리킨다.
4 Magi. 프랑스어로는 Mage로 이곳 주소와 같다.

동전만 한 자갈들에는 서서히 어둠이 깔렸고, 광장에는 사람 그림자라곤 보이지 않았다. 구부정하게 지팡이를 짚고 지나가는 병든 신부 한 사람뿐이었다. 전형적인 병자 노인이었다.

신부는 내 목적지인 바로 그 집에서 나온 사람이었다. 그가 나온 후 닫힌 문 앞에 멈춰 서서 초인종을 울리자 그는 몸을 돌려 나를 바라보았다. 그러고는 여름 과일이 든 바구니를 들고 있는 나를 한참 동안이나 바라보았는데, 젊고 따라서 위엄도 없는 내 모습이 그 집과 어울리지 않는다고 생각하는 듯했다. 하기야 나도 나를 맞이하기 위해 문을 열어준 사람이 젊은 하녀였다면 그 집과 어울리지 않는다고 생각했을 것이다. 그러나 구식 농부 옷을 입고, 비싸지만 흉측한 모자를 쓰고, 모직 상의와 치마에 레이스를 길게 펄럭이고, 신발이라기보다는 작은 보트 같은 나막신을 신은 나이 많은 여인과 마주쳤을 때에야 내가 그 집과 제대로 어울리는 것 같아 안심이 되었다.

그러나 그녀의 표정은 옷만큼 위안을 주지는 않았다. 그렇게 심술궂은 표정은 처음이었다. 그녀는 발라벤스 부인에 대해 묻는 말에는 거의 대답도 하지 않으려 했다. 늙은 신부가 절뚝거리며 다가가 그녀를 가로막고 내 말에 귀를 기울이지 않았다면, 그녀는 틀림없이 내 손에서 과일 바구니를 낚아채 가버렸을 것이다.

신부가 약간 귀가 먼 듯해서 나는 발라벤스 부인에게 직접 그 과일을 전해주어야 한다는 것을 이해시키기가 좀 어려웠다. 하지만 마침내 그는 내가 그런 지시를 받았고 꼭 그대로 수행해야 한다는 것을 알아들었다. 그가 나이 든 하녀에게 프랑스어가 아니라 라바스꾸르 토착어로 설득한 덕분에 나는 마침내 그 불친절한 문지방을 넘어갈 수 있었다. 그는 몸소 나를 2층으로 안내하여 응접실

같이 보이는 곳으로 데려다준 후 사라졌다.

그 방은 넓었고, 천장은 오래되었지만 훌륭했으며, 교회의 창과 비슷한 색유리창도 있었다. 하지만 황량했고 곧 다가올 폭풍우의 그림자 아래 기이하게 음산해 보였다. 한쪽으로는 더 작은 내실로 통하는 문이 열려 있었다. 하지만 거기에는 창문이 하나밖에 없는 데다 블라인드가 드리워져 있었다. 깊은 어둠속을 들여다보아도 가구가 어떻게 생겼는지 거의 보이지 않았다. 겨우 윤곽만 보이는 물건들은 흥미로웠다. 특히 벽에 걸린 어슴푸레한 그림이 관심을 끌었다.

차츰 그 그림이 사라지는 것처럼 보였다. 놀랍게도 그 그림이 흔들리면서 가라앉더니 뒤로 밀려나 사라졌다. 그것이 사라지자 아치 모양의 입구가 나타났고, 그 입구 뒤로 통로와 신비한 나선형 계단이 나타났다. 통로와 계단은 카펫도 깔려 있지 않고 도색도 안된 차가운 돌로 되어 있었다. 지하감옥으로 통하는 듯한 계단을 따라 지팡이를 두드리는 딱딱 소리가 났다. 계단 위에 곧 어두운 형체가 나타났고, 마침내 나는 어떤 형체를 알아볼 수 있었다.

하지만 아치를 부분적으로 가려 통로를 어둡게 하면서 날 향해 다가오는 저 형제가 정말로 사람일까?

가까이 다가오자 더 잘 보였다. 나는 내가 어디에 있는지 깨닫기 시작했다. 이 오래된 광장을 동방박사 구역이라 부르는 것도 당연했다. 광장을 굽어보는 세계의 탑이 죽음과 어둠의 마법을 쓰는 수수께끼 같은 세명의 현자를 대부로 모시는 것도 당연해 보였다. 그곳은 오래된 마법이 지배하는 곳이었다. 그러니까 그 마법이 내 앞에 요정의 땅을 펼쳐놓은 것이었다. 아까 본 그 감옥 같은 방, 사라지는 그림, 아치 모양 통로, 돌계단 등은 모두 동화의 일부였다. 그리고 이런 무대장치의 세부보다 더 뚜렷한 증거로서 주인공인 마녀 뀌네공드[5]가 내 앞에 서 있었다! 사악한 요정 멀레벌라![6] 그녀가 어떤 모습을 하고 있었냐고?

그녀는 약 3피트쯤 되어 보였지만 어떻게 생겼는지 표현하는 것은 불가능하다. 그녀는 비쩍 마른 두 손을 포개어 장대 같은 상아 지팡이의 금손잡이를 쥐고 있었다. 커다란 얼굴이 어깨 위가 아니라 가슴 앞에 있어 목이 없는 것처럼 보였다. 이목구비, 아니 그녀의 눈 속에는 백년의 세월이 깃들어 있다고 해야 할 정도였다. 검푸른 둥근 눈두덩 아래 악의에 찬 눈은 적대적으로 빛나고 있었다. 숱 많은 회색 눈썹 아래의 그 눈은 음울한 불쾌감 같은 것을 표시하면서 무섭게 나를 노려보았다!

노파는 큰 나뭇잎 무늬가 수놓이고 용담꽃 색깔 같은 밝은 파란색으로 짙게 염색된 새틴 가운을 입고 있었다. 그 위에는 화려한 테두리 장식을 한 숄을 걸치고 있었는데, 숄이 그녀에게 너무 커서 화려한 색의 테두리가 바닥에 끌렸다. 그러나 가장 중요한 핵심은 보석이었다. 투명한 귀걸이를 치렁치렁 하고 있었는데 너무나 눈부시게 빛나는 것이 모조품이거나 가짜일 리가 없었다. 해골 같은 손에는 반지 여러개를, 팔에는 자주색, 초록색, 진홍색 보석이 박힌 금팔찌 여러개를 끼고 있었다. 곱사에다 난쟁이에다 노망이 들어 있었지만 야만족의 여왕처럼 치장한 모습이었다.

"무슨 일로 왔지?"[7] 노파의 목소리라기보다는 영감같이 쉰 목소

---

5 볼떼르의 『깡디드』에 나오는 인물로, 사랑스러운 소녀였으나 눈에 핏발이 선 노파로 변한다.

6 재수없는 일이 일어나길 원하는 사람이라는 뜻으로, 여자에게 불행을 가져다주는 요정.

7 (프) Que me voulez-vous?

리였다. 아닌 게 아니라 그녀의 턱에는 은빛 수염까지 돋아 있었다.

나는 바구니와 함께 베끄 부인의 말을 전했다.

"이게 단가?" 그녀가 물었다.

"다예요." 내가 말했다.

"정말로 그럴싸하군." 그녀가 대답했다. "베끄 부인에게 돌아가면 전해! 과일은 필요하면 내가 살 수 있고, 축하 인사에 대해서는 내가 비웃더라고![8]" 그러고 나서 이 정중한 노파는 등을 돌렸다.

그녀가 몸을 돌리자 천둥소리가 울리고 응접실과 내실 위로 번개가 번쩍였다. 이 마법 같은 이야기는 적절한 요소들이 섞인 채 진행되는 것 같았다. 마법의 성으로 유인된 방랑자는 밖에서 마법을 깨우는 폭풍이 이는 소리를 듣고 있었다.

이 모든 일을 겪고 나니 베끄 부인을 어떻게 생각해야 할지 알 수 없었다. 그녀는 이상한 친구가 있었고, 이상한 성소에 전갈과 선물을 보냈으며, 그녀가 숭배하는 무례한 인물의 태도는 불길해 보였다. 그 음울한 시돈[9] 사람은 저 멀리 사라졌다. 중풍의 화신처럼 떨고 휘청거리면서, 모자이크로 된 마루를 상아 지팡이로 딱딱 치면서 독설을 내뱉으며 멀어져갔다.

비가 퍼붓고 하늘이 아주 낮아졌다. 조금 전까지만 해도 불그스레한 빛을 내뿜던 검은 구름이 마치 공포에 질린 듯이 몹시 창백해졌다. 좀 전에 소나기를 두려워하지 않는다고 허세를 부리기는 했지만 이런 물기둥 아래로 나가는 것은 썩 내키지 않았다. 곧 번갯불이 아주 사나워지고 가까운 곳에서 천둥이 쳤다. 순식간에 빌레뜨로 모여들었던 폭풍이 하늘 꼭대기에서 폭발하는 것 같았다. 물

---

8 (프) et quant à ses félicitations, je m'en moque!

9 고대 페니키아의 항구로 부(富)와 악덕으로 유명하다.

이 수직으로 쏟아져내리고 양끝이 갈라진 번개가 그 옆을 비스듬히 꿰뚫고 지나갔다. 붉은 빛이 하얀 금속같이 표백된 폭포를 지그재그로 장식했다. 그리고 부풀어오른 묵직하고 검은 하늘에서는 모든 것이 산산이 부서졌다.

나는 발라벤스 부인의 불친절한 응접실을 떠나 차가운 계단으로 갔다. 층계참에 의자가 있어 거기 앉아 기다렸다. 그런데 누군가가 바로 위의 통로를 따라 미끄러지듯이 다가왔다. 아까 그 늙은 신부였다.

"거기 앉아 있지 마십시오." 그가 말했다. "이 집에서 낯선 사람이 이런 대접을 받은 걸 아시면 우리 후원자께서 언짢아하실 겁니다."

그리고 내게 응접실로 돌아가자고 간곡하게 권하는 바람에 예의상 따라갈 수밖에 없었다. 작은 방은 큰 방에 비해 제대로 가구가 갖추어져 있고 더 있을 만했다. 그는 거기로 날 안내했다. 블라인드를 조금 걷자 내실이라기보다는 기도실처럼 아주 경건해 보이는 작은 방이 나타났는데, 그 방은 지금 사용하고 휴식을 취하기 위해 만들어졌다기보다는 유물과 추억을 간직하기 위한 장소처럼 보였다.

신부는 나와 함께 있어주려는 듯이 앉았다. 하지만 얘기는 하지 않고 책을 한권 꺼내 한페이지만 들여다보면서 뭐라고 중얼거리기만 했다. 기도나 호칭기도처럼 들렸다. 하늘에서 내려온 노란 번갯불로 그의 대머리가 황금빛으로 물들었다. 그의 몸은 깊은 자줏빛 그늘에 가려져 있었고, 조각처럼 꼼짝 않고 앉아 있었다. 기도를 하느라고 내 존재를 망각한 듯했다. 사나운 번개가 치거나 더 심한 천둥소리가 가까운 곳에서 들리고 위험이 다가오는 징후가 있을 때만 잠깐 고개를 들었다. 그러면서도 그는 두려워서가 아니고 놀라서인 듯 눈을 치켜떴다. 나도 두렵기는 했지만 비굴하게 겁에 질린 것은 아니어서 이런저런 생각을 하며 주위를 관찰했다.

사실 나는 그 늙은 신부가 베긴회 성당에서 무릎을 꿇고 고해했던 쎌라스 신부를 닮았다는 생각을 하고 있었다. 고해성사를 할 때는 어슴푸레한 곳에서 옆모습만 보았기 때문에 확실치는 않지만 그래도 닮은 구석이 있는 것 같았고, 목소리를 들어보니 그 사람인 것도 같았다. 내가 그를 바라보는 동안 그도 나를 올려다보며 자기를 뜯어보는 것을 알고 있다는 표시를 했다. 나는 그의 눈을 피해 방을 둘러보았다. 그 방 또한 반쯤은 신비스러운 흥밋거리를 지니고 있었다.

값비싼 미사전서와 흑단 묵주를 갖추어놓은 검붉은 기도대[10] 위에는 독특하게 조각한 상아 십자가가 세월이 흘러 노랗게 바랜 채 아래를 굽어보고 있었다. 십자가 옆에는 어슴푸레한 윤곽선만으로 내 눈길을 끌었던 바로 그 그림이 걸려 있었다. 그림은 벽과 함께 사라지더니 환영들을 불러들였었다. 아까는 제대로 살펴보지 못해 성모 마리아의 초상화로 착각했는데, 밝은 빛에 비추어보니 수녀복을 입은 여인의 초상화였다. 아름답지는 않지만 호감이 가는 얼굴이었다. 그녀는 젊고 창백했으며 슬픔 때문인지 병 때문인지 낙담한 듯 음울해 보였다. 다시 말하건대 그 여인은 아름답지도 지적으로 보이지도 않았다. 그 그림에서 보이는 사랑스러움은 연약한 골격과 수동적인 애정과 순응하는 습관에서 비롯된 것이었다. 하지만 나는 그 그림을 한참 쳐다보았고 그럴 수밖에 없었다.

늙은 신부는 처음에는 완전히 귀가 먹고 노쇠한 것처럼 보였지

---

10 (프) prie-dieu.

만 그런대로 듣고 볼 수 있는 게 분명했다. 그는 책에 몰두한 것처럼 보였지만 고개 한번 들지 않고, 내가 보기에는, 눈길 한번 돌리지 않고 내가 무엇을 보고 있는지 감지하고는 또렷한 목소리로 그 그림에 관해 천천히 다음과 같이 네가지를 말했다.

"그녀는 무척 사랑받았소.

그녀는 하느님께 자신을 바쳤소.

그녀는 젊어서 죽었소.

지금도 그녀를 추모하고 우는 이가 있소."

"저 늙은 발라벤스 부인께서 추모한다는 말인가요?" 나는 그 노파의 절망적인 우울의 실마리가 치유될 수 없는 죽음의 슬픔 속에 있으리라 생각하고 물었다.

신부는 희미하게 웃으면서 고개를 저었다.

"아니오, 아니오." 그가 말했다. "손주들에 대한 할머니의 애정은 크고 그들의 죽음에 대한 슬픔이 생생하기는 하지만, 아직도 쥐스띤 마리를 잃고 여지껏 애도하는 사람은 약혼자였던 연인이오. 그는 '운명'과 '신념'과 '죽음'이라는 세가지 장애물 때문에 그녀와 결합하는 축복을 받지 못했소."

신부가 오히려 질문을 바란다는 생각이 들어서 나는 '쥐스띤 마리'를 잃고 아직도 애도하는 사람이 누군지 물었다. 그리고 그 대답으로 아주 낭만적인 이야기를 듣게 되었다. 잠잠해지고 있는 폭풍 소리와 함께 들으니 더욱 인상적이었다. 덜 프랑스적이었다면, 즉 루소풍의 감상적인 냄새나 부연설명이 적고 효과에 신경을 덜 썼더라면 훨씬 더 건전한 이야기가 되었을 것이다. 하지만 그 훌륭한 신부는 순수한 프랑스인이었고(점점 그가 내가 고해했던 신부를 닮았다는 확신이 들었다), 진정한 로마가톨릭의 아들이었다. 마침내 그가 눈을 들어 곁눈질로 나를 보았다. 누군가 보았다면 칠십년간의 세파를 뚫고 살아남았다고 했을 섬세하고 날카로운 눈길이었다. 하지만 아직도 나는 그가 선량한 노인이었다고 믿는다.

이야기의 주인공은 전에 신부의 제자였고 이제는 그가 후원자라고 부르는 사람이었다. 그는 부잣집 딸을 신부로 맞아들일 만큼 출세가도를 달리던 시절 저 창백한 쥐스띤 마리를 사랑했던 모양이었다. 그런데 한때 부유한 은행가였던 제자의 아버지가 실패하여 빚과 가난만을 남기고 죽었다. 그래서 그 아들은 마리를 생각할 수 없는 처지가 되었다. 특히 내가 만났던 그 마녀 같은 발라벤스 노부인이, 기형인 사람이 종종 그러듯 악마같이 난폭하게 화를 내면서 결혼을 반대했다. 온순한 마리는 신의를 저버리고 배신할 담력도, 그렇다고 사랑을 지킬 힘도 없었다. 그녀는 첫번째 구혼자를 포기한 후 돈이 더 많은 두번째 구혼자도 거부하고 수도원으로 도피해버렸으며, 거기서 수련수녀로 지내다가 사망했다.

그녀를 사랑했던 충실한 연인은 그후로도 오랫동안 괴로워했던 것 같다. 그 사랑과 슬픔의 진실이 어떻게 드러났는지 하는 이야기는 내게도 감동을 줄 정도였다.

쥐스띤 마리가 죽은 지 몇년 후 그녀의 집안 또한 몰락했다. 명목상으로는 보석상이던 그녀의 아버지는 증권거래소에서 대규모 거래를 했는데, 발각되면 파산할 정도의 벌금을 물어야 하는 어떤 재정 계약에 연루되어 있었다. 그는 손실로 인한 슬픔과 불명예로 인한 수치심 때문에 죽었다. 그는 늙은 곱사등이 어머니와 아내에게 돈 한푼 남기지 않고 죽어서, 그들은 가난으로 죽을지도 모르는 상황에 처했다. 그러나 한때는 멸시를 받았지만 죽은 딸의 연인이자 아직도 진정한 연인인 그 제자가 숙녀들의 딱한 사정을 듣고는 일편단심 헌신하는 마음으로 그들을 구하러 달려갔다. 그는 그들의 거만을 가장 순수한 자비로 갚았다. 그는 어떤 아들보다도 친절하고 유능하게 그들에게 집을 마련해주었고, 보살펴주고 신경을 써주었다. 대체로 선량한 편이었던 마리의 어머니는 그를 축복하면서 죽었다. 그리고 무신론자에 무정한 인간혐오자인 괴팍한 할머니는 여태껏 이 희생적인 사람에게 전적으로 의지해 살고 있다는 것이었다. 그녀는 그의 인생의 독이었고, 그의 희망을 시들게 하고 그에게 사랑과 가정 안의 행복 대신 긴 애도와 희망 없는 고독을 선사했는데도, 그는 그녀를 착한 아들이 상냥한 어머니를 모시듯이 대했다. 그리고 그녀를 이 집으로 모셔왔다. "그리고," 신부는 정말로 눈물을 글썽였다. "그는 또한 옛 선생이던 나와 자기 아버지 댁에 있던 나이 든 하녀인 아그네스까지 이곳에 머물게 했소. 그는 우리를 부양하는 일과 다른 자선사업에 수입의 4분의 3을 바치는 것으로 알고 있소. 그 자신은 나머지 4분의 1로 근근이 끼니를 잇고 가장 초라한 집에 살고 있소. 그런 식으로 사니 결혼을 할 수도 없소. 그는 마치 신부인 나처럼 자신을 하느님과 그의 천사에게 바쳐온 거요."

신부는 이 마지막 말을 하기 전에 눈물을 훔쳤고, 말을 하는 도중 잠깐 눈을 들어 내 눈을 바라보았다. 나는 그의 눈길 속에서 그가 뭔가 숨기고 있다는 것을 눈치챘다. 순간적인 눈빛이 갑자기 의미심장하게 여겨졌다.

구교도들은 정말 이상하다. 그들 중 어떤 사람은, 당신이 페루의 마지막 잉카나 중국 최초의 황제에 대해 아는 게 없듯 그에 대해 전혀 모르는데도 당신과 당신의 관심사에 대해 모조리 알고 있다. 그리고 단순히 순간적인 충동에 의해 즉흥적으로 그런 이야기를 했다고 보일 때도, 그들이 그런저런 이야기를 하는 데는 다 이유가 있다. 모든 일을 있는 그대로 받아들이는 당신은 어느날, 어느 장소, 어느 상황에 마주하게 되는 것이다. 우연의 섭리인 양 보이거나 절박한 사정의 결말처럼 보이겠지만, 다 계획적으로 꾸며진 일이다. 베끄 부인이 갑자기 생각해낸 전갈과 선물, 아무것도 모른 채 동방박사 광장으로 떠나온 심부름, 마침 계단을 내려와 광장을 건너던 늙은 신부, 하녀에게 쫓겨날 뻔했는데 그 신부가 끼어들어 도와준 일, 계단 위에 그가 다시 등장해 나를 이 방에 끌어들인 일, 초상화, 상냥하게 자진해서 들려준 이야기…… 이 모든 작은 사건들은 일어난 그대로 받아들이면 서로 상관이 없는, 꿰지 않은 구슬 한줌으로 보이지만, 예수회 신부의 잽싸고 교활한 시선으로 꿰자 기도대 위의 묵주같이 긴 목걸이가 되어 늘어졌다. 그런데 연결고리는 어디에 있으며, 수도원풍 목걸이의 작은 걸쇠는 어디에 있는 걸까? 나는 어딘가 연결되었음을 알았고 그것을 느꼈지만, 그 지점을 발견할 수도 연결한 방법을 알아낼 수도 없었다.

내가 갑자기 생각에 잠겨 있는 게 다소 수상해 보였는지, 그가 점잖게 말을 걸었다.

"아가씨, 이 홍수 난 거리를 뚫고 멀리까지 가야 하는 건 아니겠지요?"

"0.5리그 이상 가야 하는데요."

"어디에 사시죠?"

"포세뜨가에 살아요."

"설마," (활기를 띠며) "베끄 부인의 기숙학교에 사시는 건 아니겠죠?"

"바로 그곳인데요."

"그러면," (손뼉을 치면서) "그러면 나의 고귀한 제자, 나의 뽈을 아시겠군요?"[11]

"문학 교수인 뽈 에마뉘엘 선생님 말씀이세요?"

"바로 그 사람이오."

잠깐 침묵이 흘렀다. 갑자기 연결 지점에 있는 용수철이 만져지는 것 같았다. 그 용수철에 압력을 가하자 튀어오르려는 게 느껴졌다.

"뽈 선생님 이야기였나요?" 곧바로 내가 물었다. "신부님의 제자이자 발라벤스 부인의 후원자라는 사람이 바로 그분인가요?"

"그렇소. 그리고 늙은 하녀 아그네스의 후원자이기도 하고, 더욱이" (강조를 하며) "그는 하늘에 있는 성녀 쥐스띤 마리의 진실하고 충실한 연인이었고 지금도 그렇고 앞으로도 영원히 그럴 거요."

"그리고 신부님, 신부님께서는 누구시죠?" 나는 힘주어 물었으나 그럴 필요도 없었다. 대답을 듣기도 전에 어떤 대답이 나올지 이미 짐작하고 있었으니까.

"나는 씰라스 신부요. 그대가 귀하고 감동적인 비밀을 털어놓아준 거룩한 가톨릭교회의 미천한 아들이오. 당신은 내게 마음 깊은 곳과 그곳에 있는 정신의 사원을 보여주었소. 엄숙히 말하건대, 진실하고 유일한 신앙의 대변자로서 당신의 신앙이 부러웠소. 매일 당신을 지켜보고 매순간 당신에게 깊은 관심을 가져왔소. 나는 가톨릭의 지식을 배웠고, 가톨릭의 고귀한 훈련을 받으며 성장했고, 가톨릭의 건전한 교리를 주입받았고 가톨릭만이 줄 수 있는 열정에 감화되었기 때문에 당신의 영적인 수준과 실제적 가치가 어떤

---

11 (프) Donc, donc, vous devez connaître mon noble élève, mon Paul?

것일지 알고 있소. 나는 이교의 제물을 탐내고 있는 거요."

내게는 몹시 특이한 상황이었다. 나 역시 거의 그런 조건하에 있음을 어렴풋이 깨달았다. 지식을 배우고, 훈련을 받고, 교리를 주입받고 있었으니까. '그건 안되죠.' 나는 생각했다. 하지만 반대를 삼가고 아주 조용히 앉아 있었다.

"뽈 선생이 여기에 사시는 것 같진 않은데요?" 황당한 배교의 꿈보다는 좀더 적절한 주제로 다시 이야기를 시작했다.

"여기 살진 않소. 자기가 사랑하던 성인을 경배하고, 내게 고해를 하고, 자신이 어머니라고 부르는 여인에게 경의를 표하기 위해 가끔 오지요. 그는 방이 두개밖에 없는 집에서 하인도 없이 사는데도 당신이 본 발라벤스 부인의 그 휘황찬란한 보석을 처분하지 말라고 한다오. 부인은 젊은 시절에 걸치던 장신구이자 보석상이었던 부자 아들의 마지막 유물인 그 보석에 대해 유치한 자부심을 지니고 있소."

"에마뉘엘 선생은," 나는 혼잣말로 중얼거렸다. "작은 일에는 관대하지 않은 적이 많았지만 큰일에는 정말 너그러운 분이구나!"

그러나 고백하건대, 나는 그의 관대함의 증거로 고해나 성인 숭배는 꼽지 않았다.

"저 아가씨는 죽은 지 얼마나 되었나요?" 내가 쥐스띤 마리를 보면서 말했다.

"이십년쯤 되었소. 그녀는 에마뉘엘 선생보다 나이가 많았소. 당시에 그는 아주 젊었지. 아직도 마흔이 조금 넘었을 뿐이니까."

"아직도 그녀를 애도하나요?"

"그의 가슴은 늘 그녀를 애도할 거요. 에마뉘엘의 성격의 핵심은…… 지조요."

그는 이 말을 유난히 강조했다.

마침내 창백하고 축축한 해가 나왔다. 아직까지 비가 오기는 했지만 폭풍은 불지 않았다. 뜨거운 하늘이 쩍 갈라지더니 번개가 쳤다. 더 지체했다가는 돌아갈 때쯤엔 날이 저물 것 같아 나는 일어나 신부에게 호의와 이야기에 감사를 표했다. 그는 온화하게 "팍스 보비스쿰"[12] 하고 대답했다. 진심이 담긴 자비로운 말로 들렸기 때문에 반가웠다. 그러나 그다음의 알쏭달쏭한 말은 썩 마음에 들지 않았다.

"그대는 운명이 정해준 대로 되리니!" 나는 문을 나서자마자 신부의 예언에 대해 어깨를 으쓱했다. 우리 중에 어떤 일이 자신에게 닥칠지 아는 사람은 거의 없지만, 여태껏 겪은 일에도 불구하고 나는 건전한 정신을 지닌 신교도로 살고 신교도로 죽기를 원했다. '거룩한 가톨릭교회'는 안은 텅 비었고 그 주변은 번성했는데, 그 점은 내게 큰 유혹이 되지 못했다. 나는 여러가지 생각에 잠겨 계속 걸었다. 가톨릭이 어떻든 간에 좋은 가톨릭교도도 있게 마련이다. 그리고 에마뉘엘 선생은 그중 가장 훌륭한 사람인 듯했다. 미신과 사제들의 영향을 받았을 테지만, 그의 순진한 신앙과 경건한 헌신과 자기희생과 끝없는 자비는 놀라웠다. 사제들이 이런 그의 훌륭한 자질을 어떻게 다룰지는 두고 볼 일이었다. 즉 종교와 하느님만을 위해 그의 자질을 간직할지, 아니면 그런 자질로 고리대금을 해 이자를 벌지 말이다.

집에 도착했을 무렵에는 이미 해가 저물어 있었다. 정말 배가 고팠는데, 친절하게도 고똥이 내 몫의 식사를 남겨놓은 채였다. 그녀

---

12 pax vobiscum. '평화를 빕니다'라는 뜻의 라틴어.

는 나를 작은 방으로 불러 식사를 하라고 했는데, 곧 베끄 부인이 그곳에 나타나 내게 포도주를 한잔 가져다주었다.

"자," 그녀가 킬킬대며 말을 시작했다. "발라벤스 부인이 어떤 식으로 맞이하던가요? 괴팍한 노파예요, 그렇죠?[13]"

나는 그녀에게 내가 들은 그 정중한 말을 그대로 전하고, 일어난 일을 보고했다.

"오, 정말 이상한 곱사등이 노파라니까!" 그녀가 웃었다. "그녀가 왜 날 미워하는지 알아요? 내가 사촌인 뽈을 사랑한다고 믿거든요! 그 헌신적인 사람은 신부님이 허락하지 않는 한 꼼짝도 안 할 텐데 말이에요. 그리고 또,"[14] (그녀가 계속했다.) "나하고든, 다른 사람하고든[15] 결혼하고 싶어도 그럴 수가 없어요. 거두어야 할 사람이 너무 많아졌거든요. 어머니처럼 모시는 발라벤스 부인에, 씰라스 신부에, 아그네스 아주머니에, 이름도 알 수 없는 가난뱅이 한떼가 그에게 매달려 있어요. 그 사람처럼 자기 능력에 넘치는 무거운 짐을 지고 쓸데없이 자진해서 책임을 떠맡는 사람도 또 없을 거예요. 게다가 창백한 얼굴의 마리 쥐스띤에 대해 낭만적인 생각을 품고 있고요. 내가 생각하기에 멍청한 사람에 지나지 않는데 말이죠.[16]" (이것이 베끄 부인의 불경한 말이었다.) "그녀는 지난 이십년 동안 하늘나라인지 어딘가에서 천사로 존재했는데, 그는 이 지상의 모든 인연에서 자유로워질 때 백합처럼 순결한 상태

---

13 (프) Elle est drôle, n'est-ce pas?

14 (프) Oh la singulière petite bossue. Et figurez-vous qu'elle me déteste, parcequ'elle me croit amoureuse de mon cousin Paul; ce petit dévot qui n'ose pas bouger, à moins que son confesseur ne lui donne la permission! Au reste,

15 (프) soit moi, soit une autre.

16 (프) personnage assez niaise à ce que je pense.

로[17] 그녀를 만나려고 한다나봐요. 당신이 에마뉘엘 선생의 괴벽과 기행을 반만 알아도 웃음을 터뜨릴 거예요! 그런데 내가 식사를 방해하고 있었군요. 음식도 들고 포도주도 마셔요, 내 친구. 천사고 노파고, 그리고 무엇보다 에마뉘엘 선생이고 뭐고 다 잊어버려요. 자, 안녕!"

---

17 (프) pure comme un lis, à ce qu'il dit.

35장
남매의 정

"에마뉘엘 선생이고 뭐고 다 잊어버려요." 베끄 부인은 그렇게 말했다. 그녀는 현명한 여자였지만 그런 말은 하지 말았어야 했다. 그 말을 한 건 실수였다. 그날밤 그녀는 나를 가만히 내버려두었어야 했다. 내가 흥분하지 않고 무관심하게, 나 자신의 평가와 다른 사람의 평가만 알고 더이상 관심을 갖지 않게 내버려두었어야 했다. 내가 잊어야 하는 에마뉘엘 선생과 연관짓지 못하게 내버려두었어야 했다.

그를 잊으라고? 아! 그들은 내가 그를 잊게 하려고 교활한 계획을 꾸민 것이었다. 간교한 사람들! 그들은 결국 내게 그가 얼마나 훌륭한 사람인지 보여주었고, 내가 소중히 생각하는 그 사람을 흠잡을 데 없는 작은 영웅으로 만들었다. 그러고는 그의 사랑법에 대해 떠들어댄 것이다. 그런 이야기를 듣기 전에는 그가 사랑을 할 줄이나 아는지 확인할 방법이라도 있었겠는가? 전에는 그가 질투심과 의심이 많다고 생각했고, 변덕스럽고 다정한 그를 본 적도 있었다. 따뜻한 바람이 불듯이 부드럽기도 했고 그의 짜증의 열기 속에 새벽이슬처럼 후회가 사라지기도 했다. 이것이 내가 본 전부였다. 그런데 썰라스 신부와 겸손한 마리아 베끄(이들이 짜고 한 일이라는 것은 의심의 여지가 없었다)가 뽈 선생의 마음속 성소聖所를 열고서 내게 큰 사랑을 보여준 것이었다. 남유럽의 기질을 가진 그 젊은이가 잉태한 사랑은 날 때부터 건강하고 완벽한 것이었다. 그는 '죽음' 자체를 비웃고 죽음의 육체 강탈을 경멸하며 불멸의 영혼에 집착했다. 그리고 극기와 믿음 속에 이십년간을 무덤 곁에서 지켜본 것이다.

그런 일이 있었던 것이다. 그리고 그 일은 무익하지 않았다. 그는 헛되이 공허한 감정에 탐닉한 것이 아니었다. 자신의 가장 훌륭한 힘을 이타적인 목적에 바쳐 지조를 입증했고 끝없는 희생으로 지조를 증언한 것이었다. 그는 한때 연인에게 소중했던 사람들을 소중히 여김으로써 복수심을 버리고 십자가를 졌다.

쥐스띤 마리에 대해 말하자면, 나는 그녀를 마치 직접 본 것처럼 잘 알 수 있었다. 그녀는 제법 괜찮은 여자였을 것이다. 베끄 부인의 학교에는 그녀와 비슷한 여학생들이 많았다. 창백하고 느리며, 활기는 없지만 상냥하고, 악과 상관없지만 그렇다고 아주 선한 것도 아닌 차분한 기질의 여학생들이었다. 그녀에게 천사의 날개가 있다면 누구의 시적인 상상력이 그 날개를 부여했는지, 그녀의 이마에 후광이 빛난다면 그 신성한 불꽃이 누구의 휘황찬란한 열정에서 비롯된 것인지 알 듯했다.

그러면 내가 그대 쥐스띤 마리에게 겁을 먹었는가? 창백한 수녀의 초상이 살아나 영원한 장벽이 될 수 있겠는가? 뽈 선생이 세속적인 재산을 다 바친 자비에 대해서는 어떻게 생각해야 할까? 정절을 지키기로 맹세한 그의 마음에 대해서는?

베끄 부인, 씰라스 신부, 당신들은 이런 질문들을 떠오르게 하지 말았어야 했다. 그 질문들은 내게 가장 심오한 수수께끼, 가장 힘든 장애물, 가장 날카로운 자극이 되었다. 일주일 밤낮을 나는 잠에 취해 보냈다. 나는 꿈을 꾸다 깨어나서도 바로 그 질문들을 떠올렸다. 질문들에 대한 답은 불한당같이 그리스식 모자를 투구처럼 눌러쓰고 잉크 얼룩이 잔뜩 묻은 초라한 외투를 걸친 아주 우울하고 작고 까무잡잡한 남자가 일어났다 앉았다 걸었다 강의했다 하는 곳 외에는 아무 데도 없었다.

마주가를 방문한 후로 그를 다시 보고 싶은 마음이 간절했다. 새로 알아낸 사실 때문에 그의 표정에서 어느 때보다 더 명징하고도 흥미로운 사실을 볼 수 있을 것이었다. 그의 얼굴 속에서 원초적인 헌신이 깃든 모습을, 즉 신부가 이야기했듯 반은 기사이고 반은 성인 같은 모습을 찾아내고 싶은 생각이 간절했다. 그는 나의 '기독교적 영웅'이 되어버렸고, 나는 그런 본성을 지닌 사람으로서의 그가 보고 싶었다.

'기회'는 곧 왔다. 그다음 날 내가 받은 새로운 인상을 시험할 수 있었다. 나의 '기독교적 영웅'과 만날 기회가 주어졌던 것이다. 영웅적이거나 감상적이거나 성서와 관련된 것은 아니었지만 나름대로 생생한 만남이었다.

오후 세시경 1반 교실은 평화로웠다. 베끄 부인이 몸소[1] 질서 정연하게 유용한 수업을 진행하고 있어 차분한 통치로 안전하게 평

----

1 (프) propria persona.

화가 확립되고 있었다. 그런데 갑자기 외투 차림의 사람이 거칠게 끼어드는 바람에 그 평화가 깨졌다.

그때 나는 누구보다도 평온한 상태였다. 베끄 부인이 있어서 통솔에 대한 책임이 없는데다 그녀의 한결같은 억양이 편안한 느낌을 주었고, 그녀의 명확한 설명으로 수업의 주제가 잘 이해되어 기분이 좋은 상태였다(그녀는 유능한 선생이었다). 나는 책상에 고개를 숙인 채 그림을 그리고 있었다. 선이 정교한 동판화를 모사하는 작업이었는데, 원본과 흡사해지도록 끈질기게 애쓰는 중이었다. 내가 예술에 대해 지니고 있는 실용적인 개념은 그런 것이었다. 좀 이상한 말이지만 난 그런 노역을 아주 좋아했으며, 강철이나 동판에 새겨진 까다롭고 기묘한 중국화도 똑같이 모사할 수 있었다. 그것들은 기껏해야 소모직물을 짜는 작업만큼의 예술적 가치밖에 없지만 당시 나는 그것들을 아주 높이 평가하고 있었다.

그런데 무엇이 문제였냐고? 내 그림과 연필과 소중한 모사본이 한움큼으로 모아져 내 눈앞에서 사라진 것이었다. 흥분한 요리사가 향신료 병을 흔들어 한알 남아 있던 시든 육두구가 빠져나오듯이 나도 의자에서 흔들려 떨어져나온 것 같았다. 난폭한 외투가 한손에는 내 의자를, 또 한손에는 내 책상을 들고 먼 곳으로 옮겨놓았다. 내 책상과 의자에 이어 나 역시 순식간에 옮겨졌다. 곧 나와 내 책상과 의자는 연회장 옆에 있는 커다란 방, 무용을 하거나 합창 연습을 할 때를 제외하고는 거의 쓰이지 않는 방 한가운데에 놓였다. 다시는 거기서 움직일 생각도 하지 말고 꼼짝도 말라는 것만 같았다.

혼비백산한 정신을 좀 수습하고 보니 나는 두 신사라고 해야 할 사람들 앞에 있었다. 한 사람은 피부가 가무잡잡했고, 또 한 사람은 흰 편이었다. 한 사람은 군인 같은 딱딱한 분위기에 테두리 장식을 한 외투를 입고 있었다. 또 한 사람은 학생이나 예술가 부류처럼 태도나 옷차림에 신경을 좀 덜 쓴 모습이었다. 둘 다 콧수염이나 구레나룻을 길러 위엄 있어 보였다. 에마뉘엘 선생은 이 두 사람과는 약간 떨어져 있었는데, 표정과 눈길이 아주 성마르게 보였다. 그는 마치 교단에 서 있을 때처럼 불쑥 손을 내밀며 말했다.

"루시 양, 이분들 앞에서 내가 거짓말쟁이가 아니라는 것을 증명해주시오. 최선을 다해서 이분들이 낸 문제에 답하고, 이분들이 고른 주제로 작문을 하시오. 이 사람들은 날 형편없는 사기꾼으로 몰고 있소. 내가 글을 쓴 다음 의도적으로 사기를 치려고 그 글에 학생 이름을 쓰고 학생 작품이라고 자랑한다는 거요. 그게 잘못된 비난이라는 것을 증명해주시오."

하느님 맙소사![2] 그렇게 오랫동안 피해온 공개시험이 청천벽력처럼 닥친 것이다. 콧수염을 기르고 테두리 장식을 한 외투 차림의 훌륭한 두 양반은 비웃으며 서 있었다. 이들은 바로 고등학교의 멋쟁이 신사인 부아세끄 씨와 로슈모르뜨 씨였다. 이들은 한쌍의 냉담한 멋쟁이이자 현학자이자 회의주의자이자 냉소주의자였다. 아마 뽈 선생이 내가 썼던 글 중 하나를 분별없게도 과시한 모양이었다. 정작 내 앞에서는 한번도 칭찬하거나 언급한 적이 없어서 나는 잊힌 줄만 알았던 글이었다. 그 글은 전혀 눈에 띌 만한 것이 아니었다. 단지 외국 여학생들의 평균적인 글과 비교해서 눈에 띌 만한 것으로 보였을 뿐이다. 영국 학교에서였다면 그 정도는 주목받지도 못했을 것이다. 그러나 부아세끄 씨와 로슈모르뜨 씨는 정말로 학

---

2 (프) Grand Ciel!

생이 썼는지 의문을 제기하고 사기가 아니냐는 암시를 했던 것이다. 이제 나는 그 진실에 대해 증거를 내보이고 시험을 치르는 고통을 겪어야 할 처지가 되었다.

그리고 기억에 남을 만한 장면들이 이어졌다.

그들은 먼저 고전을 골랐다. 나는 거기에는 완전히 백지였다. 그러자 그들은 프랑스 역사로 넘어갔다. 나는 메로베크[3]와 파라몬드[4]도 구별하지 못했다. 그들은 여러 학문에 대해 물었으나 나는 계속 고개를 저으며 "하나도 모르겠어요"[5]라고만 답했다.

의미심장한 침묵 후에 그들은 이번엔 일반상식에 대해 물었던 것 같다. 한두 주제는 내가 잘 알고 있고 종종 깊이 생각했던 것에 가까웠다. 여태껏 동짓날 밤처럼 시커멓게 질려 바라만 보고 있던 에마뉘엘 선생의 얼굴이 약간 밝아졌다. 이제 내가 바보는 아니라는 것을 보여주리라고 생각하는 듯했다.

그러나 곧 그는 자신이 실수했음을 깨달았다. 질문에 대한 대답들이 샘물이 솟듯 재빨리 솟아나와 생각은 분명한데도 말이 떠오르지 않았다. 내가 말을 할 수 없었던 건지, 하려 들지 않았던 건지, 어느쪽이었는지는 지금도 모르겠다. 부분적으로는 신경이 과민하기도 했고, 부분적으로는 기분이 상한 탓도 있었다.

시험관 중에 테두리 장식 외투를 입은 사람이 그의 동료 교수에게 속삭이는 소리가 들렸다. "그러니까 저 여자 바보 아니야?"[6]

나는 생각했다. '그래요, 당신들에게는 바보로 보이겠죠.'

---

3 5세기 프랑크 왕국의 왕.
4 4~5세기 프랑크족의 전설적인 초기 군주.
5 (프) Je n'en sais rien.
6 (프) Est-elle donc idiote?

하지만 괴로웠다. 몹시 괴로웠다. 뽈 선생은 이마에 의기소침한 기운이 감돌고 눈에는 격렬하고 슬픈 책망이 담겨 있었다. 내게 통속적인 지식이 전혀 없다는 것을 그로서는 믿을 수가 없었다. 그는 내가 하려고만 들면 재빨리 대답할 수도 있다고 생각하고 있었다.

마침내 모두의 긴장을 풀어주기 위해 내가 더듬거리며 말했다.

"신사 여러분, 절 그냥 보내주시는 게 낫겠어요. 제게선 얻을 게 없을 거예요. 두 분 말씀처럼 전 바보니까요."

품위 있게 차분히 말하거나 현명하게 입을 다물었더라면 좋았으련만, 배신자인 내 혀는 떨면서 더듬거렸다. 심판관들이 에마뉘엘에게 냉담한 승리의 표정을 짓는 것이 보이고 고통스럽게 떨리는 내 목소리가 들리자 울음이 터져나왔다. 슬픔보다는 분노가 앞섰다. 내가 힘센 남자였다면 그 자리에서 두 신사에게 결투 신청이라도 했을 것이다. 하지만 그것은 감정일 뿐이었다. 그리고 나는 감정을 드러내느니 차라리 천벌을 받았을 것이다.

무능한 인간들! 그들이 사기라고 주장한 글 속에서 초심자의 조야한 솜씨를 곧 알아채지 못했단 말인가? 그 글의 주제는 고전에 관한 것이었다. 뽈 선생이 정해주었던 그 주제는 생전 처음 보는 것이었다. 완전히 낯선 것이었으며 내겐 그것을 다룰 제재도 전혀 없었다. 하지만 나는 책을 가져와 샅샅이 읽은 다음 사실이라는 마른 뼈다귀로 뼈대를 세우고 열심히 살을 붙인 다음 그 속에 생명을 불어넣으려고 애썼다. 이 마지막 과정은 즐거웠다. 사실들을 발견하고 고른 뒤 적절하게 배합하기까지가 어렵고 초조했다. 정확한 골격을 만들 때까지는 연구와 노력을 멈출 수가 없었다. 흠이나 잘못이 있다는 생각만 해도 가슴속에서 혐오감이 치밀어오르는 바람에 터무니없는 실수는 피할 수 있었다. 하지만 그 지식이 내 머릿

속에 만반의 준비를 갖추고 무르익어 있었던 것은 아니다. 그것은 봄에 씨를 뿌리고 여름에 기르고 가을에 수확하고 겨울에 저장한 지식이 아니었다. 원하는 것이 무엇이든 간에 나는 나가서 새로 따와야 했다. 나는 야생 허브를 한아름 따와서 통째로 항아리에 넣고 짓이긴 것이었다. 부아세끄 씨와 로슈모르뜨 씨는 이 사실을 알아채지 못하고 내 글을 완숙한 학자의 글로 오해했던 것이다.

그들이 좀처럼 보내주지 않아서 하는 수 없이 나는 그들 앞에 앉아서 작문을 해야만 했다. 떨리는 손으로 잉크를 찍고 눈물이 흘러 흐려진 눈으로 흰 종이를 보는 내 모습을 보고 나의 심판관 중 한 사람이 고통을 주어 미안하다고 사과하는 척했다.

"우리가 이러는 건 진실을 밝히기 위해서지 당신을 괴롭히려는 건 아니오."[7]

그러자 경멸하는 마음이 생기면서 용기가 났다. 나는 이렇게만 대답했다.

"주제를 정해주세요, 선생님."

로슈모르뜨는 주제를 댔다. "인간의 정의正義."

인간의 정의라니! 내가 그런 주제에 대해 뭘 쓸 수 있을까? 그것은 내게 공허하고 차갑고 추상적인 개념일 뿐이어서 단 한가지 생각도 떠오르지 않았다. 에마뉘엘 선생은 사울처럼 슬프고 요압[8]처럼 엄격한 모습으로 서 있었고, 그를 비난하는 사람들은 의기양양해하고 있었다.

나는 이 두 사람을 바라보았다. 그리고 용기를 내어, 당신들을 위해서라면 단 한마디도 쓰거나 말하지 않겠다고, 당신들이 정해

---

7 (프) Nous agissons dans l'intérêt de la vérité. Nous ne voulons pas vous blesser.
8 다윗의 조카로, 잔인하고 무자비한 장군이다.

준 주제는 내게 맞지 않고 당신들이 있으면 영감이 떠오르지 않는다고 말하려 했다. 또 뿔 선생의 명예를 조금이라도 의심한다면, 정의의 투사를 자처하는 당신들이 진리를 모독하는 꼴이라고 말하려 했다. 그런데 내가 이 모든 것을 말하려고 하는 그 순간, 갑자기 기억 속으로 한줄기 빛이 스치고 갔다.

숱 많은 긴 머리와 콧수염과 구레나룻 사이로 보이는 저 두 얼굴, 냉담하면서도 뻔뻔스럽고 신뢰할 수 없는 저 거만한 얼굴은 바로 내가 홀로 빌레뜨에 도착한 첫날 밤, 주랑 기둥 뒤에 숨어 있다가 가스등 불빛에 얼굴이 드러나 나를 죽도록 무섭게 했던 바로 그 얼굴들이었다. 나는 이 사람들이 의지할 데 없는 외국인을 지치고 미칠 지경으로 몰아넣었던 인물들, 시내 끝까지 쫓아와 숨이 턱까지 차오르도록 했던 바로 그 인물들이라는 것을 확신했다.

'경건한 스승들이라고!' 나는 생각했다. '젊은이들의 순결한 안내자라고! 만일 '인간의 정의'가 제대로 확립되면 당신들 두 사람은 지금의 지위를 차지할 수도 없고 지금처럼 신임을 얻을 수도 없어.'

한번 생각이 떠오르자 나는 재빨리 쓰기 시작했다. '인간의 정의'는 내 앞에 새로운 모습으로, 즉 허리에 양손을 짚고 아무렇게나 행동하는 시뻘건 노파의 모습으로 다가왔다. 그녀가 집에 있는 모습이 보였다. 그곳은 혼란의 소굴이었다. 하인들은 그녀에게 지시나 도움을 구하며 서 있었고, 거지들은 집 앞에 서서 기다리다 아무도 모른 채 굶어 죽어갔고, 병든 아이들은 시끄럽게 떠들어대고 우글우글 그녀의 발밑을 기어다니면서 자신들을 좀 내려봐달라고, 가엾이 여겨 치료해주고 구제해달라고 그녀의 귀에 대고 고함을 질렀다. 이 공정한 여인은 이런 일들 어디에도 전혀 신경쓰지 않았다. 그녀는 저 혼자 난롯가의 따뜻한 자리에 앉아 짧고 검은 파이프와 미시즈 스위니사의 달콤한 시럽으로 기분전환을 하고 있었다. 담배를 피우고 시럽을 마시면서 홀로 천국을 즐겼다. 주위의 고통받는 사람들의 고함소리가 너무 날카롭게 들리면, 이 유쾌한 노파는 귀찮게 하는 사람이 약하고 학대받고 병든 사람인 경우에는 부지깽이나 난로용 솔을 휘둘러 효과적으로 진정시켰고, 강하고 활기차고 난폭한 사람인 경우에는 위협만 한 후 주머니 깊숙이에서 사탕을 꺼내 넉넉하게 던져주었다.

종이에 급히 휘갈겨 부아세끄 씨와 로슈모르뜨 씨의 손에 넘긴 '인간의 정의'는 대강 이런 내용이었다. 에마뉘엘 선생은 내 어깨 너머로 글을 읽어보았다. 나는 평가를 기다리지도 않고, 세 사람에게 무릎을 굽혀 인사를 하고 물러났다.

그날 방과 후 뽈 선생과 나는 다시 만났다. 물론 처음에는 그 만남이 순조로울 리가 없었다. 나는 그 강제적인 시험을 도저히 이해할 수 없었으므로 그에게 따질 수밖에 없었다. 불평으로 가득찬 그 대화는, 뽈 선생이 나를 "비웃기만 하는 냉담한 아가씨"[9]라며 잠시 나가버리는 것으로 끝났다.

그가 아예 가버리는 것은 내가 원하는 바가 아니었다. 그날 내가 그런 상황에 처하게 한 것에 대해서 그에게 따끔하게 한마디 해야겠다고 생각한 정도였으므로, 잠시 후 정자 근처에서 정원을 손질하고 있는 그의 모습을 보자 반가웠다. 그는 유리문으로 다가왔다. 나도 기꺼이 그쪽으로 갔다. 우리는 주변에 핀 꽃들에 대해 이야기했다. 차츰 선생은 삽을 내려놓고 이런저런 이야기를 하다가 마침

----

9 (프) une petite moqueuse et sans-cœur.

내 아까의 화제에 도달하게 되었다.

뽈 선생은 그날 자신이 유난히 지나치게 굴었다는 것을 인정하고 넌지시 사과를 했다. 그동안 변덕을 부린 것에 대해서도 어느정도는 잘못을 인정했다. 그러면서도 여전히 자기 사정을 조금은 참작해주어야 한다고 말했다. "하지만 당신에게 그걸 바랄 수는 없을 거요. 당신은 날 모르고 내가 처한 상황이나 내 과거를 모르니까 말이오."

그의 과거라. 나는 곧 말을 낚아채 그에 대해 말했다.

"그래요, 말씀대로 전 선생님의 과거나 지위, 선생님의 희생과 슬픔, 시련, 애정, 일편단심에 대해서 몰라요. 오, 그럼요! 전 선생님에 대해 전혀 몰라요. 제게 선생님은 전혀 모르는 사람이나 다름없어요."

"뭐라고 했소?" 그가 놀라서 눈썹을 치켜세우며 중얼거렸다.

"선생님, 저는 선생님을 교실에서만 보잖아요. 선생님은 엄격하고 교조적이고 성급하고 고압적이세요. 시내에 계실 때 선생님은 활동적이고 고집이 세다고, 그러니까 재빨리 일에 착수하고 서둘러 이끌길 좋아하지만 설득하기 힘들고 고집을 꺾기 어려운 사람이라고 들었어요. 선생님 같은 분은 가족이 없으니 애착을 느낄 사람도 없고, 부양할 사람이 없으니 의무도 없으시겠죠. 선생님과 접촉하는 우리 모두를 기분과는 상관없이 아무 데나 던져버려도 되는 기계로 보시죠. 기분풀이야 저녁 연회장의 상들리에 불빛 아래서 하실 것이고, 이 학교와 저쪽 고등학교는 학생이라는 상품을 제조하는 선생님의 작업장일 거예요. 저는 선생님이 어디 사시는지조차 몰라요. 선생님께 가정이 없고 가정이 필요 없다고 여기시는 것도 당연하게 느껴지고요."

"내가 심판을 받았구려." 그가 말했다. "당신이 그렇게 생각할 줄 알았소. 당신 보기에 나는 남자도 기독교인도 아니군. 날 사랑하는 친구나 가족도 없고, 원칙이나 신념에 따라 행동하지도 않는, 애정도 종교도 없는 사람으로 보는구려. 루시 양, 좋소. 인생에서 받는 보상이란 으레 그러니까."

"철학자이시군요, 선생님은. 냉소적인 철학자세요." (그리고 내가 그의 외투를 바라보자 그는 곧 소매의 먼지를 털었다.) "인간의 약점을 비웃고, 인간의 사치를 초월하고, 인간의 안위에는 무관심하시잖아요."

"그러는 당신은 깔끔하고 자기밖에 모르고 게다가 지독하게 인정머리 없는 여자잖소."[10]

"하지만 선생님, 간단히 말해 선생님 역시 **틀림없이** 어디엔가에서 살고 계실 테지요? 어디에 사시는지, 그리고 하인은 몇이나 거느리시는지 말해주세요."

그는 극심한 경멸을 드러내면서 아랫입술을 있는 대로 내밀고 말을 퍼부어댔다.

"나는 굴 같은 곳에 살고 있소!"[11] 짐승 우리에 산단 말이오. 당신이 그 높은 콧대를 들이밀지도 않으려고 하는 동굴 같은 곳이지. 전에 저 고등학교에 있는 내 '연구실'에 대해서 말한 적이 있잖소. 그땐 진실을 말하기엔 모멸감이 느껴졌던 거요. 이제 그 '연구실'이 내 거처의 전부라는 것을, 내 침실도 그곳이고 내 거실도 그곳이라는 걸 밝히겠소. '하인'에 대해 말하자면," (내 목소리를 흉내

---

10 (프) Et vous, mademoiselle; vous êtes proprette et douillette, et affreusement insensible par-dessus le marché.

11 (프) Je vis dans un trou!

내면서) "열명을 거느리고 있소. 바로 이것들이오![12]"

그는 우울한 표정으로 바로 내 눈앞에 열 손가락을 펴 보였다.

"나는 내 구두도 몸소 닦고," 그가 난폭하게 계속 말했다. "외투도 몸소 솔질하오."

"아니, 선생님, 너무 소박한데요. 그러실 리가 없어요." 내가 미심쩍어하며 말했다.

"스스로 이부자리도 손보고 살림도 하오.[13] 점심은 식당에서 먹고 저녁은 몸소 차려 먹소. 고되고 사랑 없는 낮이 지나면 외롭고 긴 밤이 찾아온다오. 나는 수염이 덥수룩한 사나운 수도승처럼 살고 있소. 그리고 이 세상 어느 누구도 날 사랑하지 않지. 나처럼 늙고 마음이 지친 사람이나 곤궁하고 고통받으며 지갑과 마음이 모두 가난한 극소수의 사람들만 빼고 말이오. 그들은 이 세상의 왕국을 소유하지는 못하지만 하느님의 뜻과 성서에 의해 의심할 바 없이 천상 왕국을 약속받은 사람들이오."

"아, 선생님. 하지만 전 알아요!"

"뭘 아시오? 참으로 많은 것을 알고 있긴 하지만 나에 관해서는 모르잖소, 루시!"

"선생님이 바스빌의 쾌적한 구시가지에 쾌적한 고택을 소유하고 있다는 걸 알죠. 왜 거기서 살지 않으세요?"

"뭐라고 했소?" 그가 되물었다.

"아주 마음에 드는 집이던데요, 선생님. 문으로 올라가는 계단이 있고, 현관에는 회색 판석이 깔려 있고, 뒤뜰에는 나무들, 그러니까 관목이 아니라 진짜 크고 검은 고목들이 끄덕이고 있는 집 말이에

---

12 (프) les voilà!

13 (프) Je fais mon lit et mon ménage.

요. 그리고 그 내실 같은 기도실, 그곳은 선생님 서재로 써야겠던데요. 아주 조용하고 경건한 곳이더군요."

그는 반쯤은 웃음을 짓고 반쯤은 얼굴을 붉히며 나를 가만히 쳐다보았다. "그런 이야기는 모두 어디서 들었소? 누가 당신에게 이야기해주었소?" 그가 물었다.

"아무도요. 제가 꿈을 꾸었다고 생각하세요, 선생님?"

"내가 당신의 환상을 이해할 수 있겠소? 여자의 꿈도 모르는데 백일몽인들 알겠소?"

"제가 꿈을 꾼 거라면, 꿈속에서 집만 본 게 아니고 사람들도 보았어요. 백발에 등이 굽은 늙은 신부도 보고, 마찬가지로 늙고 기괴해 보이는 하인과 화려하지만 이상한 부인도 보았어요. 머리가 제 팔꿈치에도 안 닿을 정도로 키가 작지만 공작부인처럼 위엄 있는 모습이었죠. 청금석빛이 나는 번쩍번쩍한 가운을 입고, 1000프랑은 되어 보이는 숄을 걸치고, 생전 처음 보는 아름다운 광채가 나는 장신구를 걸치고 있더군요. 하지만 그녀의 모습은 마치 한 사람을 둘로 나눈 뒤 두겹으로 접어놓은 것 같았어요. 인간의 평균수명을 넘어서서 수고와 슬픔뿐인 나이에 접어든 것 같았고요.[14] 그녀는 침울한데다 악의에 차 있다시피 했어요. 하지만 누군가가 자신의 죄를 용서받고 싶어 그녀의 죄를 용서하고 병든 그녀를 돌봐주는 것 같더군요. 제가 말한 세 사람, 안주인과 신부와 하인이 함께 살고 있더군요. 모두 늙고 약한 사람들이고, 모두 친절한 날개 하나의 보호 아래 쉬고 있었어요."

그는 손으로 얼굴 윗부분을 가렸으나 입은 가리지 않았는데 그

---

14 시편 90:10. "우리의 연수가 칠십이요 강건하면 팔십이라도 그 연수의 자랑은 수고와 슬픔뿐이요 신속히 가니 우리가 날아가나이다."

주위에는 내가 좋아하는 표정이 어려 있었다.

"내 비밀을 알아버렸군." 그가 말했다. "하지만 어떻게 알게 되었소?"

그래서 나는 심부름을 가게 된 일, 폭풍이 불어 지체된 일, 노파가 무뚝뚝하게 굴던 일, 신부가 친절을 베푼 일 등등에 관해 이야기해주었다. "비가 그치길 기다리며 앉아 있는 동안 씰라스 신부님이 이야기를 해줘서 시간 가는 줄도 몰랐어요." 내가 말했다.

"이야기라고! 무슨 이야기 말이오? 씰라스 신부는 전혀 이야기꾼이 아닌데."

"그 이야기를 해드릴까요?"

"그렇게 하시오. 처음부터 이야기해보시오. 루시 양의 프랑스어를 어디 들어봅시다. 최고든 최악이든 개의치 않겠소. 야만스러운 프랑스어 억양과 영국식 억양이 마구 섞인 루시 양의 프랑스어를 들어봅시다."

"야심만만한 구성에다 중간에 화자가 버티고 있는 이야기라 만족스럽지는 않으실 거예요. 하지만 제목을 말씀드리죠. '신부의 제자'예요."

"이런!" 그의 가무잡잡한 뺨이 다시 붉어졌다.

"선량한 노신부께서 최악의 주제를 택했군. 그분께 가장 취약한 부분인데. 그런데 '신부의 제자'가 어떻게 되었단 거요?"

"오! 사연이 많더군요."

"어떤 사연들인지 확실하게 알려주는 게 낫겠소. 난 알고 싶소."

"제자의 젊은 시절에 대한 얘기였어요. 그의 탐욕과 배은망덕과 고집과 변절에 대한 이야기였지요. 그는 아주 못되고 나쁜 제자였더군요, 선생님! 은혜를 모르고 냉담하고, 무례하고 앙심에 차 있다고 했어요."

"그래서?"[15] 그가 씨가를 꺼내면서 물었다.

"그래서," 내가 계속했다. "그에게 재앙이 닥쳤지만 아무도 동정하지 않았고, 그가 꿋꿋이 견뎌냈는데도 아무도 칭찬해주지 않았다는군요. 그는 아무도 동정하지 않는 부당한 대접을 견뎌서, 마침내 적의 머리에 숯불을 쌓아두는 기독교인답지 못한 복수를 했대요."[16]

"그게 이야기의 전부는 아니오." 그가 말했다.

"거의 다 이야기한 것 같은데요. 씰라스 신부님이 해주신 이야기의 각 장 첫머리들을 말한 거니까요."

"한가지를 잊었소. 그 제자의 애정 결핍, 그의 차갑고 완고하고 금욕적인 마음 말이오."

"맞아요. 이제 생각이 났어요. 정말로 씰라스 신부님께서는, 제자가 거의 사제처럼 일하고, 신께 바쳐진 삶을 살듯 산다고 했어요."

"어떤 인연과 의무 때문에 그런다고 했소?"

"과거의 인연들과 현재의 자비심 때문이라고 했어요."

"그러면 이제 어떻게 된 일인지 전부 다 안단 말이오?"

"제가 들은 이야기는 다 해드렸어요."

그는 잠시 생각하는 듯했다.

"자, 루시 양, 나를 보시오. 당신이 고의로 진실을 무시하지는 않는 사람이라고 믿소. 그러니 한가지 질문에 대해서는 사실대로 대답해주시오. 눈을 들고 나를 보시오. 망설이지 말고 날 믿으시오.

---

15 (프) Et puis?

16 로마서 12:20. "네 원수가 주리거든 먹이고 목마르거든 마시게 하라 그리함으로 네가 숯불을 그 머리에 쌓아놓으리라."

난 믿을 만한 사람이오."

나는 눈을 들었다.

"내 과거와 내 책무에 대해 모두 알았고, 내 결점이야 오랫동안 알고 있었으니 이제 나에 대해 다 알게 되었구려. 그런데도 여전히 나와 친구로 지낼 수 있겠소?"

"선생님께서 저를 친구로 삼길 원하시면 저도 기꺼이 선생님을 친구로 받아들이겠어요."

"내가 말하는 것은 절친한 친구요. 혈연은 아니지만 모든 면에서 혈연 같은 진정한 친구 말이오. 루시 양, 가난하고 구속도 많고 무거운 짐을 지고 있으며 얽매인 데 많은 남자의 누이동생이 되어주겠소?"

말로는 대답할 수가 없었다. 하지만 나는 그의 말에 대답을 했다고 생각한다. 그가 내 손을 잡고 감싸자 내 손은 편안해졌다. 그의 우정은 잘 변하여 믿을 수 없는 이해타산이, 냉담하고 머나먼 희망이, 손가락 하나의 무게도 견디지 못하고 부서져버릴 약한 감정이 아니었다. 나는 그의 우정이 바위처럼 나를 받쳐주는 것을 곧 느꼈다(아니, 느꼈다고 생각했다).

"내가 우정에 대해 말할 때는 진정한 우정을 뜻하는 거요." 그가 강조하며 되풀이했다. 그렇게 진심으로 가득찬 축복의 말이 내 귀에 울려퍼진다는 것을 믿을 수가 없었다. 그렇게 친절하고 열렬한 그의 표정을 현실로 받아들이기가 힘들었다. 만일 그가 정말로 나의 신뢰와 관심을 바라고 내게도 정말로 그의 신뢰와 관심을 준다면, 왠지 인생에 더이상 바랄 게 없을 것 같았다. 그렇게 되면 나는 강하고 부유해질 것이고, 순식간에 너무나 행복해질 것이었다. 그 사실을 확인하고 확실히 해두기 위해 다시 물었다.

"선생님, 진심이세요? 정말로 절 필요로 하시는 건가요? 정말로 절 여동생처럼 대해주실 수 있으세요?"

"물론이오. 나처럼 외로운 사람이 어떤 여성에게서 여동생 같은 순수한 애정을 발견한다면 참으로 기쁠 거요."

"그러면 감히 선생님의 호의에 의지해도 될까요? 이야기하고 싶을 때는 언제든지 해도 될까요?"

"누이동생이여, 시험해보시오." 그가 말했다. "약속은 않겠소. 고집 센 오빠를 원하는 사람이 될 때까지 놀리고 시험해보시오. 어쨌든 당신은 그를 별로 힘들이지 않고 대하잖소."

이렇게 말하는 그의 어조와 다정해진 눈빛에서 나는 분명히 전과는 다른 즐거움을 느꼈다. 연인을 가진 아가씨도 신랑을 가진 신부도 남편을 가진 아내도 부럽지 않았다. 나는 자발적으로 내 친구가 되어주마 하고 나선 이 친구에게 만족했다. 그가 믿을 만하다는 것이 증명되고 정말로 믿을 만해 보인다면, 우정을 넘어서서 뭘 더 바라겠는가? 하지만 전처럼 이 모든 것이 꿈처럼 녹아버린다면?

"왜 그러시오?[17] 무엇 때문에 그러시오?" 그런 생각으로 내 마음이 무거워지고 얼굴빛이 어두워지자 그가 물었다. 나는 그에게 왜 그런지 말해주었다. 그러자 그는 잠시 가만히 생각에 잠겨 웃음을 짓더니, 그 역시 내가 자기처럼 까다롭고 변덕스러운 사람에게 싫증을 내면 어떡하나 하루 이상, 아니 한달 이상 걱정했다고 말했다.

이 말을 듣자 조용히 용기가 솟고 기운이 났다. 그를 안심시키기 위해서 나는 용기를 내어 한마디 했다. 그는 그 말을 받아들였을 뿐 아니라 다시 한번 말해달라고 부탁했다. 그를 안심시키고 만족

---

17 (프) Qu'est-ce donc?

시키고 진정시키자 나도 무척 행복해졌다. 이상하게 행복한 기분이었다. 어제까지만 해도 이 지상에서 아니, 인생에서 지금과 같이 드문 행복의 순간을 얻을 수 있으리라고는 생각하지 못했다. 걱정했던 대로 슬픔이 어두운 그림자를 드리우며 다가오는 경우는 많았다. 하지만 뜻밖의 행복이 나타나 자리를 잡고, 시간이 흐르면서 더욱더 현실로 다가오는 것은 정말이지 새로운 경험이었다.

"루시," 여전히 내 손을 잡고 뽈 선생이 말했다. "그 오래된 집의 응접실에 있는 그림을 보았소?"

"보았어요. 패널에 그린 그림이었어요."

"수녀의 초상화였소?"

"네."

"그녀의 사연에 대해 들었소?"

"네."

"우리가 그날밤 정자에서 보았던 것을 기억하오?"

"그걸 어떻게 잊겠어요."

"그 두가지를 연관짓지는 않았구려. 그렇게 연결한다면 어리석은 짓이겠지?"

"그 초상화를 보았을 때 유령이 생각나긴 했어요." 내 말은 사실이기도 했다.

"하늘에 있는 성인이 지상의 경쟁자 때문에 샐쭉거린다고는 생각한 적도 없고, 그런 말도 안되는 상상을 하지도 않겠지? 신교도들은 미신을 믿지 않잖소. 당신은 그런 병적인 상상으로 괴로워하진 않을 테지?" 그가 계속 물었다.

"이 문제를 어떻게 생각해야 하는지 모르겠지만, 언젠가 이 수수께끼를 완전하고도 자연스럽게 풀 날이 오겠죠."

"물론, 그렇고말고. 순수하고 행복한 정령은 말할 것도 없고 살아 있는 사람이라도 착한 여자라면 우리의 우정을 보고 괴로워하지 않을 거요. 그렇지 않소?"[18]

내가 미처 대답도 하기 전에 갑자기 피핀 베끄가 발그레한 얼굴로 뛰어들어와 어머니가 날 찾는다고 했다. 그녀의 어머니가 이 학교에 지원한 영국 학생의 가정을 방문하러 시내에 가는데 통역이 필요하다는 것이었다. 베끄 부인은 적절하게 때를 맞춰 방해한 셈이었다. 하루의 악은 그날 겪은 걸로 충분했고, 좋은 일도 그 시간으로 충분했다. 하지만 뽈 선생에게, 그가 내게 경계하라고 말해준 "병적인 상상"이 온전히 그의 머릿속에서 만들어진 것인지 묻고 싶었다.

....
18 (프) n'est-il pas vrai?

36장
불화의 사과

뽈 선생과 내가 우정의 서약을 비준받기 위해서는 피핀 베끄의 어머니 말고도 또다른 권력의 말을 들어야 했다. 우리는 잠도 자지 않고 감시하는 눈길 아래 있었다. 질투심에 찬 가톨릭교회가 나도 무릎 꿇고 고해한 적이 있는 그 신비스러운 격자창을 통해 자신의 아들을 지켜보고 있었다. 뽈 선생은 다달이 그 격자창에, 고해실의 미닫이창으로 갔던 것이다.

"뽈 선생의 친구가 되었다고 왜 그렇게 기뻐하는 거죠?" 독자는 물을 것이다. "그는 오랫동안 당신 친구였잖아요? 당신을 편애한다는 증거도 수없이 보여줬잖아요?"

그건 그렇다. 그는 그런 증거들을 쭉 보여주었다. 하지만 그가 그토록 열렬하게 진실한 친구라고 말하는 걸 듣는 것은 정말이지 기분 좋은 일이었다. 그의 겸손한 의심, 다정한 존중이 좋았다. 나를 향한 신뢰감, 어떻게 해야 할지 알려주면 고마워하는 신뢰감이 좋았다. 그는 나를 "누이동생"이라고 불렀다. 그것도 좋았다. 그래, 날 신뢰하기만 한다면 누이동생이라고 불러도 괜찮아. 나더러 미래의 아내에게 시누이 노릇을 해달라고 하지만 않는다면 나는 기꺼이 그의 누이동생이 될 용의가 있었다. 그리고 그는 암암리에 독신으로 남을 것임을 서약한 몸이므로 그런 딜레마에 빠질 위험은 거의 없어 보였다.

그날밤이 다 가도록 나는 저녁때 그를 만난 것에 대해 곰곰이 생각해보았다. 빨리 아침이 와서 종소리가 울렸으면 하는 마음이 간절했다. 아침에 일어나 옷을 갈아입은 후에도 기도시간과 아침식사 시간이 천천히 지나가는 것 같고 모든 시간이 머무적거리는 것 같았다. 마침내 문학시간이 왔다. 나는 우리의 오누이 같은 관계를 좀더 완벽하게 이해하고 싶었다. 다시 만났을 때 그가 얼마나 오빠처럼 처신하는지 보고, 내가 얼마나 누이동생처럼 느끼는지 판단하고, 내가 과감하게 여동생처럼 행동할 수 있을지, 그가 오빠처럼 솔직하게 나를 대할 수 있을지 알고 싶었다.

그가 교실에 들어왔다. 인생이란 원래 우리가 기대하는 대로 흘러가지 않고 그럴 수도 없는 법이다. 그날 하루 종일 그는 내 곁에 오지도 않았다. 그의 수업은 평소보다 더 조용하고, 더 온화하고, 더 진지하게 진행되었다. 그는 학생들에게 아버지같이 대했지만 내게 오빠처럼 행동하지는 않았다. 말은 안 걸더라도 교실을 떠나기 전에 나를 보고 웃어주기는 하리라고 기대했으나 한마디 말도 웃음도 없었다. 단지 어색해하며 황급하게 고개를 한번 끄덕였을 뿐이다.

나는 이런 거리감이 우연이며 본의가 아닐 것이라고 우겼다. 참아라, 그러면 거리감은 사라질 것이다. 그러나 그것은 사라지지 않고 며칠이나 계속되었으며, 우리의 사이는 더욱더 멀어져버렸다. 나는 놀라움을 억누르고, 다른 감정이 솟아나려고 하면 무조건 삼켜버렸다.

그가 오누이가 되자고 제안했을 때 나는 "당신을 믿어도 되겠어요?"라고 물었어야 했다. 그는 자신을 잘 알고서 당연히 그 맹세를 철회했어야 했다. 하지만 그는 자신을 시험해보라고, 그를 놀리고 시험해보라고 하지 않았는가? 헛된 권유였구나! 말뿐이지 결코 내가 얻을 수 없는 특권이었구나! 어떤 여자들은 그걸 이용하겠지! 그러나 나는 본능적으로 그런 용감한 무리에 낄 수 없고 그럴 능력도 없었다. 나는 혼자 내버려두면 수동적인 인물이었다. 남들이 물리치면 물러났다. 잊히면, 감히 나를 상기시키는 말도 못하고 눈빛으로라도 그런 내색을 하지 못했다. 어디선가 내 계산이 잘못된 것 같았다. 나는 시간이 지나 어떻게 된 일인지 밝혀지길 바랐다.

하지만 여느 때처럼 그가 나를 가르치는 날이 왔다. 오랫동안 그는 너그럽게도 내게 일주일 중 하루 저녁을 할애해 지난 한주 동안 공부한 여러 과목들을 복습시켜주고 다음 주에 공부할 것을 예습시켜주었다. 그런 시간에는 어디든 우리의 교실이 되었고, 선생과 학생 들이 어디에 있든 우리는 개의치 않았다. 때로는 그들이 있는 곳과 아주 가까운 2반 교실이 우리의 교실이 되었다. 교실을 꽉 채운 통학생들이 가버리고 기숙학생만 몇명 남아 감독 선생의 교단 한쪽에 모여 있는 2반 교실에선 조용한 구석을 찾기가 쉬웠다.

늘 공부하는 날 저녁, 우리의 공부시간을 알리는 시계소리가 나자, 나는 책과 종이와 펜과 잉크를 챙겨 교실로 갔다.

시원한 그늘이 깊이 드리워져 있는 교실에는 아무도 없었다. 하지만 열린 이중문을 통해서 장방형의 홀이 보였다. 거기에는 학생들이 잔뜩 모여 있었고 햇살이 쏟아져들어왔다. 서산으로 지는 해는 홀과 사람들을 붉게 물들여놓았다. 그 빛이 어찌나 생생하고 붉던지, 벽의 색깔과 학생들이 입은 다양한 옷 색깔이 모두 따뜻한 붉은색으로 보였다. 학생들은 자리에 앉아 바느질을 하거나 공부를 하고 있었고, 그 한가운데 뽈 선생이 다른 선생과 유쾌하게 얘기를 나누며 서 있었다. 그의 칙칙한 외투와 검은 머리카락은 진홍빛 반사광으로 물들었고, 잠깐 얼굴을 돌렸을 때 스페인 사람처럼 생긴 얼굴에는 태양의 생기 있는 키스에 대한 답으로 생기 있는 웃음이 번지고 있었다. 나는 책상 앞에 앉았다.

오렌지나무를 비롯한 나무들은 밝은색 꽃들이 만개한 채 태양이 웃으며 아낌없이 쏟아주는 햇살에 잠겨 있었다. 하루 종일 햇볕을 받은 그 나무들은 이제 물을 달라고 했다. 정원 가꾸기는 에마뉘엘 선생의 취미였다. 그는 식물을 기르고 가꾸는 걸 좋아했다. 나는 그가 삽이나 물뿌리개를 가지고 관목들 사이에서 일을 할 때는 차분해진다고 생각하곤 했다. 그에게 정원 가꾸기는 종종 기분전환이 되었다. 그날 저녁 그는 오렌지나무와 제라늄과 어마어마하게 큰 선인장을 돌보면서 목이 타는 나무들에게 물을 주어 모두 싱싱하게 되살려놓았다. 그러는 동안에도 입술에는 아끼는 씨가를 물고 있었는데, 그에게는 그것이 최고의 사치품이자 필수품이었다. 푸른 씨가 연기가 저녁 햇살을 받으며 꽃 사이로 예쁘게 피어오르고 있었다. 그는 더이상 학생이나 선생 들에게 말을 걸지 않고, 작은 스패니얼리스(새로운 단어를 만들자면)에게 다정하게 말을 건네고 있었다. 그 개는 명목상으로는 베끄 부인 집의 개였지만 실제로는 그를 주인으로 알고 이 집의 누구보다도 선생을 좋아했다. 섬세하고 귀엽고 보드랍고 사랑스럽고 조그마한 이 애완견은 그의 옆에서, 풍부한 표정을 담은 눈으로 그의 얼굴을 올려다보면서 아장거렸다. 종종 그가 장난으로 모자나 손수건을 떨어뜨리면 그때마다 그 개는 왕국의 깃발을 지키는 작은 사자 같은 분위기로 그 옆에 웅크렸다.

나무가 많은데다 아마추어 정원사 혼자서 마당에 있는 샘에 가물을 길어왔으므로 물을 주는 데는 다소 시간이 걸렸다. 커다란 학교 시계가 째깍거리고 있었다. 다시 한시간이 지나 시계가 쳤다. 홀과 학생들에게 드리워졌던 노을의 환영이 사라졌고, 날은 저물어갔다. 오늘 내 수업은 아주 짧을 게 틀림없다. 하지만 이제 그는 오렌지나무와 선인장과 동백나무에 물을 다 주었다. 이젠 내 차례인가?

아아! 정원에는 아직 돌봐주어야 할 식물들이 더 있었다. 그가 좋아하는 장미 덤불과 특히 좋아하는 꽃들이었다. 작은 썰비는 기뻐서 짖고 으르렁대면서 오솔길 아래로 사라지는 외투를 따라갔다. 나는 책 몇권을 치웠다. 책이 모두 필요하지는 않을 것 같았다. 나는 앉아서 기다리며 생각에 잠겼다. 천천히 내리는 땅거미에 나도 모르게 화가 났다.

그 외투보다 먼저 썰비가 명랑하게 까불면서 다시 눈앞에 나타났다. 물뿌리개도 샘 옆에 놓았다. 이제 물뿌리개가 할 일은 다 끝난 것이었다. 얼마나 기뻤는지! 선생은 작은 돌 수반에서 손을 씻었다. 이제는 수업을 할 시간도 남아 있지 않았다. 곧 기도시간을 알리는 종소리가 울릴 테니까. 하지만 그래도 우리는 만나야 했다. 그는 말을 건넬 것이고, 그의 눈 속에서 수줍음의 수수께끼를 풀 기회를 찾을 수 있을 것이었다. 손을 다 씻자 그는 성 요한 성당의 격자창 위를 희미하게 비추는 오팔색 하늘의 파리한 초승달을 바라보면서 천천히 소매 매무새를 고쳤다. 썰비는 생각에 잠긴 그의 분위기를 살폈다. 개는 적막함에 짜증이 났는지 침묵을 깨뜨리기 위해 낑낑대며 뛰어올랐다. 그가 개를 내려다보았다.

"작은 안달꾼 같으니!"[1] 그가 말했다. "잠시라도 널 잊으면 큰일 나는구나?"

그는 몸을 굽혀 개를 안아올리고 천천히 마당을 가로질러 내가 앉아 있는 유리창에서 1야드도 안되는 곳까지 왔다. 그는 가슴에 안은 스패니얼을 쓰다듬고 다정한 목소리로 이름을 부르면서 어슬 렁어슬렁 걸어왔다. 현관 계단에 이르자 그는 돌아서서 다시 한번 달과 회색 성당과 푸른 바다 같은 밤안개 속에 아스라이 보이는 첨 탑과 지붕을 쳐다보았다. 해거름 녘의 달콤한 공기를 들이켜고 정 원의 주름진 꽃봉오리를 유심히 바라보았다. 그러더니 갑자기 주 위를 둘러보았다. 그의 날카로운 눈빛이 교실 벽을 훑고 길게 늘 어선 유리창을 휩쓸고 지나갔다. 그가 인사를 했던 것 같은데 나는 그 인사에 답할 시간도 없었다. 그는 순식간에 사라졌다. 닫힌 현관 문 앞에는 그림자조차 없었고, 문지방만 창백한 달빛에 빛나고 있 었다.

나는 책상 위에 펼쳐놓은 것을 모두 그러모은 후, 펴보지도 못한 책 더미를 들고 3반 교실의 내 자리로 갔다. 기도시간을 알리는 종 소리가 울렸고 나는 순순히 그 소리에 따랐다.

* * *

---

1 (프) Petite exigeante!

그다음 날은 그가 고등학교에만 있는 날이었으므로 포세뜨가에 올 일은 없었다. 나는 수업을 마쳤다. 그 사이사이의 시간은 잘 넘겼다. 저녁이 다가와서 나는 답답한 지루함에 대비해 무장을 했다. 동료들과 함께 있는 것과 혼자 앉아 있는 것 중 어느 쪽이 더 나쁠지에 대해서는 깊이 생각할 것도 없었다. 당연히 혼자 있기로 했다. 순간적인 위안을 얻을 희망이 있다 하더라도 이 집에 있는 어떤 사람의 마음이나 머리도 내게 위안을 줄 수는 없었다. 위안이 거할 수 있는 곳은 오직 내 책상 뚜껑 아래뿐이었다. 위안은 책장 사이에 둥지를 틀거나, 연필심이나 펜촉 끝에서 미끄러지거나, 아니면 잉크병 안에서 검은 액체에 물들어 있을 것이었다. 나는 무거운 마음으로 책상을 열고 지친 손길로 그 속을 뒤졌다.

낯익은 표지가 씌워진 친숙한 책과 소책자들을 하나씩 꺼내서 절망적인 기분으로 다시 제자리에 놓았다. 그 책들은 내게 전혀 매력도 없었고 위안을 주지도 못했다. 그런데 이 라일락빛 소책자는 새로운 것이잖아? 전에 본 적이 없는 것이었다. 게다가 바로 그날 오후에 책상을 다시 정리했는데. 그렇다면 저녁식사를 하는 동안에 누가 갖다놓은 게 분명했다.

나는 그 책을 펼쳐보았다. 이게 뭐지? 무슨 뜻이지?

그 책은 소설이나 시도, 수필이나 역사서도 아니었다. 노래도 이야기도 토론도 아니었다. 그것은 신학책으로, 전도를 위한 설교집이었다.

나는 기꺼이 거기 귀를 기울였는데, 소책자지만 나름대로 날 사로잡는 매력이 있었기 때문이다. 가톨릭 교리를 설파하고 개종을 설득하는 책이었다. 그 교활하고 작은 책의 목소리는 달콤했고, 어조에는 온통 성유와 향유가 넘쳐흘렀다. 이 책에는 로마의 천둥소리가 울려퍼지지도 않고 불쾌한 숨결이 일으킨 돌풍도 없었다. 이 책에 의하면 신교도가 구교로 돌아가야 하는 것은 이교도에게 닥칠 지옥이 두려워서가 아니라 성당이 제공하는 위안과 은혜와 다정함 때문이라고 했다. '거룩한 가톨릭교회'는 결코 위협하거나 강요하지 않고 단지 신자로 인도하기를 바랄 뿐이라고 했다. 가톨릭이 박해를 한다고요? 오, 그럴 리가요! 결코 그런 일은 없습니다!

이 부드러운 책은 세속적이고 냉정한 사람에게 설교하는 게 아니었다. 이 책은 튼튼한 사람에게 먹일 질긴 고기가 아니고 아기에게 먹일 우유였으며, 가장 사랑스러운 막내를 위한 어머니의 부드러운 모성애가 넘쳐흐르고 있었다. 감정적으로 납득이 되어야만 이성적으로 받아들이는 사람들을 위한 책이었다. 그 책은 지성에 호소하지 않았다. 애정을 지닌 사람에게는 애정에, 동정심 있는 사람에게는 동정심에 호소해 그들을 끌어들이려고 했다. 성 뱅상 드 뽈[2]이 주위에 고아들을 모아놓고 이야기했더라도 이보다 더 달콤할 수는 없었을 것이다.

그 책에서, 친구가 죽으면 그들을 연옥에서 구해달라고 기도함으로써 이루 말할 수 없는 위안을 받을 수 있다는 사실을 중요한 근거로 들면서 개종을 유도하려 했던 것이 기억난다. 저자는 연옥이라는 개념이 애당초 없는 종교의 신자들이 누리는 더 확고한 마음의 평화에 대해서는 언급하지 않았다. 하지만 나는 그 사실을 떠올렸고, 전반적으로 신교의 교리에서 더 큰 위안을 얻었다.

책은 재미있었고 고통스러울 정도로 불쾌감을 주지는 않았다. 감상적이고 위선적이고 깊이가 없는 소책자이긴 했지만 어떤 면에

---

2 Vincent de Paul(1581~1660). 프랑스에서 활동한 사제이자 성인으로, 근대적 사회봉사의 근간이 된 조직적 자선사업의 기본 원칙을 세웠다.

서는 나의 우울을 걷어내고 웃음을 끌어냈다. 늑대 새끼가 양가죽을 쓰고 순진한 양의 울음소리를 흉내내는 이 장난은 재미있었다. 그 책의 일부는 어린 시절에 읽은 적이 있는 감리교 책자를 상기시켰다. 그 책들도 이것처럼 광신으로 유인하기 위해 단맛을 가미한 것이었다. 가톨릭 소책자의 저자는 사악한 사람은 아니었다. 그래서 나는 그의 훈련된 교활함과 그가 속한 종교체계의 악마적 본성이 끊임없이 드러나는데도 바로 그의 위선을 비난하지 못하고 멈칫했다. 그러나 그의 판단은 목발이 필요했다. 그 판단이 곧 넘어질 것 같아서였다.

나는 일곱 산의 자줏빛과 붉은빛 옷을 입은 노파[3]가 보이는 이 넘치는 모성애에 웃음이 나왔다. 그리고 이렇게 마음을 녹이는 애정을 받아들이지 못하는 것은 말할 것도 없고 받아들일 마음도 없는 나 자신에 대해서도 웃음이 나왔다. 그러다가 책 속표지에서 "씰라스 신부"라는 이름을 발견했다. 면지에는 작은, 그러나 선명하고 낯익은 연필 정자체로 "P. C. D. E.가 루시에게"라고 적혀 있었다. 이 글씨를 보자 웃음이 나왔다. 하지만 책자를 읽을 때랑은 기분이 달랐다. 나는 다시 기운이 났다.

머릿속과 눈앞에서 나를 괴롭히던 치명적인 당혹감이 깨끗이 사라졌다. 스핑크스의 수수께끼는 풀렸다. 씰라스 신부와 뽈 에마뉘엘이라는 두 이름이 모든 것의 열쇠였다. 참회자는 그의 스승에게 아무것도 숨길 수가 없었던 것이다. 마음 어느 구석도 신과 자신만 알고 있을 수 없어서 최근에 우리가 나눈 이야기를 전부 털어놓았던 것이다. 의남매를 맺기로 약속한 것과 수양 누이동생에 대

---

3 요한계시록 17장에 묘사된 음탕한 여인. 신교에서 구교를 가리키는 비유이기도 하다.

해 다 말해버린 것이다. 하지만 어떻게 가톨릭교회가 그런 맹세와 그런 동생을 용인할 수 있겠는가? 이교도와 남매로 지내는 일은 있을 수 없었다! 불경한 맹세는 무효라고 말하는 씰라스 신부의 목소리가 들리는 듯했다. 고해자에게 위험을 경고하고, 성직의 권위를 내세워 다시 생각해보라고 설득하며, 에마뉘엘 선생이 가장 소중하고 신성하게 여기는 것의 이름과 추억을 들먹이며, 이미 내 골수를 서늘하게 한 새로운 신앙을 내게 강요해야 한다고 명령하는 그의 목소리가 들리는 듯했다.

이것들은 유쾌한 가설은 아니었지만 상대적으로 보면 다행스러운 일이었다. 신부가 뒤에서 유령처럼 얼씬대며 괴롭힌다는 사실은 뽈 선생이 변심했을까봐 전전긍긍하던 것에 비하면 아무것도 아니었다.

시간이 지난 지금에 와서 돌이켜보니, 앞서 말한 것들이 어디까지가 나의 추측이고 어디까지가 다른 사람에게서 들은 것인지 확실치 않다. 소문은 얼마든지 들었을 수 있으니까.

그날 저녁에는 화려한 노을이 보이지 않았다. 동쪽 하늘이고 서쪽 하늘이고 잔뜩 구름이 껴 있었다. 장밋빛이 감도는 푸른 여름 밤안개가 깔려 원경이 부드럽게 보이지도 않았다. 대신 늪지에서 솟아난 끈적한 회색 농무가 빌레뜨 주변에 깔렸다. 오늘밤에는 물 뿌리개도 벽 옆의 제자리에서 쉬고 있었다. 오후 내내 내리던 보슬비가 여전히 조용히 빠른 속도로 내리고 있었다. 나무 아래로 물이 뚝뚝 떨어지는 진창길을 산책할 만한 날씨는 아니었다. 갑자기 정원에서 씰비가 짖는 소리가 들려 나는 깜짝 놀랐다. 반가워서 짖는 소리였다. 분명히 씰비는 혼자 있었다. 씰비는 한 사람을 제외하고는 누구에게고 이렇게 반가워하며 빠르게 짖는 법이 없었다.

나는 유리문과 아치형의 정자를 통해 금지된 오솔길 너머까지 볼 수 있었다. 그곳을 향해 질주하는 씰비의 모습은 어둠속에서 하얀 백당나무 꽃처럼 보였다. 씰비는 앞뒤로 오가면서, 낑낑대기도 하고 펄쩍 뛰기도 하고 덤불 속의 작은 새들을 공격하기도 하면서 달렸다. 오분간 지켜보았으나 예상했던 사건은 일어나지 않았다. 나는 다시 책을 보았다. 씰비의 날카로운 소리가 갑자기 멈추었다. 나는 다시 눈을 들었다. 씰비는 얼마 떨어지지 않은 곳에서 하얀 털북숭이 꼬리를 힘껏 흔들면서, 누군가가 지칠 줄 모르고 빠르게 삽질하는 광경을 열심히 지켜보고 있었다. 에마뉘엘 선생이 몸을 굽히고 비가 내려 물이 줄줄 흐르는 젖은 땅을 파고 있었다. 그는 마치 얼마 안되는 일용할 양식마저 문자 그대로 이마에 땀을 흘려야 얻을 수 있는 것처럼 열심히 삽질을 하고 있었다.

이 몸짓을 보고 나는 그가 화가 났다는 것을 알았다. 그는 흥분하거나 자책에 시달려 슬프거나 내면적으로 동요되면, 몹시 추운 겨울날에 꽁꽁 언 눈을 그런 식으로 파곤 했다. 이마를 찌푸리고 이를 악물고서 몇시간이고 땅을 파면서 한번도 고개를 들거나 입을 열지 않았다.

씰비는 그를 쳐다보다가 지친 모양이었다. 개는 다시 빙빙 돌며 뛰어다니고 여기서 펄쩍 뛰고 저기로 질주하고 이곳저곳 킁킁거리며 냄새를 맡다가, 마침내 교실에 있는 나를 발견했다. 곧 그 개는 짖으면서 유리창을 향해 달려왔다. 마치 나더러 자신의 즐거움이나 주인의 노고를 나누자고 재촉하는 듯했다. 나와 뽈 선생이 오솔길을 산책하는 모습을 종종 보았던 그 개는, 비가 오기는 하지만 나도 뽈 선생 옆에 있어야 한다고 생각한 게 틀림없었다.

개가 하도 법석을 떠는 바람에 마침내 뽈 선생이 고개를 들고 올려다보았고, 개가 누구를 보고 왜 짖는지 알아차렸다. 그는 개를 쫓아내려고 휘파람을 불었지만 개는 더 크게 짖어댈 뿐이었다. 개는 어떻게든 유리문을 열겠다고 결심한 것 같았다. 개가 하도 졸라서인지, 그는 삽을 내던지고 다가와서 문을 열어주었다. 그러자 씰비가 격렬하게 뛰어들어오더니 내 무릎 위로 뛰어올라 앞발을 내 목에 걸치고 다소 위압적으로 내 얼굴과 입과 눈 주위를 작은 코와 혀로 마구 핥으면서 책상 위로 털북숭이 꼬리를 쳤다. 그 바람에 책과 종이 들이 이리저리 흐트러졌다.

에마뉘엘 선생은 이 소동을 진정시키고 어질러놓은 것을 제자리에 가져다두려고 교실 안으로 들어왔다. 그는 책을 정리한 뒤 씰비를 붙잡더니 외투 안에 집어넣었다. 개는 머리만 비쭉 내민 채 쥐새끼처럼 외투 속에 가만히 있었다. 아주 자그마한 그 개는 너무나 예쁘고 자그맣고 순진한 얼굴, 보드랍고 긴 귀, 세상에서 제일 예쁜 새까만 눈을 지니고 있었다. 씰비를 볼 때면 언제나 폴리나 드 바송삐에르가 떠올랐다. 독자여, 이런 연상을 용서해달라. 하지만 **종종** 이런 생각이 떠오른 건 사실이었다.

뽈 선생은 개를 토닥거리며 쓰다듬었다. 그 개가 귀여움을 받는 건 놀라운 일이 아니었다. 예쁘고 활기찬 그 모습을 보면 누구나 귀여워하지 않을 수 없었으니까.

스패니얼을 어루만지면서 그는 이제 막 다시 제자리에 가져다둔 종이와 책 들을 보았다. 그러다가 소책자에 눈길이 머물렀다. 그는 입술을 움직였으나 말이 나오려는 걸 가까스로 참았다. 이런! 내게 다시는 말을 걸지 않겠다는 다짐이라도 했단 말인가? 그랬다면 그의 성격 중 훌륭한 부분이 "그 다짐을 지키는 것보다 어기는 것이 더 명예롭다"고 한 것이 틀림없었다. 두번째 시도에서는 말을 하고 말했으니까.

"그 책은 아직 다 안 읽은 모양이오? 별로 끌리지 않소?"

나는 이미 다 읽었다고 대답했다.

그는 마치 내가 나서서 독후감을 발표하길 바라는 것처럼 기다렸다. 하지만 난 묻지도 않는데 무슨 말이나 행동을 할 기분이 아니었다. 양보를 하거나 나설 필요가 있다면, 그건 쎌라스 신부의 온순한 학생이 할 일이지 내 일은 아니었다. 그의 부드러운 눈길이 내게 머물렀다. 순간 푸른 눈빛이 온화하게 빛났다. 그 눈빛에는 간청이 담겨 있고 애수가 어려 있었다. 복잡하고 모순된 의미가 담겨 있었고, 비난이 녹아 후회가 되고 있었다. 그 순간 내가 감정적인 면을 보여주었다면 그가 기뻐했겠지만 나는 그럴 수가 없었다. 책상에서 깃펜을 꺼내서 침착하게 다듬지 않았더라면 동요하고 있다는 걸 곧 드러내고 말았을 것이다.

내가 그런 행동을 하면 그의 기분이 바뀌리라는 것을 알고 있었다. 그는 펜 다듬는 내 솜씨를 못마땅해했다. 내 칼은 늘 무딘데다가 내 솜씨도 엉망이기 때문이었다. 나는 펜을 마구 자르고 깎아냈다. 그리고 이번에는 반은 의도적으로 내 손가락을 베었다. 그가 본래의 모습으로 돌아가 편안한 마음으로 나를 꾸짖게 하고 싶었다.

"서툴긴!" 마침내 그가 소리쳤다. "그러단 손을 다 잘라내겠소."

그는 쎌비를 모자 옆에 앉힌 다음, 펜과 칼을 내게서 빼앗아 기계처럼 정확하고 민첩하게 펜 끝을 깎아내고 뾰족하게 다듬어주었다.

"그 책은 좋았소?" 잠시 후 그가 물었다.

나는 하품을 참으면서 잘 모르겠다고 대답했다.

"감동받았소?"

"약간 지루하다고 생각했는걸요."

(잠시 침묵 후) "계속하시오!⁴ 나에게 그런 어조로 말해봐야 소용없소. 당신은 나쁜 사람이긴 하지만——그리고 당신의 결함을 이렇게 한번에 모두 말해버려 미안하지만——지나치게 '풍부한 감수성과 동정심'⁵을 타고났으면서 그렇게 가슴을 울리는 호소에 감동받지 않았을 리가 없소."

"진짜예요," 나는 재빨리 일어서면서 대답했다. "조금도, 전혀 감동받지 않았어요!"

그리고 여전히 깨끗하게 접혀 있는, 물기라곤 없는 손수건을 호주머니에서 꺼내 증거로 제시했다.

그러자 그는 내게 무례하고 신랄한 비난의 화살을 퍼부었다. 난 흥미롭게 경청했다. 이틀 동안의 부자연스러운 침묵 뒤에 듣는 뽈 선생의 장광설은 음악보다 더 좋았다. 설교를 들으면서 나는 썰비와 사탕을 나누어먹는 것을 위안으로 삼았다. 에마뉘엘 선생은 사탕통에 늘 초콜릿사탕을 가지고 다녔다. 작은 것이라도 자신이 준 선물에 무척 감사해하는 모습을 보자 그는 기분이 풀렸다. 그는 전리품을 나누어먹는 나와 스패니얼을 바라보았다. 그러고는 펜 깎는 칼을 들고, 새로 깎은 깃펜 다발로 내 손을 톡톡 건드리면서 말했다.

"말해보시오, 누이동생이여.⁶ 지난 이틀 동안 나에 대해 무슨 생각을 했는지 말해보시오. 솔직하게."

못 들은 척하려고 했으나 그 말을 듣자 눈물이 고였다. 난 열심

---

4 (프) Allons donc!

5 (프) trop de sensibilité et de sympathie.

6 (프) Dites-donc, petite sœur.

히 씰비를 쓰다듬기만 했다. 뽈 선생이 책상 위로 몸을 기대고 내게로 몸을 숙였다.

"난 당신의 오라버니를 자처했소." 그가 말했다. "하지만 잘 모르겠소, 내가 당신의 오빠인지 친구인지. 당신을 생각한다는 것만은 알고 있소. 당신이 잘되길 바라오. 하지만 난 자신을 통제해야만 하고 당신을 두려워해야 하오. 내 가장 친한 친구들이 위험을 지적하고 경고하고 있다오."

"친구분들 말에 귀기울이세요. 조심하셔야죠."

"당신의 종교, 그 이상하고 자립적이고 난공불락인 종교가 문제요. 그 신앙의 영향력이 뭐랄까, 저주받은 갑옷처럼 당신을 감싸고 있소. 당신은 선한 사람이오. 씰라스 신부님께서도 당신이 선하다고 했소. 그분은 당신에게 애정을 가지고 있소. 하지만 오만하고 열에 들뜬 끔찍한 신교, 바로 그게 위험하다고 하셨소. 가끔씩 당신의 눈 속에 그 종교가 드러난다오. 그 종교의 영향으로 당신이 취하는 어떤 몸짓과 태도를 보면 때로는 소름이 끼치오. 당신은 대놓고 드러내는 사람은 아니지만 방금 전 당신이 그 책에 대해 말했을 때, 오, 맙소사! 악마가 웃음을 짓는다는 생각이 들었소."

"제가 그 책을 존중하지 않는 건 사실이에요. 그런데 그게 어때서요?"

"존중하지 않는다고? 하지만 그 책은 신앙과 사랑과 자비의 정수요! 그 책을 읽고 당신도 감동하리라 생각했소. 그 책의 온화함이 실패할 리 없다고 믿었소. 나는 그 책을 당신 책상에 넣으면서 기도를 드렸소. 내가 죄인인 게 틀림없구려, 내 마음속에서 가장 열렬하게 우러나온 간청을 하늘이 들어주려 하지 않으시니 말이오. 당신은 나의 작은 선물을 경멸하고 있소. 오, 견딜 수가 없소!"[7]"

"선생님, 전 그 책을 경멸하지 않아요. 적어도 선생님께서 주신 선물이니까요. 앉아서 제 말 좀 들어보세요. 전 그들의 말대로 이교도도 몰인정한 사람도 비기독교인도 아니고, 위험한 사람도 아니에요. 선생님의 종교 때문에 괴로워하지도 않고요. 선생님께서 하느님과 예수님과 성경을 믿으시듯 저도 그래요."

"그렇다면 당신도 진정으로 성경을 믿소? 당신도 계시를 받아들이시오? 당신의 나라와 당신네 교파가 거리낌 없이, 대담하게 야만적으로 구는 데는 끝이 없지 않소? 씰라스 신부님께서는 암울한 암시가 담긴 이야기를 하셨소."

나는 그를 설득해 그 암시가 담긴 이야기의 내용을 반쯤 알아냈다. 그것은 교활한 예수회 사제의 중상모략이었다. 그날밤 나와 뽈 선생은 진지하게 차근차근 이야기를 나누었다. 그는 내게 간청을 하고 나와 논쟁을 하려 했다. 나는 논쟁이 불가능했고 그런 능력이 없는 게 다행이었다. 의기양양하게 논리적으로 반박했으면 그의 스승이 바란 효과를 거두었겠지만, 나는 나름의 방식으로 말할 수밖에 없었다. 뽈 선생도 나의 그런 방식에 익숙해서 내 이야기를 틈을 메워가며 굽이굽이 따라왔고, 내가 이상하게 더듬거리는 데도 이제는 익숙해져 양해해주었다. 나는 편안한 마음으로 나의 종교와 믿음을 내 식으로 옹호할 수 있었고, 어느정도는 그의 편견을 누그러뜨릴 수 있었다. 그는 만족지도 않고 마음의 위안도 거의 받지 못한 채 돌아갔지만, 신교도가 반드시 그의 스승이 암시한 대로 불경한 이교도는 아니라는 것은 절실히 깨닫게 되었다. 그는

---

7 (프) Oh, cela me fait mal!

'빛'과 '생명'과 '말씀'을 존중하는 신교도의 방식도 다소 이해하게 되었다. 거룩한 것에 대한 신교도의 숭배는 그가 따르는 가톨릭교회에서 계발된 것과 똑같지 않지만 그 나름의 힘, 어쩌면 더 깊은 힘과 더 큰 경외감을 지니고 있을지도 모른다는 것을 어느정도 깨달았던 것이다.

나는 쎌라스 신부(다시 말하지만, 사악한 신조를 옹호하지만 그는 악한 사람은 아니다)가 신교도 전반을, 그리고 추측건대 나 역시 사악하다고 낙인찍고 우리 신교도들이 이상한 "주의主義들"을 신봉한다고 비난했음을 알게 되었다. 에마뉘엘 선생은 그답게 솔직하게 이 모든 것을 털어놓았고, 말하는 동안 혹시 그 비난 속에 일말의 진실이라도 있을까봐 떨다시피 하면서 날 쳐다보았다. 잠작건대, 쎌라스 신부는 나를 면밀하게 감시했고, 내가 빌레뜨의 신교 교회 세군데(프랑스, 독일, 영국 교회, 즉 장로교회, 루터교회, 감리교회)를 구별 없이 간 것을 확인한 모양이었다. 신부의 눈에는 나의 자유분방함이 심각한 무관심의 증거였던 셈이다. 그는 모든 것을 허용하는 사람은 어디에도 애착을 가지지 못한다는 논리를 폈다. 교파마다 형식적인 문제와 사소한 차이와 장애물이 있다고는 생각했지만, 언젠가 이 종교들이 위대한 단일 신성동맹으로 통합되지 못할 이유가 없다고 생각했고, 그 모든 교파를 존중했다. 이런 점들을 에마뉘엘 선생에게 말하고 나의 궁극적인 의지처, 즉 늘 바라보는 지표이자 가르침을 받는 스승은 어느 국가나 어느 교파가 아니라 성경 자체라고 설명했다.

그는 나를 진정시켰지만 여전히 걱정스러워하면서, 만일 내가 잘못되었다면 하느님께서 나를 제대로 인도해주시길 빈다는 열렬한 소망을 기도처럼 토로하고는 자리를 떴다. 문지방 너머로 "하늘의 여왕이신 성모 마리아"[8]께 자신의 희망이 곧 나의 희망이 되게 해달라고 기도하는 그의 깊은 열망의 소리가 들렸다.

이상한 일이었다! 나는 그가 선조의 종교를 버리기를 열렬하게 바라지 않았다. 가톨릭 자체는 잘못되었다고, 황금과 진흙을 섞어 빚은 거대한 이미지라고 생각했지만, 이 가톨릭 신자만큼은 순진 무구함과 순수한 신앙의 요소들을 간직하고 있어 틀림없이 신께서 사랑하실 것 같았다.

앞서 말한 대화를 나눈 것은 그날 저녁 여덟시에서 아홉시 사이에 외딴 정원이 내다보이는 조용한 포세뜨가의 한 교실에서였다. 가톨릭교회에 대한 순종 이념에 따라 모아진 이 대화의 요약판은 그다음 날 저녁 아마도 거의 같은 시간이나 조금 더 늦은 시간에 마주가의 고색창연한 고해실 창 앞에서 열심히 귀기울이는 신부에게 털어놓아졌을 것이다. 이어 썰라스 신부가 베끄 부인을 방문했고, 무슨 복잡한 동기에서인지 모르겠지만 그는 영국 여인을 자신이 영적으로 지도해보겠다고 베끄 부인을 설득했다.

그래서 나는 일련의 책들을 읽게 되었다. 사실은, 내게 빌려준 그 책들을 훑어보았을 뿐이다. 그 책들은 내 방식과 너무 안 맞아서, 제대로 읽고 표시를 해가며 배우거나 내면적으로 소화할 수가 없었다. 더욱이 나는 2층에 내 베개 아래 책 한권을 소중히 간직하고 있었다. 내 책은 어느 부분에서든지 영적인 지식이라는 항목에 대한 욕구를 만족시켜주고 모범과 교훈을 제공해주었다. 나는 그 책이 준 것만큼이나 큰 교훈이나 모범은 있을 수 없다고 마음속 깊이 확신하고 있었다.

---

8 (프) Marie, Reine du Ciel.

책 읽기가 끝나자 씰라스 신부는 내게 가톨릭의 그럴싸한 면과 업적들을 보여주며 열매를 기준으로 나무를 판단하라고 했다.

하지만 나는 이런 업적들이 가톨릭의 열매가 아니고 단지 화려하게 만개한 꽃들이며, 가톨릭이 이 세상에 제시하는 감언이설에 지나지 않는다고 느꼈고, 내 생각은 그와 같다고 고백했다. 그 꽃은 활짝 피었을 때도 자비라는 향기를 풍기지 않았고, 다 익은 열매는 무지와 타락과 편협함이었다. 또한 가톨릭은 인간의 고통과 애정을 이용해 노예근성을 만들어냈다. 가난한 자를 먹이고 입히고 재우는 것은 '성당'에 순종하게 만들기 위해서고, 고아를 양육하고 교육시키는 것은 그 고아가 '성당'이라는 울 안에서 자라나도록 하기 위한 것이며, 병자들을 돌보는 것은 그들이 '성당'의 형식과 의식에 따라 죽게 하기 위해서였다. 남자들은 과로하고 여자들은 지독하게 살인적으로 희생했으며, 남녀 공히 신이 피조물을 위해 쾌적하게 만든 이 세상을 저버리고 엄청나게 무겁고 쓰라린 십자가를 졌는데, 가톨릭에 봉사하고 그 신성함을 증명하고 그 힘을 확인하고 독재적인 '성당의 통치'를 넓히기 위해서였다.

인간을 위해 이루어지는 일은 거의 없었고 신의 영광을 위해 이루어지는 일은 더욱더 적었다. 대신, 고통받고 피땀 흘리며 인생을 낭비할 수 있는 길은 수없이 많았다. 가슴으로 산을 가르며 발밑에 바위가 깨지게 할 수 있지만, 이 모든 것이 무엇을 위해서인가? 신부가 똑바로, 앞으로, 위로 행진해 나아가 모든 것을 지배하기 위해서이고, 마침내 그들의 몰렉[9]인 '성당'이라는 홀을 뻗치기 위해서

---

9 암몬 사람들이 주신으로 섬기던 우상. 레위기 18:21. "너는 결단코 자녀를 몰렉에게 주어 불로 통과하게 함으로 네 하나님의 이름을 욕되게 하지 말라 나는 여호와이니라."

일 것이다.

그러나 그렇게는 되지 않을 것이다. 신께서는 가톨릭과 함께하지 않을 것이며, 신의 아들이 아직도 인간을 위해 슬퍼한다면 한때 몰락한 예루살렘의 범죄와 고난을 보고 울었듯이 가톨릭의 잔인함과 야심을 보고 울지 않겠는가?

오, 권력을 사랑하는 자들이여! 오, 지상 왕국을 위해 주교의 관을 쓴 야심가들이여! 그대들에게도 그때가 올 것이다. 인간의 동정을 넘어선 '자비'가, 그대들조차 피하지 못하고 맞닥뜨려 그 앞에 쓰러져버리고 말 죽음보다 더 강력한 '사랑'이, 무엇보다, 심지어 그대들의 죄보다 더 강한 '박애'가, 세상을 구원할, 아니 '사제들'의 죄를 사해줄 '연민'이 있으니. 그때가 오는 것은 박자가 어긋날 때마다 힘없이 멈춰버리는 그대의 심장에도 잘된 일이리라.

* * *

나를 향한 세번째 유혹은 가톨릭이라는 왕국의 장관, 로마의 영광이라는 형태로 펼쳐졌다. 국경일이나 축일이면 나는 성당으로 인도되어 가톨릭의 의식과 예식을 보았다. 나는 잠자코 구경을 했다.

여러 면에서 물론 나보다 훨씬 우월한 많은 사람들이 이런 장관에 감명을 받았고, '이성'은 저항했지만 '상상력'은 굴복했다고 공표해왔다. 그런데 나는 그런 말을 할 수가 없었다. 화려한 행렬, 장엄한 미사, 수많은 양초, 흔들리는 향로, 사제들의 모자와 그들이 착용한 보석, 어떤 것도 나의 상상력을 사로잡지 못했다. 그러한 장관이 장엄하다기보다는 겉만 번지르르하다는 생각이 들었고, 시심詩心이 일 만큼 영적이지 못하고 천박하고 물질적이라는 생각이 들었다.

그렇다고 이런 느낌을 씰라스 신부에게 말하지는 않았다. 그는 늙고 존경할 만한 인물로 보였다. 실험을 할 때마다 실패해 매번 실망이 반복되는 가운데서도 그는 개인적으로 나를 다정하게 대해 주었다. 그의 기분을 상하게 하는 것이 나 역시 마음 아팠다. 그런데 어느날 저녁 나는 저택의 발코니에서 사제와 군인 들이 섞인 성대한 행렬을 보게 되었다. 성물을 든 사제들, 무기를 든 군인들, 레이스와 아마포로 만든 옷을 입어서 이상하게 극락조 깃털을 단 회색 갈까마귀처럼 보이는 늙고 뚱뚱한 주교들, 환상적인 옷을 입고 화관을 쓴 어린 여자아이들도 보였다. 나중에 나는 뽈 선생에게 내 생각을 이야기했다.

"마음에 들지 않았어요." 난 그에게 말했다. "그런 예식은 대단해 보이지도 않고 더이상 보고 싶지도 않아요."

이렇게 선언해버리자 양심의 가책이 덜어져서, 나는 평소보다 더 유창하고 명확한 말투로 신교를 고수할 생각이라고 밝혔다. 나는 가톨릭을 보면 볼수록 신교에 더 매달리게 된다고 했다. 물론 모든 종교에는 결함이 있지만, 나의 숭배를 받기 위해 천박하게 화장한 얼굴을 드러낸 이런 종교에 비하면 대조적으로 나의 종교가 얼마나 지극히 순수한지를 깨달았다고 했다. 나는 그에게 우리 종교에선 신과 인간 사이에 격식이 없으며, 적당한 예식을 위해 필요한 예배 속에는 오직 집단으로서의 인간의 본성만이 담겨 있다고 했다. '무한' 속에 거하시고 존재 자체가 '영원'이신 '그분'을 향해 고양된 내밀한 비전을 가지는 데 집중해야 하는 그런 순간, 그런 상황에서 꽃이나 금박, 양초나 장식물이나 구경하고 있을 수는 없다고 말했다. 죄와 슬픔, 지상의 부패, 도덕적 타락, 지상에서의 비애를 생각하는 와중에, 찬송하는 신부나 입 다문 군인의 화려한 모습에 끌릴 순 없다고 했다. 존재의 고통과 죽음의 공포가 밀려올 때, 미래에 대한 강한 희망과 끝없는 의심이 눈앞에 떠오를 때, 그럴 때면 과학적인 논리나 사어死語가 된 박식한 라틴어로 된 기도는 "하느님, 죄인인 저를 불쌍히 여기소서!"라고 울며 갈구하는 마음을 방해하고 괴롭힐 뿐이라고 했다.

나는 그렇게 나의 신앙을 선언했다. 내 말을 듣는 사람에게서 엄청난 거리를 두자, 마침내 갈등하는 두 영혼 사이에 달콤한 조화의 선율이 흘렀다.

"사제와 신학자 들이 뭐라 하든," 에마뉘엘 선생이 중얼댔다. "하느님은 선하시고, 진실한 사람 모두를 사랑하시오. 그러니 당신이 믿을 수 있는 걸 믿고 가능한 한계 안에서 믿으시오. 적어도 우리는 같은 기도를 드리고 있잖소. 나 또한 울면서 이렇게 기도하고 있소. '하느님, 죄인인 저를 불쌍히 여기소서!'[10]"

그는 내 의자의 등받이 위로 몸을 기댄 후 생각을 잠시 가다듬고는 다시 말했다.

"이 지상의 만물에 생명의 숨결을 불어넣으신 하느님이 보실 때, 혹은 저 멀리서 빛나는 별들이 볼 때 인간들의 차이가 어떻게 보일 것 같소? 하지만 하느님은 '시간'과 '공간'을 초월하시니 그분을 '측정'하거나 '비교'할 수는 없소. 우리 자신의 미미함을 겸허하게 받아들이고 올바른 행동을 해야 하오. '그분'께서 정해주신 빛에 따라 일편단심으로 진심을 다해 믿는 것이, '그분'이 보기에는 위성이 행성 주위를, 행성이 태양 주위를, 태양이 알 수도 이해할 수도

---

10 (프) O Dieu, sois appaisé envers moi qui suis pécheur!

없는 눈에 보이지 않는 강력한 중심, 아무리 기발한 생각을 짜내도 추측밖에 할 수 없는 중심을 도는 것만큼이나 중요한 일일 거요.

하느님, 우리 모두를 인도하소서! 루시, 하느님께서 당신을 축복하시길!"

37장
햇빛

폴리나가 그레이엄과의 교제에 대해 아버지의 허락을 받을 때까지 그에게 편지를 쓰지 않은 것은 아주 잘한 일이었다. 하지만 브레턴 선생은 끄레시 호텔 근처에 사는 것도 아니어서 그곳을 자주 방문할 묘안이 없었다. 처음에 두 연인은 거리를 두려고 했던 것 같다. 그러나 겉으로 드러난 관계는 의도대로 소원해졌으나 감정적으로는 곧 서로 더 끌리게 되었다.

그레이엄의 가장 훌륭한 자질이 폴리나를 원하고 있었다. 그녀 앞에서는 그의 내면에 존재하는 고상한 자질이 모조리 일깨워지고 자라났다. 전에 팬쇼 양을 연모할 때는 지성이 거의 제 역할을 못했지만, 이제 그의 지성 전체와 고상한 취향이 중요한 역할을 하고 있었다. 그녀 앞에서는 이런 능력들이 다른 기능들과 마찬가지로 열심히 양분을 얻고자 했고, 그걸 얻으면 생생한 만족감을 표시했다.

폴리나가 의도적으로 그가 책 이야기를 하게 만들었거나, 그녀가 직접 그를 잠깐이라도 성찰로 이끌겠다는 생각을 했거나, 그의 내면을 개선할 계획을 세웠거나, 어떤 면에서라도 그의 내면이 개선될 여지가 있다는 상상을 했다고 할 수는 없다. 그녀는 그가 완벽하다고 생각했다. 읽고 있던 책 이야기를 우연히 먼저 꺼낸 사람은 바로 그레이엄이었고, 그녀의 대답 속에서 반가운 공감의 화음과 그의 영혼을 즐겁게 하는 무언가가 울려퍼지자 그는 그런 주제에 대해 어느 때보다 더 많이, 더 훌륭하게 이야기하게 되었다. 그녀는 즐거운 마음으로 귀를 기울이다가 활기를 주는 대답을 내놓았다. 대답이 거듭될수록 그레이엄은 점점 더 훌륭한 음악을 듣는 것만 같았다. 이어지는 대답 하나하나에서 함축성 있으며 설득력 있는 마법의 음조를 발견했다. 그리고 그 음조는 그레이엄 자신도 몰랐던 내면의 보물창고를 열고 생각지도 못했던 내면의 힘을 드러내주었다. 더 좋은 일은, 잠재되어 있던 그의 선량함이 일깨워진 것이었다. 두 사람은 상대방이 말하는 방식을 좋아했다. 목소리와 말투와 표현을 서로 마음에 들어했고, 상대방의 재치를 즐겼다. 이상할 정도로 빨리 서로의 말뜻을 알아챘고, 종종 세심하게 고른 진주처럼 생각이 잘 맞았다. 그레이엄은 타고나기를 생기발랄한 사람이지만 폴리나에게는 그런 활기가 없었다. 혼자 두면 그녀는 대개 사려 깊고 우수에 찬 모습이었다. 이제 그녀는 한마리 종달새처럼 명랑해 보였고, 다정한 연인과 함께 있을 때면 부드럽게 빛이 났다. 행복 속에서 그녀가 얼마나 아름다워졌는지는 말로 다 표현할 길이 없었지만, 나는 한가지가 궁금해졌다. 그녀의 그 부드러운 냉담함, 그녀의 지주이던 침묵은 이제 어디로 갔는가? 아! 그레이엄이 더이상 그것을 견디려 하지 않았던 것이다. 그녀가 스스로에게 부여한 수줍음은 그에게서 풍겨나오는 자상한 영향력 앞에서 곧 녹아버렸다.

이젠 브레턴의 옛 시절이 화제가 되었다. 두 사람은 처음에는 띄엄띄엄 겸연쩍게 웃으면서 말하다가 점점 솔직하게 이야기하고 서로 비밀을 털어놓게 되었을 것이다. 그레이엄은 내가 적당한 기회를 만들어주기를 바랐지만 혼자서도 기회를 잘 포착했다. 말 안 듣는 루시가 옆에서 도와주지 않는데도 그는 혼자서 잘해냈다. "꼬마 폴리"의 추억은 그의 다정하고 멋진 입술을 통해 유쾌한 어조로 적절하게 표현되었다. 내가 이야기했더라도 그렇게 훌륭할 수는 없었으리라!

두어번 나와 단둘이 있을 때, 폴리나는 그가 많은 일을 정확하게 기억하고 있는 것을 알고 얼마나 신기하고 기분이 좋았는지 이야기했다. 그는 그녀를 보고 있다가 갑자기 추억을 떠올렸다. 예전에 그녀가 그의 머리를 끌어안고 사자 갈기 같은 머리를 쓰다듬으며 "그레이엄, 난 당신이 정말 좋아요!"라고 한 것을 일깨워주기도 했다. 그녀가 어떻게 자기 옆에 앉은뱅이 의자를 놓고 그것을 딛고 무릎 위로 올라왔는지도 이야기했다. 그녀의 작은 손이 그의 뺨을 어루만지거나 숱 많은 머리카락을 쓰다듬던 감촉이 지금까지 기억난다고 했다. 폴리의 혀짤배기소리, 반은 호기심에 반은 떨면서 그의 턱의 패인 부분을 만지던 감촉, 그 부분을 "예쁜 보조개"라고 부르며 지은 표정, 자신의 눈을 들여다보고 왜 그렇게 뚫어지게 보냐고 물었던 일, "잘생겼는데 이상한 얼굴, 어머니나 루시 스노우보다 훨씬 잘생겼는데 훨씬 이상한 얼굴"이라고 말했던 일 모두를 기억한다고 했다.

"어린아이였는데도," 폴리나가 말했다. "내가 어쩜 그렇게 대담

할 수 있었는지 모르겠어요. 지금 내게는 그가 너무 신성해 보여서, 머리카락에는 손도 댈 수 없어요. 루시, 그의 단호하고 대리석 같은 턱과 그리스 조각같이 말끔한 이목구비를 보면 경외 같은 게 느껴져요. 여자면 아름답다고 하잖아요, 루시. 그는 여자 같진 않으니 아름답다고 할 순 없죠. 그러면 뭐라고 해야죠? 다른 사람들에게도 그가 그렇게 보이나요? 당신도 그를 숭배하나요?"

"내가 어떻게 하는지 말해줄게요, 폴리나." 그녀의 많은 질문에 대해 나는 이렇게만 대답했다. "난 그를 바라보지 않아요. 일년쯤 전에는 한두번 유심히 본 적이 있었죠. 그건 그가 날 알아보기 전이고, 그다음에는 눈을 감아버렸어요. 매일 해가 지고 뜰 때까지 그와 열두번 눈이 마주치더라도 나는 기억 속 그의 모습만 알 뿐이지 지금은 그가 어떤 모습인지 거의 몰라요."

"루시, 무슨 뜻이에요?" 그녀가 숨을 죽이며 물었다.

"내가 환상을 소중히 여기고, 내가 돌로 굳어 눈이 멀까 두렵다는 말이에요." 애초에 강경하게 대답해 비밀 이야기를 영영 털어놓지 못하게 하는 것이 최선이었다. 그 비밀 이야기는 그녀의 입술에 달콤한 꿀을 남기지만 내 귀에는 녹은 납을 떨어뜨렸으니까. 그후로 그녀는 내게 더이상 연인의 아름다움에 대해 말하지 않았다.

하지만 그에 대한 이야기는 계속됐다. 때로는 부끄러워하며 조용히 짤막하게 말하고 때로는 노래하듯이 부드럽게 말했는데 그 자체가 아름다운 음악이었다. 하지만 불행하게도 때로 그 목소리는 나를 괴롭혔다. 그럴 때면 나는 그녀를 엄격한 표정으로 대했다. 하지만 끝없는 행복에 취해 명료하던 시력이 흐려진 그녀는 루시가 변덕스럽다고만 생각했다.

"루시는 스파르타인처럼 엄격해! 루시는 거만해!" 그녀는 내게 웃으며 말하곤 했다. "그레이엄도 당신이 자기가 아는 사람 중 가장 독특하고 변덕스러운 여자라고 했어요. 하지만 당신은 훌륭한 사람이에요. 우리 둘 다 그렇게 생각해요."

"당신들 둘 다 잘 알지도 못하는 것에 대해 판단하고 있군요." 내가 말했다. "둘이서 얘기하거나 생각할 땐 제발 날 화제로 삼지 말아줘요. 난 두 사람과는 완전히 다른 삶을 살고 있으니까요."

"하지만 루시, 우리의 삶은 아름답고 또 앞으로도 아름다울 거예요. 그리고 당신도 그 삶을 함께 나눴으면 해요."

"난 이 세상 어떤 남자 혹은 여자와도 당신들이 이해하는 식으로 아름다운 삶을 나누지 않을 거예요. 나에게도 친구가 한명 있다는 생각은 들지만 그것도 확실치 않아요. 확신이 들 때까지는 혼자 살 거예요."

"하지만 고독은 슬픔인데요."

"그래요, 슬픔이죠. 하지만 인생에는 그보다 더한 것도 있어요. 슬픔보다 더 깊은 곳에는 가슴 찢어지는 고통이 있죠."

"루시, 과연 누가 당신을 온전히 이해할 수 있을지 궁금해요."

연인들에게는 광적인 이기주의 같은 것이 있어서 그 대가가 무엇이든지 간에 그들 행복의 목격자를 가지고 싶어한다. 폴리나는 편지를 쓰지 말라고 했는데도 브레턴 선생은 편지를 썼다. 그녀는 답장을 하지 않겠다고 결심했지만 단지 나무라기 위해서 답장을 했다면서 내게 그 편지들을 보여주었다. 그러고는 버릇없는 아이처럼 고집을 부리면서, 상속녀다운 오만함으로 나더러 읽으라고 강요했다. 그레이엄의 편지를 읽어보니 그녀가 강요한 게 놀랄 일이 아니며 자랑할 만하다는 생각이 들었다. 훌륭한 편지, 남자답고 다정했으며, 겸손하면서도 당당한 편지들이었다. 그녀의 편지 또한 그에게 아름다워 보일 게 분명했다. 그녀의 편지는 재주를 과시하기 위한 것이 아니었고, 사랑을 표현하기 위한 것은 더더욱 아니었다고 생각한다. 반대로 사랑의 감정을 숨기고 연인의 열정을 제어하기 위한 것이었다. 하지만 어떻게 그런 편지들로 그 목적을 달성할 수 있겠는가? 그레이엄은 그녀의 인생만큼이나 소중해져서 강력한 자석처럼 그녀를 끌어당겼다. 그가 말하고 쓰고 생각하고 쳐다보는 모든 것이 그녀에게 이루 말할 수 없이 큰 영향을 미쳤다. 그녀의 편지는 이런 고백 아닌 고백으로 타올라, 인사말부터 작별 인사까지 불꽃이 일고 있었다.

"아빠가 아시면 좋겠어요. 아빠가 아시면 정말 좋겠어요!" 그녀는 안달하며 중얼거리기 시작했다. "그랬으면 좋겠는데, 그러면서도 두려워요. 그레이엄이 아빠께 말씀드리겠다는데 도저히 말릴 수가 없어요. 솔직히 말해서 무엇보다 이 문제가 해결되면 좋겠어요. 그러면서도 닥쳐올 위기가 두려워요. 처음에는 아빠가 화를 내실 게 분명하거든요. 날 미워하시기까지 할까봐 걱정이 돼요. 이건 아빠께 좋지 못한 일이 될 거고, 놀라시고 충격을 받으실 거예요. 아빠께 이 일이 어떤 영향을 미칠지 도저히 예측할 수가 없어요."

아닌 게 아니라, 오랫동안 잠잠하던 그녀의 아버지도 조금씩 동요하기 시작했다. 한가지에 대해서는 멀어 있던 그의 눈에 끈질기게 빛이 비치기 시작한 것이다.

딸에게는 아무 말도 하지 않았지만, 그는 딸이 자기를 쳐다보거나 자기 생각을 하는 것 같지 않을 때면 그녀를 바라보며 생각에 잠기곤 했다.

어느날 저녁 폴리나는 침실 옆 화장대가 있는 방에 가 있었다. 책을 읽다가 나를 서재에 두고 그 방으로 가버린 것으로 미루어 그레이엄에게 편지를 쓰는 것 같았다. 마침 그때 바송삐에르 씨가 서재에 들어와 앉았다. 내가 나가려 하자 그는 내게 그대로 있으라고 했다. 부드럽게 부탁했지만 간청하는 태도였다. 그는 내게서 약간 떨어진 창가에 앉았다. 그러고는 책상을 열어 거기서 수첩 같은 것을 꺼냈다. 그는 수첩의 어떤 항목을 몇분간 들여다보더니 내려놓으면서 물었다.

"스노우 양, 내 딸아이가 몇살인지 아시오?"

"열여덟쯤 되었죠?"

"그런 것 같소. 이 낡은 수첩을 보니 그애가 18××년 5월 5일에 태어났다고 쓰여 있소. 십팔년 전이오. 이상한 일이지, 난 그 아이의 나이를 계산하는 것을 잊어버리고 있었으니 말이오. 난 막연히 그애가 열두살, 아니면 열네살이라고 생각하고 있었소. 어린아이로만 보이는 거요."

"따님은 열여덟살쯤 되었어요." 내가 다시 말했다. "성인이고, 이제 더이상 자라지 않죠."

"내 작은 보물!" 그의 딸처럼 바송삐에르 씨 역시 가슴에 와닿는 어조로 말했다.

그는 골똘히 생각에 잠겨 앉아 있었다.

"슬퍼하지 마세요." 내가 말했다. 말로 하진 않았지만 그가 어떤 기분인지 알기 때문이었다.

"그애는 내가 가진 단 하나의 진주요." 그가 말했다. "그런데 이제 다른 사람들도 그 아이가 순수하고 귀하다는 것을 알게 되고 탐낼 거요."

나는 아무 대답도 하지 않았다. 그날 그레이엄 브레턴은 우리와 함께 식사를 했다. 그의 표정, 그의 이야기 모두가 빛났다. 정확히 어떤 자부심이 그를 빛내주고 대화를 농익게 했는지는 모르겠다. 희망에 부푼 그의 태도 전반에 뭔가가 드러나서 그를 주목하지 않을 수 없었다. 그날 그는 자신이 노력하는 이유와 야심의 목표가 무엇인지를 밝히려고 했던 것 같다. 어떤 식으로든 바송삐에르 씨는 그가 누구에게 사랑을 바치고 있는지 눈치챌 수밖에 없었다. 시간은 걸렸지만 그는 논리적으로 추론하는 사람이었다. 일단 실마리를 찾자 그는 그것을 따라 긴 미로를 헤쳐 나아갔다.

"그애는 어디에 있소?" 그가 물었다.

"2층에 있는데요."

"뭘 하고 있소?"

"편지를 쓰고 있어요."

"편지를 쓴다고 했소? 그애가 편지를 받기도 하오?"

"제게 다 보여줄 정도의 편지랍니다. 그리고 어르신, 따님은, 아니, 그들은 오래전부터 어르신께 의논드리고 싶어했어요."

"후유! 그들은 나같이 늙은 아비는 안중에도 없소! 난 방해물일 뿐이오."

"아, 바송삐에르 백작님, 그렇지 않아요. 그럴 리가 있나요! 하지만 폴리나가 직접 말씀드려야 하고, 브레턴 선생도 스스로 입장을 밝힐 기회를 가져야겠죠."

"그건 좀 늦었소. 벌써 꽤 진행된 듯하니."

"백작님, 백작님께서 인정하실 때까지는 아무 일도 진행되지 않아요. 그들은 단지 서로 사랑할 뿐이랍니다."

"단지 사랑할 뿐이라고!" 그가 내 말을 받아 되풀이했다.

비밀을 들어주는 친구 겸 중재자의 운명이 되어 나는 계속 말할 수밖에 없었다.

"브레턴 선생은 백작님께 수백번 허락을 받으려고 했지만, 용기를 내려 해도 백작님이 두려워서 그럴 수가 없었어요."

"당연하지. 당연히 내가 무섭겠지. 내가 가진 가장 훌륭한 것에 손을 댔으니까. 가만히 내버려두었으면 그 아이는 앞으로 몇년간은 그냥 아이로 있을 텐데. 아무렴. 그들은 약혼한 사이요?"

"백작님의 허락 없이 어떻게 약혼을 하나요."

"스노우 양, 늘 그러듯이 경우에 맞게 생각하고 말해주니 고맙소. 하지만 이건 슬픈 일이오. 딸아이는 나의 전부요. 난 아들도 없고 딸 하나밖에 없소. 브레턴이 다른 데 가서 알아보면 좋을 텐데. 그 사람 정도면 맘에 들어할 예쁜 부잣집 딸들이 얼마든지 있소. 미남이고 예의 바른데다 집안도 좋으니까. 우리 폴리 말고는 사귈 아가씨가 없단 말이오?"

"그가 백작님의 '폴리'와 만나지 않았다면 다른 아가씨를 좋아했을 수도 있죠. 예를 들면 조카따님인 팬쇼 양이라든가요."

"아! 지네브라라면 내 기꺼이 내놓겠소. 하지만 폴리! 그 아이는 안돼. 아니오. 그럴 순 없소. 그와 그 아이는 어울리지 않소."

그가 다소 퉁명스럽게 단언했다. "어떤 점에서 그가 그애의 배필이 될 만하다는 거요? 사람들은 재산 때문이라고 얘기할 거요! 난 탐욕스러운 사람도 손익을 따지는 사람도 아니지만, 세상 사람들은 그런 점을 따지지. 그리고 폴리는 부자가 될 사람이오."

"예, 그렇게들 알려져 있죠." 내가 말했다. "빌레뜨 사람 누구나 따님이 상속녀인 걸 알고 있어요."

"사람들이 내 딸아이를 그런 식으로 이야기하오?"

"그렇습니다, 백작님."

그는 깊이 생각에 잠겼다. 나는 용기를 내서 말했다.

"폴리나의 배필로 생각해두신 사람이 있나요? 브레턴 선생보다 더 나은 다른 사람이 있나요? 지위가 더 높고 돈이 더 많은 사윗감이 나타난다고 백작님께서 더 좋아할 것 같으세요?"

"그것도 맞는 말이오." 그가 말했다.

"빌레뜨의 귀족들을 보세요. 백작님도 그들을 좋아하시진 않잖아요?"

"그렇소. 공작이고 남작이고 자작이고 다 싫소."

"그런 사람들 중에 따님을 마음에 둔 사람이 많다고 들었어요." 내 말을 부인하지 않고 유심히 듣는 그의 모습에 용기를 얻어 나는 계속 말했다.

"브레턴 선생을 물리치시면 다른 구혼자가 나타날 거예요. 어디를 가든 따님과 결혼하려는 사람들이 줄을 서겠죠. 제가 보기엔 대부분 상속과 관계없이 폴리나를 보고 매력을 느끼는 것 같던걸요."

"그렇단 말이오! 어떻게 그럴 수가 있소? 내 작은 딸은 미인도 아닌데?"

"바송삐에르 양은 정말 아름다워요."

"말도 안되는 소리! 스노우 양, 실례가 되겠지만 내 생각에는 당신이 폴리에 대해 편파적인 것 같소. 나야 폴리를 좋아하지. 그 아이의 행동거지와 표정 모두를 좋아하오. 하지만 난 그애 아버지잖소. 나조차 그애를 미인이라고 생각하지는 않는단 말이오. 그애는 재미있고, 요정 같고, 나한테야 흥미롭지. 하지만 그애가 미인이라니, 틀림없이 당신이 잘못 본 거요!"

"따님은 매력이 있어요. 백작님의 부와 지위가 없다 해도 매력적이에요."

"내 부와 지위라고! 그레이엄이 그런 것들에 끌렸을까? 그렇게 생각하면……"

"잘 아시겠지만 바송삐에르 백작님, 브레턴 선생도 이런 점들에
대해 완벽하게 알고 있어요. 어떤 신사라도 그러겠지만 그분도 그
것들의 가치를 높이 사죠. 비슷한 처지라면 어르신께서도 그러셨을
거예요. 하지만 그가 그런 것들에 끌린 건 아니에요. 그는 따님을
깊이 사랑하고 있어요. 그는 따님의 가장 훌륭한 자질들을 잘 알고,
그런 자질들에 좋은 영향을 받고 있어요."

"이런! 내 작은 딸아이가 '훌륭한 자질'을 지니고 있다고 했소?"

"아, 백작님! 많은 유명 인사와 학자 들이 여기서 식사하던 그날
저녁에 따님을 보지 못하셨나요?"

"그날 분명히 그애의 태도를 보고 깜짝 놀라긴 했소. 그애가 여
자답게 굴어서 웃음이 나왔지."

"그러면 객실에서 그 교양 있는 프랑스인들이 따님 주위에 모인
건 보셨어요?"

"보았소. 하지만 긴장을 풀려고 그런다고 생각했소. 예쁜 어린아
이의 재롱을 보고 즐거워하는 것처럼 말이오."

"백작님, 따님은 아주 훌륭하게 처신했어요. 그리고 그 프랑스
신사들이 따님에 대해 '재치와 매력으로 가득하다'[1]고 말하는 것을
제가 들었어요. 브레턴 선생도 그렇게 생각하고요."

"그애가 착하고 사랑스러운 건 사실이오. 그건 확실하오. 그리고
그애에겐 강인한 면도 있다고 진심으로 믿소. 그 얘길 하자면, 내가
아팠을 때 폴리가 간호한 적이 있소. 사람들은 내가 죽을 거라고
생각했지만, 폴리는 내 건강이 악화될수록 더 강해지고 상냥해졌

---

1 (프) pétrie d'esprit et de grâces.

소. 내가 회복하는 동안 폴리는 내 병실의 찬란한 햇빛이었소! 그
렇소. 내 의자 주위에서 그 아이는 빛처럼 조용하고 발랄하게 놀았
소. 그런데 벌써 청혼을 받다니! 나는 그애와 헤어지고 싶지 않소."
그가 신음소리를 냈다.

"브레턴 부인이나 브레턴 선생과는 오래전부터 아는 사이시잖
아요." 내가 말했다. "다른 사람보다 그에게 따님을 주시면 이별하
는 기분이 덜 드실 거예요."

그는 오히려 우울한 모습으로 생각에 잠겼다.

"사실이오. 루이자 브레턴과는 오래전부터 아는 사이요." 그는
중얼거리듯 말했다. "그녀와는 정말로 오래된 친구 사이지. 젊었을
때 그녀는 상냥하고 친절한 아가씨였소. 아까 미인에 대해 말했는
데, 스노우 양! 그녀야말로 미인이었소. 키가 크고, 자세는 꼿꼿하고,
얼굴은 활짝 핀 아가씨였소. 나의 폴리처럼 아이나 요정 같아 보이
지 않았소. 열여덟살 때 루이자는 공주 같은 자세와 자태를 지니고
있었소. 이제는 단정하고 착한 여인이지만 말이오. 그 아들은 그녀
와 닮았소. 나는 늘 그렇게 생각하며 그애를 좋아했고 잘되기를 바
랐소. 그런데 은혜를 이렇게 도둑질로 갚는구려! 내 작은 보물은
이 늙은 아비를 진심으로 소중하게 여기며 사랑했는데, 이제 모든
것이 끝났소. 난 방해물이오."

그때 문이 열리고 그의 "작은 보물"이 들어왔다. 그녀는 저녁이
라 더욱 아름답게 보였다. 날이 저물 때면 가끔 찾아오는 활기로
눈과 뺨이 달아올라 있었고, 여름날의 열기로 얼굴은 홍조를 띠었
다. 백합 같은 목 주위에는 곱슬머리가 길게 늘어져 있었다. 그녀의
흰옷은 더운 6월에 잘 어울렸다. 그녀는 내가 혼자 있다고 생각하
고 이제 막 쓴 편지를 손에 들고 온 것이었다. 편지는 접혀 있었으

나 아직 봉하지는 않은 상태였다. 내게 읽어보라고 가져온 것이었다. 아버지를 보자 그녀의 경쾌한 발걸음이 약간 흔들리더니 일순 멈칫했다. 뺨의 홍조가 번져 얼굴 전체가 붉어졌다.

"폴리," 엄숙한 웃음을 띠면서 나지막한 목소리로 바숭삐에르 백작이 말했다. "아빠를 보고 얼굴이 빨개진 거냐? 처음 있는 일이구나."

"빨개지지 않았어요. 전 절대로 얼굴이 빨개지지 않아요." 다시 피가 몰려 얼굴이 진홍빛이 되었는데도 그녀는 단언했다. "아빠가 식당에 계시리라고 생각했어요. 전 루시를 보러 온 거예요."

"내가 존 그레이엄 브레턴과 함께 있다고 생각했단 말이지? 하지만 그는 이제 막 왕진을 갔단다. 곧 돌아올 거다, 폴리. 그에게 네 편지를 부쳐달라고 하면 될 거야. 그러면 그의 말마따나 마띠외가 '심부름'[2]을 다녀오지 않아도 되잖니."

"부칠 편지가 아니에요." 그녀가 새침하게 말했다.

"그러면 편지를 어떻게 할 거니? 이리 와서 내게 말해주렴."

겉으로나 속으로나 "가야 하나요?"라고 묻는 것처럼 그녀는 잠시 망설이다가 다가왔다.

"편지를 쓰게 된 지는 얼마나 되었니, 폴리야? 두 손으로 펜을 꽉 움켜쥐고 비뚤배뚤 쓰던 게 엊그제 같은데."

"아빠, 이건 편지주머니에 넣어서 우체국에 보내는 편지가 아니에요. 그냥 몇자 쓴, 가끔 직접 그 사람에게 건네주는 답장일 뿐이에요."

"그 사람이라고! 그러면 루시한테?"

---

2 (프) course.

"아니에요, 아빠, 루시는 아니에요."

"그러면 누구지? 아마 브레턴 부인인가보구나?"

"아니에요 아빠, 브레턴 부인도 아니에요."

"그러면 누구냐, 우리 작은 딸아? 아빠에게 사실대로 말해보렴."

"오, 아빠!" 그녀가 열정적으로, 큰 소리로 말했다. "제가, 제가 사실대로 말할게요. 사실대로 전부요. 말씀드리게 되어서 기뻐요. 물론 떨리기는 하지만 잘됐네요."

그녀는 **정말로** 떨고 있었다. 점점 흥분되고 감정이 고조되어 온몸이 후들거리는데도 그녀는 용기를 냈다. "제 행동을 아빠께 감추기는 싫어요. 하느님을 빼고는 누구보다도 아빠를 두려워하고 사랑하거든요. 편지를 읽어보세요. 주소도 보시고요."

그녀는 편지를 아버지의 무릎 위에 놓았고, 그는 그것을 집어서 읽었다. 그의 손은 떨리고 눈은 빛났다.

그는 편지를 다시 접었다. 그러고는 놀랍다는 표정으로, 다정하고도 슬프고도 묘한 눈길로 발신인을 바라보았다.

"네가 이렇게 쓸 수 있단 말이냐? 내 무릎 옆에서 재롱을 부리던 게 엊그제 같은데. 네가 이렇게 느낄 수 있단 말이냐?"

"아빠, 그게 잘못인가요? 그래서 괴로우세요?"

"잘못은 아니다, 내 작고 순진한 메리야. 하지만 괴롭긴 하구나."

"하지만 아빠, 들어보세요! 괴로워하시지 않아도 돼요. 모든 것을 다…… 아니 거의 다"(자신의 말을 정정하면서) "포기할게요. 저 때문에 아빠가 불행해지신다면 차라리 제가 죽어버리겠어요. 그건 너무나 나쁜 짓이니까요!" 그녀는 몸을 떨었다.

"편지를 보고 언짢으셨어요? 편지를 전하지 말까요? 찢어버릴까요? 아빠가 명령만 하시면 하라는 대로 할게요."

"난 명령할 게 없다."

"무슨 명령이든 하세요, 아빠. 원하시는 걸 말씀하세요. 하지만 그레이엄에게 상처를 주거나 그를 슬프게 하지만 마세요. 그건 참을 수가 없으니까요. 저는 아빠를 사랑하지만 그레이엄도 사랑해요. 그 이유는…… 그 이유는…… 사랑하지 않을 수가 없기 때문이에요."

"그 멋진 그레이엄은 젊은 건달이란다. 폴리야, 지금 내겐 그런 생각밖엔 안 든다. 이런 말을 들으면 놀라겠지만 난 그를 조금도 사랑하지 않는다. 아! 오래전에 그애의 눈에서 가늠할 수 없는 무언가를, 그 아이의 어머니에게는 없는 무언가를 보았지. 그건 너무 멀리 건너오면 안된다고 경고하는 깊은 물길이었지. 이제야 내가 정수리까지 물에 잠겨버린 걸 알았구나."

"아빠, 그렇지 않아요. 물에 빠지신 게 아니에요. 아직도 안전하게 둑 위에 계세요. 아빠는 원하는 대로 하실 수 있어요. 독재자 같은 권력을 가지고 계시잖아요. 잔인해지기로 마음만 먹으면 내일이라도 저를 수녀원에 가두고 그레이엄을 비탄에 빠지게 하실 수 있어요. 독재자시여, 짜르시여, 그렇게 하시겠어요?"

"그놈을 시베리아로 보내버려라, 붉은 수염이니 뭐니도 다 보내버려. 폴리야, 다시 말하지만 난 그놈이 싫다. 너도 그렇겠지?"

"아빠," 그녀가 말했다. "아빠는 지금 심술을 부리고 계신 거예요! 그렇게 불쾌하고 그렇게 불공평하고 그렇게 앙심에 찬 아빠 얼굴은 처음이에요. 어울리지 않아요."

"그놈을 보내버리라니까!" 홈 씨는 몹시 화가 나고 짜증이 난 게 분명해 보였다. 그는 약간 침통해하기조차 했다. "하지만 그가 간다면 폴리도 짐을 꾸려 따라가겠지. 내 딸의 마음이 그에게 사로잡혀 이 늙은 아비 곁을 떠났으니까."

"아빠, 왜 심술을 부리세요. 틀린 말이에요. 그런 식으로 말씀하시면 안돼요. 전 아빠 곁을 떠나지 않았어요. 어떤 사람도 아빠에게서 저를 떼어놓을 순 없어요."

"결혼하거라, 폴리야! 그 붉은 수염과 결혼하거라. 이제 딸 노릇은 그만두고 가서 아내가 되어라!"

"붉은 수염이라뇨! 아빠, 무슨 말씀이세요. 편견을 조심하셔야 해요. 제게 스코틀랜드 사람들이 모두 편견을 지니고 있단 말씀을 가끔 하셨죠. 이제 그게 증명된 것 같네요. 붉은색과 밤색도 구분 못하시니 말이에요."

"편견에 젖은 늙은 스코틀랜드인을 버리고 멀리 떠나렴."

그녀는 잠시 아버지를 바라보며 서 있었다. 그의 조롱을 극복할 수 있는 확고한 의지를 보여주고 싶은 것이었다. 그녀는 아버지의 성격을 알고 그의 얼마 안되는 단점 몇가지를 알고 있었으므로 지금 벌어지고 있는 이런 소동은 예상했었다. 불시에 이런 사태를 마주하게 된 건 아니었던 것이다. 그녀는 자신이 잘 대응해 위엄을 지키는 가운데 이 소동이 지나가기를 바랐다. 하지만 그녀는 더이상 위엄을 지킬 수가 없었다. 갑자기 그녀의 눈빛이 누그러졌고, 그녀가 아버지의 목에 매달렸다.

"전 아빠를 떠나지 않겠어요. 결코 떠나지 않겠어요. 아빠를 괴롭히지 않겠어요. 절대로 괴롭히지 않겠어요!" 그녀가 부르짖었다.

"우리 아가! 내 사랑!" 까다롭지만 사랑 가득한 아버지가 내답했다. 그는 잠시 동안 아무 말도 하지 않았다. 사실 그 두마디도 목이 메어 겨우 말한 것이었다.

방은 어두워지고 있었다. 밖에서 인기척이 들리는데 발소리는 들리지 않았다. 하인이 촛불을 들고 오나보다 생각하고 방해하지 못하도록 살짝 문을 열었다. 그런데 곁방에 하인은 없고 키 큰 신사가 모자를 탁자 위에 내려놓고 천천히 장갑을 벗고 있었다. 그는 기다리며 머뭇거리는 듯했다. 나를 부르는 표시나 말은 안했지만 그는 눈으로 이렇게 말하고 있었다.

"루시, 이리 와요." 그래서 나는 갔다.

나를 내려다보는 그의 얼굴에는 미소가 흘러넘쳤다. 그와 같은 성격을 지닌 사람이 아니고는 누구도 지금 같은 상황에 불안을 웃음으로 표현하지 않을 것이었다.

"바송삐에르 씨가 계시죠?" 그가 서재를 가리키며 물었다.

"네."

"저녁식사 때 그분이 내게 주목하셨소? 내 마음을 알아채셨소?"

"그래요, 그레이엄."

"내가 심판을 받으러 온 셈이군. 그녀도 심판을 받고 있소?"

"홈 씨는," (우리는 아직도 때때로 그를 홈 씨라고 불렀다.) "따님과 말씀을 나누고 계세요."

"하! 위기의 순간이로군, 루시!"

그는 어쩔 줄 몰라했다. 손이 떨리고 있었다. 중대한(치명적인이라는 말을 쓰려고 했지만 그런 말은 그처럼 생기 넘치는 젊은이에게는 어울리지 않는다) 위기의 순간을 마주한 그는 숨을 참았다가 급히 내쉬었다가 했다. 이 모든 고뇌 속에서도 그는 결코 웃음을 잃지 않았다.

"몹시 화가 나셨소, 루시?"

"그녀는 당신에게 아주 충실하더군요, 그레이엄."

"앞으로 어떻게 될 것 같소?"

"그레이엄, 당신은 행운의 별자리를 타고난 게 틀림없어요."

"그렇소? 친절한 예언자 같으니! 이렇게 격려를 받고도 겁을 낸다면 난 정말 겁쟁이일 거요. 모든 여자들이 나를 늘 사랑하는 것 같소, 루시. 나는 그들 모두를 사랑해야 하고, 또 그렇게 하고 있소. 우리 어머니는 훌륭한 분이오. 그분은 진정 여신과도 같은 분이지. 그리고 당신은 강철처럼 진실한 사람이고. 그렇지 않소?"

"그래요, 그레이엄."

"그러면 이리 손을 내밀어주시오, 작은 대남매여. 그 작은 손은 늘 내게 친절했고, 지금도 그렇소. 그리고 이젠 큰 모험을 위해 손을 내밀어주시오. 하느님, 올바른 자들과 함께하소서! 루시, 아멘이라고 해줘요!"

그는 돌아서서 내가 "아멘!"이라고 할 때까지 기다렸다. 나는 그를 기쁘게 해주기 위해서 그렇게 했는데, 그의 부탁대로 하다보니 예전에 느꼈던 그의 매력이 되살아났다. 나는 그의 성공을 기원했다. 그리고 그가 성공하리라는 것을 알고 있었다. 어떤 사람들은 패자가 되게끔 태어나지만, 그는 승자의 운명을 타고난 사람이었다.

"날 따라오시오!" 그가 말했다. 나는 그를 따라 홈 씨가 있는 곳으로 들어갔다.

"백작님," 그레이엄이 물었다. "제게 어떤 판결을 내리셨습니까?"

아버지가 그를 바라보았고, 딸은 여전히 얼굴을 가리고 있었다.

"자, 브레턴," 홈 씨가 말했다. "자네에게 호의를 보였는데 이런 보답을 받는군. 잘 대접했더니 자네가 나의 가장 소중한 보물을 가져갔네. 나는 항상 자넬 보면 반가워했는데, 자네는 나의 유일한 보물을 보고 반가워한 거였군. 판결이라는 말 잘했네. 자네가 내게서 그 보물을 **훔쳤다**고 하지는 않겠지만 난 자네에게 내 보물을 빼앗겼네. 그리고 자네는 내가 잃은 것을 얻은 것 같네."

"백작님, 전 후회하지 않습니다."

"후회라고! 그럴 리가 있나! 의심의 여지 없이 자네가 이긴 것을. 존 그레이엄, 자네야말로 스코틀랜드 고원지대 추장의 자손일세. 자네의 외모와 말투, 사고방식에는 켈트족의 흔적이 남아 있어. 자네에게는 켈트족의 재치와 매력이 있네. 그 붉은(그래, 폴리야, 네 말대로 **금발인**) 머리카락과 간교한 말솜씨와 계략으로 가득찬 두뇌, 다 켈트족 선조에게서 물려받은 걸세."

"백작님, 전 아주 정직하게 처신했다고 **생각합니다**." 그레이엄이 말했다. 그리고 진짜 영국인다운 홍조가 얼굴 전체에 퍼지면서 그의 진지함을 입증해주었다. "하지만," 그가 덧붙였다. "절 비난하신 것 중 몇가지는 옳다는 걸 부인하진 않겠습니다. 제겐 백작님 앞에서 늘 감히 드러내지 못한 생각이 하나 있었습니다. 정말이지 백작님이 세상에서 가장 소중한 보물을 가지고 계신 분이라는 생각이었습니다. 저는 그 보물을 원했고, 가지려고 시도했습니다. 백작님, 이제 그 보물을 제게 주십시오."

"존, 그건 너무 지나친 요구야."

"너무 지나치다는 것도 압니다. 백작님께서 관대한 마음으로 선물로 주시고, 공정한 마음으로 상으로 주셔야지요. 결코 제 노력만으로 얻을 수 있는 게 아니니까요."

"아아! 스코틀랜드식 말 좀 들어보라지!" 홈 씨가 말했다. "보렴, 폴리야! 이 겁 없는 구혼자에게 안된다고 대답해 쫓아내버려라!"

그녀는 고개를 들어 열렬한 미남 구혼자를 수줍게 슬쩍 보고는, 인상을 쓰고 있는 아버지를 다정하게 한참 바라보았다.

"아빠, 전 두분을 다 사랑해요." 그녀가 말했다. "전 두분을 다 보살펴드릴 수 있어요. 그레이엄을 내쫓을 필요는 없어요. 그레이엄이 여기서 살면 되잖아요. 있어도 전혀 불편하게 해드리지 않을 거예요." 그녀는 때때로 아버지와 그레이엄 둘 다를 웃게 만들곤 하던 그 소박한 말투로 단언했다. 아닌 게 아니라 그들은 미소를 짓고 있었다.

"그가 있으면 난 너무 불편할 거다." 홈 씨가 여전히 고집을 부렸다. "폴리야, 난 저 친구가 필요 없다. 키도 너무 커서 거치적거리니 나가라고 해라."

"아빠도 곧 익숙해지실 거예요. 처음에는 저도 키가 너무 크다고 생각했어요. 탑처럼 올려다봤으니까요. 하지만 전체적으로 봤을 때 지금의 모습이 제일 좋아요."

"난 절대 반대다, 폴리야. 난 사위 없이도 잘살 수 있다. 유럽 대륙에서 가장 잘난 사람이었어도 사위가 되어달라는 부탁 따위는 안했을 거다. 이 신사를 내보내라."

"하지만 그는 오랜 친구고 아빠와 아주 잘 맞잖아요."

"나와 잘 맞는다고, 세상에! 그렇겠지, 그가 나와 생각이나 취향이 비슷한 척했겠지. 이유가 있어서 내 비위를 맞추었던 거야. 폴리야, 너와 나는 그에게 작별인사를 해야 할 것 같구나."

"내일까지만 작별하자는 인사예요. 아빠, 그레이엄과 악수하세요."

"아니다, 그럴 생각은 없다. 난 그와 친구가 아니다. 너희 둘이서 나를 감언이설로 구슬릴 수 있다고 생각하지 마라."

"정말, 정말이지 두분은 친구잖아요. 그레이엄, 오른손을 내미세요. 아빠, 손을 내미세요. 자, 손을 잡으세요. 아빠, 너무 뻣뻣하게 굴지 마세요. 손가락을 오므리고, 부드럽게 잡으세요. 자, 그렇게 요! 하지만 아빠, 그건 악수가 아니고 쥐어짜는 거예요! 아빠, 죔쇠 처럼 꼭 쥐고 계시네요. 그레이엄의 손이 다 짓이겨지겠어요. 그레 이엄의 손이 다쳐요!"

그가 정말로 그레이엄의 손에 상처를 낸 게 틀림없었다. 홈 씨는 다이아몬드가 박혀 있는 커다란 반지를 끼고 있었는데, 그 다이아 몬드의 날카로운 면이 그레이엄의 살을 베어 피가 났다. 하지만 존 선생은 아까 불안했을 때 웃던 것처럼 아픈데도 웃기만 했다.

"나를 따라 연구실로 오게." 마침내 홈 씨가 존 선생에게 말했다. 그들은 사라졌다. 그들의 대화는 그다지 길지 않았지만 결정적인 것이었으리라. 구혼자는 여러가지 일에 대해 심문을 당하고 꼼꼼 히 조사를 받았다. 브레턴 선생은 때때로 교활한 표정을 지으며 말 하기도 했지만, 그는 본바탕이 건전한 사람이었다. 그가 지혜와 성 실성을 모두 드러내는 답변을 했다는 것을 나중에 알았다. 그는 자 신의 일을 잘 처리해왔고 난관을 헤쳐온 사람이었다. 그는 다시 운 이 상승세에 있었다. 그는 자신이 결혼할 자격이 있는 인물임을 입 증했다.

아버지와 연인은 다시 서재에 나타났다. 바송삐에르 씨가 문을 닫은 후 딸을 가리켰다.

"저 아이를 데려가게." 그가 말했다. "자네가 저 아이를 데려가 게, 존 브레턴. 그리고 자네가 저 아이를 대하는 그대로 하느님께서 자네를 대하시길!"

* * *

얼마 지나지 않아, 이주일쯤 후 나는 바송삐에르 백작과 그의 딸과 그레이엄 브레턴 선생이 부아레땅의 궁전에 있는 울창한 나무 아래 벤치에 앉아 있는 것을 보았다. 그들은 여름 저녁을 즐기러 나온 것이었다. 장엄한 성문 밖에는 그들을 집으로 데려가기 위해 마차가 기다리고 있었다. 푸른 잔디밭은 고요하고 어슴푸레하게 펼쳐져 있었고, 궁전은 저 멀리서 펜텔리쿠스산[3]에 솟은 바위처럼 하얗게 빛나고 있었다. 궁전 위로 저녁별이 빛났다. 꽃이 핀 덤불에서 이곳 기후 특유의 향기가 풍겨왔다. 조용하고 달콤한 시간이었으며, 세 사람 외에 그곳에는 아무도 없었다.

폴리나는 두 신사 사이에 앉아 있었다. 그들이 대화를 하는 동안 그녀는 작은 손을 열심히 움직였다. 나는 처음에는 그녀가 꽃다발을 만들고 있다고 생각했는데 아니었다. 무릎 위에 놓인 반짝이는 작은 가위로 옆에 앉은 남자들의 머리카락을 잘라내서는, 한창 은발과 금발을 땋는 중이었다. 땋은 머리카락을 묶을 비단실이 없자 그녀는 자신의 머리카락으로 그걸 묶었다. 그러고는 매듭을 지은 다음 그것을 로켓에 넣고 목에 걸었다.

"이제 부적을 만들었으니 두분이 늘 사이좋게 지내실 거예요. 제가 이 부적을 걸고 있는 한 다시는 싸우는 일이 없을 거예요."

부적이 만들어졌고, 다시는 싸울 수 없다는 주문이 외진 셈이었다. 그녀는 두 사람을 엮어주는 끈이었고, 그 둘에게 영향을 미쳐 두 사람의 화합을 이끌어냈다. 그녀는 그들에게서 행복을 얻었고, 얻어온 것에 이자까지 붙여 되돌려주었다.

지상에 정말로 저런 행복이 있단 말인가? 나는 아버지와 딸과

---

3 아테네 북동쪽 마라톤 방향에 있는 험준한 돌산. 대리석이 유명하다.

미래의 남편이 하나가 되어 모두 축복을 받고 서로 축복하는 모습을 보면서 자문했다.

그렇다. 그런 행복도 있다. 로맨스로 물들이지 않고 상상력으로 과장하지 않아도 그런 행복은 존재한다. 어떤 사람들은 실제로 며칠간, 혹은 몇년간 천상의 행복을 미리 맛본다. 그리고 선한 사람들(사악한 사람들에게는 그런 행복이 결코 오지 않는다)이 그런 완벽한 행복을 한번이라도 느끼면 그 달콤한 효과는 완전히 사라지는 법이 없다. 훗날 어떤 시련이나 병마나 죽음의 그림자가 뒤따라와도, 미리 맛본 영광은 쓰라린 고뇌를 변함없이 달래주고 먹구름을 물들이며 빛난다.

더 말하자면 이런 이야기이다. 나는 세상에 그런 운명을 타고나 자라고, 부드러운 요람에서 느지막이 조용한 무덤으로 인도되는 사람들이 있음을 진실로 믿는다. 아무리 험난한 고통이 닥쳐도 그들의 운명은 꺾이지 않고, 어떤 광폭한 어둠이 닥쳐도 그들의 여행길은 어두워지지 않는다. 그리고 이런 사람들은 대개 제멋대로 되어먹은 이기적인 인간이 아니라 자연이 선별한 조화롭고 친절한 사람들이다. 그들은 자비심을 지닌 온화한 사람들이며, 신의 친절한 속성을 친절하게 대행하는 사람들이다.

이 행복한 이야기의 진실을 더이상 미루지 말자. 그레이엄 브레턴과 폴리나 드 바송삐에르는 결혼했다. 그리고 브레턴 선생은 과연 하느님의 친절한 대리인이었다. 그는 세월이 흘러도 타락하지 않았다. 그의 결점은 점점 더 줄어들었고, 미덕은 원숙해졌다. 지적으로 더 세련되어졌으며 도덕적으로도 더 훌륭해졌다. 모든 찌꺼기는 다 걸러지고 맑은 포도주만 남아 조용히 빛났다. 그의 상냥한 아내의 운명 역시 밝았다. 그녀는 늘 남편의 사랑을 받으면서 그의 발전을 도왔다. 그녀는 그에게 행복의 초석이었다.

정말이지 그들은 축복받은 한쌍이었다. 세월이 흐를수록 그들은 더 번창하고 선량해졌다. 그들은 아낌없이, 그러나 현명하게 베풀었다. 물론 그들도 화를 내고 실망하고 고난을 겪었지만 이 모든 것을 잘 견디어냈다. 그들도 몇번인가는 거의 보는 즉시 죽는다는 '공포의 왕'[4]을 보고 그에게 제물을 바쳤다. 때가 되어 바송삐에르 백작이 사망했고, 루이자 브레턴은 만수를 누린 후 세상을 떠났다. 그들의 집에서 라헬이 자식을 위하여 애곡하는 소리[5]가 들린 적도 있었으나, 죽은 아이를 대신해 다른 아이들이 건강하고 씩씩하게 자라주었다. 브레턴 선생은 그의 모습과 성격을 물려받은 아들에게서 자신이 다시 한번 사는 것을 보았다. 딸들도 그처럼 풍채가 당당했다. 그는 아이들을 부드럽지만 엄격하게 키웠다. 아이들은 부모에게서 물려받은 대로, 교육받은 대로 자라났다.

간단히 말해서 그레이엄과 폴리나 두 사람의 삶은, 야곱이 사랑했던 아들의 삶처럼 "위로 하늘의 복과 아래로 깊은 샘의 복"[6]을 받았다고 할 수 있다. 신께서 보시기에 좋았기 때문에 그러했다.

---

4 욥기 18:14. "그가 의지하던 것들이 장막에서 뽑히며 그는 공포의 왕에게로 잡혀가고."
5 예레미야서 31:15. "여호와께서 이와 같이 말씀하시니라 라마에서 슬퍼하며 통곡하는 소리가 들리니 라헬이 그 자식 때문에 애곡하는 것이라 그가 자식이 없어져서 위로받기를 거절하는도다."
6 창세기 49:25.

38장
구름

하지만 우리 모두에게 그런 운명이 주어지지는 않는다. 그렇지
만 어쩌겠는가? 우리가 겸허하게 체념하든 그러지 않든 신의 뜻은
반드시 이루어진다. 창조의 충동이 그것을 부추기고, 보이거나 보
이지 않는 권능의 힘이 자신의 뜻을 이루려고 한다. 내세의 삶의
증거는 반드시 주어진다. 필요하면 피와 불[1] 속에라도 그 증거는 새
겨지게 되어 있다. 피와 불 속에서 우리는 자연에 퍼져 있는 기록
을 추적하며, 피와 불 속에서 우리 자신의 경험과 교차되는 증거를
만난다. 고통받는 자여, 이런 불타는 증거를 보고 두려워 혼절하지
말지니. 지친 방랑자여, 행장을 갖추고 위를 보면서 행진해나갈지
니. 순례자들과 비통해하는 형제들이여, 동반자가 되어 나아갈지
니. 우리 대부분은 이 험난한 세상을 가로질러 난 어두운 길을 가

----

1 사도행전 2:19. "또 내가 위로 하늘에서는 기사를 아래로 땅에서는 징조를 베풀
리니 곧 피와 불과 연기로다."

게 되어 있으니, 꾸준히 한발 한발 걸을지니. 우리의 십자가를 깃발로 삼을지니. 그분의 약속을 지팡이로 삼을지니, "하느님의 도는 완전하고 여호와의 말씀은 진실"[2]하니. 그분의 뜻을 현재의 희망으로 삼을지니, "주께서 또 주의 구원의 방패를 내게 주시며 주의 온유함이 나를 크게 하셨"[3]으니. 그분의 가슴을 최후의 안식처로 삼을지니, "하느님은 높은 하늘에 계시"[4]니. 가없는 영광을 최고의 상으로 삼고, 상을 탈 수 있도록 달릴지니. 훌륭한 병사가 되어 고난을 견딜지니. 주어진 길을 완주하고, 신앙을 지키고, 정복자보다 더 승리할 수 있다는 말을 믿고 의지할지니. "나의 거룩한 이시여, 주께서는 만세 전부터 계시지 아니하시니이까? 우리가 사망에 이르지 아니하리이다!"[5]

목요일 아침 우리 모두는 교실에 모여 문학수업이 시작되길 기다리고 있었다. 수업시간이 되어 문학 선생이 올 것이었다.

1반 학생들은 아주 조용히 앉아 있었다. 지난 수업시간 이후 깨끗하게 써놓은 작문들이 만반의 태세를 갖추고 그들 앞에 놓여 있었다. 그것들은 단정하게 끈으로 묶인 채 교수가 재빨리 책상 사이를 돌며 거두어가길 기다리고 있었다. 7월이었고 아침 날씨는 맑았으며 열린 유리문 사이로 선선한 미풍이 장난을 치고 창틀에서 자라고 있는 식물들은 무슨 소식이라도 전하듯이 까닥거리다 고개를 숙이고서 교실 안을 들여다보았다.

에마뉘엘 선생은 원래 시간을 정확하게 지키는 편이 아니었다.

....
2 사무엘하 22:31.
3 사무엘하 22:36.
4 욥기 22:12.
5 하박국서 1:12.

약간 늦는 거야 이상할 게 없지만, 마침내 문이 열리고 황급하게 들어온 사람이 씩씩대는 성미 급한 그가 아니라 조심성 있고 조용한 베끄 부인인 것을 보고 우리는 의아해했다.

그녀는 뽈 선생의 책상으로 다가가 그 앞에 서더니 어깨를 감싼 가벼운 숄을 여미면서 시선을 한곳에 붙박은 채 나지막이, 그러나 단호한 어조로 말했다.

"오늘 아침에는 문학수업이 없어요."

약 이분 후 그녀의 두번째 말이 이어졌다.

"문학수업은 일주일 후부터 다시 시작될 거예요. 에마뉘엘 선생을 대신할 유능한 선생을 찾으려면 그 정도의 시간은 필요할 테니까요. 자습으로 공백 기간을 유용하게 보냅시다."

"여러분, 뽈 선생님께서는," 그녀가 계속했다. "가능하면 제대로 작별인사를 하고 떠나시려고 했어요. 하지만 지금으로서는 그럴 시간이 없으세요. 긴 항해를 준비하고 있기 때문이에요. 갑자기 급한 임무를 맡아서 멀리 가셔야 한답니다. 얼마 동안이 될지 모르지만 유럽을 떠나 계시기로 결정하셨어요. 아마 여러분에게 직접 말씀해주시겠죠. 여러분, 보통 때 에마뉘엘 선생님과 하던 수업 대신 오늘 아침에는 루시 양과 함께 영어 읽기를 하세요."

그녀는 정중하게 고개를 숙이고 숄을 더 꼭 여미고는 교실에서 나갔다.

무거운 침묵이 흘렀다. 그리고 나서 교실 전체가 웅성댔다. 몇몇 학생들은 울었다.

시간이 흐르자 소음과 속삭임과 간헐적이던 흐느낌이 점점 더 커졌다. 마치 아무도 감독하지 않는 것처럼, 실제로 교실을 감독하는 사람이 없는 것처럼 규율이 해이해지고 질서가 흐트러지고 있었다. 나는 습관과 의무감으로 얼른 기운을 차리고는 평상시대로 일어나 평상시의 어조로 조용히 하라고 말했고, 마침내 교실은 정적을 되찾았다. 나는 영어 읽기를 오랫동안 꼼꼼히 시키면서 그날 오전 내내 그렇게 수업을 진행했다. 흐느끼는 학생들에게 짜증을 냈던 기억이 난다. 사실 그들의 감정은 발작적인 동요일 뿐 별 대단한 가치도 없었다. 나는 사정없이 그렇게 말했다. 반쯤은 조소해가며 심하게 굴었다. 솔직히 그들의 눈물이나 흐느끼는 소리를 견딜 수가 없었다. 다들 그쳤는데 마음이 약하고 소심한 학생 하나가 계속 흐느꼈다. 어쩔 수 없이 그녀에게 가차 없는 말투로 주의를 주자, 감히 더이상 겉으로는 흐느끼지 못하고 경련을 멈추었다.

그 학생이 나를 미워해도 할 수 없는 일이었다. 그러나 나는 수업이 끝나고 학생들이 떠날 시간에 그 학생에게 남으라고 했다. 그리고 다른 학생들이 모두 교실을 떠난 후 여태껏 그들 중 누구에게도 한 적이 없는 행동을 했다. 그 아이를 끌어안고 뺨에 입을 맞춘 것이다. 하지만 이런 충동적인 행동을 한 후 곧 그 학생을 교실 밖으로 내보냈다. 이런 강렬한 감정 표시에 놀라 그 아이가 전보다 더 비통하게 울기 시작해서였다.

그날 나는 잠시도 쉬지 않고 일을 했다. 양초를 켜둘 수만 있었다면 밤새도록 자지도 않았을 것이다. 하지만 제대로 잠을 자지 못한 여파로 다음 날 감당할 수 없는 소문이라는 시련에 제대로 대비할 수 없었다. 그 소식을 두고 사람들이 떠들어대는 것은 당연했다. 처음에는 다들 놀라서 다소 침묵을 지켰으나 곧 침묵은 깨지고 입이란 입은 모조리 떠들어댔다. 혀란 혀는 모조리 날름댔고 선생과 학생은 물론이고 하인들조차도 "에마뉘엘"이라는 이름을 입에 올렸다. 개교할 때부터 이 학교에 관여했는데 이렇게 갑자기 사라지

다니! 모두 이상하다고 느끼고 있었다.

사람들이 너무 많이, 너무 길게, 너무 자주 그 이야기를 하는 바람에 그 많은 말과 소문 속에서 마침내 어떤 정보가 드러났다. 사흘째 되는 날 나는 그가 일주일 안에 항해를 떠날 것이며 서인도제도로 간다는 것을 알게 되었다. 소문의 진위를 확인하기 위해 나는 베끄 부인의 얼굴과 눈을 자세히 살폈다. 정보를 얻기 위해 그녀가 가는 곳마다 쫓아다녔으나 그녀의 행동에는 평상시와 다르거나 냉정을 잃는 점이 하나도 없었다.

"이번 학기엔 손실이 커요." 그녀가 말했다. "빈자리를 어떻게 채워야 할지 모르겠어요. 뽈 선생에게 너무나 익숙해져 있었거든요. 내 오른팔이었는데. 그분 없이 어떻게 해나가죠? 난 반대했는데 뽈 선생이 그 일을 꼭 해야겠다고 했어요."

그녀는 공공연히 이 모든 이야기를 교실이나 식탁에서 큰 소리로 젤리 쌩삐에르 선생에게 말했다.

"왜 그가 그 일을 꼭 해야 하는 거죠?" 나는 그렇게 물을 수도 있었다. 그녀가 교실에서 침착하게 내 옆을 지나갈 때 손을 뻗어 꽉 붙잡고 "잠깐만요, 어떻게 된 건지 말해줘요. 왜 그가 귀양살이를 해야 하는 거죠?"라고 묻고 싶은 충동에 사로잡혔다. 하지만 베끄 부인은 늘 다른 선생들에게만 말을 걸었고, 내가 그 문제에 관심을 가질 수 있다는 생각조차 하지 않는 것 같았다.

그 일주일이 다 지나고 있었다. 에마뉘엘 선생의 작별인사에 대해서는 아무 말도 없었다. 아무도 그가 오길 간절히 바라는 것 같지 않았다. 아무도 그가 올지 안 올지 묻지 않았다. 그가 다시 나타나지 않고 그냥 떠나면 어떡하나 괴로워하는 기미를 보이는 사람도 없었다. 그들은 끊임없이 얘기를 나눴지만, 그 숱한 이야기 속에는 정작 중요한 작별인사 이야기는 없었다. 베끄 부인에 대해 말하자면, 물론 그녀는 그를 만날 수도, 원하는 대로 마음껏 이야기를 나눌 수도 있었다. 그러니 그가 학교에 나타나건 말건 그게 그녀에게 무슨 상관이 있었겠는가?

그 주가 다 지나가버렸다. 그의 출발 날짜, 그리고 그가 "과들루쁘의 바스떼르"라는 곳으로 떠난다는 말이 들려왔다. 그가 외국에 가는 이유가 자신의 일 때문이 아니라 친구의 일 때문이라는 말도 들렸다. 나도 그러리라고 생각했다.

"과들루쁘의 바스떼르." 그즈음 나는 거의 잠을 이루지 못했다. 정작 잠이 들려고 하면 베개 위로 "바스떼르"나 "과들루쁘"라는 소리가 들리거나, 붉은색이나 보라색의 그 글자들이 어둠속을 빙빙 돌다가 전후좌우로 나타나 깜짝 놀라 깨어났다.

나도 내 감정을 어떻게 할 수가 없었다. 그렇게 느껴지는데 어쩔 도리가 있겠는가? 최근에 에마뉘엘 선생은 내게 아주 친절했다. 그는 나날이 더 선량해지고 더 친절해지는 중이었다. 우리가 신앙의 차이를 인정한 지도 어언 한달쯤 되었고 그 이후로는 쭉 싸운 적이 없었다. 우리의 평화는 절교가 낳은 냉담한 딸은 아니었다. 우리는 서먹한 관계가 아니었다. 그는 전보다 자주 내게 들러 더 많은 이야기를 나누었으며, 만족스러운 눈빛과 편안하고 온화한 태도로 평온하게 몇시간이고 나와 함께 있곤 했다. 우리는 점점 더 많은 이야기를 다정하게 나눴다. 그는 나의 인생 계획을 물었고 나는 내 계획을 알려주었다. 학교를 세우겠다는 내 계획을 듣고 그는 기뻐했다. 그는 알나샤르[6]의 꿈이라고 하면서도 그 계획을 몇번이고 다시 말해달라고 했다. 우리 둘은 마음의 문이 열렸고, 서로에 대한 이해가 굳건해져갔다. 화합과 희망의 느낌이 우리의 가슴속 깊이 스며들었고, 애정과 깊은 존경 그리고 갓 태어난 신뢰로 유대를 다져가는 중이었다.

그즈음 내가 얼마나 조용히 수업을 받았던가! 그는 이제 더이상 나의 '지성'을 조롱하지 않았고, 사람들 앞에 나서야 한다고 위협하지도 않았다! 질투심에 찬 조롱과 더 심한 질투심에 반은 화를 내며 하는 칭찬도 사라졌다. 결코 칭찬은 안했지만 그 대신 나를 도와주었고, 애정으로 지도하고 잘못을 용서하고 다정하게 참아주었다. 오랫동안 둘이 아무 말도 없이 가만히 앉아 있기만 할 때도 있었다. 그러다가 어두워지거나 일이 생겨 헤어져야 할 때는 "휴식이란 달콤하군! 조용한 행복이 소중한 거야!"[7] 같은 말을 하며 떠났다.

그로부터 열흘도 안 지난 어느날 저녁, 예의 오솔길에서 산책을 하고 있는데 뽈 선생이 다가왔다. 그는 내 손을 잡았고 나는 그의 얼굴을 바라보았다. 그가 자기를 봐주길 바란다는 생각이 들어서였다.

"착한 작은 친구여!" 그가 부드럽게 말했다. "부드러운 위로자여!"[8] 하지만 그가 손을 만지며 이렇게 말하자 새로운 감정이 들고 이상한 생각이 떠올랐다. 오빠나 친구 이상의 관계가 되려는 걸까? 그의 표정이 남매의 정이나 우정 이상의 다정한 감정을 말하는 것은 아닐까?

그는 더 할 말이 있는 표정이었고, 손으로 나를 끌어당기며 뭔가

---

6 『아라비안나이트』 중 「이발사의 다섯번째 동생 이야기」의 주인공. 유리그릇을 놓고 그걸 자꾸 되팔아 부자가 되는 공상을 하다 유리그릇을 깨버린다.

7 (프) Il est doux, le repos! Il est précieux, le calme bonheur!

8 (프) Bonne petite amie! douce consolatrice!

를 설명하려고 입술을 움직였다. 아니었다. 지금은 아니었다. 해질녘의 오솔길에 방해꾼이 끼어들었다. 방해꾼은 두 사람이었고, 그들을 보니 불길했다. 우리 앞에 나타난 그 불길한 방해꾼들은 여자와 신부, 즉 베끄 부인과 씰라스 신부였다.

그때 본 씰라스 신부의 모습을 나는 잊지 못할 것이다. 뜻밖에 애정을 표시하는 장면을 맞닥뜨린 신부는 우선 장자끄 루소식의 감성을 보였다가, 그 위에 곧 성직자의 질투로 얼굴이 그늘졌다. 그는 내게는 상냥하게 말을 걸고 제자에게는 엄격한 눈길을 보냈다. 물론 베끄 부인은 친척이 눈앞에서 이교도인 외국 여자의 손을 쥐고 있다가 놓기는커녕 더욱 꼭 쥐었는데도 못 본 척했다.

이런 일련의 사건들이 일어난 후 그가 떠난다는 갑작스러운 소식을 듣자 처음에는 믿을 수가 없었다. 백오십여명의 주위 사람들이 계속 그 말을 반복하고 믿는 바람에 나도 그 사실을 받아들일 수밖에 없었을 뿐이다. 그 긴장의 일주일, 멍하니 가슴 태우던 나날들, 그에게서 아무런 설명도 듣지 못한 그 기간에 대해 나는 기억할 수는 있으나 어떻게 지나갔는지 묘사할 수가 없다.

마지막 날이 왔다. 이제 그가 우리를 방문할 것이고, 직접 와서 작별인사를 하거나 아니면 조용히 사라져 더이상 우리 앞에 나타나지 않을 것이다.

학교에 있는 누구도 나 같은 생각은 하지 않는 듯했다. 모두가 보통 때처럼 일어났고, 보통 때처럼 식사를 했으며, 예전 선생에 대해서는 아무 말도 아무 생각도 하지 않는 것처럼 침착하고 습관적으로 평상시의 의무를 수행했다.

기숙학교 사람들은 이렇게 잘 망각하고, 이렇게 잘 길들여지고, 이렇게 일상의 순서에 잘 훈련되어 있었다. 예상과는 너무 다른 모습이었다. 하지만 이렇게 정체되고 숨막히는 분위기 속에서 어떻게 숨을 쉬어야 할지 나는 알 수 없었다. 누가 나 대신 말을 해줄 사람이 없을까? 내가 아멘이란 말만 덧붙일 수 있게 기도나 단 한마디 말이나 소원을 빌어줄 사람이 없단 말인가?

음식이나 휴일이나 휴강 같은 아주 사소한 요구를 하기 위해 학생들이 일치단결하는 것을 본 적은 있었다. 하지만 지금 그들은 베끄 부인에게 몰려가 그녀를 둘러싸고 사랑하는 선생님과 만나겠다고 요구하지는 못했다. 아니, 요구하려 들지 않았다. 그는 분명히 사랑받았고, 적어도 몇몇 학생들에게는 그들 나름대로의 사랑을 받았지만, 오! 대중의 사랑이 무슨 소용이 있는가?

나는 그가 어디에 사는지, 어디에 가면 그의 목소리를 듣고 대화를 나눌 수 있는지 알고 있었다. 그는 엎드리면 코 닿을 데 있었다. 하지만 그가 옆방에 있다고 해도 부르지 않으면 나는 갈 수가 없었다. 누군가를 따라가고, 찾아내고, 일깨우고, 기억을 되살려내는 재주가 내게는 없었다.

에마뉘엘 선생이 바로 내 옆을 스쳐가더라도, 날 보지 못하고 조용히 지나간다면 나는 꼼짝도 못하고 그냥 지나가도록 내버려두었을 것이다.

아침이 다 지나가고 오후가 왔다. 나는 모든 것이 끝났다고 생각했다. 가슴이 떨리고 피가 소용돌이쳤다. 너무 아파서 내 자리를 지킬 수도 일을 할 수도 없었다. 하지만 내 주위의 작은 세계는 무심하게 굴러가고 있었다. 근심이나 두려움이나 생각조차 없이 모두 즐거워 보였다. 일주일 전에는 그 놀라운 소식에 발작적으로 울던 바로 그 학생들조차 그 소식이나 그 소식의 의미, 그리고 자신들의 슬픔에 대해 새까맣게 잊은 듯했다.

수업이 끝나는 다섯시 조금 전에 베끄 부인이 날 부르러 사람을 보냈다. 자기 방으로 와서 자기에게 온 영어 편지를 번역해주고 답장을 좀 써달라는 것이었다. 그런데 일을 시작하기 전에 그녀가 조용히 방문 두개를 닫고 창문까지 잠그는 것이었다. 날씨가 더웠을 뿐 아니라 그녀는 환기를 중요시하는 사람이었다. 그런데 왜 이렇게 조심을 하는 거지? 의심, 아니 격렬한 불신감이 밀려오면서 이런 의문이 들었다. 소리를 차단하려고 하나? 그런데, 무슨 소리를?

나는 전에 없이 유심히 귀를 기울였다. 코를 킁킁대며 먹이의 냄새를 맡고 저 멀리 여행자의 발소리에 귀를 기울이는 겨울 저녁의 늑대처럼 귀를 기울였다. 나는 듣는 일과 쓰는 일을 동시에 할 수 있었다. 편지를 절반쯤 썼을 때 복도에서 울리는 발소리에 펜을 멈칫했다. 초인종이 울리지도 않았었다. 명령을 받은 게 틀림없는 로진이 방문객이 올 것을 미리 알고 있었던 것이다. 베끄 부인은 내가 멈칫하는 것을 보고는 기침을 했고, 부산을 떨며 큰 소리로 말했다. 발소리는 교실 쪽으로 사라졌다.

"계속하세요." 부인이 말했다. 하지만 내 손은 묶여 있고 귀는 막혀 있으며 생각은 멀리 포로로 잡혀간 후였다.

교실들은 다른 건물에 있었다. 기숙사에서 홀을 지나야 교실이 나왔다. 기숙사와는 멀리 떨어져 있고 그 사이에는 홀이 있는데도 불구하고 수많은 사람이 갑자기 움직이는, 즉 학급 전체가 동시에 일어서는 소리가 들렸다.

"수업이 끝나 정리하고 있나보네요." 부인이 말했다.

수업을 마치고 정리할 시간이기는 했지만 그렇다면 이 갑작스러운 침묵, 소동 뒤의 갑작스러운 이 침묵은 무슨 뜻이지?

"기다리세요, 부인. 무슨 일인지 보고 올게요."

그리고 나는 펜을 내려놓고 그녀를 떠났다. 그녀를 떠났다고 했던가? 아니, 그녀는 나를 떠나보내려 하지 않았다. 날 붙잡지 못하게 되자 그녀도 일어서서 그림자처럼 바싹 내 뒤를 따라왔다. 나는 층계의 마지막 계단에서 돌아섰다.

"부인도 가시려고요?" 내가 물었다.

"그래요." 그녀는 기묘한 표정으로 내 시선을 맞받았고, 어둡지만 단호한 눈빛으로 내 눈을 바라보았다. 우리는 계속 걸어갔다. 함께가 아니라, 그녀가 나와 보조를 맞춰 걸었다.

그가 와 있었다. 1반 교실에 들어서는데 그가 보였다. 다시 한번, 아주 낯익은 모습이 보였다. 틀림없이 그들이 그를 오지 못하게 하려 했을 텐데도 온 것이다.

여학생들은 반원을 이루고 서 있었다. 그는 한명 한명 손을 잡고 뺨에 입을 맞추면서 작별인사를 하며 빙 둘러보고 있었다. 이 마지막 예식은 고별식 때 허용되는 그 나라의 관습으로, 몹시 엄숙하게 오랫동안 계속되었다.

베끄 부인이 바싹 붙어 다니는 바람에 힘들었다. 그녀가 나를 졸졸 따라다니며 감시했다. 그녀의 숨결이 느껴져 목과 어깨가 움츠러들 정도였다. 끔찍하게 괴로웠다.

그가 다가오고 있었다. 그는 반원을 거의 다 돌고 마지막 학생에게 다가가는 중이었다. 그가 몸을 돌렸다. 그런데 내 앞에 있던 베끄 부인이 갑자기 달려나갔다. 그녀는 팔을 벌리고 옷을 있는 대로 넓게 펼치는 것 같았다. 그녀에게 가려져 그에게는 내가 보이지 않았다. 그녀는 내 약점과 결점을 잘 알고 있었다. 위기에 처하면 내가 정신적으로 마비되리라는 것을, 전혀 자기주장을 할 수 없다는 것을 계산에 넣고 있었던 것이다. 그녀는 자기 친척에게 달려가서 갑자기 수다를 떨어 주의를 독차지한 다음 황급히 그를 문 쪽으로, 정원으로 나 있는 유리문 쪽으로 몰아갔다. 그가 둘러보았던 것 같다. 내가 그와 눈을 맞출 용기만 있었더라도 감정을 표현하기 위해 그에게로 달려갔을 것이고, 그러면 아마도 구원을 받았을지 모르겠다. 그러나 교실 안은 엉망이었고, 반원은 여러 집단으로 나뉜 뒤였고, 내 모습은 눈에 더 잘 띄는 서른명 속에 파묻혀버렸다. 부인의 뜻대로 된 것이었다. 그렇다, 그녀는 그를 데리고 나가버렸고, 그는 날 보지 못하고 내가 오지 않았다고 생각했을 것이다. 다섯시가 되자 하교 종이 울렸고, 학교가 파해 교실은 텅 비어버렸다.

기억을 더듬어보면 나 혼자 남은 그 몇분간 완전한 어둠속에 빠져 넋을 놓았던 것 같다. 참을 수 없는 상실감, 표현할 길 없는 슬픔이 밀려왔다. 나는 어떡해야 하지? 오! 격분으로 갈라진 가슴에서 삶의 희망이 뿌리째 뽑혀나간 지금, 나는 뭘 해야 하지?

뭘 했어야 했는지 지금도 모르겠다. 그때 학교에서 가장 어린 학생이 조용히 으르렁대며 갈등하고 있는 내 마음의 중심으로 아무 생각 없이 순진하게 뛰어들었다.

"선생님," 아이가 고음의 혀짤배기소리로 말했다. "이걸 드리려고요. 뽈 선생님께서 창고에서 저장실까지 샅샅이 뒤져서라도 선생님을 찾아서 이걸 주라고 하셨어요."

그리고 아이는 짧은 편지를 주었다. 작은 비둘기가 내 무릎에 올리브 잎을 하나 떨어뜨리고 간 것이었다.[9] 거기에는 이름이나 주소도 없이 이렇게 쓰여 있었다.

"다른 사람들과 작별인사를 하면서 당신과도 작별할 의도는 아

---

9 창세기 8장에서 홍수가 휩쓸고 간 후 비둘기가 노아에게 올리브 잎사귀를 물어다 주면서 홍수가 다 끝났음을 알려준다. 희망의 상징으로 쓰인다.

니었소만 교실에서 당신을 보고 싶었는데 실망스럽소. 다음에 만나도록 합시다. 늘 만날 준비를 하고 있으시오. 항해를 떠나기 전에 틈을 내서 당신을 만나 길게 할 이야기가 있소. 준비하고 있으시오. 내 시간은 한정되어 있는데다 지금 당장은 꼭 처리해야 할 일이 한 가지 있소. 누구와도, 심지어 당신에게조차 말할 수 없고 함께 할 수도 없는 개인적인 일이오.─뻘."

"준비하고 있으라고?" 그렇다면 오늘 저녁일 게 분명했다. 그는 내일 떠난다고 하지 않았던가? 그래, 그 점은 확실했다. 나는 그의 배가 출발하기로 공고된 날짜를 보았다. 오! 준비하고 있기야 하겠지만 오랫동안 고대하던 만남이 정말 이루어질까? 시간이 너무 없었고, 음모를 꾸미는 자들이 너무 빈틈없이, 너무 열심히, 너무 적대적으로 감시하고 있었다. 그가 와야 할 길은 협곡처럼 험하고 수렁처럼 깊어 보였다. 아볼루온은 건너편에 버티고 서서 불을 뿜고 있었다. 하지만 나의 그레이트하트가 무사히 건너올 수 있을까? 나의 안내자가 내게 도착할 수 있을까?[10]

누가 알겠는가? 하지만 나는 용기와 위안을 얻기 시작했다. 내 심장이 뛰는 것과 똑같이 그의 심장이 뛰는 게 느껴졌다.

나는 내 영웅이 오기를 기다렸다. 아볼루온은 '지옥'을 뒤에 끌고서 다가왔다. 나는 '영원한' 고통이 있다면 그 형체는 불타는 고문대가 아니고 그 본질은 절망이 아니리라고 생각한다. 해가 뜨지도 지지도 않던 그즈음의 어느날 천사가 지옥으로 들어왔다. 천사는 서서 환한 웃음을 지으며 조건부 사면을 예언했고, 지금은 아니지만 예기치 않은 날과 시간에 다가올 축복에 대한 미심쩍은 희망

---

10 아볼루온, 그레이트하트, 안내자 모두 『천로역정』에 등장하는 인물들이다.

을 심어주었다. 그는 자신의 영광과 장엄함을 통해 그 약속이 얼마나 높고 넓은지를 드러냈다. 천사는 그렇게 말하고 나서는 높이 솟아올라 별이 되어 천국으로 사라졌다. 천사가 떠나자 불안만이 남았다. 그것은 절망보다 더 괴로운 선물이었다.

그날 저녁 내내 나는 비둘기가 가져온 올리브나무 잎을 믿으면서도 끔찍한 두려움에 사로잡혀 기다렸다. 공포감이 엄습했다. 이상하게 침울해졌고, 약속을 잘 지키는 연인을 기다리는 사람 특유의 예감으로 그가 오지 않으리라는 걸 알았다. 마음속으로는 날아가는 시간의 옷자락을 꼭 붙잡았다. 시간은 떠도는 구름, 폭풍우 전에 휙휙 스쳐가는 조각구름처럼 지나갔다.

시간은 지나가버렸다. 덥고 긴 여름날이 크리스마스 장작처럼 다 타버렸다. 장작 끝의 진홍빛마저 사그라져버렸다. 나는 서늘하고 푸른 그늘 속에서 밤의 창백한 잿빛 위로 몸을 숙였다.

기도시간이 끝났다. 잠자리에 들 시간이었다. 나의 동료들은 모두 물러갔다. 나는 여태껏 잊어버리거나 무시해본 적이 없는 규칙들을 잊고, 아니면 적어도 무시하면서 어두운 1반 교실에 그냥 남아 있었다.

교실 안을 얼마나 걸어다녔는지는 모르겠다. 분명히 여러시간 서 있었고 기계적으로 의자와 책상 사이를 오락가락하고 책상 열을 쭉 따라 왔다갔다했다. 그리고 집 안 사람들이 모두 잠들어 아무도 듣지 못하리라는 게 확실해졌을 때 나는 마침내 거기서 울음을 터뜨리고 말았다. '밤'에 의지하고 '고독'에 비밀을 털어놓으면서 더이상 눈물이나 흐느낌을 참으려 하지 않았다. 나는 가슴을 들썩이며 울었다. 하지만 어떤 슬픔인들 이 집에서 신성할 수 있겠는가?

열한시(포세뜨가에서는 아주 늦은 시간이다)가 지나자 몰래는 아니지만 조용히 문이 열렸다. 램프 불빛에 달빛이 가려졌다. 마치 평상시처럼, 예사로운 일로 온 양 베끄 부인이 침착한 태도로 들어왔다. 그녀는 내게 곧바로 말을 걸지 않고 책상으로 가서 열쇠를 꺼내며 뭔가를 찾는 척했다. 그녀는 오랫동안, 너무나 오랫동안 그렇게 뒤지는 척하며 머뭇거렸다. 그녀는 차분했다. 지나치게 차분했다. 나는 그런 가식을 견딜 기분이 아니었다. 너무 화가 난데다이미 두시간 전에 평소의 존경심과 두려움도 다 사라진 후였다. 보통 때는 건드리기만 해도 복종하고 말 한마디에도 지배당했지만이제는 어떤 명에도 질 수 없고 어떤 제지도 따르기 싫었다.

"잠자리에 들 시간이 지났어요." 부인이 말했다. "규칙으로 정한시간이 훨씬 지났어요."

나는 대답하지 않고 계속 걸어다녔다. 그녀가 가로막자 나는 그녀를 밀어냈다.

"루시 양, 제발 진정해요. 제가 방으로 데려다줄게요." 그녀는 애써 부드럽게 말했다.

"싫어요!" 내가 말했다. "당신이든 다른 누구든 날 진정시킬 수도, 날 데려갈 수도 없어요."

"침대를 따뜻하게 덥혀놓을게요. 고똥이 아직 자지 않고 있으니 편안하게 잠들 수 있도록 진정제를 줄 거예요."

"부인," 내가 불쑥 말했다. "당신은 쾌락주의자예요. 차분하고 평온하고 단정하게 보이지만 그 모든 것 아래 부인할 수 없는 쾌락주의자의 모습이 있어요. 당신이나 따뜻해진 부드러운 침대에 가서 주무세요. 당신이나 먹고 싶은 대로 진정제와 고기를 먹고 향기롭고 달콤한 음료를 마시세요. 당신에게 슬퍼하거나 실망할 일이 있으면, 아마 당신에게도 그럴 일은 있을 거예요, 아니 당신이 지금 그렇다는 것을 알고 있어요. 그러면 원하는 방식대로 마음을 달래세요. 하지만 전 내버려두세요. 절 그냥 내버려두라고요!"

"당신을 돌봐줄 사람을 보내야겠군요. 고똥을 보내겠어요."

"그러지 마세요. 절 그냥 내버려두세요. 저와 제 인생과 제 고민에 상관하지 마세요. 오, 부인, 당신 손에는 냉기와 독기가 서려 있어요. 당신은 독을 뿜어 사람을 마비시켜요."

"내가 뭘 어쨌다는 거죠? 당신은 뿔과 결혼해선 안돼요. 그는 결혼할 수 없는 사람이에요."

"당신은 여물통 속의 개[11]로군요!" 내가 말했다. 그녀가 은밀히, 그리고 늘 그를 원해왔다는 것을 알고 있었기 때문이다. 그녀는 그를 "참을 수 없는 사람"[12]이라고 했고 "고집불통"[13]이라며 놀렸다. 그녀는 그를 사랑하지는 않았다. 이해관계 때문에 그를 묶어두기 위해 결혼을 원했던 것이다. 나는 그녀의 비밀 깊숙이 들어가게 되었다. 어떻게 그랬는지는 모르겠다. 아마 영감이나 직감을 통해서였을 것이다. 그것이 어디서 왔는지는 모르겠다. 그녀와 함께 생활하면서 그녀가 자신보다 열등한 사람을 제외하고는 늘 모두를 경쟁자로 여긴다는 사실도 서서히 알게 되었다. 그녀는 더없이 부드러운 척하면서 온 영혼과 마음을 바쳐 은밀하게 나와 경쟁을 벌이고 있었다. 하지만 그녀와 나를 제외한 누구도 이 사실을 눈치채지 못했다.

이분가량 나는 그녀를 내려다보았다. 이 여자 전체가 내 손아귀

---

11 이솝우화에 등장하는 개. 먹지도 못할 여물을 소들도 먹지 못하도록 난동을 부린다.

12 (프) insupportable.

13 (프) dévot.

에 들어왔다는 느낌이 들었다. 지금 같은 기분이 들 때는 그녀의 평상시 가식과 가면이 구멍 뚫린 그물 같았다. 그 아래에 있는 무정하고 자기도취적이며 천박한 인물이 훤히 드러났다. 그녀는 조용히 내게서 물러났다. 그리고 아주 불편해하면서도 자제심을 잃지 않고 부드럽게 말했다. "당신이 휴식을 취하지 않겠다면 저는 할 수 없이 가보겠어요." 그러고는 허둥지둥 가버렸다. 사라지는 모습에 내가 기뻐하는 것 못지않게 그녀 역시 기쁜 것 같았다.

이것이 나와 베끄 부인의 만남 중 유일하게 진실을 드러낸 만남이다. 잠깐 동안 일어난 그날밤 같은 장면은 다시는 반복되지 않았다. 그런 일이 있었는데도 나를 대하는 그녀의 태도는 변하지 않았다. 그녀가 앙심을 품었는지 아닌지는 모르겠다. 내 잔인한 솔직함 때문에 나를 더 증오하게 되었는지도 모르겠다. 강인한 마음속의 은밀한 철학으로 마음을 여미고는 불쾌한 기억을 모조리 잊기로 결심했을지도 모르겠다. 우리 두 사람은 죽을 때까지 이 격렬한 입씨름을 다시 거론하지도 반복하지도 않았다.

그날밤은 지나갔다. 밤이란 무릇, "여호와의 날이 가까워 별들이 그 빛을 거두는 밤"[14]마저 지나가게 마련이다. 기상시간인 여섯시쯤 마당으로 나가 차갑고 맑은 우물물로 세수를 했다. 홀에 들어와 자작나무 벽장의 거울에 얼굴을 비추어보았다. 거울 속의 내 모습은 변해 있었다. 뺨과 입술은 하얗게 질리고 눈은 흐리멍덩했으며 눈두덩은 자줏빛으로 부어 있었다.

학생들과 선생들에게 합류하니 그들 모두 나를 바라보는 것이 느껴졌다. 모두 내 마음을 알아차린 것 같았다. 내 마음이 탄로난

---

14 요엘 3:14~15. "심판의 골짜기에 여호와의 날이 가까움이로다. 해와 달이 캄캄하며 별들이 그 빛을 거두도다."

것이 분명했다. 가장 어린 학생조차도 내가 왜, 무엇 때문에 절망하는지 안다고 생각하니 몹시 불쾌했다.

아팠을 때 내가 간호해준 적이 있는 이자벨이라는 아이가 다가왔다. 이 아이도 나를 비웃는 건가?

"선생님, 아주 창백해 보이세요! 굉장히 아프신가봐요!"[15] 아이는 입에 손가락을 물고 애절한 눈길로 나를 바라보았다. 그 순간 아무것도 모르는 아이의 표정이 날카로운 통찰보다 더 아름답게 보였다.

이자벨만 무지한 게 아니라는 사실이 곧 밝혀졌다. 그날이 가기 전에 나는 이 집 안의 모든 무지한 사람들에게 감사하는 마음을 가지게 되었다. 사람들에겐 마음을 읽고 어두운 비밀을 해석하는 것 말고도 할 일이 많았다. 원하는 사람은 자신의 비밀을 지키게 하고, 비밀만이 그의 군주가 되게 하소서. 그날 하루 동안, 다른 사람들이 내 슬픔의 원인을 알지 못할 뿐 아니라 지난 육개월간의 내 내면적인 삶은 여전히 나만의 것이라는 증거가 쌓였다. 내가 단 한 사람을 특별히 소중히 여긴다는 것은 발각되지 않았다. 그동안에도 아무도 모르고 있었던 것이다. 소문은 내 곁을 비켜갔고 호기심은 날 스쳐갔다. 늘 내 주변을 서성대는 이 미묘한 두가지 영향력은 결코 내게 집중되지 않았다. 열병 환자가 득실대는 병원에 살면서도 열병을 피하는 이도 있지 않은가. 지난 몇달간 에마뉘엘 선생은 수시로 오가며 나를 가르치고 나를 찾았으며, 시도 때도 없이 나를 불렀고 나는 그의 부름에 따랐다. "뽈 선생님이 루시 양을 뵙고 싶대요." "루시 양은 뽈 선생님과 함께 계세요." 이런 말을 공공

---

15 (프) Que vous êtes pâle! Vous êtes donc bien malade, mademoiselle!

연하게 끊임없이 하면서도 아무도 그에 대해 논평하지 않았고 비난하는 사람은 더더욱 없었다. 아무도 넌지시 말하지도, 농담하지도 않았다. 수수께끼를 푼 사람은 베끄 부인밖에 없었다. 다른 사람은 누구도 그 의미를 알지 못했다. 지금 나를 괴롭히는 것은 두통이라는 병으로 불렸고, 나는 그 병명을 받아들였다.

하지만 육체적인 병이 이런 고통과 같겠는가? 그가 작별인사도 않고 가버린 게 틀림없다는 확신, 운명과 그것에 뒤따르는 분노, 한 여자의 질투와 신부의 편협함 때문에 다시는 그를 보지 못하리라는 이 잔인한 믿음만큼 고통스러운 병이 어디 있겠는가? 이튿날 저녁도 첫날과 같아야 하는가? 고통스러워 날뛰는 괴로운 마음으로 다시 한번 침묵에 잠겨 쓸쓸한 교실을 다시 오락가락해야 하는가?

그날밤 베끄 부인은 내게 잠자리로 가라고 하지 않았다. 그녀는 내 근처에 얼씬도 하지 않고, 대신 지네브라 팬쇼를 보냈다. 그녀야말로 부인이 할 수 없는 일을 더 유능하게 해낼 수 있는 사람이었다. 지네브라의 첫말은 이것이었다. "오늘밤도 두통이 지독해?" (지네브라도 다른 사람들처럼 내가 지독한 두통 때문에 얼굴이 무섭도록 창백하고 미친 듯이 계속 걷는다고 생각했다.) 그녀의 첫마디를 듣자 어디론가 달아나서 그 목소리를 듣지 않을 수만 있으면 좋겠다는 충동이 일었다. 잠시 후 그녀가 자신도 머리가 아프다며 불평을 시작하자 나는 곧 교실에서 나와버렸다.

나는 위층으로 갔다. 잠자리로, 내 가엾은 침대 안으로 들어가자 곧 전갈 한마리가 재빠르게 나타나 괴롭혔다. 침대에 누운 지 채 오분도 안되어서 심부름꾼이 한명 더 찾아온 것이었다. 이번에는 마실 것을 들고 온 고똥이었다. 목이 타던 참이라 나는 열심히 마셨다. 음료는 달콤했지만 약맛이 났다.

"부인께서 이걸 마시면 잠이 푹 들 거라고 말씀하셨어요." 빈 컵을 받아들면서 그녀가 말했다.

아! 진정제를 먹은 것이었다. 사실 그들이 내게 먹인 것은 강한 아편이었다. 나는 하룻밤은 푹 잘 수 있게 되었다.

집 안 사람들은 모두 잠자리에 들고 야간등이 켜졌다. 기숙사에는 정적이 감돌았다. 곧 잠이 그곳을 지배했다. 침대 위에서 잠은 쉽게 왕좌를 차지했다. 잠은 가슴도 머리도 아프지 않은 사람들은 만족스럽게 통치했지만 불안한 사람은 비켜갔다.

약은 효과를 발휘했다. 베끄 부인이 약을 너무 많이 넣어서인지 아니면 너무 조금 넣어서인지 모르겠지만, 그 결과는 그녀의 의도와는 전혀 다른 엉뚱한 것이었다. 마비가 아니라 흥분이 찾아온 것이었다. 새롭고 독특한 몽상이 떠올랐다. 모든 신체 기능에 소집명령이 떨어졌고, 나팔소리가 울리고 트럼펫은 때아닌 소집을 알렸다. 상상력이 휴식에서 깨어나 격렬하고 대담하게 뛰쳐나왔다. 그는 동반자인 '육체'를 경멸하듯 내려다보았다.

"일어나!" 그녀가 말했다. "게으름뱅이 같으니! 오늘밤에는 내 마음대로 할 거야. 네가 지배하게 내버려두지 않을 거야."

"앞에 펼쳐진 밤 풍경 좀 봐!" 상상력이 소리를 질렀다. 내가 가까운 창문에서 무거운 블라인드를 들자 상상력이 특유의 손짓으로 깊고 찬란한 하늘에 왕처럼 위엄 있게 떠 있는 멋진 달을 보여주었다.

상상력의 도발에 헐떡이던 나의 감각은 어슴푸레한 어둠과 좁은 기숙사와 그곳의 답답한 열기가 견딜 수 없어졌다. 상상력은 이 우리를 떠나서 자신을 따라 이슬과 서늘함과 영광 속으로 가자고 유혹했다.

상상력은 한밤중 빌레뜨의 이상한 광경을 펼쳐 보여주었다. 특히 공원을 보여주었는데, 조용하고 아무도 없고 안전한 오솔길이 있는 여름의 공원이었다. 공원 가운데 커다란 돌수반이 나무 그늘 깊숙이 묻혀 있었다. 종종 그 옆에 서 있곤 해서 익히 알고 있는 수반이었다. 돌수반에는 차갑고 깨끗한 물이 찰랑거리고 바닥에는 초록빛 나뭇잎이 수북이 가라앉아 있었다. 이게 다 뭐지? 공원 문은 잠겨 있었고 보초가 서 있었다. 그렇다면 출입금지 구역이었다.

정말로 못 들어가나? 생각해볼 문제였다. 그 점을 곰곰 생각하면서 나는 기계적으로 옷을 갈아입었다. 도저히 잠을 잘 수도 가만히 누워 있을 수도 없을 정도로 머리끝에서 발끝까지 흥분해 있어서, 옷을 갈아입을 수밖에 없었다.

문은 잠겨 있고 문 앞에는 군인들이 보초를 서고 있었다. 그렇다면 공원에 들어가는 건 불가능한가?

예전에 공원을 지나다가 일부러는 아니고 우연히 울타리에 난 구멍을 본 적이 있었다. 울타리의 나무가 하나 부러져서 난 구멍이었는데, 그 구멍이 다시 생각나면서 아주 선명하게 눈앞에 떠올랐다. 일렬로 나란히 심어놓은 참피나무 사이로 보이는 좁고 불규칙한 틈이었다. 남자나 뚱뚱한 여자, 아마 베끄 부인이라면 그 틈으로 빠져나가지 못하겠지만 나는 될 것 같았다. 시험을 해보고 싶다는 생각이 들었다. 한번 안으로 들어서면 이 시간의 공원은 몽땅 내 것이 될 것이다. 달빛과 한밤중의 공원이라니!

기숙사는 얼마나 깊이 잠들어 있었던가! 얼마나 곯아떨어져 있었던가! 숨소리마저 얼마나 조용했던지! 커다란 건물 전체가 얼마나 조용했는지! 몇시나 됐지? 시간이 알고 싶어 안달이 났다. 바로 아래 교실에 시계가 있었다. 아래로 내려가 시계를 못 볼 게 뭐 있어? 이렇게 달이 밝으니 시계의 흰 바탕과 검은 바늘이 보일 게 분명했다.

이 계단을 내려가는 데 삐걱거리는 경첩이나 딸각거리는 빗장 말고는 큰 방해물이 없었다. 이 더운 7월에 문을 닫아놓고는 견딜 수가 없었는지 방문이 활짝 열려 있었다. 기숙사의 마룻바닥을 디딜 때 내 발소리가 들리진 않을까? 그래. 바닥의 어느 부분이 느슨한지 아니까 그곳만 피하면 돼. 내려갈 때 참나무로 된 층계가 다소 삐걱거렸지만 아주 큰 소리는 아니었다. 이제 나는 홀에 와 있다.

큰 교실 문은 꼭 닫혀 자물쇠가 채워져 있다. 하지만 복도로 통하는 입구는 열려 있다. 내게 교실은 통로 저 너머에 묻혀 있는 커다랗고 황량한 감옥 같아 보였다. 내게 그곳은 잡동사니와 수갑 가운데 숨어 있는, 견딜 수 없는 허깨비 같은 기억으로 가득찬 곳이었다. 그러나 복도로 나가면 바로 큰길로 연결되는 높은 현관이 보이는 기분 좋은 광경이 펼쳐진다.

쉿! 시계가 친다. 수도원 같은 학교는 으스스하고 깊은 정적에 싸여 있지만 아직 열한시밖에 안됐다. 마지막 시계소리가 잦아드는 것에 귀를 기울이는데, 저 멀리 시내에서 종소리 같기도 하고 군악대 소리 같기도 한 소리가 희미하게 들려온다. 달콤한 음악 같기도 한 그 소리에는 승리의 기세와 애도가 섞여 있는 듯하다. 오, 이 음악소리에 더 가까이 다가가 나뭇잎이 쌓인 그 수반 곁에서 혼자 이 음악을 들을 수만 있다면! 보내다오. 오, 날 보내다오! 무엇이 내 자유를 방해하고 가로막는가?

복도에는 내가 정원에서 쓰는 큰 모자와 숄이 걸려 있다. 커다랗고 육중한 큰 현관은 잠겨 있지 않아 열쇠를 찾을 필요도 없다. 현관은 밖에서는 열리지 않고 안에서만 소리 없이 열리는 용수철 빗장 같은 것으로 잠겨 있다. 내가 저걸 열 수 있을까? 손으로 만지니 빗장이 쉽게 열린다. 현관문이 거의 저절로 열린 것이나 다름이 없어 이상하다. 문지방을 넘어 포장된 도로로 나가면서도 이상하다. 감옥 탈출이 이렇게 쉬운 것도 이상하다. 마치 보이지 않는 힘의 안내를 받는 것처럼, 마치 어떤 힘이 앞장서서 해체시켜주는 것 같다. 나로서는 전혀 힘이 들지 않는다.

조용한 포세뜨가여! 이 길에서 나는 방랑자를 유혹하는 여름밤을, 바로 내가 꿈꾸던 것을 본다. 여름 달이 나를 비추고 있다. 대기 중의 이슬이 느껴진다. 하지만 여기에 머물러 있을 수는 없다. 아직도 예전 지하감옥에 너무 가까이 있다. 죄수들이 신음하는 소리까지 들릴 정도다. 내가 찾는 것은 이런 경건한 평화가 아니다. 이런 건 견딜 수가 없다. 하늘의 모습마저 세상의 몰락을 보여주는 것 같다. 공원 또한 조용해질 것이다. 온 세상이 죽음 같은 정적에 싸여 있다. 하지만 그래도 공원으로 가보자.

잘 아는 길을 따라, 왕궁이 있고 왕족들이 사는 구역인 오뜨빌로 향하는 오르막길에 들어섰다. 분명 내가 들었던 음악소리가 거기서 흘러나왔는데 이제는 잠잠하다. 하지만 다시 들릴지도 모른다. 나는 계속 앞으로 나아갔다. 나를 맞이하는 음악소리나 종소리는 들리지 않고 다른 소리가 났다. 앞으로 계속 나아가자 거센 파도 같기도 하고 거대한 물결 같기도 한 소리가 점점 더 깊어졌다. 불빛이 번쩍하더니 사람들이 모여들었고 선율이 울려퍼졌다. 내가 어디로 가고 있는 거지? 광장에 들어서자 갑자기 마법에라도 걸린 듯 나는 명랑하고 생기 있고 즐거운 군중 속으로 빨려들어갔다.

빌레뜨는 하나의 불꽃, 하나의 커다란 빛이다. 온 세상이 눈앞에 펼쳐진 것만 같다. 달빛과 하늘을 추방한 도시는 제 횃불만으로도 찬란하다. 화려한 의상과 으리으리한 마차 그리고 훌륭한 말과 씩씩한 기수 들이 환한 거리를 가득 메우고 있다. 가면을 쓴 사람들도 많다. 이건 꿈보다도 더 이상한 장면이다. 그런데 공원은 어디에 있지? 난 그 근처로 가야만 한다. 이렇게 화려하게 빛이 비추고 있어도 공원은 어둡고 고요할 게 분명하다. 거기라면 횃불도 램프도 군중도 없겠지?

이런 의문에 잠겨 있을 때 아는 사람들을 가득 태운 마차가 지나갔다. 마차는 수많은 군중을 헤치며 가느라 천천히 달릴 수밖에 없었다. 기운 넘치는 말은 마음껏 달리지 못해 짜증을 냈다. 나는 마차에 탄 사람들이 잘 보였지만, 그들은 내가 보이지 않거나 나를 알아볼 수 없었다. 내가 큰 숄과 밀짚모자로 모습을 가리고 있었기 때문이다(별별 사람들이 다 모인 그런 곳에서는 어떤 옷도 특별히 이상해 보이지 않았다). 나는 바송삐에르 백작을 보았다. 멋지게 차려입은 유쾌한 모습의 대모도 보았다. 아름다움, 젊음, 행복이라는 세겹의 후광을 두른 폴리나 메리도 보았다. 그녀의 즐거운 얼굴과 축제 분위기로 가득한 눈을 보느라 그녀가 입은 우아한 나들이옷은 눈여겨볼 틈이 없었다. 그녀의 옷이 모두 하얗고 가벼워 보여서 신부 옷 같았다는 것밖에는 기억이 안 난다. 그녀 맞은편에 그레이엄 브레턴이 앉아 있는 게 보였다. 그를 바라보는 그녀의 모습은 빛났고, 그의 눈에서 뿜어져나온 빛이 그녀의 눈 속에 반사되었다.

내 모습을 드러내지 않은 채 친구들을 뒤따라가는 일은 묘하게 즐거웠다. 그렇게 공원까지 그들을 따라갔던 것 같다. 예기치 못한 휘황찬란한 새로운 장소에 이르자 그들이 내리는 모습이 보였다. (마차는 공원 안으로 들어갈 수가 없었다). 아! 돌기둥 사이에 세워진 철문 위에 수많은 별들로 이루어진 아치가 있었다. 나는 조심스럽게 아치를 통과해 그들을 따라갔다. 그들은 어디에 있는 건가? 그리고 나 자신은 어디에 있는 건가?

나는 요술나라에 있었다. 아름다운 정원과 색색깔의 혜성이 빛나는 정원과 자주색, 루비색, 황금색 불빛이 나뭇잎을 장식한 숲이 있었다. 그곳엔 나무나 나무 그늘이 아니라, 제단과 신전, 피라미드와 오벨리스크와 스핑크스 등 이상한 건축물이 잔뜩 있었다. 믿기 어려운 일이지만, 빌레뜨의 공원은 이집트의 놀라운 상징물들로 가득했다.

나는 오분도 안되어 신비의 열쇠를 집어 그 환상의 베일을 벗겨 비밀을 알아냈다. 그리고 이런 경건한 건물들의 재료가 무엇인지, 어떤 판지와 나무와 염료를 썼는지 금방 알게 되었다. 그러나 그렇다고 그날밤의 매력이 파괴되거나 신비가 줄어들지는 않았다. 이 화려한 축제가 열린 이유를 알게 되어도 마찬가지였다. 측제는 그날 새벽부터 벌어져서 거의 자정이 되도록 진행 중이었다. 수도원 같은 포세뜨가에서는 즐긴 적이 없는 축제였다.

역사에 따르면, 라바스꾸르의 운명에 끔찍한 위기가 있었다고 한다. 자세한 내용은 모르겠지만, 과거에 용감한 시민들의 권리와 자유에 대한 중대한 위협이었다고 한다. 실제로 전쟁이 일어난 것은 아니지만 곧 발발하리란 소문이 돌았고, 거리에서는 전투에 가까운 소동이 일었다. 앞뒤로 바리케이드가 세워지고 시민들이 항거하고 군대가 소집되고 서로 벽돌을 던지고 약간의 총격전까지 벌어졌다. 전해내려오는 말로는 애국 진영이 패배했다고 한다. 바스빌의 구시가지에 가면 외딴곳에 경건한 외관의 특별구역이 있는데, 여기에 순교자들의 신성한 유골이 매장되어 있다고 한다. 이런 증명되지 않은 기억에 의거해, 순교자와 애국자 들을 기리기 위해 아직도 빌레뜨에서는 일년에 하루 축제를 벌이는 것이었다. 아침에는 성 요한 성당에서 경건하게 미사가 거행되고, 저녁에는 온통 장관을 이루는 치장과 조명 장식등, 지금 보이는 이런 일들이 벌어졌다.

나는 기둥 위의 백색 따오기[16]상을 쳐다보고 끝에 스핑크스가 웅크리고 있는 길에 횃불이 몇개나 밝혀져 있는지 헤아려보다가, 거대한 광장 중간에서부터 따라다니던 폴리나 일행을 놓쳐버렸다. 아니, 사실 그들이 한 무리의 유령처럼 사라져버린 것이었다. 이 모든 장면이 마치 꿈같았다. 모든 형체가 흔들렸고 동작들은 둥둥 떠다니는 것처럼 보였으며 목소리도 메아리처럼 불확실하게 들렸다. 폴리나와 일행이 사라져버렸으므로 내가 정말로 그들을 보았다고 할 수도 없게 되었다. 또한 그들이 이 혼란 속에서 내 안내자 역할을 하다가 사라진 것도 아니고 이 밤중에 나의 보호자였던 것도 아니어서 나로서는 아쉬울 것이 없었다.

그날밤의 축제에는 어린아이가 왔어도 안전했을 것이다. 빌레뜨 근교의 농부들이 절반은 와 있었으며, 점잖은 시민들은 모두 가장 좋은 옷을 차려입고 나왔다. 모자를 쓰고 재킷을 걸친 사람들, 짧은 치마를 입은 사람들, 긴 캘리코 망또를 두른 사람들 사이에서 내 밀짚모자는 특별히 주의를 끌지 않았다. 나는 혹시 몰라 집시풍의 넓은 모자 챙이 밑으로 내려오게 리본을 묶었다. 그러자 마치 가면을 쓴 것처럼 안전하다는 느낌이 들었다.

그 가로수길을 안전하게 지나 군중이 가장 많이 모여 있는 곳으로 가서 섞여들었다. 가만히 서서 조용히 관찰만 할 수는 없었다.

---

16 고대 이집트의 영조(靈鳥).

나는 축제의 풍경을 즐겼다. 부드러운 밤공기를 들이마셨다. 밀려오는 소리와 수상쩍은 빛이 번쩍이다 사라지곤 했다. '행복'이나 '희망'과 이미 악수를 나눈 나는 이제 '절망'을 경멸해주었다.

초록색 이파리가 깔리고 맑고 깊은 물이 있는 돌수반이 나의 애매한 목적지였다. 나도 모르게 열이 나고 목이 몹시 말라 그 시원함과 초록빛이 절로 생각났다. 현란한 빛과 군중과 소음 속에서도 나는 그 둥근 수정거울에 다가가 표면에 반사된 진줏빛 달을 놀래주고 싶은 마음뿐이었다.

길은 알고 있었으나 똑바로 가는 데 장애물이 많은 것 같았다. 한번은 풍경이, 한번은 소리가 옆에서 부르며 이 길 저 길로 나를 유혹했다. 물결치며 떠는 이 거울을 둘러싼 무성한 나무들이 어느덧 눈에 들어왔다. 그때 오른쪽 빈터에서 마치 하늘이 개벽하는 것 같은 합창소리가 울렸다. 그것은 아마도 예수 탄생의 기쁜 소식이 전해지던 밤, 베들레헴의 들판에서 들렸을 성싶은 소리였다.

그 노래, 그 달콤한 음악은 멀리서 솟아올랐으나 기운 센 날개를 타고 빠르게 질주해왔다. 화음으로 이루어진 이 폭풍이 그늘을 휩쓸고 갔다. 근처에 기댈 나무가 없었다면 나는 분명히 쓰러졌을 것이다. 헤아릴 수 없을 만큼 많은 이들의 목소리가 들렸다. 수없이 많은 악기 소리가 들렸다. 내가 가려낼 수 있는 악기는 나팔과 호른과 트럼펫밖에 없었다. 마치 바닷물이 파도와 함께 그 노래 속으로 부서지는 것 같았다.

밀려온 파도는 이리로 밀려왔다 저리로 넘어갔다 했고, 나는 파도가 물러난 곳만 따라다녔다. 그렇게 가다보니 공원 중앙 근처에 있는 일종의 매점인 비잔틴식 건물에 도착했다. 그 주위에는 대규모 야외음악회를 구경하기 위해 수많은 사람들이 모여 있었다. 내가 들은 곡은 「사냥꾼의 합창」인 듯한데, 밤과 그 장소와 그 풍경과 나 자신의 기분이 어우러져 음악소리가 더 크게 들렸고 감동적으로 다가왔던 것 같다.

숙녀들이 모여 있었는데, 그런 불빛 아래서 보니 몹시 아름다워 보였다. 몇몇이 입은 옷은 얇고 가벼운 것이었고, 어떤 이들이 입은 옷에서는 새틴 광택이 났다. 합창단의 우렁찬 소리가 대기를 갈라놓자 꽃과 실크 레이스가 흔들렸고 모자 위의 장식 베일이 나부꼈다. 이 숙녀들의 대부분은 작고 가벼운 공원 의자를 차지하고 있었으며, 뒤나 옆에 보호자 격인 신사들이 서 있었다. 군중의 바깥 줄은 일반 시민과 평민과 경찰이 차지하고 있었다.

나는 그 바깥 줄에 앉았다. 짧은 옷에 나막신을 신은 사람들 옆에서 비단옷과 벨벳 망또에 깃 달린 모자를 쓴 사람들을 멀리서 바라보는 게 좋았다. 그들 사이에서는 조용히 있을 수 있었다. 아는 사람도 없고 말을 걸 사람도 없었다. 이런 기쁨과 활기 속에서도 나는 혼자 있는 게 더 잘 어울렸다. 빽빽하게 들어선 사람들을 헤치고 나갈 마음도 없었고, 그럴 힘도 없었다. 내 자리는 가장 바깥쪽이었고, 거기서는 들을 수는 있지만 거의 아무것도 보이지 않았다.

"아가씨, 자리를 잘못 잡으셨군요." 바로 옆에서 누군가의 목소리가 들려왔다. 사람들하고 어울릴 기분이 전혀 아닌데 누가 내게 말을 걸지? 나는 대답을 하기 위해서라기보다는 그 사람을 쫓아버리기 위해서 고개를 돌렸다. 빌레뜨의 중산층으로 보이는 한 남자가 보였다. 순간적으로 전혀 모르는 사람이라고 생각했으나 곧 그가 서점 주인인 미레 씨라는 것을 알아보았다. 그는 포세뜨가에 책과 문구를 공급하는 사람으로, 우리 기숙학교에서는 걸핏하면 화를 내고 우리 같은 주요 고객에게조차 종종 퉁명스럽게 대하는 것으로 유명했다. 하지만 혼자였던 나는 그를 좋게 생각하고 있었다. 그는 내게 늘 예의가 발랐고 때때로 친절하게 대해주기도 했다. 한 번은 내가 얼마 되지 않는 외국 돈을 바꾸느라 고생하고 있을 때 나를 도와주기도 했다. 그는 지적이었고, 퉁명해 보이지만 선한 사람이었다. 어떤 면에서는 그의 성격이 에마뉘엘 선생과 닮았다는 생각도 가끔 들었다. (그는 에마뉘엘 선생과 잘 아는 사이였다. 선생은 종종 미레 씨의 서점 계산대에 앉아서 그 달의 간행물을 뒤적이곤 했다.) 내가 책방 주인에게 본능적으로 호감을 갖는 이유도 이런 데 있었다.

이상하게도 그는 밀짚모자를 눌러쓰고 숄을 꼭 여미고 있는데도 날 알아보았다. 그리고 내가 신경쓸 필요가 없다고 했는데도 굳이 군중 사이를 헤쳐나갈 수 있게 길을 터주어 더 좋은 자리를 찾아주었다. 그는 사심 없는 친절을 더 발휘해 어디에선가 날 위해 의자를 구해오기까지 했다. 외고집으로 보인다고 해서 나쁜 사람도 아니고 신분이 비천하다고 해서 결코 감정이 무딘 것도 아니라는 것을 새삼 확인했다. 그는 이런 예우를 베풀면서도 내가 여기 혼자 있는 걸 전혀 이상하게 여기지 않는 것 같았다. 단지 내가 혼자 있으니까 가능한 한 나서지 않으면서 효과적으로 보살펴주려고만 했다. 그는 내게 앉을 곳을 마련해주고는 더이상 아무것도 묻지 않고, 불쑥 말을 걸거나 쓸데없이 말을 덧붙이지 않고 물러났다. 에마뉘엘 선생이 미레 씨의 집 휴게실에서 씨가를 피우고 그의 서점에서 문예란을 읽는 것도 놀랄 일이 아니었다. 두 사람은 잘 맞는 게 분명했다.

앉은 지 채 오분도 안되어, 우연찮게도 그 착한 친구가 데려다준 자리에서 낯익은 가족이 잘 보인다는 것을 알게 되었다. 내 바로 앞에 브레턴 가족과 바송삐에르 가족이 있었다. 내가 손을 뻗기만 한다면 닿을 만한 곳에 요정 여왕이 앉아 있었다. 그녀의 티 없는 하얀색과 초록색으로만 된 의상은 백합의 꽃과 잎사귀를 연상시켰다. 나의 대모도 아주 가까이에 앉아 있어서 내가 앞으로 몸을 숙이면 내 숨결에 그녀가 쓴 보닛의 리본이 살랑거릴 것만 같았다. 그들은 너무나 가까이 있었다. 잘 알지도 못하는 사람이 이제 막 나를 알아본 다음이라, 이렇게 잘 아는 사람들 바로 옆에 앉아 있는 게 불편했다.

브레턴 부인이 불현듯 뭔가 생각난 듯 홈 씨에게 몸을 돌리면서 말을 건넸을 때 나는 대경실색했다. 그녀가 말했다.

"차분한 루시가 여기에 왔다면 이 모든 것을 보고 뭐라고 했을지 궁금하네요. 그애를 데려올 걸 그랬어요. 아주 즐거워했을 텐데요."

"그러게요. 진지하고 현명한 태도로 즐겼을 거요. 그녀도 오라고 할 걸 그랬소." 친절한 신사가 맞장구를 치면서 덧붙였다. "그렇게 조용히 즐거워하고 차분하게 만족스러워하는 그녀의 모습은 보기가 참 좋아요."

그 두 사람은 내게 소중한 사람들이었고, 그들의 호의는 오늘날까지도 소중히 느껴진다. 그들은 루시가 거의 열병을 앓을 정도로 괴로워한 것을, 약을 먹고 거의 미칠 지경이 되어 혼자서 무모하게 밖으로 뛰쳐나온 것을 몰랐다. 두 어른의 어깨 위로 몸을 구부리고 감사의 눈길로 그들의 선량한 마음에 답하고 싶은 마음이 살짝 들었다. 바송삐에르 씨는 날 잘 몰랐지만 나는 **그**를 잘 알았고, 소박한 진지함과 따뜻한 애정, 그리고 본인도 의식하지 못하는 열정을 지닌 그의 성격을 존경하고 우러러보았다. 아마 나는 말을 걸었을 수

도 있다. 하지만 바로 그때 그레이엄이 몸을 돌렸다. 당당하고 힘찬
그의 몸짓은 성급한 작은 남자와는 너무나 달랐다. 그레이엄 뒤에
는 군중이 백여줄이나 늘어서 있었다. 그가 뒤돌아 바라보고 뜯어
볼 사람도 수천명이었다. 그런데 그는 왜 나만 유심히 바라보고, 그
동그랗고 파란 눈으로 차분하게 날 쏘아보고 있는 거지? 나를 보
는 것이라면 왜 한번 보는 것으로 만족하지 않지? 왜 팔꿈치를 의
자 등받이에 기댄 채 돌아앉아 찬찬히 바라보는 거지? 그가 내 얼
굴을 보았을 리 없었다. 나는 고개를 숙였다. 분명히 그가 나를 알
아볼 수는 없었다. 나는 더 고개를 숙이고 몸을 돌려 날 알아보지
못하게 하려고 했다. 그런데 그가 일어서더니, 어찌된 일인지 내 쪽
으로 다가오고 있었다. 이분만 지나면 내 비밀이 탄로날 수도 있을
상황이었다. 독재적이진 않지만 늘 강력한 그의 손이 내 정체를 잡
아낼 수도 있을 것이었다. 그를 피하거나 저지하는 방법은 하나밖
에 없었다. 나는 간청하는 몸짓으로 제발 혼자 있게 해달라는 의사
를 표시했다. 그랬는데도 그가 고집을 부렸다면 아마 내가 화를 내
는 진풍경을 보았을 것이다. 그가 아무리 멋있고 선량하고 다정하
게 굴더라도(그리고 나는 그런 면들을 충분히 느꼈다) 나는 온순
하고 절대로 거슬리지 않는 그림자 같은 태도를 계속 취하지는 않
았을 것이다. 그는 나를 바라보다가 곧 시선을 거두었다. 잘생긴 얼
굴을 가로젓긴 했지만 아무 말도 하지 않았다. 그는 다시 자리에
앉았고 다시는 날 쳐다보아 불안하게 하지 않았다. 단 한번 날 바
라보긴 했지만, 호기심이라기보다는 염려하는 눈길이었다. 그 눈
길 속엔 "땅을 고요하게 하는 남풍"[17]처럼 내 마음을 다소 진정시켜

---

17 욥기 37:17. "땅이 고요할 때에 남풍으로 말미암아 그대의 의복이 따뜻한 까닭
을 그대가 아느냐."

주는 무엇인가가 담겨 있었다. 그레이엄은 내게 냉담하고 무관심한 것만은 아니었다. 그의 마음이라는 훌륭한 집에 루시가 방문하면 언제나 대접받을 수 있는 조그만 장소가 천창 아래 마련되어 있었다. 그 방은 그의 남자 친구들이 머무는 방처럼 멋지지 않았다. 그가 자선사업을 하는 홀 같지도 않았다. 소중한 학식을 보관하는 그의 서재와도 달랐다. 그의 결혼피로연이 성대하게 치러질 파빌리온과는 더더욱 닮지 않았다. 하지만 오랫동안 늘 친절하게 대해 준 것으로 미루어, 문 위에 '루시의 방'이라고 쓴 작은 다락방이 마련되어 있다는 것을 차츰 알 수 있었다. 나도 그를 위한 방을 하나 간직하고 있다. 그곳은 자나 컴퍼스로 측정한 적이 없는 곳으로, 페리 바누의 천막[18] 같은 곳이었다. 나는 일생 동안 그것을 접어서 손에 쥐고 다녔다. 하지만 그것을 쥐고 있던 손에서 놓아 펼치면, 잘은 모르겠지만, 애초에 주인이 머물 정도로 커질 수 있는 것인지도 몰랐다.

오늘밤 그가 참을성을 보여주긴 했지만 나는 이 근처에 더 있을 수 없었다. 이 위험한 장소와 자리를 포기해야 했다. 나는 기회를 엿보다가 몰래 일어나 빠져나왔다. 아마 그는 루시가 숄로 몸을 감싸고 모자로 얼굴을 가리고 있다고 생각했거나 그렇게 믿었을 것이다. 내 얼굴을 본 것은 아니기 때문에 확신할 수는 없었을 것이다.

이때쯤에는 불안한 마음이 확실히 가라앉지 않았느냐고? 모험은 충분히 하지 않았느냐고? 기가 죽고 겁을 먹어 안전하게 집에 들어가길 바라진 않았느냐고? 그렇지는 않았다. 여전히 나는 이루 말할 수 없을 만큼 학교 기숙사의 내 침대를 혐오했다. 그 생각에

---

18 『아라비안나이트』 중 「아메드 왕자와 요정 페리 바누」에서 페리 바누가 왕자에게 준 천막으로, 마음대로 늘렸다 줄였다 할 수 있다.

서 벗어날 수만 있다면 무엇이든 놓치고 싶지 않았다. 어쨌든 그날 밤의 드라마는 막 시작되었을 뿐이고 아직 서막도 채 끝나지 않았다. 이 숲과 잔디로 된 극장 구석구석에 신비의 그림자가 드리워져 있었다. 예기치 않은 배우와 사건 들이 막후에서 기다리고 있었다. 나는 그렇게 생각했다. 그런 예감이 들었다.

사람들의 팔꿈치들에 밀려서 되는대로 가다가, 나무들이 홀로 우뚝 솟아 있기도 하고 무리지어 심겨 있기도 해서 사람들이 잘 오지 않는 곳에 닿았다. 음악도 멀리서 들리고 불빛도 잘 비치지 않았지만, 위안이 될 만한 소리는 충분히 들렸고 보름달이 높이 떠 있어서 램프도 거의 필요 없었다. 이곳에는 주로 가족끼리 온 평민들이 있었는데, 그중 몇명은 시간이 늦었는데도 아이들에게 둘러싸여 있었다. 아이들과 함께 빽빽이 들어선 군중 속에 끼이는 것은 바람직하지 않다고 생각한 것 같았다.

줄기가 서로 거의 얽히다시피 붙어 있는 커다랗고 멋진 나무 세 그루가 초록빛 언덕에 있는 긴 의자 위에 가지를 드리우고 있었다. 그 자리는 여러 사람이 앉을 수 있는 자리인데 한 사람이 독차지하고 있는 것 같았다. 이 자리를 차지하고 있는 운좋은 사람과 같이 온 나머지 사람들은 충성을 바치듯 그 사람의 주위를 둘러싸고 있었다. 그런데 둥글게 모여 서서 존경을 바치는 듯한 사람들 사이에 여자아이의 손을 잡고 있는 한 부인이 있었다.

내가 보았을 때, 이 여자아이는 자신을 데리고 온 부인의 손에 매달려, 이쪽저쪽으로 몸을 흔들어대면서 까불며 빙빙 돌다 발꿈치를 땅에 대고 원을 그리려고 몸을 돌리는 참이었다. 이 이상한 동작에 눈이 끌렸는데 그 아이가 아주 낯익어 보였다. 자세히 보니 그 아이의 옷도 동작 못지않게 낯이 익었다. 라일락빛 비단 외투와 자그마한 백조 깃털 목도리와 하얀 보닛, 한마디로 아기천사의 외출복이자, 너무나 낯익은 올챙이 데지레 베끄의 옷이었다. 그 아이는 바로 데지레 베끄였다. 아니면 그 아이와 판박이인 요정이거나.

이것을 천둥소리처럼 놀라운 발견으로 여겼을 수도 있지만 그런 과장된 말을 늘어놓기에는 일렀다. 절정에 이르려면 더 새로운 발견을 해야 했다.

귀여운 데지레가 누구의 손을 저렇게 흔들고 누구의 장갑을 저렇게 함부로 잡아당기고 누구의 팔을 저렇게 아무렇게나 붙잡고 누구의 치맛자락을 저렇게 빙빙 돌리며 버릇없이 밟아대겠는가? 어머니의 손과 장갑과 팔과 옷이 아니라면 누구의 것이겠는가? 그리고 거기, 인도산 숄을 걸치고 연초록빛 크레이프지 보닛을 쓰고, 상쾌하고 즐겁고 유쾌한 모습을 한 통통한 베끄 부인이 서 있었다.

참 이상한 일도 다 있지! 분명히 이 축복받은 시간에 부인은 후미진 포세뜨가의 신성한 담 안 자신의 침대에서, 데지레는 아기침대에서 둘 다 깊이 잠들어 있어야 하지 않은가. 그들 또한 '루시 양'이 잠들어 있지 않으리라고는 상상조차 못할 게 분명했다. 그런데 우리 세명이 모두 여기 축제의 환희에 찬 공원에서 이렇게 처신하고 있다니!

사실 부인은 평소의 습관에 따라 행동하고 있을 뿐이었다. 당시에는 유심히 듣지 않았지만, 부인이 방에서 자고 있다고 생각할 때 그녀가 종종 오페라나 연극을 보러 가거나 무도회에 간다는 소문이 선생들 사이에 파다했다. 부인은 수도원 생활이 취미에 맞을 사람이 아니어서, 은밀하게나마 광범위하게 자신의 삶에 세속적인 맛을 가미해가며 재미있게 살려고 애썼다.

그녀 주위에는 친구인 대여섯명의 신사들이 서 있었다. 이 사람들 중에서 두세 사람은 곧 알아볼 수 있었다. 그녀의 오빠인 빅또르 낀뜨 씨가 있었고 또 한 사람, 콧수염을 기르고 장발을 한 사람이 있었다. 차분하고 조용한 그 사람에게는 나를 동요시키는 특징과 누군가와 비슷한 점이 있었다. 그 차분하고 말없는 모습 가운데, 즉 대조적인 표정과 성격 가운데 누군가를 떠오르게 하는 무언가가 있었다. 유연하고 열정적이고 예민한 얼굴, 금방 흐렸다가 밝아지는 변화무쌍한 얼굴, 내 세계에서 멀어지고 내 눈앞에서 사라졌으나 내 인생의 가장 멋진 봄날에 빛을 비췄다가 그림자를 드리운 얼굴, 종종 천재의 징후를 보였던 얼굴이 떠올랐다. 나는 왜 그 천재적인 열정과 정신, 그가 지닌 비밀이 충분히 빛나지 않는지 알 수가 없었다. 그렇다. 조제프 에마뉘엘, 이 평온한 인물은 열정적인 그의 형을 연상시켰다.

빅또르 씨와 조제프 씨 외에도 내가 아는 사람이 하나 더 있었다. 이 제3의 인물은 뒤에 서 있었다. 그는 어두운 곳에서 몸을 잔뜩 웅크린 채 서 있었지만 옷과 대머리 때문에 가장 눈에 띄었다. 그는 사제, 다름 아닌 씰라스 신부였다. 독자여, 신부가 이런 축제에 와 있는 게 앞뒤가 맞지 않는다고는 결코 생각하지 마라. 이것은 허영의 시장에서 펼쳐지는 축제가 아니라 애국적인 희생을 기념하는 것이었으니까. 성당은 여봐란듯이 축제를 후원했다. 그날 밤 그 언덕에는 신부들이 떼지어 와 있었다.

씰라스 신부는 누군가가 앉아 있는 통나무 의자와 거기 앉은 사람에게로 몸을 숙였다. 이상한 형상이었다. 차림이 허술했는데도 위엄이 느껴졌다. 실제로 그 인물은 이목구비의 윤곽이 보이는데도 너무 시체 같은 안색에 이목구비의 위치마저 이상해서, 몸통에서 잘린 머리가 값비싼 물건 더미 위에 아무렇게나 뒹구는 건 아닐까 하는 생각마저 들 정도였다. 멀리서 비치는 램프 불빛이 투명한 목걸이와 굵은 반지 위에서 빛났다. 환한 달빛도, 멀리 떨어진 횃불도 그 옷의 아름다운 빛깔을 흐리게 할 수 없었다. 와, 발라벤스 부인! 정말이지 마녀 같아 보이는군요. 그 훌륭한 노부인은 송장이나 유령이 아닌, 냉담하고 무정한 노파였다. 데지레가 엄마에게 매점에 가서 과자를 사달라고 점점 더 큰 소리로 떼를 쓰자 그 곱사등이 노파는 금손잡이가 달린 지팡이로 갑자기 데지레를 때렸다.

그때, 거기에, 발라벤스 부인과 베끄 부인 그리고 씰라스 신부가 있었다. 모두가 비밀스럽게 모인 것이었다. 그들이 모인 광경을 목격한 게 내게는 도움이 되었다. 그들 앞에서 약해지거나 당황하거나 대경실색하지는 않았다고 말할 수 있다. 그들은 수적으로 나보다 우세했고, 나는 패배해 그들에게 짓밟혔다. 그러나 나는, 아직은, 죽지 않았다.

39장
옛 친구와 새 친구

머리 셋 달린 도마뱀에게 홀리기라도 한 것처럼 나는 이 일행을 떠날 수가 없었다. 그 근처의 땅에 내 발이 꼭 붙어버린 것 같았다. 얽힌 나뭇가지들은 차양처럼 그늘을 만들어주었고, 밤은 보호해주겠다는 맹세를 속삭였으며, 친절한 가로등은 후미지고 안전한 자리로 안내해주기 위해 단 한번 빛을 번쩍인 후 사라졌다. 이제 독자에게 암울했던 지난 이주 동안 내가 떠도는 소문에서 조용히 알아낸 모든 사실, 에마뉘엘 선생이 무슨 목적으로, 왜 떠나는지에 대해 모든 사실을 간략하게 말하겠다. 그것은 짧고 새로울 것도 없는, 시작은 부富의 신 맘몬이고 끝은 '이해관계'인 이야기였다.

발라벤스 부인은 힌두교 우상처럼 끔찍한 존재이기도 했지만, 그 숭배자들에게 그녀는 우상만큼 중요한 존재인 것 같았다. 사실 그녀는 대단한 부자였다. 당장 돈이 없다뿐이지 언젠가는 다시 부자가 될 가능성이 높았다. 그녀는 과들루쁘의 바스떼르에 육십년 전 결혼지참금으로 받은 거대한 영지가 있었는데, 남편이 파산한 후에 가압류당했다. 그러나 이제는 빚쟁이들이 청구할 염려도 없었고, 성실하고 유능한 대리인이 제대로 돌보기만 하면 그 땅은 몇 년 안에 아주 생산적으로 바뀔 수 있었다.

썰라스 신부는 교회와 종교를 위해 이 영지를 돌보는 일에 관심이 있었고, 마글로이르 발라벤스는 열렬한 신자였다. 이 곱사 노파의 먼 친척뻘인 베끄 부인은 이 노파에게 가족이 없는 것을 알고서 장차 일어날 일이 자신의 아이들에게 어떤 영향을 끼칠지 오랫동안 곰곰이 생각한 끝에, 발라벤스 부인에게 구박을 받으면서도 이익을 위해 그녀의 비위를 맞추어왔다. 즉, 베끄 부인과 썰라스 신부는 각자 자신의 이익을 위해 서인도제도의 영지를 돌보는 일에 진지하게 관심을 갖고 있었다.

하지만 그곳은 거리가 먼데다 기후가 험악했다. 유능하고 정직한 대리인이 필요했다. 또한 헌신적인 사람이어야 했다. 바로 그런 사람을 발라벤스 부인은 이십년 동안 붙들어두고 봉사하게 하여 그의 인생을 시들게 했으며, 늙은 곰팡이처럼 그에게 기생해서 살았다. 그리고 바로 그런 사람을 썰라스 신부는 훈련시키고 가르쳐 감사와 습관과 믿음이라는 끈으로 매어두었다. 베끄 부인도 그를 알고 있었고 어느정도 영향을 끼칠 수도 있었다. "내 제자는," 썰라스 신부는 말했다. "유럽에 남아 있으면 배교할 위험이 있소. 이교도와 깊이 얽혔기 때문이오." 베끄 부인 또한 개인적인 의견을 밝혔는데, 그녀에게는 그의 국외 추방을 바라는 은밀한 이유가 따로 있었다. 자신이 소유하지 못할 것이라면 다른 사람도 차지하지 못하길 바라는 심보였다. 발라벤스 부인으로 말할 것 같으면, 돈과 토지를 원했다. 그녀는 뿔을 잘 알고 있었다. 마음만 먹으면 그는 "지혜 있고 진실한 청지기"[1]가 될 수 있는 사람이었다. 그래서 세 명의 이기주의자가 뭉쳐서 한 명의 이기적이지 못한 사람을 공략한 것이었다. 그들은 그에게 설득하고 호소하고 애원했다. 그의 자비심에 호소해 자신들에게 이익이 될 일을 슬며시 그에게 떠맡겼다. 그들은 이 년 내지 삼 년만 봉사해달라고 부탁했다. 그다음에는 마음대로 살아도 된다고 했다. 아마 세 사람 중 한 사람은 그 사이에 그가 죽기를 바랐을 것이다.

누구든 발밑에 엎드려 겸손하게 도와달라고 하거나 믿고 일을 맡기면, 에마뉘엘 선생은 그런 신뢰를 일축하거나 박대하는 법이 없었다. 하지만 누구도 그가 왜 유럽을 떠나길 주저하고, 왜 혼자 괴로워하는지, 그 자신은 미래를 어떻게 설계하고 있는지에 대해서는 묻지도 알지도 듣지도 않았다. 내게는 이 모든 것이 백지였다. 그와 고해신부 사이의 이야기는 내 짐작일 뿐이었고, 종교와 의무를 내세워 설득했으리라는 것도 추측일 뿐이었다. 그는 사라졌고 아무런 단서도 남기지 않았다. 여기서 내가 알고 있는 것은 끝난다.

* * *

나는 밑동만 남은 나무와 울창한 관목이 모여 있는 곳에 고개를 숙이고 손으로 이마를 짚은 채 앉아 있었다. 옆에 있는 사람들이 무슨 이야기를 하든 마음만 먹으면 들을 수 있을 정도로 충분히 가까운 곳이었다. 하지만 잠시 동안은 그 이야기를 듣고 싶다는 마음이 들지 않았다. 그들은 옷과 음악과 조명과 맑은 밤 날씨에 대해 잡

---

1 누가복음 12:42.

담을 해댔다. 그들이 "그가 여행하기에 좋은 차분한 날씨야. 안띠
과호(그가 탈 배)는 순조롭게 항해할 거야"라고 말하는 소리가 들
리나 하고 귀를 기울였지만 그런 말은 들리지 않았다. 안띠과호나
그 배의 항로나 그 배에 탈 승객에 대해서는 전혀 언급이 없었다.

그런 잡담에 내가 흥미 없는 것과 마찬가지로 발라벤스 부인도
관심이 없었다. 그녀는 고개를 이리저리 돌리기도 하고 나무 사이
를 쳐다보기도 하고 군중을 살피기도 하면서 초조하고 있었다.
마치 누군가가 오길 기다리는데 늦어져서 짜증을 내는 것 같았다.
"그 사람들 어디 있어? 왜 안 오는 거야?"²라고 말하는 게 서너번은
들렸으나 그래도 아무도 신경을 쓰지 않자 마침내 자신의 질문에
대한 대답을 듣기로 결심한 듯이 이런 말을 하고야 말았다. 아주
간결하고 단순한 문장이었으나 내게는 충격이었다.

"여러분," 그녀가 말했다. "도대체 쥐스띤 마리는 어디에 있는
거요?"³

"쥐스띤 마리라뇨! 그건 또 무슨 말씀이세요? 죽은 수녀인 쥐스
띤 마리가 어디에 있냐고요? 발라벤스 부인, 그녀는 무덤에 있잖아
요. 죽은 사람을 갖고 어쩌시겠다는 거예요? 당신은 그녀에게 가겠
지만 그녀가 당신에게 오는 일은 없을 거예요."

내가 대답할 처지였다면 이렇게 말했을 것이다. 하지만 누구도
나처럼 생각하는 것 같지 않았다. 아무도 놀라거나 경악하거나 당
황하지 않았다. 곱사등이 노파가 엔돌의 여인⁴처럼 죽은 자를 들먹
이며 기묘한 질문을 던졌는데도 조용히 흘러나온 대답은 더없이

---

2 (프) Où sont-ils? Pourquoi ne viennent-ils?
3 (프) Messieurs et mesdames, où donc est Justine Marie?
4 사무엘상 28:7~25. 사울의 명령으로 사무엘을 부른 신접한 여인.

342

평범했다.

"쥐스띤 마리는 지금 오고 있어요. 매점에 있으니까 곧 이리로 올 거예요."

이 질문과 대답으로 그들의 잡담에 약간의 변화가 왔다. 물론 여전히 편안하고 구태의연한 한담이기는 했지만 암시와 은유와 논평이 그 주위를 맴돌고 있었다. 그러나 대화가 툭툭 끊기는데다 누구에 대해서 말하는지도 어떤 상황에 대해 말하는지도 알 수 없어서, 아무리 열심히 들어도, 이제는 필사적인 관심을 갖고 듣는데도, 내가 알아들은 것이라고는 이들이 뭔가 계획을 꾸미는 중이고, 살았는지 죽었는지 모를 그 유령 같은 쥐스띤 마리가 연루된 계획이 진행되고 있다는 사실뿐이었다. 어떤 이유에서인지 어쨌든 모인 사람들은 그녀에게 매달리고 있는 것 같았다. 당사자가 누구인지는 명확히 알 수 없지만 결혼 문제이며 재산 문제인 것 같았다. 아마도 아직 미혼인 빅또르 낀뜨나 조제프 에마뉘엘에 관한 이야기일 듯했다. 일행 가운데 한명인 금발의 외국 청년에게 농담과 암시가 집중된다는 생각이 들기도 했다. 그는 하인리히 뮐러라고 불렸다. 사람들이 농담을 주고받는 가운데 이따금씩 발라벤스 부인이 쉰 목소리로 불쑥 괴팍한 말을 던지곤 했다. 그녀는 데지레를 무자비하게 감독하는 일로 마음을 달래고 있었다. 그녀는 움직이지는 못하는 대신 지팡이로 데지레를 위협했다.

"저기 좀 봐요!" 그들 중 한 신사가 고함을 쳤다. "저기 쥐스띤 마리가 와요!"[5]

이 순간은 특별했다. 나는 그림 속 수녀의 모습을 기억해냈고,

---

5 (프) La Voilà! Voilà Justine Marie qui arrive!

마음속에서 슬픈 사랑 이야기를 떠올렸다. 다락의 환영, 오솔길의 유령, 정자에 불쑥 나타난 이상한 형상이 생각났다. 뭔가 알아낼 수 있을 것 같은 예감이 들었고, 모든 것이 드러나리라는 강력한 확신이 생겼다. 아! 상상력이 일단 설치기 시작하면 한이 없지 않은가? 나뭇잎 하나 없는 헐벗은 겨울나무나, 풀을 뜯어먹는 길가의 보잘것없는 동물도 '상상력'과 흘러가는 구름과 구름 사이의 달빛이 힘을 합쳐 마음의 옷을 입히면 환영이 되지 않는가?

수수께끼가 풀린다는 기대와 엄숙함이 함께 가슴을 억눌렀다. 여태까지는 그 유령을 거울로 보는 것처럼 희미하게 보았는데 이제 직접 대면하려는 순간이었다.[6] 나는 몸을 앞으로 내밀고 그쪽을 바라보았다.

"오는군!" 조제프 에마뉘엘이 소리쳤다.

빙 둘러서 있던 사람들이 새로 온 사람을 환영하기 위해서인 듯 양쪽으로 원을 열어주었다. 그 순간 우연히 횃불이 스치고 지나갔다. 그 불꽃은 달빛을 도와 이 위기의 순간을 제대로 장식해주고 다가오는 사람을 완벽하게 밝혀주었다. 내 곁에 사람이 있었다면 내가 느낀 엄청난 긴장감을 조금이라도 느꼈을 것이다. 거기 모인 사람들 중 가장 냉정한 사람이라도 '잠시 숨을 멈추었을' 게 분명했다! 나는 인생이 멈춰버린 것 같은 기분이었다.

이제 끝났다. 결정적인 순간, 수녀가 나타날 것이다. 위기와 계시가 지나갈 것이다.

공원지기가 들고 있는 횃불이 1야드쯤 떨어진 곳에서 빛났다.

---

6 고린도전서 13:12. "우리가 지금은 거울로 보는 것같이 희미하나 그때에는 얼굴과 얼굴을 대하여 볼 것이요 지금은 내가 부분적으로 아나 그때에는 주께서 나를 아신 것같이 내가 온전히 알리라."

활활 타는 불꽃의 긴 혀는 모두가 기다리고 있는 인물을 거의 핥다시피 한다. 저기, 저기에 그녀의 모습이 온전히 보인다! 어떤 모습인가? 무엇을 입고 있나? 어떻게 생겼나? 그녀는 누구인가?

오늘밤 공원에는 가면을 쓴 사람들이 많았고, 밤이 깊어지자 축제의 신비스럽고 기묘한 느낌이 퍼지기 시작했기 때문에 독자는 내 말을 믿을 수 있을 것이다. 그녀는 다락방에서 본 수녀와 비슷하게 생겼고, 검은 치마에 흰 수건으로 머리를 감싸고 있었으며, 무덤에서 일어나 부활한 것처럼 보였다.

모두 거짓말이요, 모두 꾸며낸 이야기였다! 그런 식으로 쉽게 말하진 않겠다. 지금까지처럼 곧이곧대로 소박한 진실이라는 옷감으로만 재단하겠다.

하지만 소박한이란 말은 잘못 고른 것이다. 내가 본 광경은 딱히 소박한 것은 아니었으니까. 거기에는 빌레뜨의 소녀, 이제 막 기숙학교에서 나온 여학생이 서 있다. 이 나라 소녀 특유의 아름다움을 지닌 아주 예쁘장한 소녀이다. 피부는 하얗고 영양 상태가 좋으며 통통하게 살이 찐 편이다. 뺨은 둥글고 눈은 선량하며 머리숱은 풍성하다. 옷을 잘 차려입었다. 그녀는 혼자가 아니다. 그녀는 세 사람의 호위를 받고 있다. 그중 두 사람은 나이 든 사람으로 그녀는 "아저씨" "아주머니"라고[7] 부른다. 그녀는 웃으며 이야기한다. 명랑하고 통통하며 한창때인 그녀는 어느 모로나 부르주아 아가씨처럼 보인다.

"쥐스띤 마리"에 대해서는 이 정도로만 이야기하자. 수수께끼의 유령에 대해서도 이제 그만 이야기하자. 수수께끼가 풀렸다는

---

7 (프) 각각 mon oncle, ma tante.

것이 아니다. 이 아가씨는 분명히 내가 본 수녀가 아니다. 내가 다락방과 정원에서 본 수녀는 분명히 이 아가씨보다 한뼘은 더 컸다.

나는 그 도시 아가씨를 보았다. 그 존경받는 아저씨와 아주머니를 흘끗 쳐다보았다. 그런데 그 일행 중 세번째 사람을 슬쩍이라도 보았던가? 그에게 잠시라도 눈길을 줄 수 있었던가? 독자여, 그를 특별히 주목해야 하는 게 당연하다. 그는 우리의 주목을 요구할 만하다. 지금 처음 만난 사람이 아니기 때문이다. 나는 두 손을 맞잡고 숨을 깊이 들이마셨다. 비명을 참고, 감탄사를 집어삼켰으며, 깜짝 놀랐지만 자제력을 발휘해 망부석처럼 아무 말 없이 꼼짝 않고 있었다. 하지만 내가 무엇을 보고 있는지 알고 있었다. 며칠 밤을 울어서 아직 눈이 뿌옇지만 나는 그를 알아보았다. 사람들은 그가 안띠과호를 타고 떠난다고 했다. 베끄 부인도 그렇게 말했다. 그녀가 거짓말을 했거나, 이제 더이상 사실이 아닌데 정정하지 않은 것이었다. 안띠과호는 떠나버렸다. 그런데 뽈 에마뉘엘이 거기 서 있었다.

기뻤느냐고? 무거운 짐을 벗기는 했다. 하지만 그랬다고 기쁨이 보장되는가? 모르겠다. 우선 이렇게 보류된 것이 어떤 상황 때문인지 물어야 한다. 이렇게 연기한 것이 나와 얼마나 관련이 있을까? 이렇게 출발이 연기되었을 때 나보다 더 영향을 받을 사람은 없을까?

결국 이 쥐스핀 마리는 누구인가? 독자여, 그녀는 처음 본 얼굴이 아니다. 내가 아는 얼굴이다. 그녀는 포세뜨가를 방문하고, 종종 베끄 부인의 일요일 파티에 참석했다. 그녀는 베끄 부인, 발라벤스 부인과도 친척이다. 살아 있었다면 그녀의 아주머니가 되었을 그 수녀의 이름에서 세례명을 딴 것이었다. 그녀의 성은 쏘뵈르이고,

그녀는 상속녀이자 고아다. 에마뉘엘 선생은 그녀의 후견인인데, 그녀의 대부라는 말도 있다. 이 가족회의에 참석한 사람들은 이 상속녀가 이들 중 한 사람과 결혼하길 원한다. 그게 누구인가? 그것은 중요한 문제이다. 그게 누구인가?

이제는 그 달콤한 음료에 탄 약 때문에 내가 침실을 견디지 못하고 뛰쳐나온 것이 너무 다행스러웠다. 나는 언제나 진실을 꿰뚫어보는 일을 좋아했다. 사원의 여신을 찾아 베일을 들추고 감히 그 무서운 눈길과 마주치기를 좋아했다. 오, 요정들 속에 있는 타이탄의 여신이여! 그대의 숨겨진 윤곽은 불확실하기 때문에 역겨울 때가 많다. 하지만 우리에게 한가지 특징이라도 뚜렷이 드러내주고 하나의 선線이라도 분명하게 보여다오. 겪은 적 없는 공포로 숨이야 막히겠지만 그러면서 그대의 신성한 숨결을 들이마시리니. 가슴이 떨리고 지진으로 들썩이는 강처럼 피가 요동치겠지만, 우리는 힘을 얻게 되리니. 최악을 보고 아는 것은 곧 '공포'에게서 가장 큰 힘을 빼앗는 것이리니.

인원수가 늘자 발라벤스 일행은 아주 명랑해졌다. 신사들은 간이매점에 가서 음료수를 사와 나무 아래 잔디밭에 앉았다. 그들은 건배를 했고 웃으며 농담을 주고받았다. 그들은, 특히 베끄 부인은 반은 기분 좋은, 반은 악의에 찬 농담으로 에마뉘엘 선생을 놀려댔다. 나는 그가 친구들의 동의 없이, 오히려 친구들의 반대에도 불구하고 자발적으로 출발을 연기했다는 사실을 곧 알아냈다. 그는 안띠과호를 떠나보내고 이주 후에 출발하는 '뽈과 비르지니'호[8]를 예약했다. 그들이 그를 놀린 것은 바로 이런 결심 때문이었다. 그는

---

8 베르나르뎅 드 쎙삐에르의 1787년 소설 제목에서 따온 이름.

"염두에 두고 있는 어떤 사소한 일을 해결하기 위해서"라고 모호하게만 대답했다. 그 일이 무엇이었는가? 아무도 몰랐다. 적어도 그가 부분적으로 비밀을 털어놓은 사람은 있는 것처럼 보였다. 그와 쥐스뗀 마리 사이에 의미심장한 표정이 오갔다. "작은 아가씨가 나를 도와줄 거지?"[9] 그가 물었다. 대답은 단연코 아주 신속했다!

"네, 힘껏 도와드리겠어요. 제게 무엇이든 부탁만 하세요, 대부님."[10]

그러자 이 친애하는 "대부님"은 그녀의 손을 잡고 감사의 입맞춤을 했다. 이 모습을 보자 얼굴이 하얀 독일 청년 하인리히 뮐러는 안달을 하며 싫어하는 내색을 했다. 그는 뭐라고 몇마디 웅얼대기까지 했다. 그 말을 들은 에마뉘엘 선생은 그를 쳐다보고 웃으며 확신에 찬 정복자가 무자비하게 승리를 맛보듯 피후견인을 더 가까이 끌어당겼다.

에마뉘엘 선생은 그날밤 정말로 유쾌해 보였다. 그는 활동 무대가 곧 바뀌리라는 데 대해 조금도 의기소침해지지 않는 것 같았다. 모임의 진정한 핵심은 그였다. 이 작은 독재자는 노고에서뿐 아니라 즐거움에서도 주인공이 되기로 결심하고 매순간 이론異論의 여지 없이 지도력을 발휘했다. 그는 가장 재치 있는 말을 했고, 가장 유쾌하게 이야기했으며, 가장 솔직하게 웃어댔다. 잠시도 가만히 있지 않고 여러 사람 몫을 하며 자기 식대로 이 사람 저 사람 접대했다. 하지만, 오! 나는 그가 누구를 가장 사랑하는지 알았다. 그가 잔디밭에서 누구의 발 아래 앉고, 밤공기가 닿지 않게 누구를 조심

---

9 (프) La petite va m'aider — n'est-ce pas?

10 (프) Mais oui, je vous aiderai de tout mon cœur. Vous ferez de moi tout ce que vous woudrez, mon parrain.

스럽게 감싸주는지, 누구를 보살펴주고 누구를 가장 소중히 여기는지 알 수 있었다.

여전히 암시가 담긴 말과 농담이 정신없이 오갔다. 그사이 나는, 다른 사람들을 위해 뿔이 멀리 떠나 있는 동안 그들이 유럽에 남기고 간 그의 이 보물을 지켜주는 것으로 보답하리란 걸 알아냈다. 그가 서인도에서 돈을 벌어다주면 그들은 보답으로 젊은 신부와 상당한 유산을 줄 것이다. 성인과도 같은 헌신에 대해 말하자면, 정조의 서약은 잊혔다. 활짝 피어나는 매력적인 '현재'가 '과거'를 이겼고, 마침내 그의 수녀는 정말로 매장되었다.

그렇게 된 게 분명했다. 계시가 정말이었던 것이다. '예감'이 잘못된 게 아니었다. 어떤 종류의 예감은 결코 틀리는 법이 없다. 잠시 동안 잘못 계산한 것은 나였다. 나는 신탁의 진짜 의미를 이해하지 못하고 '예감'이 헛소리를 한다고 생각했던 것이다.

내가 본 광경에 대해 더 오래 생각해보았어야 했는지도 모른다. 추측을 하기 전에 더 심사숙고해야 했을지도 모른다. 아마 그런 가정이 의심스럽고 증거가 불충분하다고 여길 사람도 있었을 것이다. 의심 많은 회의주의자라면, 가난하고 이기심 없는 사십대의 남자와 부유한 열여덟살 피후견인의 결혼을 최종적으로 받아들이기 전에 회의적으로 재검토했을 것이다. 하지만 나는 둘러대거나 변명을 늘어놓는 것과는 거리가 먼 사람이다. 일시적인 현실도피나 모든 것을 추월해 빠르게 달려오는 무서운 '사실'을 피해 비겁하게 도망가는 것과도 거리가 멀다. '사실'이라는 유일한 군주에게 복종하지 않으려고 유약하게 보류하거나, 정복욕에 차 전진하는 '힘' 앞에 얼버무리고 떨면서 저항하는 것과도 거리가 멀다. 나는 '진실'을 배반하는 반역자와는 거리가 멀다.

아니다. 나는 그 모든 추측을 서둘러 받아들이려고 했다. 내 모든 이해력을 동원해 그 모든 것을 받아들였다. 일종의 분노에 가까운 심정으로 서둘러 그것을 모아서는 전장에서 쓰러진 군인이 가슴에 국기를 두르듯이 둘렀다. 그러고는 '확신'에게, 싫지만 받아들일 수밖에 없는 그 추론을 못박아달라고, 가장 튼튼한 못으로 최대한 세게 박아달라고 부탁했다. 그 못이 내 영혼 깊이 박히면 다시 새롭게 일어설 수 있으리라는 생각이 들었다.

나는 광신자처럼 말했다. "진실이여, 그대는 충실한 하인의 훌륭한 여주인이십니다! '거짓'이 저를 압박하는 동안 얼마나 고통을 받았는지 모릅니다! '허위'가 상냥하게 굴면서 상상에 아부를 하고 감정을 부드럽게 대하는 동안 저는 시시각각 괴로웠습니다. 애정을 얻었다는 확신에는 운명의 수레바퀴가 한바퀴 돌면 그것을 잃게 될지도 모른다는 두려움이 따랐습니다. 그대, 진실이 '허위'와 '아첨'과 '기대'를 벗겨냈고, 여기 제가 자유롭게 서 있습니다!"

이제 내 자유를 방으로 데려가 같이 잠자리에 든 후 그것으로 무엇을 만들 수 있나 보는 일만 남았다. 아직 연극은 완전히 끝난 것이 아니었다. 더 기다리면 나무 아래에서의 사랑 장면, 숲속의 구애를 볼 수도 있었다. 그 장면에 사랑이 없더라도 그 순간 내 상상력이 너무나 풍부하고 창조적이어서 사랑을 뚜렷하게 그려내고 가장 깊은 활력과 가장 화려한 열정의 색채를 부여했을 것이다. 하지만 나는 보고 싶지 않았다. 마음을 단단히 먹긴 했지만 내 본성이 침해받는 일이 일어나는 것은 싫었다. 그리고 잠시 후 무언가가 숄 아래서 나를 찢어놓고 옆구리로 파고들었다. 나는 강한 부리와 발톱을 지닌 이 독수리와 혼자서 씨름해야 했다. 여태껏 나는 질투라는 감정에 사로잡힌 적이 없다고 생각했다. 이것은 존 선생과 폴리나의 사랑을 견디는 것과는 달랐다. 그들의 사랑에 대해서는 눈과 귀를 막고 생각하지 않으려 해도 내 감각은 여전히 그들의 사랑이 매력적이라는 사실을 인정했다. 하지만 이것은 모욕이었다. 아름다움에서 태어난 사랑은 내 것이 아니었다. 아름다움과 나 사이에는 공통점이 없었다. 나는 그런 사랑에 감히 끼어들 수도 없었다. 하지만 다른 사랑, 오랜 사귐 끝에 내 삶 속으로 들어온 사랑, 고통의 용광로에서 단련되고 굳은 지조의 낙인이 찍힌 사랑, 애정이라는 순수하고 단단한 합금에 의해 강해진 사랑, 지성이 시험받기를 자청해 그 과정을 거쳐 마침내 흠 없는 완벽에 도달한 사랑, 순간적으로 광란하고 쉽게 달아오르고 쉽게 식는 '열정'을 비웃는 이 '사랑'에 대해 나는 기득권을 가지고 있었다. 그렇기 때문에 그것이 자라든 죽어버리든 손 놓고 가만있을 수만은 없었다.

나는 나무들로부터, 그리고 그 그늘 아래 "즐거운 사람들"로부터 돌아섰다. 자정이 훨씬 지난 시간이었다. 연주회가 끝나 군중이 줄어들고 있었다. 나는 그 썰물에 휩쓸려갔다. 빛나는 공원과 불빛 환한 오뜨빌을 지나(아직도 불이 환히 켜져 있는 그 동네는 빌레뜨의 "잠 못 이루는 밤"[11]처럼 보였다) 어두운 저지대로 들어섰다.

"어두운"이라고 해서는 안되겠다. 공원에서는 잊고 있던 아름다운 달빛이 다시 한번 밀려들어왔으니까. 높이 뜬 둥근 달은 고요히, 깨끗하게 빛났다. 지난 한시간가량 축제의 음악과 즐거움 그리고 램프의 환한 불빛이 달빛을 물리쳤으나 이제는 달의 영광과 침묵이 지배권을 되찾고 있었다. 경쟁자인 램프들은 하나둘씩 꺼졌고, 창백한 달은 운명인 듯이 제 갈 길을 갔다. 장엄하게 울려퍼지던

---

11 (프) nuit blanche.

드럼과 트럼펫과 나팔 소리는 사라졌지만, 달은 빛을 연필 삼아 하늘과 지상에 영원한 보물에 대한 기록을 남기고 있었다. 달과 별들은 내게 영원히 군림하는 진실의 원형이자 증인처럼 보였다. 밤하늘은 승리로 빛났다. 밤하늘의 승리는 천천히 도는 하늘의 행로처럼 다가왔다. 과거에도 영원에서 영원으로 움직였고, 현재에도 그러며 미래에도 그러하리라.

밝은 이 한밤의 거리들은 매우 조용하다. 이 거리들은 낮고 평화로워서 좋다. 집으로 가는 시민들이 이따금씩 나를 스치지만 걸어가는 사람들이라 시끄럽지 않았고 금세 사라졌다. 나는 지금 같은 모습의 빌레뜨가 너무나 사랑스러워서 집으로 들어가는 게 썩 내키진 않지만, 그래도 이상한 모험을 성공적으로 마무리하고 베끄 부인이 오기 전에 기숙사의 내 침대 속으로 조용히 다시 들어가기 위해 서두른다.

포세뜨가와 길 하나를 사이에 두고 있을 때였다. 길에 들어서자 마차소리가 깊은 정적을 깨뜨린다. 마차는 이쪽을 향해 빠르게 달려온다. 딸가닥거리는 소리가 포장도로에 얼마나 크게 울리는지! 길이 좁아서 나는 조심스레 보도로만 걷는다. 마차가 쾅쾅 소리를 내며 지나간다. 그런데 지나가는 마차에서 보이는 게 뭐였지? 내 상상인가? 마차의 창에서 무언가 하얀 것이 펄럭였다. 손수건을 흔드는 손이 분명히 보였다. 내게 보내는 신호였을까? 나를 알아보고 흔든 것일까? 대체 누가 날 알아볼 수 있을까? 바송삐에르 백작의 마차는 아니고 브레턴 부인의 마차도 아니며, 더욱이 끄레시 호텔이나 라 떼라스 방향으로 가는 것도 아니었다. 자, 추측을 하고 있을 시간이 없다. 서둘러 집으로 돌아가야 한다.

포세뜨가로 들어서서 기숙사에 도착하니 사방이 조용했다. 부인과 데지레가 탄 사륜마차는 아직 도착하지 않았다. 나는 대문을 열어놓고 갔었다. 지금도 그대로 열려 있을까? 바람이나 다른 우연한 사건으로 문이 밀려 용수철 빗장이 채워지지는 않았을까? 그런 경우에는 들어갈 희망이 없어진다. 내 모험은 재난으로 끝날 게 분명하다. 무거운 문짝을 살짝 민다. 제발 문이 열리길!

그랬다. 날 지켜주는 수호신이 현관 안에서 "열려라 참깨" 하고 주문이라도 외워준 것처럼 순순히 소리없이 문이 열렸다. 나는 숨을 죽이고 들어가서 조용히 문을 잠그고 맨발로 층계를 올라가 기숙사의 내 침대에 도착했다.

* * *

아! 침대에 이르러 다시 한번 마음껏 숨을 들이마셨다. 그런데 다음 순간 나는 소리를 지를 뻔했다. 하지만 거의 지를 뻔했지 실제로 지르지는 않았다. 하느님 맙소사! 이 시간에는 기숙사 전체가, 집 전체가 쥐 죽은 듯이 고요했다. 모든 사람이 잠들어 있고 그런 조용한 순간에는 꿈꾸는 사람도 없을 것 같았다. 열아홉개의 침대에 열아홉명이 누워서 곤히 잠들어 있었다. 스무번째 침대인 내 침대에는 아무것도 없어야 했다. 내가 비워놓고 떠났으니 비어 있어야만 했다. 그런데 반쯤 드리워진 커튼 사이로 보이는 게 뭐지? 길게 누워서 내 자리를 차지하고 있는 이 이상한 검은 형체는 뭐지? 열린 대문으로 도둑이 들어와 거기서 기다리는 걸까? 새까만 색으로 보이는 그것은 인간이 아닌 것 같다. 길에서 기어들어와 잠들어버린 떠돌이 개일까? 내가 다가가면 침대 밖으로 펄쩍 뛰쳐나올까? 내가 다가가야 한다. 용기를 내자! 한발자국!

머리가 빙그르르 돌았다. 희미한 야간등 불빛 아래, 내 침대 위에는 예전에 본 환영, 그 '수녀'가 사지를 뻗고 있는 모습이 보였다.

이 순간에 비명을 질렀으면 모든 것이 끝장났을 것이다. 내 앞에 펼쳐진 광경이 어떤 것이든, 대경실색하거나 비명을 지르거나 기절을 할 여유조차 없었다. 그런데다 나는 압도된 것도 아니었다. 최근 일어난 사건들에 단련되어 내 신경은 히스테리쯤은 가볍게 무시했다. 조명과 음악과 수많은 군중 때문에 흥분한데다 새로운 재앙에 정면으로 얻어맞은 나는 유령에 맞섰다. 아무 소리도 내지 않고 삽시간에 그 유령이 있는 침대를 덮쳤다. 아무것도 튀어나오거나 펄쩍 뛰거나 움직이지 않았다. 움직이는 것은 나밖에 없고 생명과 물질과 힘을 지닌 실체도 나밖에 없었다. 본능적으로 그렇게 느낀 나는 그녀를 낚아챘다. 이 악령 같으니! 나는 그 유령을 높이 쳐들었다. 도깨비! 나는 그녀를 흔들어댔다. 수수께끼! 그러자 그녀는 아래로 무너져 내 옆에 떨어져버렸다. 그리고 산산조각이 난 그녀를 나는 마구 짓밟았다.

이쯤에서 가지 없는 나무와 마구간에서 뛰쳐나온 로시난떼[12]와 엷은 구름과 깜박이는 달빛을 생각해보라. 키 큰 수녀의 정체는 길고 검은 수녀복을 두르고 교묘하게 흰 베일을 씌운 긴 베개였다. 이상하지만 그 옷은 정말로 진짜 수녀복이었고, 누군가가 일부러 착각을 일으키기 위해 꾸며놓은 것이었다. 어디서 이런 옷이 났을까? 누가 이렇게 꾸며놓았을까? 이런 질문들이 남았다. 머리띠 부분에 종이가 한장 꽂혀 있었다. 거기에는 조롱의 말이 연필로 쓰여 있었다.

----

12 세르반떼스의 소설 『돈 끼호떼』에서 돈 끼호떼가 타는 말.

"다락의 수녀가 루시 스노우에게 이 옷을 물려주노라. 이제 수녀는 더이상 포세뜨가에 나타나지 않을 것이다."

그러면 날 괴롭힌 유령은 누구고 무엇이었을까? 난 실제로 그녀를 세번이나 보았는데? 내가 아는 여자 중 아무도 그 유령처럼 키가 크지 않았다. 키를 봐서 그 유령은 여자가 아니었다. 내가 아는 남자 중에도 잠시라도 그런 음모를 꾸몄다고 의심할 만한 사람은 없었다.

아직도 말로 다 할 수 없을 정도로 혼란스러웠지만, 유령과 귀신과 관련된 감각에서 순식간에 완전하게 해방된 셈이었다. 그동안 풀리지 않는 하찮은 수수께끼로 안달하며 골머리를 썩고 지쳤던 것을 자조하며 나는 그 옷과 베일과 머리띠를 함께 뭉쳐 베개 밑에 쑤셔넣고 누웠다. 그러고는 베끄 부인이 집으로 돌아오는 마차소리가 들릴 때까지 귀를 기울이다가 돌아누웠고, 며칠 밤을 새워 지친데다 이제 효력이 작용하기 시작한 약 때문인지 깊은 잠 속으로 빠져들었다.

40장
행복한 한쌍

이 놀라운 여름밤의 다음 날도 평범한 날은 아니었다. 그날 천국에서 계시가 내려오거나 지옥의 불길한 징조가 보였다는 뜻은 아니다. 폭풍이나 홍수나 회오리바람 같은 기상현상에 대해 에둘러 말하는 것도 아니다. 오히려 7월의 아침답게 환한 태양이 떠올랐다. 아침은 루비로 치장하고 무릎 위에 장미를 가득 놓고 지나가다가 그것들을 마구 떨어뜨려 길을 붉게 물들였다. 시간은 님프처럼 상큼하게 깨어나 아침 언덕 위에 이슬을 담은 유리병을 쏟아부은 다음 걸어나가 안개를 걷어냈다. 그늘 하나 없는 찬란한 하늘빛 시간들은 태양의 말들을 구름 한점 없이 활활 타는 길 위로 몰았다.

요컨대 더없이 좋은 여름 날씨라고 할 만했다. 하지만 포세뜨가에서 이 유쾌한 사실을 주목했거나 기억하는 사람은 나밖에 없지 않나 싶다. 다른 사람들은 이와는 다른 한가지 생각에 사로잡혀 있었다. 나도 그 생각을 하고는 있었다. 그러나 사람들을 사로잡은 그 생각이 내게는 전혀 새로울 것 없고 갑작스러운 것도 아니었으며 특별한 비밀 역시 아니었다. 그래서 나는 좀더 여유로운 마음으로 다른 사소한 사실을 관찰하면서 거기서 깊은 인상을 받을 수 있었다.

그런데도, 햇빛을 느끼고, 꽃이 피거나 키가 커진 식물들을 헤아리며 정원을 거닐면서, 이 집 안의 모든 사람들이 논의하는 그 문제를 나 역시 생각하고 있었다.

무슨 문제였냐고?

단지 이런 것이었다. 아침기도 시간에 기숙사 학생들이 앉는 맨 앞줄에 자리가 하나 비어 있었다. 아침식사 때는 마시지 않은 커피 잔이 하나 남았다. 하녀가 침대를 정돈하다가 나이트캡과 잠옷을 씌운 긴 베개가 길게 뉘어 있는 것을 발견했다. 그리고 여느 때처럼 지네브라 팬쇼의 음악 선생이 일찍 와서 오전수업을 하려고 하는데, 촉망받는 뛰어난 제자가 나타나지 않았다.

아래층 위층으로 다들 팬쇼 양을 찾아다녔다. 동서남북으로 그 집을 샅샅이 뒤졌으나 헛수고였다. 편지는 물론 흔적이나 표시조차 없었다. 그 요정은 어둠속으로 삼켜진 유성처럼 지난밤 속에 묻혀버렸다.

사감들은 이만저만 당황한 게 아니었고 완벽한 교장은 더욱 공포에 떨었다. 그렇게 창백하고 놀란 그녀의 모습은 처음이었다. 그것은 그녀의 약점을 강타하고 그녀의 이익에도 막대한 손해를 입히는 일이었다. 어떻게 이런 불미스러운 일이 일어났을까? 대체 어떤 문으로 도망을 쳤단 말인가? 창문 하나 열려 있지 않고 유리창 역시 깨진 곳이 없었다. 문은 모두 안전하게 빗장이 채워져 있었다. 지금까지도 베끄 부인은 이 점에 대해 만족할 만한 답을 얻지 못했고, 관계 있는 사람 중 누구도 모른다. 하지만 예외인 단 한 사람이 있었다. 나, 루시 스노우였다. 그날밤 대문 한짝이 상인방까지 살짝 밀려와 닫혀 있었지만 빗장이 채워져 있지도 않고 안전하지도 않아서 쉽게 도망칠 수 있었다는 사실을 내가 어떻게 잊겠는가. 우레 같은 소리를 내며 지나가던 쌍두마차, 수수께끼 같은 신호를 보내듯 흔들던 손수건도 기억이 났다.

이런 가설들과 나만 아는 다른 한두가지 사실들에서 끌어낼 수 있는 결론은 하나였다. 그것은 사랑의 도피였다. 확신이 생긴데다 베끄 부인이 무척 당황하는 것을 보고 마침내 나는 이 사실을 그녀에게 전했다. 아말 대령의 구애를 암시하자 예상한 대로 베끄 부인은 그 일에 대해 훤히 알고 있었다. 오래전부터 그 문제를 숄몽들레 부인과 의논해온 그녀는 그 부인에게 모든 책임을 전가했다. 이제 그녀는 숄몽들레 부인과 바송삐에르 씨에게 도움을 청했다.

끄레시 호텔에서는 무슨 일이 일어났는지 이미 알고 있었다. 지네브라는 사촌인 폴리나에게 결혼할 것임을 희미하게 암시하는 편지를 써서 보낸 터였고, 아말가에서도 그런 소식이 와 있었다. 바송삐에르 씨는 도망자들을 추적했지만 잡았을 때는 이미 때가 늦어 있었다.

그주 중에 내 앞으로 짧은 편지 한통이 왔다. 그것을 그대로 옮기는 게 낫겠다. 그 편지로 설명되는 게 한두가지가 아니니까.

친애하는 노파 팀(티몬의 약자), 알고 있겠지만 난 사랑의 도피를 벌였어. 총알처럼 사라졌지. 알프레드와 난 처음부터 이런 식으로 결혼할 작정이었어. 다른 사람들처럼 진부하게 결혼할 생각은 조금도 없었거든. 알프레드나 나나 그러기에는 너무 생기발랄한 사람들이잖

아. 얼마나 다행인지! 알프레드는 널 '괴물'이라고 부르곤 했는데, 지난 몇달 동안 너를 너무 자주 봐서 호감을 느끼기 시작했대. 자기가 사라졌다고 너무 그리워하지 말기 바란대. 그는 자기 때문에 네가 약간 고통받았던 점에 대해선 사과한대. 예전에 네가 다락에서 아주 재미있어 보이는 편지를 막 읽으려는 참에 자기가 갑자기 나타나 불편을 끼친 것 역시 미안하대. 하지만 네가 편지를 쓴 사람에게 너무 반한 것 같아서 놀래주고 싶은 유혹을 물리칠 수가 없었대. 그런데 그의 말에 따르면, 한번은 날 기다리면서 조용히 씨가를 한대 피우려고 불을 붙이는 순간 네가 옷인지 숄인지 레이스인지를 가지러 달려들어오는 바람에 그때는 자기 쪽에서 기겁을 했대.

이제 다락의 유령이 아말 백작이고 날 보러 왔었다는 걸 알겠지? 어떻게 그가 그럴 수 있었는지 이야기해줄게. 그가 아떼네 고등학교에 드나들 수 있는 건 알지? 그의 큰누나 멜시 부인의 아들인 조카 두세명이 그곳 학생이거든. 알다시피 아떼네의 운동장은 네가 산보하는 금지된 오솔길을 둘러싼 높은 담 뒤에 있잖니. 알프레드는 춤과 검술뿐 아니라 담 타는 일에도 능해. 처음에는 담을 타고 우리 기숙학교로 오는 걸 즐겼고, 그다음에는 큰 정자를 덮고 있는 키 큰 나뭇가지 중 몇개가 우리 학교의 낮은 건물에까지 늘어져 있어서 그 나무를 타고 1반 교실과 큰 홀까지 올라올 수 있었지. 그러다가 어느날 밤 나무에서 떨어지는 바람에 나뭇가지 몇개를 부러뜨린데다 자기 목까지 부러질 뻔했대. 그래서 혼비백산해 도망치다가, 오솔길을 산책하고 있던 베끄 부인과 뿔 선생으로 보이는 사람들에게 붙잡힐 뻔했다나. 큰 홀에서 그 건물의 가장 높은 층까지 올라가는 것은 그다지 어렵지 않아. 그 건물 꼭대기에는 다락이 있고, 알다시피 천창은 공기가 통하라고 밤낮 반쯤 열려 있잖니. 그 천창으로 그가 들어간 거야. 일년쯤 전에 우연히 그에게 우리 학교의 수녀 유령 전설을 이야기해준 적이 있는데, 그 이야기를 듣고 그는 유령으로 변장할 낭만적인 생각을 해냈어. 그가 아주 영리하게 그 일을 해냈다는 건 너도 인정해야 할걸.

수녀의 검은 가운과 흰 베일이 없었으면 알프레드는 너와 예수회 신자인 호랑이 뽈 선생님에게 몇번이나 잡혔을 거야. 그는 너와 뽈 선생 둘 다 유령을 보고도 놀라지 않는 아주 용감한 사람들이라고 생각해. 내가 궁금한 것은, 어떻게 그렇게 용감한가보다는 오히려 어떻게 그런 비밀을 지킬 수 있었나 하는 점이야. 그런 키 큰 유령이 몇번이나 찾아오는데 어떻게 소리도 안 지르고 사람들에게 말도 안하고 학교와 이웃 전체를 발칵 뒤집어놓지도 않으면서 견딜 수 있었니?

맞다, 침대 친구로서 유령은 어땠어? 그렇게 옷을 입혀 유령을 만든 건 나야. 아주 그럴듯했지? 그걸 보고 비명은 질렀어? 나 같으면 미쳐버렸을 테지만 넌 워낙 용감하니까! 신경이 정말 강철에다 구두창에 쓰는 질긴 가죽 같아! 넌 감정도 없는 게 분명해. 나같이 민감한 체질은 아니니까. 넌 고통과 두려움과 슬픔 모두에 무감각한 것 같아. 정말 늙은 디오게네스다워.

자, 친애하는 할머니! 내가 달빛 아래 도망쳐 도피 결혼을 했다고 화가 나진 않았지? 정말 재미있었어. 이런 짓을 한 이유 중 하나는 밍크 같은 폴리나와 그 곰 같은 존 선생을 약올리려는 것도 있었어. 그들이 아무리 잘난 척해도 그들뿐 아니라 나도 결혼할 수 있다는 걸 보여주고 싶었어. 바송뻬에르 아저씨는 이상하게 처음에는 알프레드에게 화를 냈어. '미성년자 유괴'[1]인지 뭔지로 그를 처벌하겠다고 협박

---

1 (프) détournement de mineur.

했지. 아저씨가 짜증이 날 정도로 진지한 태도여서 약간의 멜로드라마를 연출할 수밖에 없었어. 무릎을 꿇고 흐느끼고 소리를 지르면서 손수건을 석장이나 적셨어. 물론 '우리 아저씨'는 곧 항복하셨지. 정말이지, 이렇게 소동을 피울 필요가 어디 있어? 난 결혼을 했고 그게 다야. 아저씨는 여전히 내가 미성년자라서 우리 결혼이 합법적인 게 아니라고 하지만, 쳇! 그런 말을 한다고 달라지는 게 있냔 말이야! 나는 백살에 결혼해도 지금과 똑같을 텐데. 하지만 우리는 다시 결혼식을 올릴 작정이야. 그럼 혼수를 마련해야 하는데 숄몽들레 부인이 나서서 해주실 거야. 바송삐에르 아저씨도 지참금을 제대로 챙겨주시리라는 희망이 있어. 그렇게 되면 사는 데 큰 어려움은 없을 거야. 왜냐하면 사랑하는 알프레드는 귀족 신분과 월급밖에 없거든. 아저씨가 아무 조건도 달지 않고, 관대하고 신사답게 이런 일들을 해주시길 바라. 그런데 알프레드가 지참금을 받는 즉시 카드나 주사위 노름에서 손을 떼겠다는 서약서를 써야만 한다고 하셔서 김이 빠졌어. 내 천사가 노름을 즐긴다고 야단이지만, 난 그 일에 대해 아는 바 없어. 어쨌든 그가 사랑스럽고 멋진 사람이라는 건 잘 알고 있지만.

아말이 얼마나 천재적으로 도피 작전을 세웠는지는 말로 다 칭찬할 수 없을 정도야. 그는 베끄 부인(그는 그녀의 습관을 알아)이 공원에서 열리는 연주회에 가느라 학교를 비울 게 분명하다고 장담하면서 축제의 밤을 택했어. 너무 영리하지 않니. 너도 그녀와 함께 나갔지? 열한시경에 일어나서 기숙사를 나가는 걸 보았거든. 돌아올 때는 왜 너 혼자 걸어왔는지 모르겠지만. 그 좁고 오래된 쎙장가에서 만난 사람이 너 맞지? 내가 마차 창문으로 손수건을 흔들었는데, 봤어?

안녕! 나의 행운을 기뻐해줘. 내가 최고의 행복을 얻은 걸 축하해줘. 그리고 친애하는 냉소주의자이자 인간 혐오자인 너이지만 내가 아주 건강하고 기분도 최고로 좋다는 걸 믿어주렴.

지네브라 로라 드 아말

미혼명 팬쇼

추신: 이젠 내가 백작부인이란 걸 명심해. 아빠와 엄마와 집에 있는 동생들이 이 소식을 들으면 기뻐할 거야. '내 딸이 백작부인이라니! 우리 언니가 백작부인이래!' 신난다! 어때, 존 브레턴 부인보다 훨씬 낫지?

* * *

팬쇼 양의 이야기를 다 듣고 난 독자는 물론 그녀가 결국 젊은 시절의 경박한 언행에 대한 쓰라린 대가를 치렀으리라고 기대할 것이다. 물론 그녀의 미래에는 여러가지 고통이 기다리고 있었다.

지네브라에 대해 내가 아는 몇가지 사실을 덧붙이면 그후 그녀가 어떻게 되었는지 다 알 수 있을 것이다.

신혼여행이 끝났을 무렵 나는 그녀를 보았다. 베끄 부인을 방문한 그녀가 사람을 보내 날 내실로 오라고 했다. 그녀는 웃으면서 내 품으로 뛰어들었다. 그녀는 활짝 핀, 아름다운 모습이었다. 곱슬머리는 더 길어지고 뺨은 어느 때보다 발그스레했다. 흰 보닛과 플랑드르산 레이스로 만든 베일과 오렌지꽃을 단 신부복은 그녀와 썩 잘 어울렸다.

"드디어 한몫 잡았어!" 그녀가 곧장 소리쳤다. (지네브라는 여전히 물질적인 것에 집착했다. 그녀 자신은 '부르주아'를 비웃었지만, 그녀의 말에선 늘 그들 못지않게 장사꾼 냄새가 물씬 풍겼다.)
"그리고 바송뻬에르 아저씨와는 다시 사이가 좋아졌어. 아저씨는
알프레드를 '멍청이'라고 하지만 난 개의치 않아. 그건 아저씨가
비천한 스코틀랜드 출신이라 그래. 폴리나도 날 부러워하고 존 선
생은 질투심 때문에 걷잡을 수 없을 정도로 미쳐 있을 거야. 그런
데 난 이렇게 행복해! 정말 더 바랄 게 없을 정도야. 마차와 호텔만
있다면. 그리고…… 오! 널 '내 남편'[2]에게 소개해야지. 알프레드,
이리 와요!"

그러자 알프레드가 내실에서 나왔다. 그 방에서 그는 베끄 부인
에게서 훈계 반 축하 반의 말을 들으며 얘기를 나누고 있었다. 나
는 내 여러 이름, 즉 괴물, 디오게네스, 티몬 등으로 소개되었다. 젊
은 대령은 아주 정중했다. 그는 내게 멋진 표현을 써가며 적절한
말로 유령 소동에 대해 사과를 하고 결론적으로 "제 극악무도한 모
든 일에 대한 제일의 변명은 저기 있습니다!" 하며 그의 신부를 가
리켰다.

그리고 나자 신부는 그를 베끄 부인에게 돌려보냈다. 그리고는
나를 독차지하고, 기운에 넘쳐 유치하고 정신없고 엉터리 같은 말
을 마구 늘어놓아 문자 그대로 나를 숨막히게 했다. 그녀는 흥분해
서 반지를 보여주었고, 스스로를 아말 백작부인이라고 하면서 그
호칭이 어떠냐고 스무번도 더 물어보았다. 나는 거의 대꾸하지 않
았다. 그녀에게 내 성격 중 가장 딱딱한 외피만을 보여주었지만 아
무 문제도 없었다. 그녀 역시 내게 그 이상은 기대하지 않았으니까.
나를 너무 잘 알기 때문에 칭찬의 말은 바라지도 않았을 것이다.

<hr />

2 (프) mon mari.

그녀는 나의 메마른 조롱만으로도 충분히 즐거워했고, 내가 냉정하고 따분한 표정을 지으면 지을수록 더욱더 즐거워 웃어댔다.

결혼한 지 얼마 안되어 아말 대령은 군대를 떠나라는 충고를 받아들였다. 나쁜 친구들과 습관을 떨쳐버릴 수 있는 가장 확실한 방법이 그것이었다. 그를 위해 대사관에 자리가 하나 마련되었고, 그와 어린 아내는 외국으로 갔다. 그러면 그녀가 나를 잊으리라고 생각했으나 그렇지 않았다. 몇년 동안 그녀는 변덕스럽고 간헐적으로 내게 편지를 보내왔다. 첫 일이년은 자신과 알프레드에 대한 이야기뿐이었다. 그후 알프레드는 배경으로 사라지고 그녀 자신과 새로운 인물이 전면에 등장했다. 아버지 대신 알프레드 팬쇼 드 바송삐에르 드 아말이 군림하기 시작한 것이다. 편지는 아이에 대한 장황한 자랑과 그의 기적과 같은 조숙함에 대한 과장으로 가득차 있었으며, 간간이 그런 자랑을 믿지 않는 나의 냉담한 태도에 대한 격렬한 비난도 있었다. 내가 "어머니가 되는 것이 무언지" 모르고 있으며, "무감각해서, 모성애를 그리스어나 히브리어처럼 난해하게 생각한다"는 것이었다. 자연의 섭리대로 이 어린 신사는 곧 이를 갈고 홍역과 백일해를 치렀다. 그때는 내게도 끔찍한 시기였다. 엄마의 편지는 그야말로 고통스러운 절규였다. 자신이 그런 재난을 당한 최초의 여자고 동정을 받아야 하는 최초의 인간인 것처럼 굴었다. 나는 처음에는 깜짝 놀라서 슬픔에 차 답장을 썼다. 하지만 곧 별일 아닌데 호들갑을 떠는 것일 뿐이라는 걸 알고는 다시 나의 타고난 잔인하고 무감각한 태도를 취했다. 고통받는 어린 신사에 대해 말하자면, 그는 폭풍우 하나하나를 영웅적으로 헤쳐 나아갔다. 그 어린아이는 다섯번이나 "죽음의 문턱"[3]까지 갔지만 다섯번 다 기적적으로 회생했다.

그런 중에 알프레드 1세에 대한 불길한 소문이 들려왔다. 바송 삐에르 씨에게 하소연을 해와 빚을 갚아주었는데 그중 몇가지는 불길하고 지저분한 "노름빚"이라는 것이었다. 부끄러운 불평과 어려움에 관한 이야기도 종종 들려왔다. 우울한 일이 일어나기만 하면 그것이 어떤 성격이건 지네브라는 나이가 들어서도 왕성하게 동정과 도움을 요구해왔다. 그녀에게는 자기 힘으로 고난에 대처한다는 개념이 없었다. 그녀는 어떤 형태로든, 어떤 사람에게건 제 뜻을 관철시킬 수 있다는 확신을 가지고 그렇게 해나아갔다. 인생의 투쟁은 다른 사람들에게 떠넘겼으므로, 전체적으로 그녀는 내가 아는 어떤 사람보다도 고통을 적게 겪었다.

---

3 in articulo mortis. 라틴어.

41장
포부르 끌로뗄드

이야기를 끝내기 전에 내가 축제일 밤에 얻은 친구인 '자유'와 '쐐신'에 대해 좀더 설명을 해야 하지 않을까? 환한 공원에서 집으로 데려온 충직한 두 친구와 내가 어떻게 친해졌는지 말해야 하지 않을까?

바로 그다음 날 나는 그들을 시험해보았다. 그들은 사랑과 사랑의 구속에서 나를 구했다고 큰 소리로 힘자랑을 했다. 하지만 내가 말이 아니라 행동을 요구하고, 좀더 나은 위안을 줄 수 있다는 증거와 고통 없는 삶을 달라고 요구하자 '자유'는 당분간은 가난해서 도와줄 수 없다고 양해를 구했다. '쐐신'은 아무 말도 하지 않더니 그날밤 갑자기 죽어버렸다.

나로서는 내심 내가 너무 성급하고 지나친 추측을 했다고 믿을 수밖에 없었다. 그렇게 추측한 채로는 질투라는 마법이 변색시키고 왜곡해 회상시켜주는 과거가 짓누르는 시간을 견딜 수 없었다.

잠시 자신과 싸웠지만 보람도 없이 나는 불안이라는 해묵은 고통의 포로가 되어 다시 속박당했다.

그가 떠나기 전에 볼 수 있을까? 그가 날 염두에 두고 있을까? 나를 찾아올 마음은 있을까? 오늘, 아니 바로 한시간 후에는 오지 않을까? 아니면, 마음을 갉아먹는 오랜 기다림 후 결국에는 가슴이 찢어지는 고통을, 말 못할 심한 고통을 또 겪어야만 하는 걸까? 그가 없기 때문에 누구도 이 난폭한 손길을 달랠 수 없는데, 희망과 동시에 의심까지 단숨에 뿌리 뽑는 고통을 겪어야만 하는 걸까?

그날은 성모승천대축일¹이라 수업이 없었다. 기숙학생과 선생들은 아침미사에 참례한 후, 어떤 농가에서 점심을 먹기 위해 시골로 장거리 산책에 나섰다. 나는 그들과 함께 가지 않았다. 이제 이틀만 지나면 '뽈과 비르지니'호가 떠나기 때문에, 난파선의 생존자가 마지막 판자나 밧줄을 꼭 붙들듯이 나는 마지막 기회를 꼭 붙들고 있었다.

1반 교실에는 목수가 와서 해야 할 일이 있었다. 의자와 책상을 고치는 일이었다. 이런 일은 학생들이 교실에 들어차 있을 때는 할 수 없어서 종종 공휴일을 이용해 처리했다. 교실에 혼자 앉아 있다가 일하는 데 방해가 되지 않게 정원으로 나가 있어야지 하면서도 너무 나른해서 그냥 있는데 목수가 오는 소리가 들렸다.

라바스꾸르의 기술자나 하인 들은 무슨 일이든지 두 사람이 한 조가 되어서 한다. 라바스꾸르에서는 못을 하나 박아도 두명이 있어야 하지 않을까. 여태껏 만지작거리고만 있던 보닛의 리본을 매는데, '일꾼'² 한 사람의 발소리만 들려서 순간적으로 좀 의아하다

---

1 8월 15일.

2 (프) ouvrier.

는 생각이 들었다. 지하감옥에 갇힌 포로가 쓸쓸히 한가한 시간을 보내다가 가끔은 가장 사소한 일에 주목하듯이, 나는 그 사람이 나막신이 아니라 구두를 신고 있다는 점에 주목했다. 나는 그 사람이 조수를 보내기 전에 먼저 답사를 하러 오는 도목수라고 결론을 내리고는 스카프를 둘렀다. 그가 다가와 교실 문을 열었다. 나는 문을 등지고 있었는데, 그때 미약한 전율이 느껴졌다. 너무 빨리 스쳐가 분석할 수도 없는 기묘한 느낌이었다. 나는 몸을 돌려 목수라고 생각한 사람과 마주 섰다. 문 쪽을 바라보니 한 사람이 눈에 들어왔고, 뽈 선생의 형상이 내 눈에 잡혔다가 뇌리에 각인되었다.

하늘이 지치도록 수없이 기도를 해도 하늘은 그 기도를 들어주지 않는다. 하지만 일생에 단 한번은 운좋게 황금의 선물이 무릎 위로 떨어지는 법이다. 그 선물은 완전히 익어 빛나는 충만한 행운이다.

에마뉘엘 선생은 여행길에 입으려고 장만한 옷처럼 보이는, 벨벳으로 테를 두른 프록코트를 입고 있었다. 그는 곧 떠날 사람처럼 보였지만 배가 떠나려면 아직 이틀이나 남았다는 것을 나는 알고 있었다. 그는 건강하고 유쾌해 보였으며, 친절하고 온화해 보였다. 그는 부지런히 들어와서 순식간에 내 곁으로 다가왔다. 그는 아주 상냥했다. 그의 얼굴이 이렇게 환한 것은 아마도 신랑이 되어서일 것이었다. 그 이유가 뭐든 그의 햇살을 구름으로 가릴 수는 없었다. 이것이 그와 나의 마지막 순간이라면 억지로 부자연스럽게 거리를 두어 이 순간을 낭비하지는 않을 작정이었다. 나는 그를 너무 사랑했다. 너무나 사랑했으므로 다정한 작별인사를 방해할 '질투'를 한쪽으로 제쳐놓을 수 있었다. 그의 다정한 말이나 부드러운 눈길은 내 남은 생애에 좋은 영향을 끼칠 것이었다. 최후의 극심한 외로움

속에서도 위안이 될 것이었다. 그러니 그것을 받아들여야 했다. 그 영약을 맛보아야 했다. 자존심 때문에 잔을 쏟지는 말아야 했다.

이 만남은 곧 끝날 것이었다. 그는 모인 학생들 한명 한명에게 한 이야기와 같은 이야기를 나에게 하고 이분간 손을 잡아주고는, 처음이자 마지막으로 내 뺨에 입술을 갖다댈 것이다. 그리고 더이상 아무 일도 없을 것이다. 그리고 정말로 마지막 이별을 하고 나면 우리는 서로 멀리 헤어질 것이다. 그러고 나면, 그에게 다가가기 위해서 건너야 할, 그러나 건널 수 없는 커다란 심연만이 남을 것이다. 그 심연 너머에서 그는 아마 내게 눈길을 주려고도 않을 것이고, 나를 기억하지도 못할 것이다.

그는 한손으로는 내 손을 잡고 다른 한손으로는 내 보닛을 뒤로 넘겼다. 그리고 내 얼굴을 들여다보았다. 그는 환하게 웃었고 입으로는 아이가 병으로 쓰러지거나 배고픔에 지쳐 예상 밖으로 몹시 변해버린 모습을 보았을 때 어머니가 할 것 같은 말을 웅얼거리고 있었다. 그것을 막고 끼어드는 사람이 있었다.

"뽈, 뽈!" 황급한 여자 목소리가 뒤에서 들렸다. "뽈, 응접실로 와요. 아직도 할 말이 너무 많이 남아 있어요. 하루 종일 해야 할 거예요. 빅또르도 할 말이 있대고, 조제프도 와 있어요. 오세요, 뽈, 친구들이 있는 곳으로요."

베끄 부인이 불가사의한 본능의 인도로 그곳까지 감시를 하러 와서는 우리에게 바싹 달려든 것이었다. 그녀는 나와 에마뉘엘 선생 사이에 자신의 몸을 끼워넣다시피 했다. "오세요, 뽈!" 단검같이 냉혹한 그녀의 눈빛이 나를 스쳐갔고, 그녀는 친척을 밀어냈다. 뽈 선생이 물러서는 것 같았다. 그가 가버릴 것만 같았다. 견딜 수 있는 한도보다 더 깊이 그 단검에 찔린 나는 더이상 참을 수가 없을 것 같아 소리를 지르고 말았다.

"가슴이 찢어질 것 같아요!"

문자 그대로 가슴이 찢어지는 아픔이 느껴졌다. 하지만 긴장한 탓에 다른 샘의 뚜껑도 터지려 했다. 뽈 선생의 숨결과 "날 믿어요!" 하는 속삭임에 무거운 뚜껑이 열리고 샘물이 쏟아져나왔다. 나는 마구 흐느끼고, 전율을 느끼고, 추워서 덜덜 떨고, 온몸을 들썩였다. 즉 울었다.

"그녀는 제게 맡겨두세요. 발작을 일으키는 거예요. 진정제를 주면 나을 거예요." 냉정한 베끄 부인이 말했다.

부인에게 맡겨져 진정제를 먹는 것이 내게는 독약을 든 독살범에게 맡겨지는 것이나 다름없어 보였다. 뽈 선생이 가라앉은 목소리로 가차 없이 짤막하게 말했다.

"참견하지 마시오!"[3] 그 음울한 목소리가 내게는 낯설고 강렬하지만 생명을 주는 음악처럼 느껴졌다.

"참견하지 마시오!" 그가 코를 벌름거리며 얼굴 근육을 있는 대로 떨면서 다시 말했다.

"하지만 그렇게 해서는 효과가 없어요." 부인도 단호하게 말했다. 그러자 더 단호하게 그녀의 사촌이 대답했다.

"여기서 나가시오!"[4]

"씰라스 신부님을 불러오겠어요. 당장 그분을 불러오겠다고요." 그녀가 집요하게 협박했다.

"여인!"[5] 그는 차분한 어조가 아니었다. 흥분이 극에 달해 목소리

---

3 (프) Laissez-moi!

4 (프) Sortez d'ici!

5 (프) Femme! 베끄 부인을 가리킨다.

가 높아졌다. "여인! 여기서 당장 나가시오!"[6]

그가 화를 내자 나는 그에게서 여태껏 느껴보지 못한 강렬한 사랑을 느꼈다.

"잘못을 저지르고 계신 거예요." 부인이 계속 말했다. "이건 오라버니처럼 상상력이 풍부하고 신뢰할 수 없는 성격을 가진 사람들이 흔히 저지르는 실수라고요. 충동적이고 부적절하고 일관성도 없이 행동하시니 어떻게 생각해야 좋을지 모르겠군요. 한결같고 단호한 사람들의 관점에서 보자면 도저히 이해할 수 없는 일이에요."

"내가 얼마나 한결같고 단호한지 몰라서 하는 소리요." 그가 말했다. "하지만 곧 알게 될 거요. 알게 될 일이 생길 테니까. 겸손하고," 그는 좀 누그러져서 계속 말했다. "더 부드럽고, 더 동정심을 가지고, 더 여자다워지시오. 이 불쌍한 얼굴을 보고 마음을 누그러뜨리시오. 나는 당신의 친구이고 당신 친구들의 친구요. 당신은 날 비웃지만 그래도 내가 믿을 수 있는 사람인 걸 잘 알잖소. 나 자신을 희생하는 것은 어렵지 않지만 이 사람의 모습을 보니 마음이 아프오. 이 사람을 위로해주어야만 하오. 나도 위안을 받고 싶고. 그러니 **참견하지 마시오!**" 이번에는 "**참견하지 마시오**"란 말을 너무나 비통하게 명령조로 하는 바람에 아무리 베끄 부인이라고 해도 머뭇거릴 수 없을 것 같았다. 하지만 그녀는 꼿꼿하게 서 있었다. 당당하게 그를 노려보았다. 그의 눈길을 피하지도 않고 바위처럼 꼼짝도 않고 험악하게 노려보았다. 그녀가 대꾸를 하려고 입을 열었다. 그러자 순식간에 뽈 선생의 얼굴 전체에 빛과 불길이 솟는 게 보였다.

---

6 (프) Femme! sortez à l'instant!

그의 몸짓을 설명할 길이 없다. 난폭해 보이지는 않았다. 말하자면 예의를 지키고 있었다. 그는 그녀에게 손을 내밀었지만 그녀에게 닿지 않았다. 그녀는 교실에서 뛰쳐나갔다. 순식간에 그녀가 사라지고 문이 닫혔다.

흥분의 순간은 금방 끝났다. 뽈 선생은 내게 눈물을 닦으라고 하면서 웃었고, 내가 진정할 때까지 가만히 기다렸다. 이따금 날 진정시키는 위로의 말을 하기도 했다. 나도 곧 다시 정신을 차려 그의 옆으로 다가가 앉았다. 안심이 됐다. 이제는 절망적이지도 외롭지도 않았다. 친구가 없지도, 희망이 없지도 않았다. 사는 게 지겹지도, 죽음을 갈구하지도 않았다.

"친구를 잃게 되어 무척 슬펐소?" 그가 물었다.

"잊힌다고 생각하니 죽을 것 같았어요, 선생님." 내가 말했다. "지루한 요 며칠 내내 선생님에게서 말씀 한마디 못 들었어요. 선생님께 작별인사도 못했는데 떠나버리실 수도 있다고 생각했어요. 그 생각이 확신으로 변하자 절망에 휩싸였어요."

"베끄 부인에게 했던 말을 다시 해야겠소? 당신이 날 몰라서 그렇다고 해야 하오? 당신에게 내 성격을 보여주고 알려주어야 하오? 당신은 내가 변함없는 친구가 될 수 있다는 증거를 가져야겠소? 분명한 증거가 없다면 내 손을 잡지도 않고, 안심하고 내 어깨에 기대지도 않겠소? 좋소, 증거는 준비되어 있소. 내가 옳다는 것을 보여주러 왔소."

"뭐든 말씀하세요. 뭐든지 보여주시고 뭐든지 증명해주세요, 선생님. 이제는 들을 수 있으니까요."

"그러면 우선 나와 함께 좀 멀리 시내로 갑시다. 일부러 당신을 데리러 온 거요."

무슨 뜻이냐고 묻거나 그의 계획을 가늠해보거나 반대 의사를 비치지 않고 나는 다시 보닛의 끈을 맸다. 만반의 준비가 되어 있었다.

그는 넓은 가로수길을 택했다. 도중에 그는 몇번이나 나를 라임나무 아래 앉혔다. 피곤하지 않으냐고 물어보고 그렇게 한 것이 아니라 스스로의 판단으로 한 행동이었다.

"지루한 요 며칠 내내," 그가 내가 한 말을 부드럽고 다정한 목소리로 따라 했다. 그는 내 목소리와 영국식 억양으로 내 말투를 흉내 냈다. 그가 그러는 것은 처음도 아니었고, 그런 그의 말투엔 늘 장난기가 서려 있었다. 내가 자기 나라 언어로는 잘 쓸 줄은 알지만 말할 때는 머뭇거리며 정확하지 않게 말한다고 단언할 때도 늘 장난기가 서려 있었다. "지루한 요 며칠 내내, 난 당신을 잠시도 잊어본 적이 없소. 일편단심인 여인네들은 신의 피조물 중 자신들만이 지조를 지킨다고 생각하는데 그건 틀렸소. 어떤 진실이 내게는 뜨겁고 생생한데도, 나 역시 최근까지 어떤 이유에서인지 감히 그 진실을 인정할 생각을 못했소. 그런데…… 나를 보시오."

나는 행복에 겨워 두 눈을 들었다. 내 두 눈은 이제 행복했다. 만일 그 두 눈이 행복해 보이지 않았다면 내 마음을 제대로 전달해내지 못한 탓이리라.

"자," 그가 잠시 찬찬히 내 얼굴을 살피더니 말했다. "그 기록을 부인할 순 없구려. 지조가 철로 된 펜으로 기록을 남겼소. 그것이 고통스러웠소?"

"아주 고통스러웠어요." 나는 사실대로 말했다. "지조의 손길을 거두어주세요, 선생님. 힘주어 기록을 남기는 것을 더이상은 견딜 수가 없어요."

"안색이 아주 창백하군." 그가 혼잣말을 했다. "이런 모습을 보니 기분이 좋지 않아."[7]

"아! 제 모습이 보기 싫다는 말씀이세요?"

나는 이렇게 말하고야 말았다. 부지불식간에 튀어나온 말이었다. 나는 항상 내가 얼마나 못났을까 하는 두려움에 은밀히 시달렸다. 그 순간 그 두려움이 특별한 위력을 발휘하며 내게 몰려왔다.

그의 얼굴에 아주 부드러운 표정이 스쳐갔다. 그의 보랏빛 눈에 물기가 어려 스페인 사람 같은 긴 속눈썹 아래서 빛났다. 그가 벌떡 일어났다.

"계속 걸읍시다."

"제가 **그렇게** 보기 흉한가요?" 나는 용기를 내어 다그쳤다. 그건 내게 아주 중요한 문제였다.

그는 걸음을 멈추고는 단호하고 짤막하게 대답했다. 아무 말도 못하게 나를 제압하면서도 큰 만족을 주는 대답이었다. 그 말을 들은 후에야 나는 그가 날 어떻게 생각하는지 알게 되었다. 다른 사람들이 날 어떻게 생각하건 더이상 신경이 쓰이지 않았다. 외모에 대한 의견을 그렇게 강조해 물은 것이 약점이었을까? 약점일 수도 있었다. 약점이었다. 하지만 그렇다면 결코 가볍지 않은 약점인 것을 인정해야 한다. 고백하자면 뽈 선생을 기분 나쁘게 할까봐 무척 걱정스러웠다. 그를 기쁘게 해주고 싶었다.

우리가 어디로 걸어가고 있는지 거의 알 수가 없었다. 한참을 걸었으나 그 길이 내게는 짧게만 여겨졌다. 길은 쾌적하고 날씨는 화창했다. 에마뉘엘 선생은 자신의 여행에 대해 이야기했다. 그는 삼

---

7 (프) Elle est toute pâle. Cette figure là me fait mal.

년 동안 멀리 가 있을 예정이며, 과들루쁘에서 돌아오면 책임에서 벗어나 자유롭게 살아갈 거라고 했다. 그러고는 그가 없는 동안 난 뭘 할 작정이냐고 물었다. 언젠가 독립해 작은 학교를 운영해보고 싶다고 말한 적이 있지 않으냐면서 그 꿈을 포기했느냐고 물었다.

"설마요, 포기한 적 없어요. 그 꿈을 실현할 수 있는 돈을 모으려고 최선을 다하고 있어요."

"난 당신을 포세뜨가에 두고 가고 싶지는 않소. 거기서 날 너무 그리워하고, 너무 외로워하며 슬퍼할까봐 걱정이 되오."

분명히 그럴 테지만 나는 최선을 다해 참겠다고 했다.

"그렇다 해도," 그가 나지막이 말했다. "지금 사는 곳에 그대로 있는 걸 반대할 이유가 또 있소. 당신에게 가끔 편지를 쓰고 싶을 텐데, 편지가 안전하게 전달되리라는 보장이 없소. 그리고 포세뜨가에서는, 간단히 말해, 우리 가톨릭 교리가 어떤 문제에 대해선 타당하고 편리하지만, 특별한 정황에서는 잘못 적용되고 오용될 수도 있소."

"하지만 편지를 쓰신다면," 내가 말했다. "제가 그 편지를 꼭 챙길 거예요. 반드시요. 교장이 열명, 여자 교장이 스무명 있어도 제 편지를 빼앗지는 못할 거예요. 저는 신교도라 그런 교리는 용납하지 못해요. 가만히 있지 않을 거라고요."

"가만…… 가만."[8] 그가 대답했다. "우리, 일을 하나 꾸밉시다. 묘안이 생길 듯하니 가만히 있어요."

그렇게 말하고 그는 입을 다물었다.

이제 우리는 긴 산책에서 돌아오는 중이었다. 어느 깨끗한 포부

---

8 (프) Doucement—doucement.

르⁹의 중간쯤에 이르렀다. 그곳의 집들은 아담하고 산뜻해 보였다. 뽈 선생은 아주 깔끔한 집의 하얀 계단 앞에 멈추었다.

"여기에 들를 거요." 그가 말했다.

그는 노크를 하지 않고 주머니에서 열쇠를 꺼내 문을 열더니 쑥 들어갔다. 그는 나를 안으로 안내한 뒤 내 뒤에서 문을 닫았다. 하인은 나타나지 않았다. 현관은 가정집처럼 작지만 근사하게 새로 페인트칠이 되어 있었다. 전면에는 프랑스식 창문이 있었는데, 창틀 주위를 덩굴이 감고 있고 덩굴손과 초록빛 잎들이 유리창에 입맞춤하고 있었다. 온 집 안이 고요했다.

뽈 선생이 안쪽 문을 열자 응접실이나 거실임직한 곳이 나타났다. 아주 작지만 예쁘장하다는 생각이 들었다. 우아한 벽은 붉은색을 띠었고 마루는 왁스칠이 되어 있었다. 한가운데에는 화려한 사각 카펫이 깔려 있었다. 작은 원탁은 난로 위에 있는 거울처럼 빛났고, 작은 소파와 작은 찬장이 있었다. 진홍빛 비단을 씌운 반쯤 열린 찬장의 문 틈으로 선반 위의 도자기들이 보였다. 프랑스식 시계와 램프가 있고 자기 장식이 있었다. 하나뿐인 넓은 창문 앞에는 초록색 화분대가 있었는데 그 위에는 예쁜 꽃들이 가득 핀 초록빛 화분이 셋 있었다. 한쪽 구석에는 작은 대리석 원탁이 있었고, 그 위에는 반짇고리와 제비꽃이 가득 꽂힌 유리잔이 있었다. 열려 있는 격자창으로 바깥 공기가 들어와 상쾌했고 달콤한 제비꽃 향기가 은은히 풍겼다.

"예뻐요, 정말 예쁜 곳이에요!" 내가 말했다. 즐거워하는 내 모습을 보고 뽈 선생은 빙그레 웃었다.

---

9 (프) faubourg. 교외의 '지구' '구역'.

"여기 앉아서 기다려야 하나요?" 깊은 정적 때문에 나는 약간 겁이 나서 속삭였다.

"우선 이 집을 한두군데 더 둘러봅시다." 그가 대답했다.

"이 집 전체를 마음대로 돌아다녀도 되나요?" 내가 물었다.

"그렇소, 괜찮소." 그가 조용히 대답했다.

그는 내게 작은 난로와 오븐, 빛나는 놋그릇 몇벌과 의자 두개, 그리고 식탁이 있는 부엌을 보여주었다. 작은 찬장에는 작지만 편리한 질그릇들이 있었다.

"응접실에는 도자기로 된 커피잔들이 있소." 초록색과 흰색이 섞인 6인조 정찬용 식기와 접시 넷, 그리고 그것들과 어울리는 잔과 주전자를 바라보고 있는 내게 뿔 선생이 말했다.

그는 좁지만 깨끗한 계단으로 올라가더니 작은 침실 둘을 훑어보아도 된다고 했다. 마지막으로 다시 아래층으로 내려갔다. 우리는 여태껏 열어본 문들보다 더 큰 문 앞에 의식을 치르는 분위기로 서 있었다.

에마뉘엘 선생은 두번째 열쇠를 꺼내 문의 자물쇠에 넣었다. 그러고는 문을 열고 나를 앞세웠다.

"이걸 보시오!"[10] 그가 큰 소리로 말했다.

이제껏 본 방들에 비하면 휑하지만 먼지 하나 없이 깨끗하고 꽤 넓은 방이었다. 잘 닦아놓은 마룻바닥에는 카펫이 깔려 있지 않았다. 초록빛 긴 의자와 책상이 두줄로 나란히 놓여 있었다. 한가운데에 통로가 있고 그 끝에는 교단과 교사 의자와 책상이 있었으며, 그 뒤에는 칠판이 있었다. 벽에는 지도가 두장 걸려 있고, 창문에는

---

10 (프) Voici!

꽃이 핀 내한성 식물 몇그루가 있었다. 간단히 말해 이 방은 깔끔하고 쾌적하고 완벽한 작은 교실이었다.

"그러면 이곳은 학교인가요?" 내가 물었다. "누가 운영하는 거예요? 이 교외에 학교가 있단 말은 못 들었는데요."

"내 친구를 위해 만든 이 학교 광고문을 좀 읽어보겠소?" 그가 외투 주머니에서 전단지를 몇부 꺼내 내 손에 쥐여주며 말했다. 나는 그것을 들여다보고 읽었다. 글씨는 정자로 인쇄되어 있었다.

"여학교. 포부르 끌로띨드 7번지. 교장 마드무아젤 루시 스노우."

* * *

그리고 내가 뽈 에마뉘엘 선생에게 무슨 말을 했던가?

인생의 어떤 부분들은 좀처럼 기억이 나지 않는다. 어떤 시점, 어떤 위기, 어떤 감정, 즉 기쁨이나 슬픔이나 놀라움 등은 돌이켜보면 마구 빙빙 도는 바퀴처럼 희미한 물체, 어지럽게 소용돌이치는 물체처럼 떠오를 뿐이다.

아주 어린 시절에 대해 아무 기억이 나지 않는 것처럼 이 사실을 알고 난 직후 십분가량 무슨 말을 하고 무슨 생각을 했는지 전혀 기억이 나지 않는다. 하지만 분명히 떠오르는 것은 내가 아주 빠르게 몇번이고 같은 말을 반복했다는 것이다.

"뽈 선생님, 선생님께서 이렇게 하신 거예요? 여기가 선생님 집이에요? 이 가구들을 모두 들여놓으셨어요? 이 인쇄물도 선생님이 만드신 건가요? 저요? 제가 교장이란 말씀인가요? 루시 스노우가 또 있나요? 말해주세요. 어서 말씀해보세요."

하지만 그는 아무 말도 하려 들지 않았다. 그의 흐뭇한 침묵, 그리고 눈을 내리깔고 웃음 짓는 모습과 몸짓이 지금도 눈에 선하다.

"어떻게 된 거예요? 전 전부 다 알아야겠어요." 내가 큰 소리로 외쳤다.

종이 뭉치가 마루에 떨어졌다. 그는 손을 뻗었고, 나는 다른 일은 모두 잊고 그의 손을 꼭 잡았다.

"아! 당신은 지루한 요 며칠 내내 내가 당신을 잊었다고 했지." 그가 말했다. "불쌍한, 늙은 에마뉘엘! 이런 감사의 말을 들으려고 그 지긋지긋한 삼주 동안 페인트공에서 실내장식가로, 가구장이에서 잡역부로 동분서주하다니. 루시의 집, 루시의 집, 내 머리엔 온통 그 생각밖에 없었소!"

난 어쩔 줄을 몰라하다가, 우선은 그의 소맷자락의 부드러운 벨벳을 쓰다듬었고, 그러고 나서는 벨벳에 둘러싸인 그의 손을 만졌다. 그의 선견지명과 선량함, 조용하면서도 강력하며 효과적인 선량함이 현실로 증명되어 날 압도했다. 그가 밤낮으로 내게 관심을 기울이고 있었다는 확신이 하늘에서 내려온 빛처럼 갑자기 내게 밀려왔다. 이제 말로 표현할 수 없이 나를 뒤흔든 것은 그의 모습, 감히 말하자면, 사랑이 넘치는 그의 다정한 모습이었다. 그 와중에도 나는 현실적인 문제를 헤아려보아야 했다.

"이렇게 고생을 하셨어요!" 내가 외쳤다. "그리고 돈은요! 뿔 선생님, 돈이 있으셨어요?"

"많았소!" 그가 허심탄회하게 말했다. "벌여놓은 선생 일을 정리하자 돈이 꽤 생겼소. 그 돈의 일부로 내게 지금까지도 없었고 또 앞으로도 없을 가장 값진 사치를 하기로 결심했소. 그러길 잘했지. 요 며칠 동안 이 순간이 오길 밤낮으로 손꼽아 기다렸소. 미리 말하지 않으려고 당신 근처에 얼씬거리지도 않은 거요. 내게는 침묵이라는 미덕도 악덕도 없소. 당신의 영향이 미치는 영역에 발을 들여놓았다면, 당신이 말로나 표정으로 '어디에 가 계셨어요, 뿔 선생님? 그동안 뭘 하셨어요? 무슨 비밀이 있으신 거예요?'라고 물어봤을 거고, 나의 처음이자 마지막 비밀이 당장 탄로났을 거요. 이제," 그가 계속했다. "당신이 여기 살면서 학교를 운영하시오. 내가 멀리가 있는 동안 당신 자신을 고용하는 거요. 가끔씩은 내 생각을 해야 하오. 나를 위해서 당신의 건강과 행복에 신경을 쓰시오. 그리고 내가 돌아오면……"

여기서 그는 빈칸을 남겼다.

나는 그가 말한 대로 모두 따르겠다고 했다. 기꺼이 열심히 일하겠다고 약속했다. "전 선생님의 충실한 청지기가 되겠어요."[11] 내가 말했다. "선생님이 언제 돌아오시더라도 장부를 제대로 준비해놓고 있을게요. 선생님은 정말 좋은 분이에요!"

나는 내 감정을 표현하려고 애썼지만 그런 말로는 불충분했다. 적절한 말을 찾을 수가 없었다. 말은 두들겨 늘이기 힘들고 잘 부서지는데다 얼음처럼 차가워서 나오는 도중에 녹아버리거나 부서져버렸다. 그는 가만히 날 바라보았다. 그가 내 머리카락을 쓰다듬기 위해 부드럽게 손을 들어올렸다. 머리로 가는 도중에 그 손이 내 입술에 닿았다. 나는 그 손에 입맞춤을 하고 찬사를 보냈다. 그는 나의 왕이었다. 그 손이 내게 베푼 것은 왕의 하사품이었고, 경의를 표하는 것은 기쁨인 동시에 의무였다.

＊ ＊ ＊

---

11 누가복음 12장, 16장에 나오는 성실한 청지기에 관한 비유.

오후가 지나가고 저녁시간이 한층 고요하게, 조용한 포부르에 드리워졌다. 뽈 선생은 내가 자기를 대접해줘야 한다고 주장했다. 그는 아침부터 엉덩이 한번 붙일 새 없이 바빴으므로 뭔가를 마시고 싶다며 예쁜 황금색과 흰색으로 된 도자기 잔에 초콜릿 음료를 따라달라고 했다. 그는 나가서 식당에 필요한 것을 주문했다. 그리고 덩굴이 늘어진 프랑스식 창문 밖 발코니에 작은 원탁과 의자 두개를 갖다놓았다. 나는 즐겁고도 수줍은 마음으로 여주인 역할을 받아들여 음식을 차리고 은혜를 베푼 손님을 대접했다.

발코니는 집 뒤쪽에 있었다. 교외의 정원이 우릴 에워싸고 있었고 그 너머로 들판이 펼쳐져 있었다. 대기는 고요하고 온화하고 신선했다. 포플러와 월계수와 사이프러스와 장미꽃 위로 아주 사랑스럽고 평온해 보이는 달이 떠올랐다. 달이 웃음을 짓자 내 마음도 부풀어올랐다. 달 옆에는 다소곳한 별 하나가 시기심이라곤 없는 순수한 사랑의 빛을 뿜고 있었다. 근처의 넓은 정원의 연못에서는 분수가 솟아올랐고 장난치는 물결 위로 창백한 조각상이 몸을 숙이고 있었다.

뽈 선생이 내게 이야기했다. 미풍과 샘과 나뭇잎이 조용히 저녁기도를 읊조리는 가운데 뽈 선생의 목소리는 미풍의 은빛 속삭임, 샘이 솟는 소리, 음악 같은 나뭇잎의 탄식과 조화롭게 어우러졌다.

행복한 시간이여, 잠시만 더 머물러다오! 깃털을 늘어뜨리고 날개를 쉬거라! 하늘의 초승달이여, 내게 몸을 기울여다오! 하얀 천사여, 그대의 빛을 조금만 더 머물게 해다오! 뒤이어 오는 구름에게 그 빛의 반사광을 남겨주고, 회상에 잠겨 한줄기 희망을 필요로 할 시간에게 그 빛의 온기를 주려무나!

우리의 식사는 소박했다. 초콜릿 음료와 롤빵과 신선한 여름 과일 한접시, 초록색 나뭇잎 위에 올린 버찌와 딸기가 전부였다. 하지만 우리 둘 다 이것을 성찬보다 더 즐겼고, 뽈 선생의 시중을 드는 일은 내게 말로 다 할 수 없는 기쁨이었다. 나는 그에게 친구들, 즉 씰라스 신부와 베끄 부인도 그가 한 일을 아는지, 그들이 내 집을 보았는지 물었다.

"내 친구여," 그가 말했다. "당신과 나 말고는 아무도 아는 사람이 없소. 우리 두 사람만 간직할 때묻지 않은 기쁨이오. 사실대로 말하자면 나는 이 일에서, 사람들에게 알려 세속적인 것으로 만들고 싶지 않은 순수한 즐거움을 느꼈소. 더욱이," (웃으면서) "나도 비밀을 지킬 수 있다는 걸 루시 양에게 증명하고 싶었소. 내가 품위 있게 침묵을 지키지도 못하고 조심해야 할 일을 조심하지도 않는다고 얼마나 자주 놀려댔소! 내가 하는 일은 죄다 공공연한 비밀이라고 얼마나 여러번 비웃었소!"

그 말은 틀림없는 사실이었다. 그 점에 대해서나 비판할 만한 다른 점들에 대해서도 나는 그냥 넘어간 적이 없었다. 결점투성이이지만 고결한 정신과 넓은 마음을 지닌 사랑스러운 작은 남자여! 당신이 솔직하게 대할 만한 분이어서 늘 솔직하게 말한 거예요.

나는 계속, 이 집은 누구 소유이며 집세는 얼마인지 물어댔다. 그는 세부사항을 쓴 문서를 내게 건넸다. 모든 것을 예상하고 준비해두었던 것이다.

집은 뽈 선생 소유가 아니었다. 나도 그러리라고 추측한 터였다. 그는 집주인이 될 만한 사람이 아니었다. 그가 한탄할 정도로 저축 능력이 없는 사람임은 의심의 여지가 없었다. 그는 벌 줄은 알아도 모을 줄은 몰랐다. 그래서 그에게는 재정 관리인이 필요했다. 이 집

주인은 바스빌에 사는 사람으로 부유한 시민이라고 했다. 그리고 뽈 선생은 "루시 양 당신의 친구이자 당신을 아주 존경하는 사람이라오"라는 말을 덧붙여서 날 깜짝 놀라게 했다. 집주인은 다름 아닌 성질 급하고 친절한 서점 주인 미레 씨였다. 파란만장했던 그날 밤 공원에서 친절하게 내게 자리를 찾아준 바로 그 사람이었다. 미레 씨는 사람들에게 존경받을 뿐 아니라 그 신분으로서는 부자이고, 교외에 집을 몇채 소유하고 있다고 했다. 임대료는 적당했다. 빌레뜨 중심가에 있는 같은 크기 집의 절반도 안되었다.

"그리고," 뽈 선생이 말했다. "운이 좋으리라고 생각하지만 혹시 운이 따라주지 않더라도 당신을 선량한 사람에게 맡겨놓는다고 생각하니 안심이 되오. 미레 씨는 부당한 임대료를 요구하지는 않을 거요. 첫 일년 치 임대료는 이미 당신 통장에 넣어두었소. 그다음에는 하느님과 당신 자신을 믿을 수밖에 없소. 그런데 학생을 모으기 위해서 어떻게 하려 하오?"

"전단지를 돌려야죠."

"맞았소! 시간을 낭비하지 않기 위해 미레 씨에게 어제 한장을 주었소. 쁘띠부르주아인 미레 씨의 세 딸과 시작하는 것은 어떻겠소, 반대하오? 당신이 원한다면 받아들일 수 있소."

"선생님, 어느 것 하나 빠뜨리지 않으셨군요. 멋지세요. 반대하냐고요? 반대라니 당치도 않은 말씀이세요! 이런 작은 주간학교에 처음부터 귀족들이 들끓으리라고는 생각하지 않아요. 귀족이 오지 않아도 상관없어요. 영광스러운 마음으로 미레 씨의 딸들을 받아들이겠어요."

"그외에도," 뽈 선생이 계속 말했다. "매일 영어수업을 받으러 오겠다는 학생이 하나 더 있소. 그녀는 부자니까 수업료도 많이 낼 거요. 나의 대녀이자 피후견인인 쥐스띤 마리 쏘뵈르요."

그 이름 속에 무엇이 있었나? 그 세 단어 속에 무엇이 들었나? 그 순간까지 생기에 차 즐거워하며 이야기를 듣고 기쁜 마음으로 재빨리 대답하던 나는 그 이름 하나에 얼어붙었고, 그 세 단어로 이루어진 이름에 벙어리가 되어버렸다. 그런 반응은 감춰지지 않았고, 사실 나는 감추려 애쓰지도 않았다.

"뭐가 문제요?" 뽈 선생이 말했다.

"아무것도 아니에요."

"아무것도 아니긴! 표정이 변했는데. 안색이 창백해지고 눈빛도 흐려졌소. 그런데 아무것도 아니라고! 아픈 게 분명하오! 무슨 괴로운 일이 있군. 무엇 때문에 그러는지 말해보시오!"

나는 아무 말도 할 수가 없었다.

그는 의자를 바짝 끌어당겼다. 내가 계속 침묵을 지키며 쌀쌀맞게 굴어도 그는 당황하지 않았다. 오히려 내 입을 열려고 했다. 그는 끈기 있게 간청하고 참을성 있게 기다렸다.

"쥐스띤 마리는 착한 아이요." 그가 말했다. "온순하고 사랑스럽지. 영민하지는 않지만 좋아하게 될 거요."

"그렇게 되진 않을 거예요. 그녀는 여기를 다녀서는 안된다고 생각해요." 내 대답이었다.

"나를 혼란스럽게 하고 싶은 거요? 그녀를 아시오? 정말이지 뭔가 있구려. 다시 저기 있는 조각처럼 창백해진 걸 보니 말이오. 이 뽈 까를로스를 믿고 뭐가 걱정인지 말해보시오."

그의 의자는 내 의자에 닿았고, 그는 조용히 손을 내밀어 내 얼굴을 자기 쪽으로 돌렸다. "쥐스띤 마리를 아시오?" 그가 다시 물었다.

그의 입으로 다시 발음되자 그 이름은 뭐라고 설명할 수 없을 만큼 압도적으로 느껴졌다. 하지만 기가 죽은 게 아니고 오히려 자극이 되면서 피가 혈관 속에서 격렬하게 흘렀다. 심한 고통의 시간과 가슴 아팠던 수많은 밤낮이 떠올랐다. 오랫동안 그의 삶과 나의 삶이 아주 밀접하게 단단히 얽혀, 이제 그가 내 옆에 앉아 있었다. 우리의 마음과 사랑은 이렇게 멀리까지 진행되어왔고, 이렇게 우리는 가까이에서 정신과 사랑의 결합을 이루었다. 그런데 방해나 이별을 암시하는 말을 들으니 들끓는 흥분과 격렬한 고통과 경멸에 찬 결의와 분노가 솟구쳤다. 누구라도 눈이나 뺨에 나타나는 불꽃을 감출 수 없었을 것이며, 진실한 사람이라면 누구라도 비명을 자제할 수 없었을 것이다.

"말씀드리고 싶은 게 있어요." 내가 말했다. "모든 걸 말씀드리겠어요."

"루시, 말해보시오. 가까이 와 어서 말하시오. 내가 아니면 누가 당신을 소중히 여기겠소? 에마뉘엘이 아니면 누가 당신의 친구겠소? 말해보시오!"

나는 말했다. 내 입에선 모든 말이 흘러나왔다. 이제는 어휘가 부족하지 않았다. 나는 재빠르고 유창하게 이야기했다. 말이 술술 나왔다. 나는 공원의 밤으로 돌아갔다. 약을 마신 이야기, 왜 그 약을 먹었으며 그 약의 효과로 어떻게 머리맡의 휴식이 사라지고 침대에서 일어났으며 생생하면서도 장엄한 상상에 매료되어 밖으로 나갔는지 말했고, 시원하고 깊은 작은 호수 곁 나무 아래 잔디밭에서의 고독에 대해 이야기했다. 군중과 가면, 음악과 램프, 휘황찬란한 빛과 멀리서 울리던 총소리와 높은 곳에서 울려퍼지던 종소리에 대해서도 이야기했다. 내가 마주친 모든 것, 내가 알아채고 보고 들은 모든 것을 자세히 이야기했다. 어떻게 그를 발견하고 지켜보았으며, 어떻게, 얼마나 많은 이야기를 들었으며, 무엇을 추측했는지 자세하게 말했다. 한마디로, 나를 믿어주는 그에게 모든 이야기를 털어놓았다, 문자 그대로 격렬하고 비통하게, 본 그대로.

내가 계속 그렇게 이야기하는 동안에도 그는 내 말을 막지 않고 계속하라고 부추겼다. 몸짓과 웃음과 속삭임으로 날 격려했다. 내가 반도 다 이야기하지 않았을 때 그는 내 손을 잡고 전에 없이 뚫어져라 내 눈을 바라보았다. 그의 얼굴을 보니 나를 진정시키려는 것도 내 말을 막으려는 것도 아니었다. 그는 자신의 원칙을 잊고, 내가 그의 원칙에 강력하게 도전하는데도 특유의 억압체계를 포기했다. 내가 심하게 비난받아 마땅한 짓을 했다는 생각이 들었다. 하지만 언제 인과응보가 제대로 실현된 적이 있던가? 내가 그토록 심한 말을 했는데도 그는 그냥 내버려두었다. 쥐스띤 마리를 받지 않겠다는 것은 내가 보기에도 독단적이고 비합리적인 처사였다. 그는 즐거워하며 웃었다. 그때까지도 나는 내 본성에 그런 면이 있다는 것을, 나도 흥분하고 질투심에 차고 오만해질 수 있다는 것을 몰랐다. 그는 나를 안아주었다. 나는 결함투성이였지만 그는 나의 모든 결함을 있는 그대로 받아들여주었다. 그는 가장 극심한 반란의 순간을 잠잠하게 해줄 평화라는 심오한 마술을 간직하고 있었다. 내 귓가에서 이런 말들이 부드럽게 울렸다.

"루시, 나의 사랑을 받아주시오. 언젠가는 함께 살아주시오. 이 지상에서 내게 가장 소중한 사람이 되어주시오."

* * *

우리는 달빛을 받으며 포세뜨가로 돌아갔다. 에덴동산에 비쳤을

386

달빛, 에덴의 그늘진 곳을 비추고 이름 모를 신이 그 신성한 발걸음을 옮기던 길을 영광스럽게 황금빛으로 물들였을 법한 그런 달빛이었다. 어떤 남녀들은 평생 한번쯤은 우리의 위대한 조상 아담과 이브의 신선한 태초의 날들로 돌아가 그 위대한 아침 이슬을 맛보고 그 아침 햇살을 온몸으로 받기도 한다.

그렇게 걸어가면서 그는 자신이 어떻게 쥐스띤 마리 쏘뵈르를 아버지처럼 사랑해왔는지, 그리고 그녀가 자신의 동의하에 부유한 독일 상인인 하인리히 뮐러와 몇달 전에 약혼을 했고 그해 안에 결혼을 하게 될 것이라는 사실을 이야기했다. 에마뉘엘의 친척들 중 몇 사람은 그녀의 재산 때문에 그가 그녀와 결혼하기를 원했지만, 그는 그런 계략이 역겹고 그런 생각은 절대로 받아들일 수가 없다고 했다.

우리는 베끄 부인의 집 대문에 도착했다. 성 요한 성당의 시계가 아홉시를 울렸다. 열여덟달 전 이 시간에 이 집에서 이 사람이 다가와 몸을 숙여 내 얼굴과 눈을 들여다보고는 내 운명을 결정했다. 그리고 바로 그날 저녁에도 그는 다시 몸을 숙여 날 바라보며 선언했다. 그의 표정은 그때와 얼마나 달랐으며, 운명 역시 얼마나 달라졌는가!

그는 나를 자신과 같은 별 아래 태어난 사람으로 간주하고 내 위에 깃발처럼 자신의 별빛을 비추려는 것 같았다. 그를 모르고 그의 사랑을 받지 못했을 때는 그를 냉혹한 괴짜라고 여겼다. 작은 키와 깐깐한 인상, 각진 얼굴과 까무잡잡한 피부와 태도 등이 모두 마음에 들지 않았다. 하지만 이제는 그의 영향을 흠뻑 받고 그의 애정으로 살았으며, 그의 지성의 가치를 머리로 알았고 그의 선량함을 마음속 깊이 느끼고 있었으므로 이 세상 누구보다도 그가 좋왔다.

우리는 헤어졌다. 그는 나에게 맹세를 하고 작별을 고했다. 우리는 헤어졌다. 다음 날 그는 항해를 떠났다.

42장
맺음말

인간은 앞일을 알 수가 없다. 사랑은 신탁이 아니다. 우리는 두려움 때문에 때로는 헛된 상상을 하기도 한다. 그가 부재한 세월! 그 세월이 가길 기다리며 얼마나 괴로워했던가! 세월이 흐르면서 닥쳐올 슬픔은 죽음처럼 확실해 보였다. 나는 그 세월이 어떻게 흘러갈지, 얼마나 날 괴롭힐지 알고 있었다. 크리슈나신은 마차 위에 불길한 짐을 가득 싣고 있었다.[1] 그가 커다란 바퀴로 흙을 짓이기며 가까이 다가오는 모습을 보았을 때, 엎드려 있던 숭배자인 나는 모든 것이 산산조각나리라고 예감했다.

이상한 말이지만, 사실이다. 살다보면 이상한 일들이 흔히 일어나지 않는가. 바퀴에 깔리는 것은 예감대로 끔찍한 고문이 아니라, 그렇다, 그것과 비슷한 경험이었다. 위대한 크리슈나신은 거대한 사

---

[1] 힌두교 신인 크리슈나상을 실은 수레에 치여 죽으면 극락에 갈 수 있다고 믿었다.

륜마차를 타고 큰 소리를 내며 고고하고 성난 얼굴로 다가왔다. 하지만 정작 다가와서는 정오의 하늘을 휩쓰는 그림자처럼 조용히 지나갔다. 눈에 보이거나 느껴지는 것은 오싹한 어둠뿐이었다. 나는 위를 바라보았다. 사륜마차와 악마 마부가 지나갔는데도 그 숭배자는 여전히 살아 있었다.

에마뉘엘 선생은 삼년간 멀리 떠나 있었다. 독자여, 그 삼년은 내 인생에서 가장 행복한 시절이었다. 역설로 들리는가? 내 말을 들어보라.

나는 학교를 열어 열심히 일했다. 나 자신을 그의 재산을 관리하는 집사로 여기고 수익을 남기겠다고 결심했다. 학생들이 들어왔다. 처음에는 중산계급의 자제들이 왔고 곧이어 귀족의 자제들도 왔다. 이년째 되던 해 중반쯤에 예기치 않게 내 손에 100파운드가 더 굴러들어왔다. 어느날 영국에서 그 금액의 돈이 동봉된 편지가 왔는데, 친애하는 내 옛 고용주의 조카이자 상속자인 마치몬트 씨로부터 온 것이었다. 그의 친척 여인이 죽은 후 루시 스노우의 이름이 언급된, 아니면 부탁의 뜻이 담긴 종이인지 메모인지를 발견해 양심의 가책을 느끼던 그가 큰 병에서 막 회복된 후 마음의 평화를 위해 보낸 것이었다. 배럿 부인이 내 주소를 알려주었다고 했다. 나는 그가 얼마나 양심에 거리끼는 죄를 지었는지에 대해서는 묻지 않았다. 그저 아무것도 묻지 않고 그 돈을 받아 유용하게 썼다.

이 100파운드로 나는 옆집을 샀다. 뽈 선생이 고른 집을 떠나지 않기 위해서였다. 그는 그 집에 날 남겨놓고 떠났으며 그 집에서 나와 재회하기를 기대했다. 주간학교는 기숙학교가 되었고 기숙학교는 계속 번창했다.

내 성공의 비밀은 나 자신이나 내가 받은 기부금이나 나의 능력에 있다기보다는 새로운 환경과 멋지게 변화한 인생과 편안해진 마음에 있었다. 그리고 내 활력의 원천은 바다 건너 멀리 서인도제도에 있었다. 그와 헤어지면서 내가 받은 재산은 현재에 대한 배려와 미래에 대한 희망이자, 인내로 노력하고 용감하게 개척해나가는 삶의 동기였다. 축 늘어져 있을 수 없었다. 이제 웬만한 일에는 동요하지 않았으며, 당황하거나 겁먹거나 우울해할 정도로 중요한 일도 거의 없었다. 거의 모든 일이 즐거웠다. 아주 사소한 일도 매력적으로 느껴졌다.

그가 준 희망과 그가 떠나며 남긴 약속이라는 연료만으로 이 온화한 불길이 계속 유지되거나 저절로 타올랐다고 생각지는 말라. 자비로운 뿔 선생은 늘 넉넉하게 연료를 대주었다. 나는 추위에 떨거나 배고프게 살지 않았고, 가난을 두려워할 필요도 없었으며 불안에 떨지도 않았다. 배가 올 때마다 그는 편지를 부쳤다. 그는 모든 것을 진심으로 주었고 사랑이 넘치는 편지를 썼다. 그는 편지 쓰기를 좋아했기 때문에 편지를 썼고, 간단하게 요약하는 건 좋아하지 않았기 때문에 자세히 썼다. 그는 루시를 사랑했고 루시에게 하고 싶은 말이 많았기 때문에, 사려 깊고 성실했기 때문에, 다정하고 진실했기 때문에 책상 앞에 앉아 펜과 종이를 들었다. 그에게는 거짓이나 속임수, 비현실적인 공허함이 없었다. 그는 번드르르한 말로 사과하는 법이 없었으며, 그의 펜에서는 비겁한 가식이나 시시하고 무익한 문장이 흘러나오지 않았다. 그는 돌을 주지도 변명을 하지도 않았다. 전갈을 주지도 실망을 주지도 않았다.[2] 그의 편

2 누가복음 11:11~12. "너희 중에 아버지 된 자로서 누가 아들이 떡을 달라 하는데 돌을 주며 생선을 달라 하는데 뱀을 주며 달걀을 달라 하는데 전갈을 주겠느냐."

지는 양분을 주는 진짜 음식이요, 원기를 북돋워주는 생명수였다.

내가 감사했느냐고? 그것은 신께서 아신다! 누구라도 이렇게 자신을 기억해주고 보살펴주며 계속 영예롭고 고귀한 존재로 대접을 해준다면, 죽을 때까지 감사할 수밖에 없을 것이다.

그는 자신의 신앙(그는 쉽게 배교할 사람이 아니었다)을 지키면서도, 나의 순결한 신앙을 지키도록 해주었다. 그는 내 믿음을 놀리거나 시험하지 않았다. 그는 말했다.

"청교도로 남으시오. 내 작은 영국 청교도여, 난 당신의 신교를 사랑하오. 신교가 엄청난 매력을 지니고 있다는 점도 인정하오. 신교의 예식에는 무언가가 있소. 나 자신은 그것을 받아들일 수가 없지만, 루시가 믿을 수 있는 것은 그 신앙밖에 없소."

가톨릭교도들이 모두 달려들어도 그를 편협한 신앙에 얽매이게 할 수 없었고, 아무리 해외포교성에서 압력을 넣었어도 그를 진정한 예수회 신자로 만들 수 없었다. 그는 타고나기를 정직하고 거짓말을 할 줄 몰랐고, 소박했고, 교활한 면이 없었고, 노예가 아닌 자유인이었다. 다정한 사람이었기 때문에 신부의 손에 놀아났고, 헌신적이고 진지하고 열정적인 신심을 지니고 있어 가끔 눈이 멀어 교활한 사람들에게 이용당했고, 이기적인 사람들에게 봉사하느라 자신을 제대로 돌보지 못하기도 했다. 하지만 이런 결점은 아주 드물고 당사자가 너무 큰 희생을 치러야 하는 것으로, 이런 결점이 보석으로 인정될 날이 올지는 잘 모르겠다.

* * *

그리고 이제 삼년이 지났고, 에마뉘엘 선생이 돌아오기로 되어 있다. 가을이다. 그는 11월의 안개가 닥치기 전에 올 예정이다. 나의 학교는 잘 굴러가고 집은 그를 맞아들일 준비가 되어 있다. 나는 그를 위해 작은 서재를 만든 다음 내게 맡겨놓고 간 그의 책들을 서가에 가득 꽂아두었다. 그를 사랑하는 마음으로 그가 아끼던 식물들을 가꾸었는데(원래 나는 원예를 좋아하지 않았다) 그중 몇 그루는 아직도 꽃이 피어 있다. 그가 멀리 떠날 때 나는 그를 사랑한다고 생각했다. 이제는 또다른 차원에서 그를 사랑한다. 이제 그는 더욱더 내 사람이다.

추분이 지나 낮은 짧아지고 나뭇잎은 시들었다. 하지만 그가 오는 중이다.

밤에는 서리가 내렸다. 11월이 오기도 전에 짙은 안개가 끼었다. 바람에는 가을의 신음소리가 섞여 있다. 하지만, 그가 올 것이다.

하늘엔 어둠이 드리워져 있다. 조각구름이 서쪽에서 몰려온다. 구름들은 이상한 형태, 아치 모양과 넓은 방사형을 이룬다. 그리고 찬란한 아침이 온다. 아침은 왕좌에 앉은 군주처럼 눈부시고, 위풍당당하고, 자주색을 띠고 있다. 하늘은 하나의 불꽃이다. 불길이 어찌나 사납게 번지는지, 치열한 전투가 벌어진 것만 같다. 자신만만한 승리의 여신을 부끄럽게 할 정도로 핏빛이 선연하다. 나는 하늘의 징조에 대해 몇가지 알고 있다. 어린 시절부터 항상 그 징조들을 눈여겨보아왔다. 하느님, 그 항해를 안전하게 하소서! 오, 그 배를 보호해주소서!

바람이 서쪽으로 옮아간다. 창문마다 대고 울어대는 요정 밴시여, 가만히, 제발 가만히 좀 있어다오! 바람은 점점 더 강하게 불 것이다. 바람이 길게 비명을 지른다. 오늘밤 내내 이 집 안을 헤매고 다닐 수는 있어도 바람을 잠재울 수는 없다. 시간이 흐를수록 바람이 점점 더 강해지고, 자정이 되자 잠 못 이루는 사람들은 모두 광폭한 남서풍의 소리에 떤다.

그 폭풍은 칠일 동안이나 미친 듯이 포효했다. 난파선의 잔해가 대서양에 흩어질 때까지 멈추지 않았다. 바다가 배가 터지도록 실컷 먹고 나서야 폭풍은 잠잠해졌다. 파괴적인 폭풍의 천사는 일을 완벽하게 마친 후에야 날개를 접었다. 그 날개 접는 소리가 천둥이었고 날개의 떨림이 폭풍우였다.

잠잠하라, 고요하라![3] 오! 해변에서 기다리며 고뇌에 찬 기도를 올리던 수많은 사람들이 그 목소리가 들리기를 간구했지만 잠잠하라, 고요하라는 말은 없었다. 그리고 마침내 그 목소리가 들리고 바다가 고요해졌을 때, 몇몇은 그 고요를 느낄 수 없었다. 해가 다시 떴지만 몇 사람에게는 여전히 밤이었다!

여기서 그만두자, 당장 그만두자. 이만하면 충분히 이야기했다. 다정한 이여, 더이상 고통스러워하지 말라. 낙천적인 상상력을 지닌 이들이 희망을 품게 두자. 커다란 공포에서 새로 태어난 기쁨과 위험에서 구조된 환희, 그리고 두려움에서 벗어난 경이와 귀향의 즐거움을 상상하게 두자. 다시 만나 행복하게 살았다고 상상하게 두자.

베끄 부인은 평생 번영한 삶을 살았고, 씰라스 신부도 마찬가지였다. 발라벤스 부인은 아흔까지 살다 죽었다. 안녕.

---

3 마가복음 4:39. 예수가 바람과 바다를 꾸짖으며 한 말.

고독한 독신 여성의 고통과 사랑의 기록

1. 빅토리아 시대의 여성

19세기 영국사회에서 여성은 삶의 주체이기보다는 남성에 대한 헌신 속에서만 정체성을 확인할 수 있는 상대적인 존재로 정의되었다. "여성은 그 자신만으로는 무(無)이다. 여성은 (…) 신체적인 면에서나 이 세계에서의 위치로 미루어볼 때 (…) 상대적인 존재이다"[1]라는 말에서 알 수 있듯이 여성은 독립적인 개인으로서 정체성을 갖지 못하고 가족에 대한 의무와 희생을 통해서만 존재

---

[1] William Acton, "The Functions and disorders of the Reproduction Organs in Youth, in Adult Age, in Advanced Life", Basch 9에서 재인용.

이유를 가질 수 있었다. 여성은 남성에게 종속되었을 뿐 아니라 남성과는 극단적으로 다른 존재로 생각되었다. 남성은 창조자, 발견자, 행동하는 사람인 데 반해 여성은 집안일이나 사소한 결정에 능한 존재라고 보았다. 이러한 성 이데올로기의 압력 아래서 빅토리아 시대 여성의 핵심적인 역할은 생산자가 아니라 어머니이자 아내였고, 이상적인 여성상은 '여성의 영역'을 지키는 '가정의 천사'였다.

또한 여성은 법적인 면에서 존재하지 않는 존재였다. 아내는 남편과 법적으로 단일한 통합체이기 때문에 아내는 계약서에 서명을 할 수도, 소송을 할 수도, 유언을 남길 수도 없었다. 가정이 여성의 영역이라고는 했지만 아이러니하게도 여성의 재산과 수입은 모두 남편의 소유였다. 1870년에 기혼여성재산법으로 동산을 여성이 소유할 수 있게 되었으며, 더 중요한 변화로서 1882년 시행된 재산법으로 기혼 여성이 결혼 당시 혹은 후에 획득한 모든 동산 및 부동산을 보유할 수 있는 권리를 갖게 되었다. 이 재산법의 의의는 남편과 아내가 법적으로 단일한 통합체라는 예전의 원칙을 종료시킨 데 있다.

여성에게는 19세기 내내 선거권도 없었다. 1832년 1차 선거법 개정으로 남성은 연 10파운드 이상의 가치에 해당되는 재산을 소유하거나 임대료를 받는 경우 선거권을 갖게 되었고, 1884년 3차 선거법 개정을 통해 보통선거권을 갖게 되었다. 그러나 영국 여성은 지난한 투쟁 끝에 1918년에 이르러서야 보통선거권을 갖게 되었다.

여성의 영역은 가정이라는 이러한 성 이데올로기 속에서 중간계급 여성의 취업은 예외적이었다. 일자리가 없기도 했지만 여성의 취업에 대한 문화적인 반대 역시 강했다. 중간계급 남성의 수입만으로 생활이 가능한 상황에서 가정 밖에서의 노동은 불필요할뿐더러 바람직하지 않은 일로 여겨졌다. 그러나 '결혼이 늦어지거나 결혼하지 않는 여성은 어떻게 할 것인가?' 하는 문제는 늘 남아 있었다. 19세기 전반에 걸쳐 점차 중간계급 여성의 노동을 제한하는 쪽으로 법이 변화해간 데 반해, 독신 여성의 수는 오히려 불어났다. 하층계급이 아닌 여성이 생계수단을 획득할 수 있는 거의 유일한 길이 가정교사나 교사가 되는 것이었다. 가정교사는 연평균 20~30파운드의 보수를 받았는데, 이는 요리사나 집사보다 적었고, 가정부나 마부나 하녀보다 그다지 높지 않았다. 심리적인 면에서는 일의 성격이 명확하게 규정되지 않은 채 유모나 하녀의 일까지 겸해서 해야 했으며, 또한 고용주의 다른 피고용인들 사이에서 어느 쪽에도 속하지 못하는 애매한 위치 때문에 고립만이 자존심을 지킬 수 있는 유일한 방법이었다.[2] 실제로 샬럿 브론테는 가정교사 일을 했으며, 그 경험이 『제인 에어』(*Jane Eyre*, 1847)에 반영되어 있다. 가정교사보다는 독립성이 더 보장된 교사가 되는 것이 브론테 자매의 꿈이었고, 그것이 『빌레뜨』(*Villette*, 1853)의 소재가 되고 있다.

2. 샬럿 브론테의 생애와 작품

샬럿 브론테(Charlotte Brontë)는 1816년 영국 요크셔에서 목사인

---

2 M. Jeanne Peterson, "The Victorian Governess: Status Incongruent in Family and Society," rpt. in Martha Vicinus, ed., *Suffer and Be Still: Women in the Victorian Age*(Bloomington: Indiana University Press, 1972), pp. 3~20.

패트릭 브론테와 마리아 브랜웰(결혼 전 성) 사이의 3녀로 태어났다. 위로는 마리아, 엘리자베스라는 두 언니가 있었고,『폭풍의 언덕』(*Wuthering Heights*, 1847)의 작가 에밀리 브론테와『아그네스 그레이』(*Agnes Grey*, 1847)의 작가 앤 브론테, 그리고 브랜웰 브론테를 동생으로 두었다. 다섯살 때 어머니를 여읜 후 샬럿 브론테는 두 언니와 동생 에밀리와 함께 목사의 딸들을 위한 기숙학교인 카우언브리지로 가게 된다. 언니들이 이 학교에서 병에 걸려 죽자 샬럿과 에밀리는 가족이 살고 있는 하워스의 목사관으로 돌아온다. 기숙학교에서의 체험은 브론테 자매의 감성에 큰 영향을 끼쳤으며, 후에『제인 에어』에서 로우드 기숙학교로 형상화된다. 1842년 샬럿은 다시 에밀리와 함께 하워스에 학교를 차릴 목적으로 프랑스어를 배우기 위해 벨기에의 브뤼셀로 가 에제(Héger) 부인의 기숙학교에 이년 동안 체류하면서 학생이자 영어 교사로 생활하게 되는데, 이때의 체험이『빌레뜨』의 바탕이 되었다. 다분히 영국적인 이 두 자매는 상상도 하지 못한 문화적 충격을 겪는다. 당시에 브뤼셀은 극장, 궁전, 대학, 성당, 정부기구 등이 있는 유럽 국가의 수도였고, 에제 부인의 기숙학교는 부유한 부르주아의 딸과 귀족의 딸들이 다니는 학교였다. 이곳에서 샬럿 브론테는 에제 부인의 남편이며 그녀의 선생인 에제 교수에게 연정을 느낀다.『빌레뜨』의 뽈 선생은 에제 교수를, 위선적인 베끄 부인은 에제 부인을 모델로 한 것이다.

하워스로 돌아온 샬럿 브론테는 창작에 전념한다. 1846년에 최초로 출판한 작품이『커러, 엘리스, 액턴 벨의 시』(*Poems by Currer, Ellis, and Acton Bell*)라는 시집인데, 이 이름은 각각 샬럿, 에밀리, 앤의 필명이었다. 그후 샬럿 브론테는 커러 벨이라는 필명으로『교수』

(*The Professor*, 1846, 출간은 1857)『제인 에어』『셜리』(*Shirley*, 1849)『빌레뜨』등의 네 작품을 썼다. 그는 1854년 아버지 교회의 부목사인 A. B. 니컬스(Nicholls)와 결혼하나 9개월 후인 1855년 38세를 일기로 세상을 떠났다.

샬럿 브론테 작품의 주인공은 첫 작품인 『교수』를 제외하고는 주로 가난한 중간계급 여성이다. 19세기 영국의 중간계급 여성에게는 결혼이 거의 유일한 선택이었다. 결혼을 하지 않을 경우에는, 가족에 의존하여 짐이 되고 싶지 않으면 남의 집 가정교사가 되는 수밖에 없었다. 당시의 가정교사는 아이들을 가르치는 일 외에도 잡다한 집안일을 해야 하는 애매한 지위였다. 이 두 길 중 하나를 선택해야 하는 샬럿 브론테 소설의 주인공들은 빅토리아 시대의 여성에게 허용된 제한된 삶에 강하게 반발하며 그것을 뛰어넘어 독립된 주체로서 살아가고자 한다. 그러나 이러한 열망의 이면에는 당대 사회가 요구하는 여성상에 부합하고자 하는 모순된 욕망이 강렬하게 자리잡고 있다.

『제인 에어』의 제인은 로체스터에게 숨겨놓은 부인(다락 속의 미친 여자)이 있다는 것을 알았을 때, 그에 대한 사랑을 포기할 수도 정부로서의 굴욕적인 삶을 받아들일 수도 없는 곤경에 처해 심한 갈등을 겪지만 가장 중요한 것은 자신에 대한 존중이라는 결론에 도달하고 그의 곁을 떠난다. 독립된 주체로서의 삶을 선택한 것이다. 하지만 이러한 새로운 여성상에도 불구하고 이 작품은 제인이 로체스터와 결혼하고 나아가 당대의 여성에게 요구되는 여러 자질을 내면화하고 순응하는 것으로 끝난다. 『제인 에어』는 출판과 동시에 열렬한 호응과 비평가들의 찬사가 쏟아졌지만 사적인 세계에 갇혀 있다는 비판 역시 만만치 않았다. 샬럿 브론테 역시 자신의 작품세계에 한계를 느끼고 좀더 넓은 사회문제로 관심을 돌렸는데 그 결과가 『셜리』이다. 이 작품은 기계파괴운동을 배경으로 두 여주인공의 사랑과 결혼을 다루고 있다. 주인공 셜리는 여성의 위치와 힘에 대한 의식적인 자각을 보이며, 또다른 주인공인 캐럴라인은 독신 여성과 노동자의 삶 사이의 유사성을 감지하는 의식의 확대를 보여준다. 그러나 여성의 힘에 대한 셜리의 환상은 남편의 힘에 종속되는 것으로, 캐럴라인의 비판적인 의식은 결혼과 주일학교 운영으로 무마된다.

브론테의 마지막 작품인 『빌레뜨』는 가난한 중간계급 여성의 사랑을 다룬 점이나 여주인공이 독립된 삶에 대한 열망 못지않게 남성에게 종속되고자 하는 모순된 욕망에 차 있다는 점에서 이전의 작품과 유사하나 『셜리』에서 사회로 확대된 시선이 이번에는 여주인공의 깊은 내면세계로 집중된다.

3. 『빌레뜨』, 불완전함의 가능성

현재까지 쓰인 소설 중 여성의 박탈에 관한 가장 감동적이면서 끔찍한 이야기라는 구바(Susan Gubar)의 지적대로 『빌레뜨』는 빅토리아 시대 사회에서 '잉여(redundant) 여성'으로 경시되던 독신 여성 루시의 고통과 좌절의 기록이다. 루시는 순응적으로 보이지만 사실은 자신을 "눈에 띄지 않는 가구" 정도로 여기는 사회에 대해 분노와 적대감을 지니고 있는데,(1권 149면) 이러한 분노를 밀렛(Kate Millett)은 혁명적인 것으로 높이 평가한 바 있다. 그러나 루시는 혁명적인 인물이라기보다는 깊은 갈등에 시달리는 인물이다. 그녀는 냉담하고 왜곡된 사회의 희생자이기도 하지만, 자신의 자폐성으로 인해 고통을 받는 것도 사실이다. 그녀는 사회적으로 성공하지 못하리라는 절망감에 싸여 경제적인 독립을 강하게 갈망하면서도 그 사실을 부인하려고 하며, 깊은 열정을 지니고 있으면서도 거절이 두려워서 적극적으로 인간관계를 맺으려 하지 않는다. 자신을 무시하고 거부하는 사회에 대해 날카롭게 비판하지만, 그 이면에는 사회의 인정을 받고 싶은 강렬한 욕망이 도사리고 있다.

서술기법에서도, 이 소설의 중심이 루시임에도 불구하고 그녀는 늘 한걸음 물러서서 자신을 주변적인 인물로 제시한다. 그녀에게는 다른 인물들이 자신보다 더 뚜렷한 윤곽과 구체적인 의미를 지니고 있으며 더 현실적으로 보인다. 직접 자신을 들여다보기가 두려운 그녀는 다른 여성 인물을 통하여 자신의 현실을 파악하려고 한다. 폴리, 지네브라, 베끄 부인 등에 대한 관찰과 묘사가 무척 자세한데, 이것은 곧 루시 자신의 일면에 대한 간접적인 성찰이기도 하다.

루시는 가장 먼저 어린 폴리를 관찰한다. 나이는 어리지만 당대 사회의 '여성다움'에 철저하게 순응하는 면을 섬세하게 관찰한 루시는 폴리가 그레이엄에게 사랑의 감정을 느끼고 그의 존재 속에서 존재한다고 비판한다. 폴리와 그레이엄의 관계에 대한 루시의 섬세한 관찰에도 불구하고 그녀의 비판이 독자에게 설득력이 약한 것은 무엇 때문인가? 그것은 『제인 에어』의 주인공 제인의 어린 시절 체험이 성숙한 화자에 의해 그려지는 데 반해 루시의 관찰에는 자신의 해결되지 않은 갈등이 그대로 표출되어 어조가 왜곡되기 때문이다. 그것은 폴리와 그레이엄의 관계에 대한 루시의 지나친 관심과 그것이 암시하는 억눌린 질투심의 반영이기도 하다. 루시는 폴리를 "그 아이" "인형" "참견꾼" 등으로 부르고 "나, 루시 스노우는 침착했다"고 하며 자신의 우월성을 강조하는데,(1권 33면) 이러한 비교는 그레이엄에게 가까이 다가갈 수 있는 폴리에 대한 질투심을 무의식적으로 드러내준다. 그레이엄과 폴리가 중심인물인 것 같은 처음의 세장은 잘못된 출발로 보일 수도 있지만, 이끌림과 비판이 혼재하는 서술이나 자신의 문제를 다른 인물에 투사하는 간접적인 표현 자체가 루시의 성격을 효과적으로 드러내주기도 하는 것이다.

빌레뜨에 온 루시가 관심을 가지고 관찰하는 인물은 베끄 부인이다. 그녀가 교장으로 있는 기숙학교는 학문을 탐구하고 기술을 익히는 곳이라기보다는 남성 지배체제하의 여성에게 알맞은 미덕이 주입되는 곳이다. 이 학교의 위계질서의 정점에 있는 인물인 베끄 부인은, 남성의 지배질서를 지켜주는 감독자에게 주어지는 '힘'을 제한적으로나마 갖고 있는 인물이다. 그녀는 이 학교를 완벽하게 통제하려고 하며, 그 원칙은 "감독과 감시"이다.(1권 110면) 루시는 그녀의 경제적 힘과 통제력, 남녀관계에서 보이는 독립심 등을 부러워하면서도 베끄 부인과 자신을 구분하려고 한다. 베끄 부인이 영어 선생 자리를 제공할 때 처음에 거절하는 이유는 "동정도 일체감도 순종도 아닌 감정"을 일깨우는 베끄 부인의 힘과 자신의 힘은 '다른 종류'라고 생각하기 때문이다.(1권 118면)

루시가 매력과 반발을 느끼는 또다른 인물인 지네브라는 "돈 있는 나이 든 신사와 결혼"하는 것이 자신의 현실에서 벗어나는 유일한 탈출구라고 생각한다.(1권 84면) 그녀는 자신의 젊음과 아름다운 육체를 투자함으로써 자신의 물질적인 제약을 극복하려고 한다. 지네브라에게 어떤 힘이 있다면 그것은 남성의 성적 욕망의 대상으로서 갖는 힘이다. 그녀가 가장 빛나는 곳은 남성들의 관심이 집중되는 무도회이다. 그녀에게 인생은 유혹으로 가득찬 연극이며, 그녀는 남성들의 눈에 비친 자신의 모습을 통해서만 자아를 확인할 수 있다. 루시는 지네브라의 속물근성과 자아도취를 경멸하지만, 이러한 표면적인 부정과 비판에도 불구하고 지네브라의 아름다움과 매력을 상세하게 묘사하며 은밀하게 동경한다. 긴 방학 동안의 악몽 같은 고립감 속에서 루시가 가장 부러워하는 사람도 다름 아닌 지네브라이다. 루시는 "진정한 사랑", 즉 존 선생의 사랑이 지네브라의 뒤를 따르고 있을 것이라 생각하며 그 둘 사이의 "공감의 전선"을 상상하며 부러워한다.(1권 249~50면)

루시는 존 선생에 대한 자신의 관심을 다른 여성 인물과 존 선생과의 관계에 대한 강박적 관심 속에서 간접적으로만 표현해왔다. 그녀는 처음 존 선생을 보았을 때 이미 그가 어릴 적 보았던 존 그레이엄인 것을 알아보면서도 그 사실을 독자에게 숨겼음이 드러난다. 소설의 3분의 1이 지나서야 루시는 존 선생에 대한 감정을 솔직하게 이야기하지만, 다른 여성 인물과 존 선생의 관계에 대한 루시의 관찰 속에 투사된 감정까지 고려할 때 이 작품에서 차지하는 양이나 감정의 강렬함에서 존 선생과의 관계는 그녀의 삶에서 가장 핵심적인 부분이라 하겠다.

존 선생의 편지에 대한 루시의 반응에서 보이는 강렬한 감정은 명백히 성적인 것이며, 그녀는 "감정"과 자신이 읽기 위해 쓴 보내지 않은 편지에서나마 억압하고 있던 자신의 참모습을 드러낼 기회를 갖는다. 그러나 그녀는 자신의 강렬한 감정이 사랑이 아니라고 변명하며, 곧 감정이 읽도록 쓴 편지를 찢고 다시 이성의 요구에 따라 사회에 순응하는 답장을 쓴다. 루시는 이성과 감정으로 표현된 대립적인 두 욕구를 모두 만족시키고자 하는 강렬한 충동을 지녔으며, 이것이 바로 소설 전체에 스며 소설을 불안정하고 비밀스럽게 만드는 이중성의 근원이기도 하다.

루시는 존 선생에 대한 사랑에도 불구하고 중간계급 남성으로서 그가 갖는 한계를 인식한다. 존 선생의 편지를 묻어버린 후, 그의 한계에 대한 루시의 인식은 좀더 분명해진다. 자신이 "부와 지위라는 이점"을 지녔더라면 존 선생의 "태도나 평가가 지금과 같았을까" 하고 마음속으로 의문을 던지는 것이다.(2권 106면)

루시의 내면에서는 누군가를 사랑하고 싶은 열망과 남성에게서 독립하고 싶은 충동이 서로 갈등하는데, 이런 것이 좀더 명확하게 드러나는 것은 뽈 선생과의 관계에서다. 성공한 의사로서 부와 특권을 지닌 존 선생에 비하면 뽈 선생은 가난한 여학교 선생에 지나지 않는다. 그렇지만 뽈 선생은 지위, 외모, 기질 면에서 그녀와 동일시될 수 있는 면이 많다. 물론 그는 그녀보다 우월한 위치에 있으며 성취의 기회도 더 많지만, 그 둘 사이를 가로막는 가장 큰 장벽은 지위나 부의 차이라기보다는 그의 성차별적 성향이다. 뽈이 권하는 「여자의 일생」 같은 그림은, 여성의 감정은 성적이어서는 안되고 외경심, 모성애, 슬픔 등과 같은 안전한 통로로 돌려져야 함을 암시한다. 이러한 여성상은 뽈이 루시에게 바라는 것이며 동시에 빅토리아 시대 문화가 여성에게 강요하는 전형이기도 하다.

그러나 이런 편견에도 불구하고 뽈은 누구보다 루시를 깊이 이해한다. 그는 루시가 겉보기보다 더 많은 지식이 있다고 확신하고 여러번 함정을 파서 그녀의 그리스어와 라틴어 지식을 드러내려고 한다. 물론 이러한 의심은 사실이 아니지만, 그는 다른 사람과는 달리 루시의 지적 능력을 인정한 것이다. 뽈 선생은 루시의 지성뿐 아니라 다른 사람이 보지 못하는 열정까지도 감지한다. 베끄 부인은 루시를 "박식하고 우울한 여자"로, 지네브라는 "신랄하고 빈정대기 좋아하고 냉소적인 사람"으로, 홈 씨는 "모범적인 선생"으로 주목하지만, 뽈 선생만큼은 루시의 그림자 같은 외양 아래 감추어진 불꽃에 반응한다. 다른 사람에게는 "그림자"일 뿐인 루시가 그에게는 너무 눈부셔서 눈을 가리고 쳐다봐야 할 정도이다.(2권 84면)

　루시 역시 그를 "변덕스럽고" "신경질적인" "독재자"라고 혹평하지만, 그녀가 독자에게 감추고 있는 것은 뽈 선생에 대한 자신의 진정한 감정이다. 그녀가 언젠가 낯선 사람에게 받은 제비꽃 다발을 "가장 좋은 옷 사이에 간직해놓았"고,(1권 184면) 실은 그 꽃을 준 사람이 뽈 선생이었다는 것을 나중에 알게 되면,(2권 185면) 독자는 그녀가 독자에게, 그리고 아마 자신에게도 무엇인가를 감추어 왔다는 사실을 깨닫게 된다. 뽈이 루시의 본성을 파악했듯이, 루시도 그가 자신에 대해 친절 이상의 호의를 가진 것을 알고 있다. 그러나 뽈에 대한 이해와 이끌림에도 불구하고 루시는 그와의 관계에서 항상 거리를 두며, 독립적인 개체로서의 자아를 잃지 않으려고 애쓴다.

　뽈과 루시의 이러한 복합적인 감정이 압축된 형태로 나타나는 것이 31장이다. 여기에는 루시의 현재 상황, 과거의 감정, 그녀와 뽈의 사랑 등이 집약되어 나타난다. 루시는 학교 선생으로서의 독립적인 삶과 존 선생에 대한 감정을 곰곰이 생각하면서 산책을 하다 정원에서 우연히 뽈을 만나는데, 둘의 대화는 뽈이 자신과 다른 여자들을 감시해온 데 대한 루시의 비난으로 시작되지만 그의 해명으로 둘은 화해하게 된다. 그러나 둘의 감정이 무르익어 사랑의 고백에 도달하려는 순간, 갑자기 수녀 유령이 나타난다. 루시와 함께 유령을 본 뽈은 그녀와 함께 그 정체를 알아내려고 애쓴다. 수녀 유령에 대한 뽈의 반응과 감정은 매우 의미심장한 것으로, 유령의 출몰을 단지 루시의 신경증적인 망상으로 파악한 존 선생과는 확연히 구분된다. 이런 점에서 수녀 유령은 뽈과 루시의 상호이해 가능성을 보여주는 매개체이다. 그러나 유령은 "분노에 찬 것처럼 질주해와" '사나운 몸짓'으로 사랑의 장면을 방해한다. 사납게 루시를 쳐다보며 이들의 희망을 비웃는 수녀 유령은 둘이 관계를 맺기 어렵다는 것을 우회적으로 상징하는 것으로 보인다.(2권 190면)

이 수녀 유령은 서원을 지키지 않고 문란한 행위를 해서 생매장 되었다는 전설 속의 인물이다. 수녀가 성적 금기와 욕망 사이의 긴장을 깨뜨렸다는 점에 주목할 때, 이 유령은 성적인 힘과 성적 억압 양자를 상징한다고 할 수 있다. 루시가 처음으로 유령을 본 것은 이성에 충실하겠다는 자신과의 서약을 어기고 존의 편지를 읽게 된 강렬한 기쁨에 들떴을 때이고, 그다음으로는 역시 존 선생과 함께 연주회에 가게 되어 흥분했을 때이다. 이때 나타난 수녀 유령은 이처럼 루시가 느끼는 열정과 그 아래 숨겨진 두려움까지 드러내는 심리적인 타당성을 지니고 있다. 따라서 유령은 단순한 고딕 모티프를 넘어서서 상징적인 차원에 이르고 있으며, 수녀의 적절한 등장은 작품 전체에 긴장감과 일관성을 부여하고 있다.

환상적으로 처리된 정원 장면을 기점으로 뽈과 루시 사이의 갈등은 해소된다. 이제 루시는 불안과 두려움에 구속받지 않고 자신의 사랑에 대해 자유롭게 이야기한다. 뽈은 그녀의 열렬한 사랑을 받아들일뿐더러, 여행을 떠나기 전에 루시의 오랜 꿈인 학교까지 마련해준다. 루시는 마침내 뽈의 도움으로 '포부르 끌로띨드 7번지 여학교 교장 루시 스노우'가 된다. 모든 것이 자그마한 이 집은 인형의 집을 연상시키며, 루시가 보인 강렬한 자아성취 욕구와 열정을 모두 포함한다기보다는 그것들을 축소해 길들인 다음 가두어놓은 듯한 인상을 준다. 이 집에서 두 사람이 이루는 관계는 신비스러운 분위기 속에 이상화된 것이다. 루시는 자신이 에덴에 와있는 느낌을 갖는다. 그러나 이 관계의 기초는 뽈이 베풀고 루시는 감사해하는 것이다. 루시는 뽈을 왕이라 부르며 그의 손에 입맞춘다. 이로써 루시는 자발적으로 종속을 받아들이며, 작가는 루시에게 종속된 자유라는 형태로 사랑과 자유를 모두 주려고 한다. 그러나 그것은 사회적인 힘들에서 고립된 가운데서만 가능한 개인적인 환상이며 브론테 자신도 그것을 알고 있었다. 그녀는 해결할 수도 없지만 그렇다고 그 가능성을 부인하고 싶지도 않은 딜레마를 뽈의 죽음으로 처리한다.

『빌레뜨』는 대담하고 솔직하게 열정을 표출하면서도 열정을 억누르고 부정하려는, 그리고 정신적·경제적 독립을 원하면서도 독립이 주는 힘을 두려워하는 분열된 심리를 탐색하고 있다. 브론테가 『빌레뜨』에서 더 나아갔다면 모더니즘 소설의 주관적 세계로 침잠했을 수도 있고, 깊이 있는 내면을 그리면서도 현실세계와의 갈등을 거머쥐는 출중한 리얼리즘 작품을 낳을 수도 있었을 것이다. 작품 전체의 완성도로 본다면 『빌레뜨』는 『제인 에어』에 미치지 못하지만 이 불안정함과 불완전함 속에 『제인 에어』에서는 찾을 수 없는 매력이 숨어 있다. 그 매력은 가능성, 새로운 지평이 열릴 것 같은 가능성에서 비롯된다.

1996년에 창비교양문고로 냈던 『빌레뜨』를 이번에 창비세계문학으로 개정해 내게 되었다. 초판의 오류를 바로잡을 기회가 생겨 옮긴이로서 다행스럽다. 초판의 교열을 봐주신 이영미 선생님 그리고 개정판을 꼼꼼하게 편집해주신 창비 편집진에 감사드린다.

조애리(카이스트 인문사회과학부 교수)

작가연보

1816년 4월 21일 영국 요크셔주의 브래드퍼드에서 목사인 패트릭 브론테
(Patrick Brontë)와 마리아 브랜웰(Maria Branwell) 사이의 삼녀로
태어남.

1818년 동생 에밀리(Emily) 브론테 태어남.

1820년 동생 앤(Anne) 브론테 태어남. 요크셔주 하워스의 목사관으로 이
사함.

1821년 어머니 마리아 브랜웰 사망.

1824년 마리아(Maria), 엘리자베스(Elizabeth), 샬럿(Charlotte), 에밀리 네
자매가 랭커셔주에 있는 카우언브리지 기숙학교에 입학함.

1825년 언니 마리아와 엘리자베스가 학교에서 얻은 폐결핵으로 사망한

뒤 샬럿과 에밀리는 하워스로 돌아감.

1829년   가족 잡지 『브랜웰의 블랙우드 매거진』(*Branwell's Blackwood's Magazine*)에 다수의 시를 발표함. 시작은 평생 이어가 약 200여편의 시를 남김.

1831년   로헤드에 있는 울러 선생의 학교에 입학해 학업을 이어감.

1832년   로헤드를 떠나 집으로 감.

1835년   로헤드에 교사로 다시 감.

1838년   로헤드의 학교를 떠남.

1840년   에밀리와 함께 하워스에서 지냄.

1841년   브래드퍼드 근처의 로던에 있는 화이트 부인 집에 가정교사로 들어감.

1842년   2월 12일 에밀리와 함께 브뤼셀에 있는 꼰스딴띤 에제(Constantin Héger) 교수와 끌레어 에제(Claire Héger) 부인의 기숙학교로 가 프랑스어를 공부함. 11월 8일 에밀리와 함께 하워스로 돌아감.

1843년   1월 에제 교수의 초청으로 혼자서 다시 브뤼셀로 가 영어를 가르침.

1844년   1월 브뤼셀을 떠나 하워스로 돌아감. 7월 하워스 목사관에 학교를 설립하려고 함.

1846년   샬럿, 에밀리, 앤 브론테의 시집 『커러, 엘리스, 액턴 벨의 시』(*Poems by Currer, Ellis, and Acton Bell*) 출간. 첫 장편소설 『교수』(*The Professor*)를 여러 출판사에 보냈으나 거절당함. 『제인 에어』(*Jane Eyre*) 집필을 시작함.

1847년   『제인 에어』 출간. 에밀리 브론테의 『폭풍의 언덕』(*Wuthering Heights*), 앤 브론테의 『아그네스 그레이』(*Agnes Grey*)도 출간됨.

1848년   12월 19일 동생 에밀리 브론테 사망함.

1849년   5월 28일 동생 앤 브론테 사망함. 10월 장편소설 『셜리』(*Shirley*)

출간.

1850년   후에 샬럿 브론테의 전기를 쓴 소설가 엘리자베스 개스켈(Eliza-
beth Gaskell)을 만남.

1851년   『빌레뜨』(*Villette*) 집필을 시작함.

1852년   『빌레뜨』를 완성함.

1853년   1월 28일 『빌레뜨』 출간.

1854년   아버지 교회의 부목사인 A. B. 니컬스(Arthur Bell Nicholls)와 결
혼함.

1855년   3월 31일 임신 중에 하워스의 목사관에서 사망함.

1857년   『교수』 출간. 엘리자베스 개스켈의 『샬럿 브론테의 삶』(*The Life of
Charlotte Brontë*) 출간.

고전의 새로운 기준, 창비세계문학

오늘날 우리는 인간의 존엄과 개성이 매몰되어가는 시대를 살고 있다. 물질만능과 승자독식을 강요하는 자본주의가 전지구적으로 확산되면서 현대사회는 더 황폐해지고 삶의 질은 크게 훼손되었다. 경제성장만이 최고의 선으로 인정되고 상업주의에 물든 문화소비가 삶을 지배할수록 문학은 점점 더 변방으로 밀려나고 있다. 삶의 본질을 성찰하는 문학의 자리가 위축되는 세계에서는 가진 자와 못 가진 자 할 것 없이 모두가 불행할 수밖에 없다.

이 시대야말로 인간답게 산다는 것의 의미가 무엇인지 근본적인 화두를 다시 던지고 사유의 모험을 떠나야 할 때다. 우리는 그 여정에 반드시 필요한 벗과 스승이 다름 아닌 세계문학의 고전이라는 점을 강조한다. 고전에는 다양한 전통과 문화를 쌓아올린 공동체의 경험이 녹아들어 있고, 세계와 존재에 대한 탁월한 개인들의 치열한 탐색이 기록되어 있으며, 새로운 세상을 꿈꾸는 아름다운 도전과 눈물이 아로새겨 있기 때문이다. 이 무궁무진한 상상력의 보고이자 살아 있는 문화유산을 되새길 때만 개인의 일상에서 참다운 인간적 가치를 실현하고 근대적 삶의 의미와 한계를 성찰하는 지혜를 얻을 수 있을 것이다.

'창비세계문학'은 이러한 문제의식에서 출발한다. 세계문학의 참의미를 되새겨 '지금 여기'의 관점으로 우리의 정전을 재구성해야 할 필요성이 그 어느 때보다 절실하다. '정전'이란 본디 고정된 목록으로 존재하는 것이 아니라 그때그때 주어진 처소에서 새롭게 재구성됨으로써 생명을 이어가는 것이다. 우리는 먼저 전세계 문학들의 다양성과 차이를 존중하면서 국가와 민족, 언어의 경계를 넘어 보편적 가치에 기여할 수 있는 가능성에 주목하고자 한다. 근대를 깊이 성찰한 서양문학뿐 아니라 아시아와 라틴아메리카, 중동과 아프리카 등 비서구권 문학의 성취를 발굴하고 재평가하는 것 역시 세계문학의 지형도를 다시 그리려는 창비의 필수적인 작업이 될 것이다.

여러 전집들이 나와 있는 세계문학 시장에서 '창비세계문학'은 세계문학 독서의 새로운 기준이 되고자 한다. 참신하고 폭넓으면서도 엄정한 기획, 원작의 의도와 문체를 살려내는 적확하고 충실한 번역, 그리고 완성도 높은 책의 품질이 그 기초이다. 독서시장을 왜곡하는 값싼 유행과 상업주의에 맞서 문학정신을 굳건히 세우며, 안팎의 조언과 비판에 귀 기울이고 독자들과 꾸준히 소통하면

서 진정 이 시대가 요구하는 세계문학이 무엇인지 되묻고 갱신해
나갈 것이다.

　1966년 계간 『창작과비평』을 창간한 이래 한국문학을 풍성하게
하고 민족문학과 세계문학 담론을 주도해온 창비가 오직 좋은 책
으로 독자와 함께해왔듯, '창비세계문학' 역시 그러한 항심을 지켜
나갈 것이다. '창비세계문학'이 다른 시공간에서 우리와 닮은 삶을
만나게 해주고, 가보지 못한 길을 걷게 하며, 그 길 끝에서 새로운
길을 열어주기를 소망한다. 또한 무한경쟁에 내몰린 젊은이와 청
소년 들에게 삶의 소중함과 기쁨을 일깨워주기를 바란다. 목록을
쌓아갈수록 '창비세계문학'이 독자들의 사랑으로 무르익고 그 감
동이 세대를 넘나들며 이어진다면 더없는 보람이겠다.

2012년 가을
창비세계문학 기획위원회
김현균 서은혜 석영중 이욱연 임홍배 정혜용 한기욱

창비세계문학 82

빌레뜨 2

초판 1쇄 발행/1996년 1월 10일
개정판 1쇄 발행/2020년 6월 5일
개정판 2쇄 발행/2020년 7월 22일

지은이/샬럿 브론테
옮긴이/조애리
펴낸이/강일우
책임편집/양재화 김지연
조판/전은옥
펴낸곳/(주)창비
등록/1986년 8월 5일 제85호
주소/10881 경기도 파주시 회동길 184
전화/031-955-3333
팩시밀리/영업 031-955-3399 편집 031-955-3400
홈페이지/www.changbi.com
전자우편/lit@changbi.com

한국어판 ⓒ (주)창비 2020
ISBN 978-89-364-6481-3 03840